KB087999

THE ONE

vol. 3

아름다운 말 잘못이 아니야

더 원 3 아름다운 말 잘못이 아니야

ⓒ남궁현 2018

초판1쇄 인쇄	2018년 2월 26일
초판1쇄 발행	2018년 3월 6일

지은이	남궁현

펴낸이	박대일
편집	이문영 · 임유리 · 신지연 · 박현주 · 전보라
교정	김미영
마케팅	송재진 · 임유미
디자인	이매진

펴낸곳	파란미디어
출판등록	2004년 9월 14일 제313-2004-00214호

주소	04072 서울시 마포구 성지1길 32-36 (합정동)
전화	02.3141.5589 영업부 070.4616.2012 편집부
팩스	02.3141.5590
전자우편	paranbook@gmail.com
카페	http://cafe.naver.com/paranmedia
페이스북	http://www.facebook.com/paranbook

ISBN	978-89-6371-481-3(04810)
	978-89-6371-478-3(전3권)

더원
THE ONE

vol. 3

남궁현
장편소설

파란

준유

아직도 나는 내 명의의 차가 없다. 회사에서 리스 해 준 차가 있지만 그나마도 주차장에 세워 둘 때가 더 많다. 외국 여행이나 골프 같은 비싼 취미는 물론, 주식이나 인터넷 도박, 경마 같은 건 근처에도 안 가 봤다.

지난가을 나는 모든 홈쇼핑 채널을 싹 지워 버렸다. 한 번도 사용하지 않을 미니 튀김기나 주서기 같은 물건은 왜 그렇게 사들였을까.

갓 데뷔해서는 돈과 시간이 생기면 옷 사러 돌아다니길 좋아했다. 길을 걷다가도 마음에 드는 옷이 보이면 무작정 들어가서 구입했다. 가격이 구매의 가장 큰 기준은 아니었다. 아무리 신상 한정 명품이라도 마음에 안 들면 사지 않았고, 만 원짜리 옷이라도 눈에 차면 몇 벌씩 사곤 했다. 그게 그 시절 나의 유일한 사치였다.

그래도 그 모든 게 아주 쓸모없는 짓은 아니었다. 서재유의 이미지 중 하나는 베스트 드레서에 패셔니스타도 포함돼 있으니까. 패션 감각이 생긴 건 덤이었다.

연말 시상식을 앞두고 새 턱시도를 맞춰야 했다. 살이 너무 빠져 그 전에 입던 건 헐렁해진데다 몇 번 입은 옷은 팬들이 먼저 알아봤다. 어차피 새 턱시도가 필요한 시점이었다. 정확한 치수를 재고 마음에 드는 디자인을 몇 개 골랐다. 여기부터는 두 여자가 알아서 할 테지. 스타일리스트와 디자이너가 의논할 동안 샵을 둘러봤다. 역시 여자들 옷이 압도적으로 많다.

매장 한쪽 구석, 마네킹에 입혀 놓은 짙은 청색 드레스가 눈에 들어왔다. 불필요한 디테일이 전혀 없는 단순한 디자인이지만 세련돼 보였다. 노출이 아예 없는 답답한 스타일도 아니고 가슴이 반쯤 드러나는 흔한 스타일도 아니라 더 마음에 든다. 목선과 어깨선이 고운 그 여자가 입으면 잘 어울리겠다.

'넌 아직도 이런 생각을 하고 있냐? 한심하게.'

잡념에 빠져 있을 때 수민 누나가 날 불렀다.

"재유야! 서재유 씨!"

"어? 다 했어요?"

"몇 번을 불러도 몰라."

"다 됐으면 가요."

"잠깐만. 시계랑 구두 협찬 받은 거 사진 찍어 줘야 해."

"또 찍어?"

"수정이가 가지러 갔어. 도착할 시간 됐으니까 조금만 더 기다려. 뭣 좀 마실래?"

"생각 없어요."

딱 붙는 검은색 가죽 바지에 흰색 셔츠를 입은 디자이너가 긴 다리를 꼬고 앉아 있다가 일어섰다. 여자치고 상당히 큰 키다. 175센티 전후. 거기에 힐까지 신으니 나와 눈높이가 비슷했다.

"살이 왜 이렇게 빠졌어요? 일 좀 작작 시켜 먹으라고 해. 모델 할 것도 아닌데."

수민 누나가 재빠른 손길로 의상을 정리하며 대답했다.

"선생님은. 서재유 씨는 본인이 일을 자꾸 만드는 스타일이에요. 우리도 따라가기 버거워 죽겠어요. 이러다 집에서 쫓겨나겠다니까요."

평소 코디 누나의 성격을 생각하니 실소가 나왔다.

"누가 누날 내쫓아? 겁을 상실하셨구먼."

"왜 이래? 나도 집에 가면 상당히 다소곳한 스타일이라니까?"

"아! 외강내유한 성격이시군요."

"그거지!"

테이블 위의 책을 정리하던 디자이너가 웃는 눈으로 수민 누나를 바라보았다.

"그래도 일할 맛은 나겠다. 재유 씬 만지는 대로 변하잖아. 서재유 데뷔 이후론 몇 년 간 눈에 띄는 마스크가 없더라."

"왜요? 우리 회사 시유요. 한시유. 재유보단 좀 진하게 생겼지만 시유도 진짜 잘생겼잖아요."

"저번에 런칭쇼에서 봤어. 다른 데서도 보고. 키는 더 큰데 분위기는 서재유 못 따라오던데?"

"저 없다고 생각하고 편히 말씀하셔도 돼요."

"없어도 내 대답은 달라지지 않아요. 걔가 재유 씨보다 못생 겼다는 게 아니라, 여자들 모성애 자극하는 덴 서재유 이상 따 라올 연예인이 없다. 내가 아는 선에선."

"그거 우리 재유가 제일 싫어하는 말 중 하나예요."

"사실인 걸 어떡해."

"서재유가 얼마나 남자다운데요. 얼굴만 보고 판단하시면 안 돼요."

"그것도 잘 알지."

여자들이 나를 두고 나누는 이런 식의 대화는 언제나 부담 스럽다. 가끔은 무서울 때도 있다.

"저 먼저 가요? 진짜 못 들어 주겠네. 사람 앉혀 놓고 들었다 났다."

"오케이. 그만할게. 수정이 애 왜 안 오는 거야? 전화 좀 걸 어 보고……."

두 여자가 다음 시즌 패션 경향에 대한 대화를 나눌 동안 나 는 테이블 아래에 있던 인테리어 잡지를 꺼내 들춰 봤다. 대화 에 끼기 싫어서 하는 짓일 뿐, 내용이 눈에 들어오는 건 아니 다. 이젠 옷에도 예전처럼 관심이 안 생긴다.

"저 드레스 누가 예약해 놓은 거예요?"

"뭐?"

"블랙 미니 드레스 옆에 코발트블루요. 마네킹한테 입혀 놓은 거."

수민 누나의 손짓을 따라가 보니 좀 전에 내가 봤던 그 드레스였다.

"아, 그거 어제 황연수 스타일리스트가 와서 다른 사람 주지 말라고 신신당부하던데."

"황연수한테는 안 어울릴 것 같은데. 걔는 따뜻한 컬러가 낫지 않아요?"

"안 그래도 그렇게 말했는데 저 드레스에 꽂혔는지 우기더라고. 고집이 배우나 코디나 똑같아. 그러니 맨날 워스트로 뜨지."

"옷이 주인 잘못 만나게 생겼네요. 황연수는 진짜 아니다. 그 앤 러블리한 게 훨씬 나을 텐데."

"말하는 입만 아프지 뭐. 그럼 누구한테 어울릴 것 같은데?"

얼핏 봐도 77사이즈 이하로는 보이지 않는 수민 누나가 다분히 연출된 목소리로 대꾸했다.

"저요!"

새 미니 앨범의 타이틀곡은 〈렛 미 인〉이지만 돌아다니다 보면 〈하얀 밤〉이나 〈지금〉이란 노래 얘기를 더 많이 듣는다. 〈렛 미 인〉은 호불호가 갈렸으나 그 두 곡을 싫어하는 사람은 극히 드물었다.

작곡한 사람이 궁금해서 사장님께 직접 물어본 적도 있다. 정문용 대표는 그 작곡가가 한국에 올 확률은 거의 없을 거라고만 했다. 자신이 알려지는 걸 원치 않는다면서.

　제이원 프로젝트의 앨범을 제작한다는 소식을 듣고 이형원 프로듀서에게 따로 물어본 적도 있다. 그러나 그에게도 그 작곡가에 대한 정확한 정보가 없긴 마찬가지였다. 미국에 산다는 소리는 들었지만 나이조차 모른다는 것. 작곡을 처음 한 건지는 모르나 같은 이름으로 발표된 곡은 어디에도 없다는 것. 요새 작곡가들처럼 미디 작업으로 곡을 만든 게 아니라 고전적인 방법으로 곡을 썼다는 것. 그럼에도 불구하고 재능은 천부적으로 보인다는 것. 기술적인 부분은 약할지 모르지만 음악적인 스펙트럼이 아주 넓다는 것. 가요부터 팝, 세미클래식에서 뉴에이지, 드라마나 영화음악에 어울릴 만한 곡까지 만들 능력이 된다는 것. 음악적 감수성이 동양과 서양을 아우른다는 점도 인상적이라고 평했다.

　이형원 프로듀서가 내린 결론은 제이원 프로젝트를 보고 싶은 마음이 나보다 더하면 더했지 덜하진 않다는 거였다.

　"궁금한 게 있어도 의사소통이 전혀 안 되니까 문제야. 하다 하다 이젠 작곡가들까지 신비주의로 나오나? 진짜 다들 왜 그러는데?"

　"세상엔 이상한 사람도 많죠. 나도 좀 이상하지만."

　"하하하. 그래도 까다롭진 않은 거 같아. 편곡도 내 맘대로 하고, 가사며 코드며 조금씩 수정했는데도 별말 없는 거 보면. 아쉬운 사람이 매달리는 거지 뭐. 우린 늘 그렇게 살아왔잖아?"

일본 출장에서 돌아온 성탄절 오후. 회사 근처에서 이른 저녁 식사를 마치고 민규와 상엽을 집으로 불렀다. 카페 마감 때까지 기다리려면 새벽 2시나 돼야 한다. '리허설'조차 스캔들 전처럼 마음 편히 갈 장소가 아니었다.

그나마 편히 있을 데라곤 소속사 지하 연습실뿐이다. 1월 중순부터 일본 5개 도시에서 투어를 시작한다. 연습은 아무리 해도 부족하다. 데뷔 후 내 기준에 완벽한 무대를 만든 적은 단한 번도 없다. 나는 실제 무대에선 최대한 적게 실수하는 걸 목표로 한다.

오늘 같은 날 누굴까. 연습실에 불이 켜져 있었다. 유리창 너머로 시유가 혼자 춤 연습을 하는 게 보였다. 얼마나 오래 했는지 민소매 티가 흠뻑 젖어 있었다. 저녁밥은 먹고 하는 건가. 연습생들도 쉬는 크리스마스에.

방해하는 것 같아서 그냥 갈까 하다가 밥이라도 사 주려고 문을 열었다. 전면 거울 속의 나를 발견한 시유가 깜짝 놀라며 음악을 껐다.

"성탄절엔 팬질도 같이 쉬나? 왜 이리 썰렁해?"

내 말을 들은 시유가 씩 웃었다. 처음 봤을 땐 큰 몸집과는 어울리지 않는 덧니 때문인지 언밸런스해 보이더니 치아 교정을 마치고 나선 인물이 훨씬 좋아졌다.

"어제 잘 먹었어요. 팬들이 음식이랑 선물까지 많이 보내 주셔서."

"오늘은? 대충 컵라면 같은 거로 때운 거 아니야? 저녁 먹으러 가자."

"형은 드셨을 거 같은데."

"또 먹지 뭐. 다이어트가 필요 없는 몸이 됐잖아."

스시를 잘 먹던 게 생각나 근처 일식집으로 데리고 갔다. 메뉴판의 금액을 보고 망설이는 것 같아 내 마음대로 넉넉히 시켰다. 잘 먹는 걸 보니 7년 전 연습생 때가 생각났다. 그때까지만 해도 메이저급 매니지먼트사로 자리 잡지 못한 우리 회사는 늘 돈에 쪼들렸고, 연습생들한테까지 넉넉히 밥을 사 줄 형편이 못 됐다. 식탐이 없는 편인데도 그땐 유난히 자주 배가 고팠던 것 같다.

"서울엔 고향 친구들 없어?"

"대학 다니는 애들이 몇 있는데 방학이라 반은 본가에 가고, 나머지는 데이트한다고 바쁜가 봐요. 크리스마스잖아요."

꽤 오래 사귄 여자 친구가 외국으로 유학을 떠나면서 이별했다고 들었다. 단순히 싫어져서, 싫증 나서 헤어진 건 아닐 테지. 그럴 애도 아니고.

"지느러미살 먹어 봐. 이게 제일 맛있어."

"형은 왜 안 드세요?"

배가 불렀지만 몇 점 더 집어 먹었다. 술은 싫대서 시키지 않았다. 성대에 나쁘다고 담배는 입도 안 대고 술도 거의 안 하는 애다. 심지어 카페인이 들어간 차나 음료수까지 피할 정도니 회사에서 예뻐하지 않을 수가 없다.

예능 프로그램은 아이돌인데다 아직 가수 활동만 하는 시유에게 얼굴을 알릴 좋은 기회가 될 것이다. 방송이 나간 지 3주 만에 CF 제의가 들어왔다는 말을 들었다. 시유는 멤버 중 유일하게 첫 앨범이 나오자마자 CF에 단독 캐스팅된 MO아티스트 기획의 기특한 자산이기도 하다.

시유에게 궁금한 것이 또 있었다. 하지만 묻지 않는 게 낫겠지.

"니 동생들 여기 연습생 될지도 모른다던데?"

"전 싫은데 사장님이 제 여동생들 보시고 아버지하고 얘기 하셨나 봐요."

"클래식 하던 애들을 굳이. 시키지 마. 뭐 그리 좋은 직업이 라고. 너도 잘 알잖아."

"저도 그렇게 말했는데 아버지가……. 아무리 말려도 사장 님이 뭐라고 하셨는지 통하질 않아요."

"이젠 아들 말도 들으셔야지. 니가 번 돈 부모님께 거의 다 보낸다며."

"……."

"괜히 생색내는 것 같아 말도 못 꺼내지? 나도 좀 안다. 그 마음."

갑자기 시유의 눈이 붉어졌다. 물려받은 재산으로 대책 없 이 사업을 벌이기만 하는 아버지. 곱게만 살아와서 생활력 없 는 어머니. 그런 부모 아래서 자랐다고 들었다.

"다들 나만 쳐다보고 있는 것 같아 부담스러울 때가 많아요."

안 봐도 어떻게 돌아가고 있는지 대충 짐작이 간다. 자식이 제법 유명한 연예인이 되면 등쳐먹으려는 인간들은 더 꼬이고 돈 빌릴 구석은 점점 없어진다. 아무리 궁해도 연예인 가족이라는 체면 때문에 형편에 맞게 살지도 못한다. 인기가 많아지고 얼굴만 알려지면 떼돈을 벌 것으로 생각하기 쉽지만, 신인에게 유리하게 계약해 주는 소속사는 드물다고 봐야 한다. 나 같은 계약을 한 경우는 아주 운이 좋은 케이스다.

멤버 중 활동을 가장 많이 한다지만, 아직은 손에 들어오는 돈이 많지 않을 때다. 잠을 못 자 가며 힘들게 번 돈마저 아버지 손으로 들어가 사업 자금이란 명목으로 고스란히 날려 버리는 게 아닐까. 그건 정말이지 말려야 할 일이다.

"걱정한다고 해결될 일 같으면 다들 걱정만 하고 있게. 정말 죽을 것처럼 힘들어도 지나고 생각하면 완전히 바닥은 아니더라. 신기하지?"

"진짜 그랬으면 좋겠어요."

"사람들이 우리 둘이 닮았다던데, 니 생각도 그래?"

"전 잘……. 형이 더 멋있죠. 진짜 연예인 같고."

"나, 연예인 같다는 말 별로 안 좋아하는데? 몰랐어?"

이 잘생긴 아이가 처음 오디션을 보러 왔을 땐 지금보다 30킬로그램 가까이 무거운 거구였다는 게 믿기지 않는다. 지금은 아예 다른 사람처럼 보일 정도다. 숫기도 없고 노래도 뛰어나지 못해서 떨어뜨린 걸 우연히 엘리베이터에서 마주친 사장님이 잡았다고 한다. 시유도 독하지만 치아 교정과 체중 감량을 마친 얼굴을 미리 알아본 정문용 대표도 대단하다.

"저번에 제이원 프로젝트가 새로 보낸 곡 들어 봤는데 좋더라고요. 홍 이사님이 말씀하시는 거 얼핏 들었는데 따로 개인 음반 만들지도 모른대요. 그 작곡가가 우리한테도 곡 줬으면 좋겠는데."

"그래? 너희도 달라고 졸라 봐. 사장님이 개인적으로 아는 사람 같던데."

"안 그래도 애들하고 계획 잡고 있었어요. 언제 말 꺼내면 좋을지 분위기 파악 중이에요."

"사장님이 뭐에 제일 약한지 가르쳐 줄까?"

"뭔데요?"

"자기 할 일 잘하면서 군말 없는 사람. 너처럼. 내 휴대폰으로 계좌 찍어 보내."

"네?"

"너 통장 있을 거 아냐. 동생들 레슨비는 안 밀리고 내야지. 연습생 안 시키려면."

"안 그러셔도 돼요. 말만으로도 정말 고마워요."

"급한 불은 끄고 살아야 일도 맘 편히 하는 거야. 곧 CF 찍는다며? 정산되면 바로 갚아. 10원이라도 더 보내면 죽는다?"

"그래도……."

"떼먹을 거 아니잖아. 돈은 엄마한테 다달이 나눠서 보내 드려. 내 말 무슨 말인지 이해하지?"

헤어지고 30분쯤 뒤 계좌 번호가 찍힌 문자가 왔다. 마지막에 죄송하다고 적혀 있었다. 나는 시유의 계좌에 평생 못 받아도 두고두고 생각나지 않을 정도의 액수를 이체했다. 경우가 완벽히 같지는 않겠지만 나 역시 비슷한 일을 여러 번 겪었다. 돈이 정말 궁할 땐 주머니에 천 원짜리 한 장이 없었다. 큰돈도 아닌 버스비가 부족해 두 시간 거리의 집까지 걸어간 적도 있다.

답답한 속을 털어놓을 데도, 필요한 게 없는지 먼저 물어 주는 사람도 없어서 더 막막했던 시절. 그땐 선택의 여지가 없었다. 뭐든지 열심히 하는 것밖에는. 시유와 나는 그 점에서 가장 닮은 것 같다.

시간이 참 더디 간다. 친구들이 오려면 아직 몇 시간 더 기다려야 하는데. 그 여자는 지금 뭘 하고 있을까. 설마 나처럼 썰렁한 성탄절을 보내진 않았겠지. 내 부탁대로 좋은 남자와 데이트라도 했을까. 착한 여자니까. 바보처럼 착한 여자니까.

어제오늘 몇 번이나 전화하고 싶었지만, 잘 견뎌 냈다. 세상에 참아야 할 것이 어떻게 이토록 많을 수 있는지 하루하루가 새롭다.

밤새 내린 눈이 좁은 창틀에까지 소복이 쌓여 있었다. 오늘은 올해의 마지막 날이고 올해 마지막 시상식이 있다. 포토존을 지나오기까지 너무 긴 시간을 낭비한 것 같다. 이 밤은 시간을 분 단위로 계산해 써야 한다. 장내는 아직 어수선했다. 안면이 있든 없든 알려진 얼굴들엔 먼저 다가가 인사했다. 어? 그런데 저 여자가 왜 저 드레스를……? 배우 성현이 오늘을 위해 선택한 의상은 턱시도를 맞추러 간 날 내가 눈여겨봤던 청색 드레스였다.

다른 여배우가 입는다고 하지 않았나? 그러고 보니 30분 전 수민 누나가 내 가슴과 목에 매 준 행커치프와 보타이와도 같은 색깔. 옷감의 재질까지 똑같다. 우연인가? 그럴 리가. 필연인가? 그럴 리가. 스타일리스트 누나의 농간인가? 이 가능성이 제일 높다.

그녀가 먼저 알은체했다. 약간의 고갯짓과 눈짓으로만. 주위 사람들과 인사를 나누고 자리에 앉으면서 다시 백성현 쪽을 바라보았다. 그날 나는 마네킹에 입혀 있던 드레스의 뒷부분은 보지 못했다. 느슨하게 올린 머리카락으로 일부분 가려지기는 했지만, 오른쪽 어깨와 왼쪽 사이의 등 부분을 한 줄의 체인으로 연결했을 뿐 엉덩이 바로 위부터 등의 맨살이 훤히 드러나는 디자인이었다. 보이는 게 전부가 아니라는 말은 이럴 때 쓰는 거다.

장내를 한 바퀴 둘러보니 아는 사람들이 더 있었다. 다시 일어나 근처 테이블을 돌아다니며 인사를 드렸다. 곧 식이 시작할 거라는 안내방송이 들렸다. 실내가 순간 잠잠해지면서 서 있던 사람들은 서둘러 자기 자리로 돌아갔다.

다시 내 자리로 왔을 때, 그녀는 고개를 갸웃이 기울이고 주해선 선배님의 말씀을 경청하고 있었다. 나는 늘 저 모습이 좋았다. 저렇게 바라보는 눈빛이 좋아서 끝없이 이야기를 하고 싶었다.

〈떴다! 8남매!〉가 잠시 화제에 올랐다. 아직 초반인데, 심하게 죽을 쒔던 바로 전 프로그램에 비해 시청률이 두 배 넘게 올랐다는 소식은 들었다. '우리가 미처 몰랐던 성현의 재발견', '성현 씨, 왜 이제야 나타나셨나요?' 하는 제목의 기사도 모처럼 마음에 들었다.

사실 나는 세 살배기 꼬맹이들을 돌보던 방송밖에 본 적이 없다. 그나마도 보다가 신경질이 나서 꺼 버렸지만. 성현이 정성욱 선배와 눈을 맞추는 게 싫었다. 틱틱거리면서도 그녀에게서 시선을 떼지 못하는 정 선배는 더 보기 싫었다. 가장 싫은 건 그걸 보면서 부글부글 끓는 내 마음이었다. 왜 마음 하나 다스리지 못해서 이럴까. 다른 사람 마음도 아닌 내 마음을.

"성현이 넌 진작 예능 하지 그랬니? 그 가수하고도 잘 어울리던데? 왜 같이 애들 보던 키 큰…… 누구더라?"

내가 속으로 정성욱이라고 되뇌고 있을 때, 우진 형이 그 이름을 밖으로 꺼냈다.

"아! 그래. 걔 괜찮더라. 얼굴도 그만하면 됐고. 솔직히 재유처럼 너무 잘생겨도 피곤하지. 아들 미안. 우리 딸이 그러는데 정성욱? 그 가수가 학벌까지 좋다던데?"

백성현은 여전히 옅은 미소만 짓고 있고 우진 형이 그녀의 대변인처럼 서글서글하게 답했다.

"엄친아죠. 그 정도면. 선생님, 누나하고 정성욱 은근 잘 어울리죠? 가만 보면 성현 누난 안 어울리는 남자가 없어. 이상하고 요상한 여자라니까."

다들 그런다. 성현은 어떤 남자하고 붙여 놔도 어울린다고. 나도 그런 말을 들었고 우진이 형도 비슷한 말을 들었다. 심지어 피디까지 그림이 된다고. 그래도 내가 제일 어울렸으면 좋겠는데. 나는 여느 때와는 비교할 수 없을 정도로 아름다운 그녀의 모습을 가슴 깊이 새겼다.

이번엔 내 미니 앨범 얘기가 나왔다. 같은 테이블의 사람 중에 앨범을 선물하지 않은 사람이 딱 한 명 있다. 누구보다 많은 걸 주고 싶은 사람이지만, 아주 작은 연결고리라도 만들어선 안 된다고 생각했다. 대화에 끼지 못하는 그녀를 보며 나는 또 후회를 한다.

2부엔 베스트 커플상 후보에 오른 세 커플의 공연이 있다. 나는 다른 무대에 서기 위해 다른 방송사로 이동해야 한다. 그게 누구 생각이든 같이 무대에 안 선 건 속 좁은 짓이었다. 이 넓은 곳에 혼자 두고 가는 것도 미안했다. 커플 모임에 애인 혼자만 내보낸 남자가 된 기분이다. 누나에게 몸을 기울이고 작게 말했다.

"갔다 올게. 3부 시작하기 전까지는 올 거야."

"그래. 잘하고 와."

다른 방송국 무대에선 새로 편곡한 〈렛 미 인〉과 두 번째 활동곡 〈챈스Chance〉를 불렀다. 10분짜리 무대를 마치고 내려오자마자 옷부터 갈아입었다. 땀이 줄줄 흘렀다. 코디 둘이 달라붙어 땀을 닦아 주고, 부채질을 해 주고, 메이크업을 고치며 수선을 피웠다. 지수정 누나가 잠시 자리를 비운 사이 수민 누나를 슬쩍 다그쳤다.

"그거 누나 짓이지?"

"내가 뭔 짓을 했는데?"

"알면서 왜 그래요?"

"나 머리 그렇게 팍팍 안 돌아가. 님이 하도 부려 먹어서 완전 과부하 상태예요."

"또, 또 죄책감 유발 멘트 던진다."

"맞거든. 니가 더 힘든 거 아니까 군말 없이 하지만."

"그 누나가 왜 그 드레스를 입고 있냐고?"

"그 누나 누구? 구체적으로 이름까지 말을 해야……."

"다른 여배우가 입는다며?"

"안 듣는 척하면서 다 들었나 봐? 날이 날이니만큼 커플이니까 컨셉 좀 맞추려고 그랬지. 아우, 힘들어! 오늘 하루만 도대체 몇 번째야. 이러다 66사이즈 되겠네. 큰일 났다."

"또 말 돌린다."

"너 그날 그 드레스 한참 쳐다봤잖아. 예뻐서 본 거 아니었어?"

갑자기 수민 누나의 목소리가 작아졌다. 대단한 비밀이라도 고백하는 것처럼.

"성현 씬 몰라. 그 드레스 입게 된 이유."

"다신 하지 마요. 그런 짓."

"서재유 씨, 내가 당신을 좀 알잖아요. 너나 그러지 마세요. 우린 니 편이야. 정연 언니도 나도. 수정인 내가 어떻게 해 볼게. 무력을 써서라도."

차를 타고 이동하면서도 마음이 급해서 뛰고 싶었다. 3부 시작 직전 겨우 도착했다. 백성현이 빈자리를 지키고 앉아 있는 게 보였다. 서운했을까. 비록 우리가 특별한 사이가 아니더라도. 쓸쓸했을까. 내가 옆에 있어 주지 않아서.

그녀가 자리에 앉는 나를 흘깃 보더니 클러치 백을 열어 테이블 아래로 손수건을 건넸다. 바지 주머니에 손수건이 있었지만 내게도 있다는 말은 하지 않았다. 얼굴을 옆으로 돌려 땀을 닦은 뒤 손수건은 턱시도 상의 주머니에 넣었다.

예능 방송에서 가끔 마주쳤던 개그맨 출신 남자 MC가 베스트 커플상 후보들을 불러냈다. 카메라 앵글이 그녀의 맨 등을 노골적으로 보여 주는 게 싫어서 그 뒤를 바짝 따라갔다. MC가 후보에 오른 네 커플을 쭉 세워 놓고 짓궂은 표정을 지으며 곤란한 질문을 계속 던졌다.

소속사에서 조심해서 대답하라고 강요한 건 아니다. 이젠 누구도 내게 그런 말을 대놓고 하지 않는다. 내가 알아서 조심할 뿐이지. 이제 백성현 차례다.

"많은 시청자가 정말 궁금해할 거예요. 김재현과 서재유의 공통점과 차이점은 무엇인가요? 길게 대답해도 자르지 않겠습니다."

꼬투리 잡을 데 없이 매끄러운 답변을 들으면서 생각했다.

나는 완벽하게 불편한 남자군.

한 해 동안 드라마에 출연한 배우 중 가장 잘 어울렸던 커플에게 준다는 상은 우리가 받았다. 〈하늘꽃〉 커플과 엇비슷할 거로 추측했지만 뚜껑을 열어 보니 우리 커플이 압도적이었다. 뭐라 말하기 어려울 정도로 기분이 이상했다.

나는 드라마를 하든 뮤직비디오를 찍든, 하다못해 여자 댄서들과 짝을 맞춰 춤을 출 때조차 어울린다는 소리를 거의 듣지 못했다. 어떤 여자를 데려다 놔도 서재유만 보인다는 말. 성현이란 배우와 연기를 하면서 처음으로 그 말을 들어 봤다. 더하지도 않고 덜하지도 않게 맞춘 듯 어울린다는 말.

드라마보다 더 드라마틱했던 지난 시간이 떠오른다. 오직 사랑이었다고 하기엔 미안한, 사랑이 아니었다고 하기엔 거짓인 촬영장에서의 하루하루. 분에 넘치는 행복이었다. 누가 내게 또다시 그런 기회를 줄 수 있을까.

우수상 후보에 올랐을 때 수상자로 호명이 안 돼서 이번에도 연기상은 못 받는가 보다 했다. 최우수상 시상식이 있기 전 대형 스크린으로 〈온리 원〉의 명장면들을 간추려 보여 줬다. 그녀가 동생에게 말한다.

"재현 씨, 해 뜨기 전이 제일 춥고 제일 캄캄하다는 말 들어 봤어? 지금이 우리 인생에서 제일 춥고 어두운 시절이었음 좋겠다."

재유의 얼굴은 불안하게 행복해 보였다. 냉장고 앞에 기대서 같은 여자에게 입맞춤하는 또 다른 서재유가 있다. 그 남자는 완벽하게 행복해 보인다.

내 마음이 이렇게 복잡한데 내 옆의 여자는 어떨까. 동시에 두 남자를 떠올릴 수밖에 없는 공개적인 이 시간이.

상 복이 많은 해였다. 과분한 상에 과분한 칭찬까지 받으며 새해를 맞이했다. 뒤풀이 장소에서 슬쩍 빠져나와 또 다른 뒤풀이 장소로 이동한다. 방송국에서 멀지 않은 마포 쪽 작은 바Bar.

입구에 들어서자마자 그녀를 발견했다. 잔뜩 붉어진 얼굴, 한껏 느려진 말투. 그렇게 취한 모습은 처음이었다.

비틀거리는 그녀를 백 실장님이 부축했다. 우진 형이 놀라며 자리에 앉힌 뒤 음료수를 따서 건넸다. 박 감독은 추워하는 그녀를 위해 코트를 덮어 줬다. 나는 어떤 것도 편히 해 줄 수가 없다. 해서도 안 된다.

마냥 기쁘기만 해야 하는 날 왜 이럴까. 날 반기는 사람들이 이렇게 많은데. 아무래도 안 되겠어서 백 실장님을 찾았다.

"왜?"

"성현 누나 너무 취한 것 같은데 형이 데려다주고 오면 안 돼요?"

"그게 좀 그렇지 않겠냐? 이사님도 계시고 보는 눈도 많은데."

"이사님은 이해할 거예요. 사람들 모르게 슬쩍 데려다주고 오면 되잖아. 형, 부탁해요."

"그래, 내가 알아서 할게. 재유 넌 자리 지켜. 알았지?"

실장님이 떠나고 권 이사님이 내 옆으로 돌아와 앉았다. 그는 비어 있던 내 술잔을 말없이 채웠다. 서글서글하게 잘생긴 분이지만 이젠 7년 전 처음 봤을 때보다 훨씬 나이가 느껴진다. 다들 늙어 간다. 나 역시 그럴 테지만.

"너 처음 봤을 땐 애티가 채 안 벗겨졌었는데 이젠 같이 늙어 가는 것 같네."

이사님이 날 바라보며 씩 웃었다. 연말의 피곤함이 고스란히 드러나는 낯빛이다. 정문용 대표가 나를 발탁해 키웠다면, 권혁주 이사는 추우나 더우나 현장에서, 내가 미처 모르는 또 다른 곳에서 날 위해 고생했다. 우리 회사에서 나를 가장 잘 아는 사람. 그 여자가 그렇게 좋다면 나중에 몰래 만나라고, 도와주겠다고 말해 준 유일한 사람. 수고하셨다거나 고맙다거나 이사님밖에 없다는 식의 인사치레를 하지 않아도 내 마음을 짐작할 것이다. 난 금세 비워지는 그의 잔에 술을 따랐다.

잠시 뒤, 벌써 거나하게 취한 이규석 감독이 등장했다. 그는 바로 우리 테이블로 걸어왔다. 권 이사님과 이 감독님은 내가 〈온리 원〉을 찍는 동안 형, 동생 하는 사이가 됐다. 두 분이 따로 대화를 나눌 동안 나는 조용히 술잔을 비웠다. 백 실장님이 저 앞의 여자를 얼른 데려다주길 바라며.

백성현이 누군가와 통화하며 내 얼굴을 흘깃 바라본다. 이 늦은 시간, 저토록 복잡한 표정을 짓게 하는 상대는 누굴까. 순간, 우리의 눈길이 부딪힐 듯 엇갈렸다. 벽시계를 찾는 것처럼 두리번대던 성현이 가방을 움켜쥔다. 내 직감이 말했다. 가지 못하게 잡으라고.

다시 그녀와 나의 시선이 얽혔다. 가지 마. 내 소리 없는 입 모양을 그녀가 읽을 수 있기를. 제발, 가지 마.

끝내 내 시선을 외면한 여자가 빠른 걸음으로 시야에서 사라졌다. 벌떡 일어나는 나를 이사님의 손이 잡아챘다. 그의 손아귀엔 잔뜩 힘이 들어가 있었다.

"재유야, 감독님께 한 잔 따라 드려야지."

손과는 달리 다정한 그의 목소리다.

"재유 바쁜가 본데?"

다시 주저앉아 이 감독님께 술을 따라 드렸다. 반쯤 비운 술 잔을 내려놓으며 감독님이 물어 오셨다.

"재유 너는 가수가 좋냐? 배우가 좋냐?"

"둘 다 좋습니다. 노래할 땐 배우가 좋고, 연기할 땐 가수가 좋고."

"하하하. 솔직해서 좋네. 가오 안 잡아서 좋고. 그런데 말이 야, 배우는 그런 것도 있어야 하거든. 나르시시즘. 자기애 같은 거. 너흰 둘 다 그게 부족해. 너나 성현이나. 어떻게 그렇게 똑 같으냐."

"죄송합니다. 다음엔 더 키워서 오겠습니다."

"형님, 다음 작품엔 우리 애들 좀 써 주세요. 재유 한 번 더 쓰셔도 좋고. 한시유라고 우리 회사에 노래 부르는 애 있는데, 아세요?"

"알지, 그럼. 연기 트레이닝은 계속 시키지?"

"당연하죠. 연기 선생이 소질이 꽤 보인다는데요? 애가 워낙 성실해서."

"소질이 보이는 정도로 되나. 날고 뛰는 애들 천지인데."

"에이, 형님은. 제가 겸손하게 말한 거죠."

"감독님, 죄송한데 먼저 일어나겠습니다."

이규석 감독이 충혈된 눈으로 날 올려다보며 고개를 갸웃했다.

"벌써 일어나는 거야? 간만에 말술 실력 좀 보나 했더니만."

권 이사가 내 얼굴에 시선을 고정하며 미소 지었다. 눈은 얼어붙었는데 입만 웃고 있다.

"가긴요. 오늘 저하고 죽기 직전까지 마시기로 했는데. 그렇지?"

"한류 스타를 그렇게 막 다루면 되나. 움직이는 중소기업인데."

이사님이 답답한 눈으로 날 바라보았다.

"왜, 속 답답해? 화장실이라도 다녀와. 금방 와라. 알았지?"

자리를 벗어나 뛰듯이 계단을 올라갔다. 바 입구에서 백 실장님과 마주쳤다.

"어이쿠, 취해서 왜 뛰어? 다치려고."

"형, 누나 가는 거 봤어요?"

"아니. 못 봤는데?"

"봤지? 봤잖아요! 뭐 타고 갔어? 어디로 갔는데?"

"누가 들을까 봐 무섭네. 못 봤다니까. 진짜야. 언제 나갔는데?"

"5분 전! 아닌가? 10분은 안 됐을 거고. 넘었나."

"그럼 안 나간 거야. 아까부터 입구 쪽에서 통화하고 담배 피우고 있었는데. 아, 뒷문으로 나갔나?"

"여기 뒷문도 있어요?"

"내가 그걸 어떻······. 재유야, 너 왜 이래? 이런 캐릭터 아니잖아. 들어가자. 술 깨는 약 사 왔는데 마실래?"

어디로 가야 그 여자를 만날 수 있는지 도무지 알 수가 없다. 따라온 매니저가 있는 것도 아니고, 집이 어딘지 아는 것도 아니니. 오늘 같은 날 양승호 대표는 어디서 뭘 하는 거지? 오 작가! 그녀는 알지도 모른다.

다시 계단을 뛰어 내려갔다. 날 뒤따라오며 실장님이 조심하라고 소리쳤다. 그런데 거기, 백성현이 있었다. 화장실 앞에 가방을 끌어안은 채, 고개를 푹 숙이고 쭈그리고 앉아서. 백 실장님이 먼저 다가가 엉거주춤하게 마주 앉았다.

"성현 씨, 어디 아파요? 괜찮아요?"

여자가 천천히 고개를 들며 괜찮다는 듯 손을 저었다. 운 것 같지는 않은데 눈이 빨갛게 충혈돼 있었다. 안심이 되면서도 화가 난다.

"여기서 뭐 해!"

그녀가 기운 없는 목소리로 대답했다.

"들어가. 실장님, 재유 데리고 들어가세요."

"속 거북해요? 얼굴이 허옇게 질렸네. 약 있는데 마실래요?"

"이젠 좀 괜찮아졌어요."

실장님 손에 걸려 있던 비닐봉지 안에서 약병을 찾아 뚜껑을 열어 건넸다.

"마셔."

백성현이 약을 보더니 얼굴을 찌푸렸다.

"얼른."

"못 마실 것 같은데. 안 마실래."

"마시라고."

"재유야, 살살 말해. 왜 화를 내고 그래."

"안 마실 거야!"

"아오, 정말. 내가 성현 씨 집까지 잘 데려다줄 테니까 넌 제발 들어가 있어."

"마시는 거 보고 들어갈 거니까 어서 마셔. 누나!"

"알았어. 마실게. 넌 들어가."

"갈 거야. 가지 말라고 잡아도 갈 거니까……. 형, 부탁해요."

그녀는 내 얼굴을 보지 않았다. 나도 돌아보지 않았다. 다시 들어온 나를 본 이사님이 슬쩍 고개를 끄덕였다. 잘한 건가. 이 정도로 끝낸 게. 무대 위에서 내 이름이 들렸다.

"재유 씨! 노래 한 곡 해야지!"

그래, 난 가수다. 이제 연기는 하기 싫다. 카메라 앞에서나 밖에서나. 다른 사람 이름으로 내가 아닌 척 사는 건 서재유 하나로 충분하다.

나는 가수로만 살고 싶었다. 그러나 아무리 죽을 노력을 해도 가창력 있는 가수로 불리지 않는다. 사람들은 내 노래보다는 얼굴을 보려고 콘서트장을 찾는다. 내가 몇 시간 전 받은 퍼포먼스상, 앨범 판매상, 인기상 같은 건 노래를 잘해서 준 상이 아니다.

"서 가수, 뭐 하냐? 우리도 라이브로 들어 보자."

내가 선택한 곡은 트로트였다. 마이크를 잡고 노래를 시작했다. 음정? 박자? 그까짓 거. 가사가 맞는지도 모르겠다. 주정하듯 불러 댔다. 실내의 사람들이 의외의 서재유를 발견한 것처럼 환호성을 질렀다. 내친김에 한 곡 더 불러 재꼈다.

노래를 마치고 자리로 돌아오면서 생각했다. 새해 첫날부터 화를 냈네. 화낼 일도 아닌데. 집엔 잘 가고 있을까. 그리고 불현듯 떠오른 생각. 아까 백성현과 통화했던 상대는 나도 아는 사람일지 모른다는 것! 설마 아니겠지. 그 정도로 미치진 않았겠지.

우진 형이 옆자리에 앉더니 빈 잔에 술을 따라 주었다. 이내 위로라도 하듯 내 어깨를 툭툭 두드렸다. 나는, 울고 싶은 걸 참으며 술잔을 비웠다.

실내는 슬슬 파장 분위기다. 자리를 옮겨 포장마차로 갈까, 좀 이르지만 해장국을 먹고 헤어질까 하는 속 편한 고민을 하는 사람도, 테이블에 엎드리거나 소파에 널브러져 곯아떨어진 사람도 있다. 이미 자리를 뜬 사람도, 지치지도 않는지 무대를 점령하고 노는 대단한 정력가도 보인다.

나 역시 피곤하긴 마찬가지다. 열흘 가까이 하루 세, 네 시간 이상 누워 보질 못했다. 백 실장님에게선 아직 연락이 없었다. 잘 들어갔다는 말을 듣기 전엔 마음 편히 집에 갈 수 없을 것 같다.

막 옆자리의 이사님이 잠든 걸 확인했을 때, 매너 모드로 해놓은 전화기가 움직였다. 뜻밖에도 그녀였다.

"아까 화내서 미안해. 집엔 잘 들어갔어?"

― 많이 취했니?

"사람 구별은 해. 말귀도 알아듣고."

― 미안한데 지금 올 수 있어?

"지금…… 오라고? 나, 오라고?"

― 서준유, 와서 니 동생 데리고 가. 주소 문자로 찍어 줄게.

미친 자식이라는 말이 절로 튀어나왔다. 슬쩍 빠져나와 종업원에게 뒷문이 어디 있는지 물었다. 택시가 금방 안 잡혀 무작정 앞으로 걸었다. 목덜미가 싸늘해 확인해 보니 술집에 목도리를 놓고 온 모양이다. 그것 때문에 다시 돌아갈 수는 없지. 옷깃을 여미고 모자를 더 푹 눌러썼다.

겨우 잡은 택시에 타자마자 목적지부터 말했다. 긴 통화를 할 시간은 없었다. 동생이 왜 거기 있는지, 어떻게 그 집을 알았는지, 왜 나를 부르는지 전부 궁금했다. 가는 도중 다시 문자가 왔다. 오라는 장소가 근처 산으로 바뀌었다. 택시 기사에게 목적지를 바꿔 말했다.

"기사님, 빨리 가야 해요."

속이 탔다. 겁도 없이 인적 드문 곳엔 왜 갔을까. 공원 입구에서 내린 뒤 오라는 곳으로 달렸다. 가로등은 있지만 어슴푸레한데다 처음 와 본 곳이라 어디가 어딘지 몰라 잠깐 헤맸다. 전화를 걸어 봐도 받지 않았다. 초조한 정도를 넘어 돌아 버릴 것 같았다.

이름이라도 소리쳐 불러야 하나 했을 때, 먼발치서 동생과 그녀가 마주 보고 있는 게 보였다. 재유가 그녀의 팔을 움켜잡고 안을 듯 가까이 다가갔다.

"로케!"

성현이 깜짝 놀라 내 쪽을 쳐다보았다. 동생은 눈길도 돌리지 않았다. 그녀의 시선이 다시 재유 쪽으로 옮겨 갔다. 아마도 재유가 무슨 말을 한 것 같다. 눈에 비친 모든 것이 화가 나 견딜 수가 없었다.

"너 내 말 안 들려!"

주먹으로 한 대 치고 싶은 욕구를 애써 누르며 여자를 내 쪽으로 잡아당겼다. 동생이 그녀의 얼굴에 시선을 고정한 채 내게 말했다.

"지금 나하고 말하고 있는 거 안 보여?"

최대한 화를 누르고 동생을 달랬다.

"가자. 집에."

"여기까지 뭐 하러 오냐. 힘들게."

"누나가 불러서 온 거야. 너 데리러."

"설마 집에도 못 찾아갈까 봐?"

"가자고."

"가도 내 발로 가. 내 의지로 간다고."

"그럼 알아서 가라. 누나, 데려다줄게."

"형이나 가지 그래? 난 아직 할 말 남았는데?"

"할 말? 부럽다. 하고 싶은 말 다 하고 살 수 있어서."

"부럽다고? 내가? 뭐가? 니가 나처럼 살아 봤어? 그래. 너도 못 하고 산 거 많은 거 알아. 힘도 들겠지. 다 좋은데, 형이 못 만나면 나도 만나지 말아야 하는 거야? 그건 누가 만든 법칙…….”

그 순간, 전화가 왔다. 받고 싶지 않았다. 이번엔 문자 오는 소리가 들렸다. 같이 술집에 있던 두 상사 중 한 명이겠지. 두 사람 다일까. 목도리만 두고 사라졌으니 걱정할 만한 일을 만든 셈인가.

시린 공기를 가르며 다시 전화벨이 울렸다. 잠시만, 한나절만이라도 날 편히 내버려 두면 안 되나. 새해 선물이라 치고 오늘 하루만 모른 척해 주면 안 되나.

“전화 받아. 회사 같은데. 피곤해서 먼저 왔다고 둘러대든가.”

백성현 말이 맞다. 알아듣게 설명하고 나머지 일을 처리해야 옳다. 실장님이 다시 정발산으로 돌아오는 일은 없게 해야 한다. 하지만 이 여자 앞에서 다른 곳이라고 거짓말하기는 싫었다. 아니, 갈 데까지 가 보겠다는 식으로 덤비는 동생부터 해결해야 했다. 그것도 아니면 뭘 어떻게 해야 하나. 한 여자를 사랑한다는 단순한 사실조차 이토록 복잡하게 풀어 가야 하는 현실이 너무 싫다.

“그럼 이제부터 니가 서재유 해라. 원래대로.”

“아! 그런 방법이 있었지. 그래도 되겠어? 후회하지 않을 자신 있어?”

후회하지 않을 확신은 없다. 더 어울리는 일을 찾을 자신도 없다. 하지만 내게 그 시간으로 돌아갈 수 있는 기적이 주어진다면 나는 기꺼이 가진 모든 걸 내려놓을 것이다.

"그런데 어쩌지? 난 연예인으로 살 마음이 없는데? 앞으론 나한테 이래라저래라 하지 마. 내 마음은 내가 결정해."

"니 마음이 뭔데?"

"여기서 듣고 싶어?"

"둘 다 그만해! 내려가자. 내가 생각이 짧았어."

이 한밤중에 이런 곳까지 따라온 여자에게도 화가 났다.

"누난 도대체 여기까지 왜 온 거야! 사방이 캄캄한데 겁도 없이."

"누구한테 소리를 질러? 서준유, 잘 들어. 지금 내 마음……."

말이 끝나기도 전에 동생의 말을 자르며 그녀가 외쳤다.

"나 니 형 좋아해!"

"……!"

동생이 놀란 얼굴로 그녀를 쳐다보았다. 단 한 번이라도 듣고 싶은 말이었지만, 이런 느낌일 줄은 정말 몰랐다. 그녀가 이번엔 내 얼굴을 보며 말했다.

"서준유, 나 니 동생 좋아해."

생각을…… 진전시킬 수가 없다. 다시 백성현의 목소리가 들렸다.

"어때? 황당하지? 미치겠지? 기분…… 하아."

동생은 여전히 아무 말도 못 하고 가만히 서 있었다. 나 역시 마찬가지. 또다시 휴대폰 벨 소리가 들렸다. 그녀가 주머니에서 휴대폰을 꺼내 액정을 들여다보더니 전화를 받았다.

"네, 성현입니다. ……아니요. 아직 안 잤어요."

누나가 내 쪽을 봤다.

"재유가 여길 왜. 주소도 모르는데 어떻게. 집에 간 거 아닐까요? ……아, 네. 네. 아닙니다. 들어가세요."

통화는 짧게 끝났다. 백성현이 갑자기 쭈그려 앉더니 눈을 뭉쳤다. 그리고 그걸 내게 힘껏 집어 던졌다. 가라면서. 눈뭉치는 내 가슴팍에서 힘없이 부서졌다. 이번엔 또 다른 눈뭉치를 만들어 동생을 향해 던졌다. 너도 가라면서. 그래도 분이 안 풀리는지 자꾸 눈을 뭉쳐 나와 동생에게 집어 던졌다.

"내가 왜 너희 때문에 거짓말해야 하는데? 피곤해 죽겠는데 내가 왜 여기서 이 짓을 해야 하는데!"

동생이나 나나 그 눈을 그저 맞았다. 똑같이 눈을 던질 수도, 맞붙어 화를 낼 수도 없으니. 아이 씨! 그녀가 눈이 잘 안 뭉쳐지는지 신경질을 부렸다. 이젠 눈을 대충 쓸어 담아 우리 쪽으로 쏟아붓듯 던지기 시작했다.

어떡하지. 맨손인데. 동상이라도 걸리면 어떡하지. 그런 생각을 할 때 재유 목소리가 들려왔다.

"그만 던져. 손 시리잖아."

누나가 다시 한 번 눈을 뭉쳐 동생을 맞혔다.

"그런 말도 하지 마! 이깟 손? 안 얼어 죽어! 너흰 내 입장에서 한 번이라도 생각해 본 적 있어?"

늘 생각한다. 그 마음이 전달되지 않았다면 그것 또한 내 탓이겠지.

"잘못했으니까 그만해. 동상 걸려."

나를 보던 그녀가 갑자기 등을 돌렸다. 더는 화를 내지도, 말을 걸지도 않았다. 팔짱을 끼고 걷지는 못해도 이 위험한 새벽길을 혼자 걷게 할 수 없었다. 동생과 나는 조용히 그 뒤를 따라갔다. 한없이 한심했다. 거꾸로 내가 아니라 백성현이 둘이라면, 이미 사랑에 빠진 뒤에 두 사람인 걸 알게 됐다면 나는 어떻게 했을까. 상자 속의 도넛을 고르는 것처럼 단순하게 딱 하나만 선택할 수 있을까.

아직 어두웠지만 새벽길을 오가는 사람들이 드문드문 나타났다. 사람들이 그녀의 뒤를 따라 걷는 우리 형제를 흘깃거렸다.

"치한인 줄 알겠네. 형, 일 복잡하게 만들지 말고 회사에 연락해."

전화를 받은 실장님이 달래듯 물어 왔다. 어디냐고.

"본가에 왔어요. 택시 타고."

— 한참 찾았잖아. 목도리가 있길래 어디 잠깐 나간 줄 알았지. 전화도 안 받고.

"이사님 주무시길래 깨우기도 그래서 먼저 나왔어요. 피곤해서요."

— 그랬어? 이 새벽에 너희 집으로 전화할 수도 없고, 괜히 조바심 냈네. 성현 씬 잘 데려다줬어. 가다가 택시로 바꿔 타고 간다는 걸 겨우 말렸네.

"고마워요. 끊을게요."

— 그래. 오늘 하루 푹 쉬고 낼 보자.

언제나 궁금했던 그 여자의 집. 여기인 것 같다. 대각선 방향 주택 쪽에 아버지의 차가 보였다. 재유는 이 집을 어떻게 알았을까.

내내 조용하던 그녀가 우리 형제 쪽으로 돌아섰다. 추우니까 들어가라고 해야 할 텐데 선뜻 입이 떨어지지 않았다. 왜 볼 때마다 마지막인 것 같을까.

"누나, 잠깐만 기다려."

동생이 차 뒷좌석에서 상자 하나를 꺼내 왔다.

"늦었지만 크리스마스 선물. 안 받으면 가다가 강물에 던져 버릴 거야."

망설이던 누나가 상자를 받았다. 그녀는 고맙다는 말 대신 잘 가라고 했다. 하고 싶은 말은 늘 넘치지만, 내가 할 수 있는 말은 고작 이런 것뿐이다.

"먼저 들어가. 들어가는 거 보고 갈게."

"약속해. 둘 다."

동생이 무뚝뚝하게 대답했다.

"뭘?"

"싸우지 않고 바로 집으로 간다고. 그럴 거지?"

"어린애 취급 좀 하지 마."

"그래. 잘 가. 운전 조심하고."

"나는?"

그녀의 얼굴에 언뜻 웃음이 감돌았다. 그것만으로도 나는 고마웠다.

"너도. 안전벨트 하고. 둘 다."

2층으로 올라가는 걸 확인한 뒤 차에 탔다. 차 안은 온기가 남아 있었지만 여전히 추웠다. 겉옷이 얇아서인지, 마음이 휑해서인지. 둘 다겠지.

"좀 있다가 출발해. 불 켜지는 거 보고."

다시 차에서 내린 나는 실내에 불이 들어오기를 기다렸다. 밖으로 나온 재유가 집 앞을 서성이며 2층을 올려다보았다.

"왜 불이 안……."

더는 못 참고 동생이 휴대폰을 열 때, 그녀가 다시 내려오는 게 보였다. 재유가 투덜거렸다.

"불은 왜 안 켜? 별걸 다 걱정시켜. 백성찬은 쿨쿨 잠만 자나?"

"따뜻한 차라도 마시고 갈래?"

나와 동생의 시선이 허공에서 얽혔다. 잘못 들은 건 아니겠지?

"둘 다 감기 걸릴 것 같아서. 싫어도 잠깐 들어와. 오래 안 잡아."

집 안은 따뜻했다. 현관에서 본 거실은 막 청소를 끝낸 것처럼 깨끗했다. 실내화로 갈아 신은 백성현이 선뜻 들어가지 못하는 우리 형제를 재촉했다.

"왜 안 들어와?"

"성찬인 자? 정말 들어가도 돼?"

"어제 제주도 내려갔어. 연말연시잖아."

그 와중에도 재유가 툴툴댔다. 성현 누나를 생각해서 하는 말이겠지만.

"누나가 개고생 해서 상 받아 왔으면 데리러 오지는 못할망

정 집이라도 지켜야지. 백성찬 그 자식……."

"넌 현관에서 마실래? 그럼 그러든가. 서준유만 들어와."

"하여간 성질머리. 그래서 시집이나 가겠어?"

그녀는 아무 말도 못 들은 척 돌아섰다. 거실로 간 우리 형제는 3인용 소파에 나란히 앉았다. 나지막한 책장이 기역 자 모양으로 거실을 빙 둘러 자리 잡고 있었다. 어딜 둘러봐도 본인 얼굴이나 전신을 크게 뽑아 놓은 사진 따윈 보이지 않았다.

"잠깐만 앉아 있어. 금방 나올게."

25평 남짓해 보이는 실내는 거실에서 주방이 바로 들여다보이는 구조였다. 주방 입구에 나무 재질의 식탁이 자리 잡고 있었다. 집들이를 가도 이 방 저 방 기웃거리는 성격은 아니지만, 이 집은 방마다 열어 보고 싶었다. 슬그머니 일어난 나는 책장의 책들을 천천히 훑어보았다.

방에 들어갔던 그녀가 옷을 갈아입고 나왔다. 처음 봤던 날에도 입었던 카키색 트레이닝복 차림이었다.

"뭐 마실래? 녹차, 유자차, 모과차, 국화차, 우유 넣은 코코아?"

재유가 먼저 대답했다. 사고 친 놈치곤 넉살도 좋다.

"난 모과차. 누나가 직접 담근 거로."

"그래. 쌍둥이 형님, 넌 왜 이렇게 춥게 왔어? 목도리는 또 어디다 버리고."

이 여잔 나한테 관심이 없지 않다.

"감기 안 걸리려면 유자차 마셔야 하나."

추운 데서 떨다 온기 가득한 실내로 들어오니 금세 노곤해졌다. 뒤늦은 피로가 한꺼번에 달려드는 것 같다.

"부엌으로 와서 마실래?"

그녀는 세 가지 차를 준비했다. 유자차, 모과차, 코코아. 차는 마시기 좋을 정도로 따뜻했다. 모과차를 한 모금 마신 동생이 찻잔을 내려놓으며 헛기침했다. 그 자식 입에서 이런 말이 흘러나올 줄 정말 몰랐다.

"물어볼 게 있는데…… 추워하는 남자는 다 집으로 들어오라고 해?"

솔직히 이 정도 발언이면 몇 대 맞아도 싸지 않나? 대신 때려 줄 수도 있는데.

"여자만 데리고 온다, 왜!"

"그럼 우린 남자도 아니란 거야?"

"그건 댁이 더 잘 알겠지요."

"그 대답 마음에 드네. 유자차도 직접 담근 거야?"

둘이 대화를 나누는 동안 나는 그녀가 직접 만들었다는 유자차를 마셨다. 마치 내가 말하는 걸 내가 듣는 것 같다.

"이 잔 실제로 보니까 별로네. 사진으로 볼 땐 예쁘다고 생각했는데."

"원래 그런 게 좀 많잖아. 멀리서 봐야 더 예쁜 거."

오랜만에 나도 한마디 거들었다.

"그거 나 들으라고 하는 소리야?"

"아니. 니가 왜."

"그럼 나 들으라고 한 소린가 보다?"

"넌 진짜."

"거봐. 아니라고는 못 하잖아."

결국, 동생이 그녀를 웃겼다.

"한 잔 더 줄까?"

"나도 코코아 타 줘. 코코아 많이 넣어서. 커다란 숟가락으로 세 숟가락. 아, 네 숟가락!"

동생이 또 어리광을 부린다. 늘 생각하는 거지만 가죽도 두껍다.

"준유 너도 더 마실래?"

고개를 끄덕였다.

"달게?"

"알아서 만들어 줘."

그녀가 전기 포트에 생수를 받으면서 물어 왔다.

"배고프면 샌드위치 정도는 해 줄 수 있는데. 속 부대끼려나?"

나와 동생이 동시에 대답했다.

"먹을게."

"배고파!"

오랜만에 동생과 마음이 맞았다. 나는 부엌에서 일하는 그녀의 모습을 내내 지켜보았다. 다시는 이런 모습을 볼 수 없을 테니. 잠시 뒤, 그녀가 우리 형제 앞에 각각 샌드위치 접시와 머그잔에 든 코코아를 놓아 주었다. 피클과 양파를 다져 넣고 레몬즙을 뿌린 참치 소스와 치즈, 슬라이스 햄, 토마토, 치커리를 넣어 만든 크루아상 샌드위치. 이걸 만드는 데 10분밖에 안 걸린다는 게 놀랍다.

"새해 첫날부터 화내서 미안해. 1월 1일인 걸 까먹었어. 떡국은 아니지만 드세요."

그녀가 나를 보며 설핏 웃어 보였다. 이 여잔 왜 이렇게 착한 걸까. 바보 아닌가.

"우리가 미안하지. 잘 먹을게."

샌드위치를 먹으며 끌 수 있는 시간엔 한계가 있다. 이 새벽, 이런 분위기에서 나누는 대화에도 한계가 있었다. 날이 밝기 전에 일어나야 한다. 시야에 들어오는 집 안을 빙 둘러봤다. 언제 또 이 집에 올 수 있을까. 그런 행운이 내게 다시 주어질까.

동생에게 일어나자고 말하려던 순간 그녀가 뜻밖의 말을 꺼냈다.

"있잖아. 이렇게 만나는 것도 나쁘지 않을 것 같아."

나는 그 말의 정확한 의미를 알고 싶었다.

"그게 무슨 뜻이야?"

"너희 둘하고 나, 이렇게 셋이 가끔 만나는 거. 1년에 한 번 정도 친구처럼, 누나 동생처럼. 그럼 화낼 일도, 싸울 일도 없잖아."

1년에 한 번 이렇게 만난다고 무엇이 달라질까. 한때 우리가 사랑이라 느꼈던 숱한 감정이 바람처럼 이리저리 부대끼다 흔적도 없이 사라진다고 생각하니 가슴 한쪽이 저려 왔다. 그러나 나는 안다. 세상 모든 것엔 끝이 있다는 걸. 사랑이나 미움 같은 감정에도.

"어떤 대답을 해도 난 괜찮아. 강요하는 것 같아 미안한데, 너희도 괜찮았으면 좋겠어."

언젠간 이 얼굴을 잊을 날이 올까. 내 20대의 한때를 잠식했던 그녀의 아름다운 영혼이 흔적도 없이 사라지는, 아니 사라졌다는 사실조차 잊게 되는 그런 날이 올까. 나는, 괜찮지 않았다. 어떤 생각도 위로가 되지 않았다.

나와 동생은 서로 다른 대답을 내놓았고, 10분 뒤 그 집을 떠났다. 재유에게 운전을 맡긴 뒤 술기운을 핑계로 뒷좌석에 누웠다. 앞좌석엔 그녀가 새해 선물이라며 준 모과차와 유자차 꾸러미가 있다. 하나하나 직접 골라 깨끗이 씻고, 얇게 저며 썰고, 유기농 설탕을 켜켜이 뿌려 담갔다는. 체크무늬 뚜껑에 파스텔톤 리본이 앙증맞게 매달려 있는. 가을이면 넉넉히 만들어 놓고 집에 오는 손님들에게 한 병씩 선물한다는. 별거 아니지만 상하기 전에 먹으라던 그녀의 목소리가 머릿속을 맴돌았다. 이렇게 좋은 여자를 두고 나는, 돌아선다.

서울로 들어설 때까지 우리 형제는 말을 아꼈다. 갑자기 동생이 나를 불렀다.

"나중에…… 나중에 말이야. 어떤 결과가 나와도 깨끗이 승복하기로 하자. 젠장."

그래야 하겠지만, 자신 없었다. 누가 누굴 양보하든 일말의 가능성조차 미지수다.

"김칫국 좀 그만 들이켜. 나는 집으로 데려다주고 가라."

"집엔 안 가?"

"가서 씻고 좀 자야겠어. 오후에 간다고 말씀드려."

"엄마가 기다리던데? 아침에 온다고 했다고."

"오늘은 니가 아들 노릇 해. 저녁 전엔 갈게."

동생이 날 집 앞에 떨어뜨리고 갔다. 절대 건드리지 말라는 단서를 달며 자기 몫의 유자차도 맡겼다. 나는 엄마 잃은 아이처럼 모과차와 유자차가 든 비닐 가방을 끌어안고 집으로 올라왔다. 옷을 벗고 샤워를 한 뒤 잠옷으로 갈아입었다. 죽지 않으려면 조금이라도 자 둬야 한다. 자꾸 그녀가 한 말이 생각났다.

'나는 세상에 변하지 않는 건 없다고 생각해. 변하는 게 무조건 나쁜 거라고 생각하지 않아. 그건 그저…… 어쩔 수 없는 거야. 그러니까 우리가 어떻게 변한다 해도 미안해할 것도, 안타까워할 것도 없어.'

그 말이 맞는지도 모른다. 백성현은 언제나 옳은 말만 하니까. 그러나 그게 내게도 해당하는 말일까. 날이 점점 환해진다. 커튼을 치고 이불을 덮고 침대에 누워 눈을 감았다.

'그건 그저 어쩔 수 없는 거야.'

인생이란 그런 걸까. 나는 늘 그녀에게 미안했다. 나는 늘 그 여자가 안타까웠다. 자고 싶은데 잠이 안 왔다. 울고 싶은데 눈물이 안 나왔다. 생각하고 싶지 않은데 자꾸 생각났다.

사랑하고 싶지 않은데, 아직은 그게 안 됐다.

성현

〈포레스트 검프〉라는 미국 영화를 보면 이런 대사가 나온다.

"인생은 초콜릿 상자와 같은 거야. 다음에 무엇이 잡힐지 아무도 모르거든."

여기, 누구에게나 주어지는 한 개의 초콜릿 상자가 있다. 먹어 보기 전에는 어떤 초콜릿을 골랐는지 알 수가 없다. 이제, 내 인생의 초콜릿을 3분의 1 정도 먹은 것 같다. 상자에 남은 초콜릿 속에 무엇이 들었는지 나는 모른다. 확률상 아직 쓰디쓴 초콜릿이 남았겠지만, 바라고 바란다. 부디 맛없고 쓴 초콜릿은 다 먹어 버린 것이길. 단맛의 초콜릿만 남아 있는 것이기를.

집 앞에선 또 다른 서재유가 나를 기다리고 있다. 그 남자는 어떤 맛의 초콜릿일까. 분에 넘치는 상을 받고 훨훨 날아다녀도 시원치 않을 이 시간, 머리가 아프도록 생각에 생각을 거듭

한다. 무슨 말을 해서 그 남자를 돌려보내야 좋을지. 어떡하면 덜 상처받고, 덜 상처 주는 사람이 될지. 그런 방법이 있기는 한 건지, 모르겠다.

조용히 운전하던 백호민 실장님이 할 말이 있는 듯 헛기침을 했다.

"재유 다음 주에 일본에서 싱글 앨범 나와요. 바로 일본 투어 콘서트 시작하고요."

"그래요?"

"다섯 개 도시에서 하는데, 팬 사인회도 같이 해서 정신없이 바쁠 거예요."

"이번 앨범 좋던데요. 두 번째 약속."

"재유가 낸 앨범 중 그게 제일 많이 팔렸어요. 〈온리 원〉 덕분에 팬들도 더 늘어났고. 양쪽으로 대박 났죠. 일본 앨범도 잘 팔려야 할 텐데."

"언제 그걸 다. 쉴 틈도 없었을 것 같은데."

"사생활 포기하고 잠 줄여 가면서 하는 거죠, 뭐. 재유가 살이 많이 빠져서 걱정이에요. 콘서트는 체력 소모가 엄청 심하거든요. 8년 넘게 이 바닥에서 일하면서 그런 애는 처음 봐요. 어떨 땐 제정신이 아닌 것 같아 좀 걱정도 되고."

"그게 무슨……?"

"젊은 애가 너무 일만 하니까. 일, 연습, 일, 연습, 또 일. 미치지 않는 게 이상할 정도죠. 만나는 사람만 만나고, 가는 데만 가고, 음식까지 한번 꽂히면 질릴 때까지 그것만 먹는 애예요,

걔가. 이런 말 좀 그렇지만 진짜 불쌍해요. 누가 알겠어요. 서재유가 그렇게 산다는 걸. 아, 별말을 다 하네."

의도한 건 아니겠지만 백 실장님이 내가 그 남자에게 가장 가슴 아파하는 부분을 말하고 있다. 만나는 사람만 만나고, 가는 데만 가고, 먹는 것만 먹고. 서준유는 사랑조차 그렇게 할까.

"저, 실장님. 적당한 데서 내려 주시면 택시 타고 갈게요."

"아우, 안 돼요. 위험하기도 하고, 재유 알면 난리 날 거예요. 걔가 화를 잘 안 내서 그렇지 한번 화내면 진짜 무섭다니까요. 그럴 땐 우리 대표님도 못 건드려요."

30분 전쯤 그 모습의 일부를 본 것 같다. 말을 많이 하는 것도 아니고 버럭버럭 소리 지르는 것도 아니었지만, 하라는 대로 하지 않을 수 없었다. 그를 잘 아는 사람들은 한 번 정도는 그런 말을 했다. 걔 웃는 얼굴만 보고 쉽게 판단하면 안 돼. 말이 스물여섯이지 서른여섯이라고 해도 믿을 정도야. 어린 게 보통이 아니라니까. 그러다 또 씩 웃으면 기가 막혀 말이 안 나와. 좀 전에 화났던 것까지 다 잊게 만드니까. 하여간 별난 놈이야. 미워하긴 더 힘든 놈이고…… 그런 식의 견해들.

"그럼 택시 타는 거 보시면 되잖아요. 요새 많이 피곤하실 거 같은데."

"10분 정도만 더 가면 되는데 뭘요."

더는 우기기 어려웠다.

"저동 초등학교 근처예요. 양지마을 4단지 입구요. 아세요?"

"예전에 같이 일하던 가수 누나가 그 동네 살아서 정발산 쪽은 빠삭합니다."

오가는 차가 드물었다. 차는 그새 동네 입구로 들어섰고 천천히 정차했다. 집 앞에 바로 차를 대고 있을 만큼 무모하진 않겠지. 다행히도 근처에 실내등을 켜 놓은 차는 보이지 않았다. 차가 후진해서 빠져나가는 걸 확인한 뒤 휴대폰의 최근 기록을 찾았다. 막 통화 버튼을 누르려는데 전화벨이 울렸다.

— 거기서 대각선 쪽으로 보면 차 있어.

10시 방향 쪽에서 헤드라이트 불빛이 반짝였다.

— 내가 갈까, 이리 올래?

실내등이 켜지면서 40분 전까지 서울에서 봤던 얼굴이 내 쪽을 응시하는 게 보였다. 순간, 가슴이 철렁 내려앉았다.

"내가 갈게. 나오지 마."

차로 다가가 창문을 노크했다. 재유가 차에 타라고 손짓했다. 다시 창문을 두드렸다. 그때야 창문이 내려졌다.

"누나, 추우니까 일단 타. 타서 화내든지 때리든지 하라고."

"어서 가."

"진짜 너무하네. 두 달 만에 만났는데 오자마자 가라고 해? 새해 덕담은 못 나눌망정."

"그러니까 누가 오래? 늘 이런 식이니? 여자 집 앞에서 무작정 기다리고 떼쓰고. 너 지금 내가 신고하면 잡혀 가."

"신고 안 할 거잖아. 형 때문에 하고 싶어도 못 하잖아."

"……."

"이건 정말 믿어 줘야 해. 나 이런 짓 생전 처음이야. 감기 걸려. 타요. 네?"

가까이서 본 두 남자는 **빼닮았**지만 확실히 다르다. 억양, 말투, 표정, 눈빛, 눈빛의 깊이까지 닮은 듯 미세한 차이가 있다. 이제 나는 눈빛만 보고도 두 사람을 구분할 수 있을 것 같다.

"장례식장 갔다 왔어? 왜 그렇게 시커멓게 입고 다녀? 밤에 그러고 다니면 교통사고 나기 딱 좋은 거 몰라?"

"그런 거 몰라. 하고 싶은 말이 뭔데?"

"아까 시상식에서 예쁘더라."

"난 늘 예뻤어. 예전에도, 지금도. 앞으로도 50년은 더 예쁠 예정이야. 됐냐?"

"드레스가 예쁘단 말이었는데?"

재유가 날 보며 씩 웃더니 능글맞게 덧붙였다.

"반전이 확실하던데? 앞과 뒤가."

"그 말 하려고 힘들게 여기까지 오셨어요?"

"다른 말, 듣고 싶어?"

"말장난 그만해."

"……드레스는 직접 고른 거야?"

"아니. 드레스 얘긴 어제도 지겹게 들었어."

"고슴도치 같네. 뭣 좀 먹을래?"

재유가 편의점 봉투에서 잡다한 것들을 주섬주섬 꺼내 보였다. 나는 커피와 껌을 선택했다. 커피를 홀짝홀짝 마시면서 껌을 씹었다. 술이 서서히 깼다.

"왜 백 실장님이 데려다줘?"

"니 형이 가라고 성질내서 온 거야."

"진짜 이해 불가다. 자기가 뭔데 성질을 내?"

"그럴 일이 있었어."

술집 화장실에서 몇 시간 동안 마신 술과 안주를 다 게워 냈다. 입안을 행군 뒤 거울을 보니 가관이었다. 그 얼굴이 보기 싫어서 거울 속의 내게 물을 흩뿌렸던 게 한 시간 전쯤 일이다.

"한국엔 언제 왔어? 이렇게 다니면 안 들키니?"

"며칠 전에. 차라리 들켜라, 들켜라 노래를 부르는데 안 들키네. 희한하지? 나 보고 싶었어?"

"......"

"술 냄새 엄청 나는 거 알아?"

"맥주, 양주, 주는 대로 다 마셨지. 원래 이런 날은 같이 달려 줘야 하는 거야."

재유가 으이구, 하더니 내 볼을 잡아당길 듯 만지다 얼른 손을 뗐다. 놀라 쳐다보니 재유도 뻘쭘하게 날 보았다. 차 안 공기가 어색해졌다. 화를 내려다 말았다. 〈온리 원〉을 찍을 땐 이 정도는 아무렇지도 않게 했지. 걱정 없이 행복하던 상상 속의 김재현과 선우진에겐.

"이 차, 누구 차야?"

"우리 부친."

"혹시 몰래 차 키 훔쳐 나온 거 아냐? 비행 청소년처럼?"

"어떻게 날 그렇게 잘 알아?"

"내가 아는 게 있기는 해? 피곤하다. 힐 신고 몇 시간을 긴장하고 있었더니.”

“방송 보니까 되게 여유 있던데?”

“모르는구나. 난 인생이 연기잖아. 안 떠는 척하느라 힘들었어. 연말 시상식 같은 건 안 하면 안 되나? 택배로 트로피나 부쳐 주지. 금도 귀찮은데 돈으로 바꿔서 계좌로 쏴 주면 더 좋고.”

진심으로 말한 건데 재유는 농담으로 받아들인 모양이다. 차 안이 쩡쩡 울리도록 웃는 걸 보니. 그만 들어가야겠다.

“이 정도 피곤하다고 눈치를 줬으면 어서 들어가라고 해야지.”

“여기서 자. 정확히 29분 뒤에 깨울게.”

차에 들어온 뒤로 재유의 시선은 잠시도 내 얼굴에서 떨어지지 않았다. 이럴 때 보면 두 사람이 아니라 한 사람 같다. 서준유처럼 변하는 서재유의 눈빛.

“이러지 마.”

“내가 뭘 어쨌는데?”

“너도 잘 알잖아?”

냉정한 내 목소리에 재유가 시선을 거둬 앞쪽을 주시했다.

“나가자!”

그러곤 대답도 듣지 않고 차 밖으로 나가 버렸다. 재유는 차에 기대서 있었다.

“나 집에…….”

“한 시간, 두 시간도 아니고 딱 30분. 그 정도도 못 들어줘?”

“그럼 가방만 갖다 놓고 올게.”

“진짜지?”

"그래."

"얼른 내려와. 안 내려오면 아침까지 서 있을 거야."

난 이 남자가 하는 말을 액면 그대로 믿는다. 재유는 같은 얼굴의 서준유와는 화법이 다르다. 세상에 서재유가 딱 하나라면 이 정도로 끝나진 않았을 테지. 아마, 벌써 오래전 어떤 식으로든 결론이 났겠지.

현관에 잠시 서서 생각했다. 거실로 들어가면서 준유에게 전화하고 보일러 온도를 높였다. 남동생은 어제 오전 비행기로 제주도에 내려갔다. 원랜 부모님이 외할머니를 모시고 올라오시려 했지만, 할머니가 감기에 걸리는 바람에 연말연시 계획이 변경됐다. 나도 오늘 오후 비행기로 제주도에 내려갈 생각이었다.

패딩 점퍼로 갈아입을까 하다가 신발만 어그 부츠로 바꿔 신었다. 조심조심 계단을 내려가는 나를 재유가 물끄러미 지켜보았다.

"겉옷도 갈아입지 그랬어? 안 추워?"

"귀찮아서. 날씨하고 딱 어울리게 산책이나 할래?"

목적지를 정하지 않고 걷기 시작했다. 말 그대로 동네 한 바퀴. 밤인데다 겨울이라 돌아다니기엔 더할 나위 없이 편했다.

"언제부터 이 동네 살았어?"

"곧 만 3년 다 돼. 니가 사는 동네는 어때? 유럽은 프랑스 위쪽으론 한 번도 못 가 봐서 궁금해. 겨울엔 여기보다 훨씬 춥지?"

"궁금하면 직접 와서 확인하라니까."

나는 재유를 좋아한다. 하지만 준유를 좋아하는 식은 아니

다. 서재유와 즐거움과 기쁨의 단면만을 공유했다면, 서준유와
는 그보다 훨씬 복잡한 것들을 깊이 공유했다. 그게 어떤 건지
다른 사람들은 모른다. 알 수가 없다.

산책로에 쌓였던 눈은 깨끗이 치워져 있었다. 따뜻한 차라
도 마시면 좋겠다고 생각했을 때, 내 마음을 읽은 것처럼 재유
가 물어 왔다.

"안 추워?"

"추운 계절이잖아."

"혹시 말이야, 내가 겉옷 벗어 주는 걸 기대하는 건 아니지?"

"그런 건 애인한테나 하고."

"애인 없어."

"만들면 되잖아. 너한텐 아주 쉬운 일 아니었어?"

"스물다섯 살까진 크게 어렵지 않았지."

"아! 기타 같은 건 안 쳐도 여자들이 바로 넘어온다던 거 너
였지?"

"별걸 다 기억하고 사네. 그래도 아무 여자나 만나고 다니는
사람은 아니야."

"돌아가자. 가다 보면 30분 넘겠다."

"또 말 돌린다. 그냥 자연스럽게 들어 주면 안 돼?"

"내가 참 쓸데없이 정이 많은가 봐. 이 추운 날 여기까지 따
라와서 이 말을 듣고 있으니."

"말을 해도 꼭. 조금만 더 올라가 보자."

"……그래. 새해 소원이라 치고 들어줄게."

금세 공원으로 접어들었다. 이 낮은 산도 산이니 해돋이를 보러 오는 사람들이 있겠지만, 아직은 인적이 거의 보이지 않았다. 겨울 해가 뜨려면 멀었으니. 천천히 걸어 산 중턱까지 올라왔다. 정말 돌아가야겠다고 생각했을 때, 그래서 이젠 진짜 가자고 말하려고 했을 때, 재유가 발걸음을 멈췄다.

"우리 눈싸움할래?"

나는 주머니에서 손을 빼 맨손을 들어 보였다. 가방 안에 장갑을 두고 나왔다. 장갑이 있다 해도 영화 〈러브 스토리〉의 주인공들처럼 눈밭을 뒹굴며 서로의 애정을 확인할 수는 없다. 팔자 좋게 눈싸움이라니.

"그만 돌아가자."

"가고 싶은 거야? 가야만 하는 거야? 가야 한다고 스스로 다짐시키는 거야?"

"가고 싶어. 됐지?"

바로 돌아서서 걸어온 방향으로 되짚어 내려갔다. 재유가 금세 뒤따라와 내 팔을 잡았다.

"그럼 눈이라도 밟아 보자. 뽀드득 소리 듣기 좋잖아."

그에게로 다시 돌아섰다. 더 심하게 말할 수도 있지만 재유의 얼굴을 보면 차마 그럴 수가 없다.

"난 말이야, 너희 형제가 하는 부탁들 웬만하면 들어주고 싶어. 그런데, 그럴 때마다 사소한 내 행동이 오해를 불러올 수도 있겠다는 생각을 안 할 수가 없어."

"오해든 이해든 내가 알아서 할 테니까. 나도 조르는 거 체질에 안 맞아. 근데 누나한테는 그게 잘 안 돼."

다른 남자였다면 이렇게 지지부진하게 감정을 끌어 왔을까. 희미한 가로등 불빛 아래 비치는 간절한 표정조차 내 잘못인 것만 같다.

나는, 너희가 둘이라 정말 싫었어. 그건 지금도 마찬가지. 해서는 안 되는 말들이 내 안에서 소용돌이친다.

"한국, 떠나고 싶다고 생각한 적 있어?"

있다. 지저분한 추문에 지쳤을 때 어디든 날 모르는 먼 곳으로 떠나 그곳에 정착하고 싶었다.

"연기, 안 하고 살 수 있어?"

잘 모르겠다. 연기는 내게 기쁨과 슬픔을 동시에 주었지만, 목숨 같은 건 아니었다.

"남자 하나만 보고 이 나라 떠날 수 있어?"

그런 생각은 해 보지 않았다. 무엇을 바라고 하는 말인지는 알지만.

"말해 봐. 고개라도 끄덕여 봐."

"그런 것도 아닌 것도 있어. 이번엔 내가 질문할게. 만약 남자는 하나인데 똑같이 생긴 여자가 둘이라면, 남자가 그걸 너무 늦게 알게 됐다면 어떻게 할 것 같아?"

"나라면 빨리 선택할 거야. 한 사람을."

"그래야겠지? 두 여자를 동시에 좋아하는 건 막장이잖아."

"……."

"내가 만약 그런 스토리로 드라마를 만든다면, 둘 다 포기하게 할 것 같아. 아님, 남자가 먼저 떠나게 하든가."

"안 돼! 그건, 안 돼."

"왜?"

"……셋 다 불행해지는 것보단 둘이라도 행복해지는 게 나으니까."

이 말은 너무 아프다. 셋 다 행복해지는 방법은 없는 걸까. 정말 없는 걸까.

"선택받지 못한 사람은 둘이 같이 있는 걸 봐야 할지도 모르는데?"

"이해할 거야. 행복하게 살기를 빌어 줄 거야."

"그럴까. 만약 그래야 하는 사람이 너라면? 그래도 똑같이 대답할 수 있어?"

"……내가 ……싫어?"

"어떻게 너 같은 사람을 싫어해? 이건 싫고 좋고의 문제가 아니야."

"그럼 난 왜 안 돼? 내가 유명하지 않아서? 돈을 많이 못 벌어서?"

"무슨 말도 안 되는. 그런 거 아니야. 너 좋은 애인 거, 똑똑하고 재주 많은 거 잘 알아."

"누나가 나에 대해 뭘 알아? 내가 어떻게 사는지 알아?"

"내가 그걸 알아야 하니? 너도 내가 어떻게 사는지 다 모르잖아."

"……."

"나 다음 주에 소개팅 해. 거기서 연결 안 되면 또 할 거야. 그것도 안 되면 또……."

"해. 소개팅만 하지 말고 선도 봐. 얼마든지 만나 보라고. 다른 남자는 눈에 안 들어올걸? 아닐 것 같지?"

"준유 금방 올 거야."

"형, 불렀어?"

"미안해. 너 데리고 가라고 전화했어."

"자유롭게 살게 해 줄게. 힘들지 않게 할게. 누나가 하자는 대로……."

"자꾸 왜 이러니. 난 네 형하고……."

재유가 한 걸음 다가오며 고개를 저었다. 그게 무슨 말이든 지금은 하지 말라는 눈빛이다.

"키스신까지 찍었어. 몇 번이나."

"일이잖아, 그건! 일이었잖아. 그것보다 더한 걸 한 사이라도 괜찮아."

"그래. 일은 맞는데 그게 그냥……. 더 듣고 싶어?"

"그까짓 거 나하고도 하면 되잖아!"

"그렇게 단순한 게 아니야."

떼를 쓰는 남자를 어떤 식으로 달래야 좋을지 금방 떠오르지 않는다. 그사이 바짝 다가온 재유가 내 두 팔을 잡았다. 절대 이렇게는, 이런 식으로는 아니다 싶은 순간 서슬 퍼런 목소리가 울려 퍼졌다.

"로케!"

깜짝 놀라 소리 나는 쪽으로 돌아보았다. 10미터쯤 떨어진 곳에 서준유가 서 있었다.

"내 얼굴 봐."

다시 재유를 바라보았다.

"그래, 그렇게. 나중에 나한테 얼마나 미안해하려고……."

또다시 똑같은 목소리가 들려왔다.

"너 내 말 안 들려!"

어느새 다가온 준유가 나를 제 쪽으로 끌어당겼다.

"지금 나하고 얘기하는 거 안 보여?"

하나의 목소리가 서로에게 화를 낸다. 나는 안 보면 그만인 사람이지만, 이 두 형제는 평생을 만나야 할 가족이다. 나는 잊어버리면 그만인 여자지만, 피를 나눈 형제를 원수처럼 만들 수는 없었다.

"나 니 형 좋아해!"

두 남자가 놀란 얼굴로 내 얼굴을 쳐다봤다. 입 밖에 내고 보니 말하는 내 가슴도 터질 것 같았다. 이런 느낌일지 정말 몰랐다.

이번엔 준유에게 말했다. 너의 동생 서재유를 좋아한다고. 어슴푸레한 새벽 달빛 아래 너무나 선명히 그의 아픔이 전해왔다. 꿈이라고 치부하기엔 모든 것들이 너무나 생생했다. 화가 난 나는 두 남자에게 눈을 뭉쳐 던지기 시작했다.

내 인생은 왜 이토록 복잡하게 진행되는 걸까. 좀 더 단순할 수는 없나. 좀 더 평범하면 안 되나.

마음이 흔들리는 건 누구라도 그럴 수 있다. 인간은 때로 갈대 같은 존재니까. 사람이 사람을 사랑하는 건 죄가 아니다. 사랑 없는 인생은 건기乾氣의 사막 같을 테니. 그러나 한 사람이 동시에 두 사람을 사랑하는 건 죄가 될 수 있다. 눈물이 쏟아질 것 같아서 얼굴을 비볐다.

두 남자는 풀 죽은 아이처럼 내 뒤를 따라왔다. 어딜 가도 뭐 하나 빠질 것 없는, 뭐 하나 아쉬울 것 없는 남자들이. 집에 도착한 나는 돌아서서 형제의 그림자를 바라보았다. 어쩌면 이게 마지막 만남일지 모르는데 왜 그렇게 화를 냈을까.

준유가 눈으로 말을 건다. 늘 그랬듯. 내가 편히 할 말이라곤 그저 잘 가란 인사뿐이다. 재유가 차에서 상자 하나를 꺼내와 내밀었다. 스웨덴에서 피아노를 쳐 주던 성탄절의 밤이 떠올랐다. 이걸 고르는 동안 내 생각을 했을 테지. 좋아할지 아닐지 고민하면서. 준유가 보고 있었지만 거절할 명목이 없었다. 상자는 꽤 묵직했다.

나는 그들이 떠나는 것을 보고 싶지 않았다. 현관문을 열면서 다시 고민했다. 날이 이렇게 찬데 차라도 한 잔 권해야 했을까. 밖에서 한참을 돌아다닌 재유도, 휑하게 목덜미가 비어 있던 준유도 떠올랐다.

아무래도 안 되겠어서 현관 신발장 위에 선물 상자를 올려놓고 서둘러 계단을 내려갔다. 이건 다만 인간에 대한 기본적인 예의야. 이렇게 변덕스러운 나를 두둔하면서.

두 남자는 집 안으로 선뜻 들어오지 못했다. 집 안에 들어와서도 거실 안을 벗어나지 않았다. 알면 알수록 기막히다. 나는 저런 타입의 남자를 좋아한다. 무슨 핑계를 대서라도 내가 사는 공간 안으로 침범하고 싶어 하던 남자들. 아주 작은 틈새라도 비집고 들어오려는 그들의 속내가 내 눈엔 너무 빤히 보이곤 했다.

두 남자를 똑같이 배려하느라 신경 쓰였다. 재유가 준 선물을 풀어 보고 싶었지만 준유를 생각해서 참았다. 냉장고 옆엔 김치냉장고가 나란히 있고 그 안엔 재유가 먹고 싶다던 물김치가 들어 있다. 한 통 가져가라고 하고 싶은데 그것도 참아야 할 것 같다. 술집에서 내내 양주를 마셨던 준유는 속이 쓰릴 것 같은데 샌드위치를 먹고 있다. 쓰린 속을 달래 줄 음식을 만들어 주고 싶은데 해서는 안 될 것 같다. 말이 더 없으므로 할 말이 많이 쌓여 있을 그의 고독한 속을 조금은 이해한다고 위로하고 싶지만, 그것도 해서는 안 된다. 챙겨 주는 사람이 많은 형에 비해 늘 혼자일 재유가 안타깝지만 그 모든 생각을 더 깊숙이 묻어 버린다.

두 사람이 내게 오직 하나였을 때, 나는 '서재유'를 대상으로 특별한 감정을 느꼈다. 서재유가 둘이라는 걸 알게 됐다고 해서 바로 둘 중 하나를 뚝 떼어 내 생각하긴 힘들다. 그래서 내게 당장 단 한 사람을 선택하라고 강요하는 건, 왜 그러지 않느냐고 거듭 묻는 건 말처럼 쉬운 일이 아니다. 더 가슴 아픈 쪽은 있지만. 더 신경 쓰이는 쪽은 있지만.

잠시 망설이다가 한 가지 제안을 했다. 선택은 그들의 몫이다. "이렇게 만나는 것도 나쁘지 않을 것 같아. ……친구처럼.

누나 동생처럼……."

나는 두 남자 모두에게 듣고 싶은 대답을 듣지 못했다. 그렇게밖에 말할 수 없는 한 사람의 마음을 이해한다. 너무나 가슴 아프게 이해한다. 검은 세단이 출발하는 걸 지켜보며 기원했다. 저 형제의 인생이 늘 평탄하길.

어떤 식으로든 시간은 흐르게 마련이고, 나는 나에게 주어진 일들을 헤쳐 가면서 이 한 해를 살게 될 것이다. 사라지는 차의 뒷모습을 보면서 날 위해 기도한다. 1년 후의 나는 지금의 나처럼 먹먹한 마음으로 새해를 맞이하는 일이 없기를.

1월의 며칠이 훌쩍 지나갔다. 소속사가 생긴 뒤로 회사로 선물이 자주 도착한다. 도의 씨가 트렁크에 싣고 온 커다란 상자 속에 뜻밖의 선물이 끼어 있었다. 보낸 주소는 서울 소재의 판매처. 그것 말고는 특별한 정보가 없었다.

고급스러운 포장지에 싸인 선물 상자는 가벼웠다. 상자를 조심스럽게 열어 보니 축하 카드와 두 개의 납작한 케이스가 들어 있었다. 카드 안의 글자라곤 큼직한 이니셜뿐이었다. JY. 케이스 안에 들어 있는 건 머플러와 스카프였다. 평소의 나라면 절대 사지 않을 만한 명품 브랜드의 것.

새해 첫 새벽, 재유가 준비한 선물 상자를 응시하던 준유의 표정이 떠올랐다. 이니셜은 같지만 가격으로 보나 디자인으로 보나 이 선물은 서준유가 보낸 것이 맞다. 이렇게 비싼 걸 받아도 되나. 되돌려 주고 싶어도 집 주소를 모른다. MO아티스트 기획사로 직접 보내면 어떨까. 말도 안 될 일이다. 전화하자니 지금은 일본에서 한창 바쁘게 일할 때다. 연락이 돼 돌려준다 한들 버리면 버렸지 샵으로 들고 가 환불해 달라고 요구할 사람이 아니다.

내색은 하지 않지만 지고는 못 사는 서준유. 아예 몰랐다면 모를까 그냥 넘어갈 수는 없었을 것이다.

박지형 감독이 소개한 영화감독을 만나기 전, 소속사의 허락을 받았다. 양승호 대표는 한기수라는 이름을 듣더니 억지로라도 해야 할 일이라며 흔쾌히 허락했다. 노 개런티는 아무 걸림돌이 되지 않았다.

도의 씨가 운전하는 차를 타고 박지형 감독을 만나러 갔다. 금방이라도 눈이 올 것 같은 날씨였다. 촬영장에 도착한 나는 한쪽에 서서 두 배우의 연기를 지켜봤다. 내가 하는 연기를 보는 대중도 그럴지 모르지만, 남이 연기하는 걸 보는 것도 마냥 편하지만은 않다.

젊은 여배우의 연기는 감정 과잉에 번번이 딕션까지 뭉개졌다. 안타깝게도 남자 배우의 뛰어난 연기는 파트너의 어설픔을 더욱 도드라지게 했다. 이 장면에서만 네 번째 NG다. 마지막 NG 땐 짜증을 참는 유영찬 씨가 대단해 보일 정도였다.

촬영을 중단시킨 박 감독이 두 주연 배우와 나를 서로 소개시켰다. 내가 할 뻔했던 재즈댄스 강사 역을 맡은 전소윤이 새치름한 표정으로 고개를 숙였다. 유영찬 씨하고도 인사를 나눴다.

뒤늦은 축하 인사를 건넨 그는 잠시 대화에 끼었다가 자리를 떴다. 목소리나 행동, 표정 모두 지나침이 없어 좋았다. 이 작품을 같이 했으면 배울 게 많았을 텐데. 아쉬움에 속이 쓰렸다.

"바쁜 거 같은데 전화로 하지 여기까지 왜 오라고 해요?"

"그 핑계로 얼굴 한 번 더 보려고 그러죠. 그 머플러 되게 어울리네?"

몇 번을 망설이다가 처음 하고 나왔다. 안 그래도 회사에서 만난 시은이가 내 목에 둘린 머플러를 보자마자 호들갑을 떨었던 터였다. 진짜 세련됐다. 전문가의 손길이 느껴진다. 언니가 이런 걸 살 사람이 아니다. 이 비싼 걸 사다 바친 그 남자가 누군지 얼른 이실직고해라! 아드레날린 수치가 급상승한 표정으로 두 눈을 반짝이는 시은일 보자니 후회가 밀물처럼 덮쳤다.

전소윤이 나와 박 감독을 번갈아 보더니 어리광이 듬뿍 담긴 목소리로 말했다.

"어머! 감독님, 그런 말씀도 할 줄 아세요?"

"그래, 할 줄 안다. 니가 지금 이럴 때가 아니지? 가서 27번 신 연습해. 그 전에 영찬 선배 붙잡고 무조건 잘못했다고 빌고. 다섯 번째 NG 내면 밤샐 각오 해라."

역시 성질이 죽은 게 아니었어. 잠시 감춘 것뿐. 전소윤이 자존심 상한 얼굴로 획 돌아섰다. 아직 세상 무서운 줄 모르는 애구나. 어린 거겠지.

"뭘 그렇게까지 말해요? 듣는 내가 다 민망하네."

"누구 믿고 저렇게 까부는지 아니까 더 열 받네. 시청률은커녕 연기 제대로 안 시켰다고 내가 더 욕먹게 생겼다니까. 유영찬하고도 못 맞추면 나보고 도대체 어쩌라는 거야? 성깔 있는 파트너 만났으면 벌써 난리 났을걸. 하여간 낙하산들은 어딜 가도 티가 나."

"저 애 흉보려고 나 부른 거예요? 되게 피곤하신가 보다."

"재즈댄스 강사가 나이트 죽순이처럼 춤을 춘다니까? 도대체 쟤 소속사에선 뭘 믿고 저런 앨. 내가 연기 트레이너인가."

여기까지 말한 박지형 감독이 픽 웃더니 의자에 앉으라고 손짓했다.

"웃으니까 좋잖아요. 열 내 봐야 감독님만 손해."

"나야 뭐 인생의 반이 손해니까. 한 감독하고 어제 통화했어요. 정신병자 캐릭터가 두 개 남았는데 하나는 계속 우는 여자. 나머지 하난 계속 공포에 떠는 여자. 뭐 하고 싶어요?"

"맙소사. 어머나! 내내 잠만 자는 미친 여잔 없대요?"

"하하하. 그렇게 곱게 미친 여잔 없나 보던데?"

"……우는 연기는 너무 지겨우니까 공포에 떠는 여자 할래요. 그게 더 나으려나?"

"우는 건 많이 보여 줬잖아요. 내 생각도 공포녀가 나을 것 같은데?"

"아, 두렵다! 진짜."

20대 초반으로 보이는 스태프가 두 개의 테이크아웃용 커피 컵을 가져왔다. 평소엔 달지 않은 커피를 즐겨 마시지만 일부러 카페모카를 주문했다. 박 감독 건 에스프레소 도피오. 카페인 양도 두 배일 테지. 왜 커피를 좋아하는 남자를 봐도, 커피를 싫어하는 남자를 봐도 그 남자가 떠오르는지 모르겠다.

"성현 씨, 그 감독 얘기 들어 본 적 있어요? 어떤 거라도."

"조금요."

"어떤 얘길 들었는지 모르겠는데 다 틀린 말은 아니거든. 혹시 성현 씨한테 따로 술 마시러 가자고 하면 핑계 대고 나와요. 내 얼굴 봐선 안 그러겠지만 당신이 웬만큼 예뻐야지."

"새해 되더니 더 이상해졌어. 박 감독님 캐릭터 좀 찾아와요."

"내 말 무슨 말인지 알아들었죠? 백 배우?"

알아듣다 뿐인가. 직접 겪은 것도 여러 번이다.

"한기수 감독하고 어떻게 아는 사이예요?"

"학교 선배가 소개해 줘서 몇 번 같이 만났지. 그 사람 나름 예술가는 맞는데 사생활도 너무 예술가다워서. 그런 사람 싫어하잖아."

"뭐, 선보러 가는 거 아니니까 알아서 할게요."

"선보러 갈 땐 어떤 마음으로 가는데요?"

이런 남자는 어떤 식으로 선을 볼까. 작년까지만 해도 결혼할 마음이 없다고 했는데.

"선은 아직 본 적 없고 소개팅이야 부담 없이 가죠."

"부담 가질 나이 됐는데. 서른셋이면?"

"아우, 서른여섯에 비하면 너~어~무 어리죠."

"세 살 차이는 어때요?"

"아래로?"

"위로."

"저 다음 주 소개팅 해요. 무려 2년 반 만에. 완전 기대 중."

"또 남자 하나 울리겠네."

"혹시 알아요? 제가 울지?"

피곤에 찌든 박 감독의 주름진 웃음이 안쓰러웠다. 이 사람은 내가 같이 일해 본 감독 중 가장 샤프하다. 이 바닥에 흔해 빠진 피디들처럼 돈이나 여자를 밝히지도 않는다. 까칠한 이면에 다정함을 숨겼지만, 마음만 먹으면 소설 같은 사랑도 할 수 있는 남자. 그러나 내겐 친구처럼 만나 주면 더 좋을 사람이다. 고유진이라는 톱 여배우의 얼굴이 같이 떠올라서는 아니다. 아직은 다른 남자가 끼어들 여지가 없다. 이렇게 진지한 사람을 심심풀이로 상대할 수는 없으니까.

"한기수 감독님하고 미팅 시간 잡아 주세요. 전화 연결시켜 줘도 되고요. 우리 대표님하고 같이 갈 거예요."

"촬영 시작하면 매니저 꼭 데리고 다니고, 가능한 한 스케줄은 낮에 잡아 달라고 해요. 없는 핑계라도 만들어서. 내가 한 번이라도 같이 가 주고 싶은데 보시다시피 시간이 없네."

"제가 알아서 할게요. 고마워요, 박지형 감독님."

"너무 깍듯하게 그러지 말라니까. 서운하게. 국제 영화제에도 출품될 거니 성현 씨만 잘하면 필모그래피 쌓기 용으로 괜찮을 거예요. 이젠 잘나가는 영화배우도 돼야지."

한기수 감독은 사진에서 본 대로 아주 평범하게 생겼다. 솔직히 말하면 못생긴 편이었다. 전형적인 몽고계 얼굴에 굵고 뻣뻣한 머리카락 사이를 듬성듬성 비집고 자라는 흰머리. 능변도 아니었다. 그래도 눈빛 하나는 집요하게 빛났다. 일부러 양 대표님을 모시고 왔다.

미팅은 예정보다 길어졌다. 양승호 대표는 사람을 기분 나쁘지 않게 구슬릴 줄 알았다. 원래는 카메오 수준으로 출연하기로 한 거지만 촬영 장면을 더 늘려 주기로 했다. 어차피 정신 나간 여자이긴 마찬가지지만.

인사를 하고 일어서려는 나를 한기수 감독이 다시 앉혔다. 작고 날카로운 눈으로 뚫어질 듯 내 모습을 보던 그가 느릿느릿 말했다.

"여기서 딱 이틀만 굶고 오면 되겠네. 미친 여자 하기엔 너무 예쁜데?"

5일 뒤 첫 촬영 시작된다. 그날부터 저녁을 거르기 시작했다. 나머지 두 끼의 식사량도 반으로 줄였다. 〈떴다! 8남매!〉 촬영을 마치고 온 다음 날, 3킬로그램쯤 가벼워진 몸으로 오랜만에 영화 세트장에 갔다. 아직까진 〈떴다! 8남매!〉 외엔 고정 스케줄이 없어서 시간을 빼는 건 크게 어렵지 않았다.

각오했지만 한기수 감독은 보통 까다롭고 꼼꼼한 게 아니었다. 나중엔 진심으로 후회했다. 그냥 종일 우는 여자를 할 걸 그랬다는 생각마저 들었다. 아닌 게 아니라 오정혜 작가가 격려차 전화를 걸었을 땐 정말 울고 싶었다. 살면서 내가 실제로 겪은 두려운 경험엔 정신을 완전히 놓을 정도로 특별한 게 없다. 가장 최근의 일이라면 서재유가 쌍둥이인 걸 알게 된 정도. 그러나 그건 이런 식의 공포와는 다른 감정이다.

한 감독은 내 연기가 마음에 안 드는지 촬영장에서 바로 흥건한 피와 도륙된 살점, 내장이 난무하는 슬래셔 무비를 보게 했다. 평소엔 무서워서 절대 보지 않는, 눈 감고 소리조차 듣지 못하는 장르의 영화였다.

"한 장면도 빼놓지 말고 다 봐요. 주인공 여자가 성현 씨라고 생각하고."

도의 씨가 걱정스러운 얼굴로 눈물을 뚝뚝 흘리는 내 곁을 맴돌았다. 누가 날 꼭 안아 줬으면. 대신 봐 줄 테니 눈이라도 감고 있으라고 해 줬으면. 나중엔 무차별적으로 잘근잘근 잘리는 여자의 몸을 보다가 그날 먹은 걸 전부 게워 내기까지 했다.

이틀간의 촬영을 마치고 돌아와 며칠을 앓았다. 소개팅은 한 주 뒤로 미뤄졌다. 대충 상황을 전해 들은 박지형 감독이 전화를 걸어와 한기수 감독 욕을 퍼부었다.

— 아, 완전 또라이 같은 새끼! 자기도 못 할 연기는 열라 잘 주문해. 저보고 하라면 초딩처럼 할 거면서. 예술 같은 소리 하네! 연출을 빙자한 변태 새끼!

"괜찮아요. 이젠 다 나았어요. 돈 주고도 못 할 아주 좋은 경험이었어요."

— 밥도 못 먹는다던데? 지금도 못 먹어요?

그 하드코어 영화의 장면들이 자꾸 생각나 음식을 보면 토할 것 같은 증상이 가라앉지 않았다. 입맛이 싹 달아난 상태다.

특히나 단백질 종류는 더. 20대 초반 이후 이렇게 살이 빠진 건 처음이었다.

"누가 그래요?"

— 세상에 널린 게 입이에요. 그 말 해 줄 사람 하나 없을까.

"하여간 사방에 입 가벼운 사람들만 있어. 이젠 조금씩 먹어요. 내일모레 화보 찍는데 잘됐죠, 뭐. 덕분에 사진발도 잘 받고. 암튼 베리 베리 땡큐였어요."

— 가만 보면 참 속도 좋아.

"제가 오장육부가 깨끗하긴 해요."

— 하하하. 화보 잘 찍어요. 실물처럼. 소개팅도 잘하고. 울지 말고 울리고 와요. 꼭!

오전 10시부터 종일 잡지 화보를 찍고 틈틈이 인터뷰를 했다. 화보 촬영은 몸이 피곤한 일이다. 종일 메이크업과 의상에 시달릴 생각을 하니 다른 사람을 대신 데려다 놓고 싶을 정도다.

에디터와 스타일리스트 몇이 내게 달라붙어서 드레시한 스타일과 보이시한 컨셉 두 가지를 번갈아 연출해 줬다. 평소엔 보이시한 의상을 자주 입는 편이지만, 드레시한 스타일도 꽤 마음에 들었다.

포토그래퍼가 찍은 사진들은 보정 전임에도 실제의 나보다 멋있고 아름다워 보였다. 이렇게 다른 사람처럼 둔갑해서 나가도 되느냐고, 구독자들이 성현인지 몰라보는 거 아니냐고 말하니 포토그래퍼가 웃으며 대답했다.

"성현 씨, 지금 이렇게 생긴 거 맞아요."

편집장과 통화를 마친 키 큰 에디터가 시크하게 덧붙였다.

"간만에 사진발 제대로 받아 주신 거지."

늘 생각하는 거지만, 내가 한 말만 정직하게 기사화된다면 인터뷰를 싫어할 것까진 없다. 그 전제를 지켜 준다면 최선을 다하겠노라고 인터뷰어에게 말했다. 기자는 몇 가지 테마를 가지고 질문할 거라고 예고했다. 그런 거 있지 않나. 30대 여자의 일, 사랑, 현재, 미래 따위. 30대 골드미스를 겨냥한 잡지다운 질문이었다.

인터뷰는 예상대로 예정된 시간보다 길어졌다. 호피 무늬 뿔테 안경에 쇼트커트를 한 기자가 사랑이란 테마로 새 질문을 던졌다. 내가 사람은 좀 볼 줄 알지, 하는 자신만만한 표정이다.

"남자 보는 눈 까다롭죠? 그럴지도 모른다고 생각했는데, 오늘 직접 겪으니까 더 그럴 것 같은데요?"

"그런가 봐요. 아직 싱글인 걸 보면."

"그럼 현재진행형 연애는 없다는 말로 해석해도 되나요?"

"안타깝지만, 네."

"관심 자체가 없는 건가요?"

"어우, 그럴 리가요."

"아, 나는 당분간 일과 연애한다?"

"일하고 어떻게 연애를 해요? 일은 일이지. 이젠 좀 느슨하게 살려고요. 소개팅도 하고, 연애도 하고."

기자가 큰 입을 벌리고 활짝 웃더니 감쪽같이 표정을 지운 얼굴로 물었다.

"왠지 빈말 같아요."

"진짠데. 날짜까지 밝힐 순 없지만 소개팅 스케줄도 잡혀 있어요. 왜 안 믿는 얼굴이지?"

"그 미모로 소개팅까지 해요? 대시하는 남자 연예인도 꽤 있을 텐데? 영양가 있는 얘기 조금만 들려주면 적당히 각색해서 동화처럼 예쁘게 내보낼게요."

"있는 그대로만, 제가 한 말만 써 주세요. 하지도 않은 짓 했다고 시달리는 거 진짜 진력나요."

"어떤 거요? 예를 들면?"

"아시잖아요. 그동안 기사화됐던 스캔들, 암암리에 퍼졌던 루머, 삼류 소설들? 언제 한 번 약식 청문회라도 열었으면 좋겠어요. 등장인물들 다 모아 놓고 성현하고 연애한 적 있느냐고 물어봐 주실래요?"

"이건 오프 더 레코드인데, 이 동네에선 알 만한 사람은 다 알아요. 아닌 거."

"근데 왜 기사 안 써 줘요? 그게 왜 오프 더 레코드야? 긴급 속보로 내 줘야지!"

기자가 깔깔 웃었다. 나 역시 웃음을 덧씌워 대답했지만 사실 이게 웃을 일인가. 내 20대의 절반이 망가졌는데.

"대중은 추문에만 관심이 있으니까요. 그건 그렇고 서재유하곤 정말 아무 사이 아니에요?"

"아, 진짜 너무하신다! 루머 맞다면서요?"

"그건 맞는데, 안 맞는 거 같다는 말이 좀 있어서요. 아무래도 다음 달에 인터뷰 한 번 더 해야겠는데요?"

"그 얘긴 오늘로 끝내죠. 너무 지겨워서요. 대신 끝나고 제가 저녁 쏠게요. 콜?"

근처에 모인 사람들이 즐거운 낯으로 킬킬거렸다. 공짜 싫어하는 한국 사람은 드물다. 인터뷰는 쉼 없이 이어졌다.

"성현 씬 남자를 볼 때 어딜 제일 먼저 보나요?"

"눈빛과 말투를 제일 많이 보는 것 같아요. 말투는 그 사람의 성격과 인격 같고, 눈빛은 그 사람의 진심을 보여 준다고 생각하니까."

사랑에 관한 마지막 질문이라며 기자가 '운명'이란 단어를 꺼냈다.

"살다 보면 몇 번 정도는 겪잖아요. 성현 씨도 운명의 상대를 만난 적이 있나요? 그런 걸 느낀 순간이 있었나요?"

떠오르는 얼굴이 있었다. 하나였다.

"……있었어요. 그런 순간도 몇 번 정도는 있었어요."

"인연으로 맺어지진 않았나 봐요?"

"아직은요."

"만약 그런 사람을 다시 만나게 된다면 먼저 프러포즈 할 의향도 있어요?"

"음……. 예전엔 용기도 없었고 막연히 기다리기만 했던 것 같은데, 이젠 나이가 나이니만큼 제가 먼저 할 수도 있다고 생각해요."

"오! 구체적으로 어떻게 할 생각인데요? 진짜 궁금해요."

길게 생각할 필요는 없었다. 나는 늘 그러고 싶었으니까.

"만나서 직접 물어볼 거예요. 나하고 같이 번지점프 하러 가지 않겠느냐고."

이게 얼마 만에 하는 소개팅인가. 소속사엔 미리 밝히지 않았다. 문제가 될 일은 만들지도 않겠지만, 아직까진 내 사생활이 걸림돌이 될 만큼 큰 광고를 하는 것도 없으니. 어떻게 보면 약속을 지키기 위해 나가는 것일 뿐, 어떤 설렘도 기대도 없는 내가 서글플 정도다.

입고 나갈 옷을 둘러보는데 준유가 보내 준 스카프와 머플러가 보였다. 단순한 디자인의 보라색 원피스와 도톰한 크림색 코트를 선택했다. 오늘 입을 의상엔 서준유가 보내 준 머플러가 제일 어울릴 것 같지만 다른 것으로 골랐다. 내가 저것들을 꼭꼭 감춰 둬야지. 옷방에 들어올 때마다 머플러와 스카프에 감시당하는 기분이다.

약속 시각 5분 전에 맞춰 찻집에 도착했다. 남자는 나보다 먼저 와 있었다. 좋은 직업을 가진, 영민하면서도 순수해 보이는 얼굴의 소유자. 서른넷이니 나와 한 살 차이밖에 안 난다. 주필립이라는 독특한 이름의 남자였다. 인사를 나누고 주문한 허브차를 마시고 있을 때 소개팅을 주선한 언니가 도착했다.

"필립 씨, 미안해요."

"아니에요."

"성현아, 미안."

"일부러 늦게 온 건 아니지?"

"예리한 것. 농담이고. 오늘따라 차가 왜 이렇게 막히니? 두 사람 같이 있는 시간 더 만들어 주려고 그랬나?"

언니가 도착하니 주필립 씨의 얼굴이 훨씬 편해졌다. 대다수 남자는 나를 어려워한다. 초면일수록 더더욱. 언니는 어색한 분위기를 그런대로 부드럽게 만들어 놓고 올 때처럼 서둘러 자리를 떴다.

맞은편의 남자는 호구 조사하는 식의 질문은 하지 않았다. 그 정도의 센스는 있는 사람이었다. 난희 언니에게 이미 듣고 왔을 수도 있지만.

나 역시 그 사람의 연봉이나 부모님의 직업, 사는 동네 따위는 묻지 않았다. 언니가 미리 알려 주어서 더 궁금한 것도 없었다. 조건만 보면 딱히 나무랄 데가 없는 남자였다. 최근 본 영화 얘기를 하다가 이른 저녁을 먹으러 가기로 했다.

주차장까지 나란히 걸으며 바라보니 8센티 힐을 신은 나와 키가 엇비슷해 보였다. 주필립 씨가 근처 한정식 집을 예약해 놓았다며 자기 차로 움직이겠느냐고 물어 왔다. 그는 내 차를 보고 놀란 눈치였다. 너무 낡아 보이겠지. 본인이 타고 온 차에 비하면 더더욱. 엊그제 뽑은 것처럼 윤이 나는 그의 애마는 남동생이 '나중에 돈을 엄청나게 많이 벌면' 꼭 타고 싶다던 수입 대형 세단이었다.

"각자 가요. 어디서 헤어질지 모르니까."

식당은 차로 5분 거리였다. 안내받은 좌식 룸으로 들어가니 더 조용했다. 세련되게 꾸며 놓은 실내는 한정식 집인 걸 노골적으로 티 내는 그림이나 조잡한 소품 따윈 아예 보이지 않았다. 메뉴 주문은 예약할 때 같이 했다고 한다.

"서 있을 땐 커 보였는데 가까이서 보니까 생각보다 아담하시네요."

"계단에서 내려왔잖아요."

"네?"

"힐이요. 오늘 8센티 굽을 신었거든요."

"아!"

"저 보기보다 작아요. 164센티. 프로필엔 167로 나오지만. 전 소속사에서 그렇게 올린 건데 이번 소속사도 그렇게 올렸더라고요. 몸무게는 제대로 올렸던데."

남자가 하하 웃더니 부드러운 목소리로 듣기 좋은 말을 해주었다.

"딱 좋은 키예요. 여자 키로."

"5센티만 더 크면 좋겠다고 생각한 적도 많아요. 솔직히 말하면 다른 덴 그대로고 팔, 다리만 5센티씩 길어졌으면 좋겠어요."

데뷔 후 키가 더 컸으면, 팔다리가 조금만 더 길면 모델을 해도 되겠다는 말을 지겹도록 들었다. 지금보다 두 배는 유명해졌을 거라는 말도. 대부분 안타까워서 하는 말이다.

"지금도 보기 좋기만 한데요? 성현 씨, 생각했던 것보다 재밌네요. 아까 처음 봤을 땐 좀 놀랐어요. 너무 젊…… 어려 보여서. 사실 화면에서 봤던 얼굴하고 느낌이 달라서, 성현 씨가 내 이름 물어보는데 누구시냐고 물을 뻔했어요."

내 얼굴을 보던 남자가 쑥스럽게 미소 지었다. 큰 매력은 없지만 자기 몫은 해내는 성실한 배우 같은 타입. 나쁘지 않다.

"그런 말 자주 들어요. 돌아다녀도 제가 그 '성현'인 줄 잘 모르더라고요. 사실 그게 편하긴 해요."

"가만히 있으면 말 걸기 어려울 것 같아요. 안 웃으면 좀 차가워 보여서."

"그 말도 가끔 듣고요."

마주 보고 웃을 때 노크 소리가 들렸다. 종업원이 들어와 내 앞에 작은 죽 그릇을 놓고 갔다. 다시 잘 챙겨 먹으면서 5킬로 가까이 빠졌던 살이 3킬로쯤 회복됐다. 몇 개월 사이 몸무게가 40킬로 대와 50킬로 대 사이를 왔다 갔다 하고 있다.

메인 요리가 나오기 시작했다. 격조 있게 차려진 음식은 하나같이 담백하고 은은하게 끌리는 맛이었다. 특별히 맞춰 주문한 듯한 놋그릇도 마음에 쏙 들었다. 주필립 씨가 유명 배우의 어머니가 운영하는 식당이라고 알려 주었다. 개업한 지 얼마 안 된 모양인데 아들의 유명세 때문인지 손님이 꽤 많다고 한다.

제일 비싼 코스로 시켰는지 음식이 끝없이 나왔다. 남자는 잘 먹긴 했지만 소스나 재료, 요리법엔 큰 관심이 없어 보였다.

"왜 아직 결혼 안 하셨어요? 나무랄 데 없어 보이시는데?"

"뭐, 공부 좀 하고 자격증 몇 개 따고 이래저래 바삐 살다 보니 그렇게 됐어요. 나이 금방 들더라고요. 그렇다고 연애 한 번 안 해 본 숙맥은 아니고요."

"눈이 엄청 높으신 거 아니에요?"

"그렇기도 한가 봐요. 결혼은 아무것도 모를 때 해야 한다는데 이젠 뭘 좀 알게 돼서 걱정이에요. 장가 못 갈까 봐. 하하."

"주필립 씨나 저나 큰일이네요. 뭘 좀 알 나이라?"

이렇게 소개팅 한 사이에 나눌 만한 적당히 평범한 대화와 어색한 미소를 나누며 시간을 채웠다. 골고루 맛보려고 조금씩 먹었는데도 부담스러울 정도로 배가 불러 왔다. 남겨지는 음식이 많았다. 이건 낭비야. 어쩌면 죄악. 밥 먹을 때마다 불우이웃이나 제삼 세계의 빈곤한 아이들을 걱정하진 않지만, 비싼 요리가 버려지는 게 너무 아까웠다.

몇 시간 동안 지켜본 주필립 씨는 아주 매력적이진 않아도 여태 솔로인 게 이상할 정도로 생각되는 남자였다. 그는 내게 어렸을 때의 일화, 부모님, 하나밖에 없다는 여동생, 대학 시절, 유학 시절, 숫자와 관련 깊은 직업 관련 에피소드, 오랜 취미, 최근 읽은 책과 좋아하는 클래식에 대해 말했다. 짧은 시간에 너무 많은 정보를 전달해 줘서 인풋이 제대로 됐는지는 모르겠다.

별것도 아닌 말에도 잘 웃어 주는 남자였다. 유머 코드가 맞았더라면 더 좋지 않았을까, 그 생각을 하며 반쯤 비워 낸 꽃모양 놋그릇에 시선을 고정했다. 이젠 무슨 말을 해야 하지. 더는 하고 싶은 말이 없는데.

"손이 되게 예쁘시네요."

옅은 금빛이 도는 매니큐어가 발린 손톱을 내려다봤다. 이렇게 말한 남자가 처음은 아니다. 일일이 기억을 못 할 정도로 흔히 듣는 말. 10년 전에도 들었고 5년 전, 몇 달 전, 바로 며칠 전에도 들었다. 같은 말을 해도 다른 느낌을 주는 남자가 있다. 그를 머릿속에서 몰아내려고 아무 말이나 꺼냈다.

"고마워요. 왜 그 직업을 선택했어요?"

주필립 씨는 자기 직업에 만족하는 운 좋은 사람에 속했다. 신이 나서 하는 얘기들을 들어 주었다. 그는 내가 한기수 감독의 새 영화에 출연한다는 것까지 알고 있었다. 어쩌면 소개팅이 정해진 이후 내가 출연했던 드라마까지 챙겨 봤을지도 모르겠다. 나는 상대방을 잘 모르는데 상대방은 나를 비교적 상세히 안다는 건 그다지 유쾌한 일이 아니었다.

미래 계획 같은 건 궁금하지도, 듣고 싶지도 않은데 남자는 벌써 그런 얘기까지 하고 싶어 했다. 가능하면 올해 안에 결혼하고 싶다는 말까지. 혹시, 이 만남을 선 자리라고 착각하는 게 아니냐고 물으려다가 참았다.

후식으로 나온 차를 마실 때 주필립 씨가 인연이라는 말을 꺼냈다. 나쁜 사람 같지는 않지만, 만약 결혼한다 해도 무난할 상대 같지만, 아직은 인연이라는 느낌이 오지 않는다. 천천히 다가오는 사람도 있을 거라고 생각하며 맞은편의 남자를 가만히 응시했다. 주필립 씨가 수줍은 듯 내 시선을 피했다.

1월의 첫날, 정발산 공원에서 재유가 했던 말이 떠올랐다. 어떤 남자를 만나도 눈에 안 들어올 거라던 단호한 목소리. 맞는 말 같다. 동시에 틀린 말이기도 하다. 세상엔 또 다른 서재유가 있으므로. 속이 답답해서 얼른 밖으로 나가고 싶었다.

"일어날까요?"

"벌써요?"

"여기서 살 순 없잖아요."

별말도 아닌데 또 웃어 준다. 너그럽기도 하지. 예약할 때 계산까지 끝낸 모양이다. 아까 마신 찻값이라도 냈어야 했나 싶은 게 빚진 것 같아 부담스러웠다. 여왕의 화장실처럼 화려한 파우더 룸에 들어가 볼일을 보고 화장을 고쳤다.

누가 그랬더라. 30대 초반은 여자가 가장 아름다워 보일 나이라고. 주필립 씨 역시 말은 안 해도 내 외모에 감탄하는 시선을 자꾸 던졌다. 나는 지금 내 모습을 그가 아닌 다른 사람에게 보여 주고 싶었다. 이름조차 입 밖으로 꺼내기 어려운 남자에게.

어스름할 때 들어갔는데 밖은 완벽하게 어두워져 있었다. 8시에서 약간 못 미치는 시간. 주차장 구석에 세워 놓은 차를 확인하고 주필립 씨 쪽으로 고개를 돌렸다.

"오늘 얻어먹기만 해서 미안하네요. 저녁 잘 먹었어요. 맛있었어요."

"그럼 커피 한잔 사 주시죠. 근처에 아담한 커피숍이 있는데 가실래요? 거기 커피 맛이 제법 좋아요."

커피를 싫어해서 입도 안 대는 남자가 또 떠오른다. 끊임없이 나를 따라다니는 그의 잔상. 언제까지 이렇게 살아야 하지.

"너무 많이 먹어서 지금은 공기 들어갈 자리도 없어요. 다음에 난희 언니하고 같이 식사라도 해요. 그때는 제가 살게요."

"셋이 같이요?"

"싫으세요?"

"아니, 그게 아니고. 그럼 뭘 마시는 게 부담스러우면 산책이라도 하실래요?"

"죄송한데 제가 스타는 아니지만 이 동네에선 좀 그래요. 양해해 주세요."

"돌아다녀도 누군지 몰라본다면서요?"

"그런 말을 제가…… 했었죠. 그럼, 조금만 걸으면 공원 있는데 거기나 한 바퀴 돌아요. 소화도 시킬 겸."

남자의 얼굴이 다시 밝아졌다. 식당 주차장에 차를 두고 가기로 했다. 주필립 씨가 내 걸음에 맞춰 걸으며 말을 걸었다.

"원래 소개팅 한 날은 차 마시고 밥 먹고 영화 보러 가는 거 아니에요?"

이 남자는 매사가 너무 전형적이다. 사고나 행동 모두가. 몇 번만 만나면 밑천이 떨어지는 타입이 아닐까.

"90년대엔 그랬다나 봐요."

"하하하. 그럼 요샌 어떻게 하는데요?"

"배부르면 10분 정도 산책하다가 헤어진대요."

남자가 이번엔 더 큰 소리로 웃었다. 앞서가던 사람들이 웃음소리에 놀란 듯 돌아보았다. 나는 머플러로 얼굴을 더 가렸다. 거리엔 사람들의 물결로 넘실거렸다. 연인으로 보이는 사람들도 많았다.

오늘의 소개팅 파트너는 나를 안쪽에 세우고 차도 가까운 쪽에서 걸으며 자꾸 말을 걸었다. 주변이 시끄러워서 목소리를 정확히 알아들으려면 가까이 다가갈 수밖에 없었다. 늘 바랐던 것처럼 강남 거리를 걸으며 평범한 데이트를 하는데 왜 난 행복하지 않은 걸까. 인사동 거리를 걸으며 찍었던 〈온리 원〉의 마지막 장면이 생각났다. 그날 우리는 날이 정말 더웠는데도 서로의 손을 놓을 수가 없었다. 나도 그랬고, 그도 그랬다.

거리엔 화려한 불빛. 유행가의 한 구절이 머릿속을 맴돈다. 이 거리의 화려함은 나에게 아무런 감흥도 주지 않는다. 내게 잘 보이고 싶어서 하지 않아도 될 말을 떠들고 있는 내 옆의 남자도 마찬가지.

아직 크리스마스 장식을 치우지 않은 게으른 상점들이 눈에 띄었다. 그리고…… 걸을 때마다 보였다. 어느 번화가에서나 흔히 볼 수 있는 그의 사진들. 가수 겸 배우 서재유가 모델인 화장품 매장, 아웃도어 브랜드 매장, 베이커리 체인점, 캐주얼 브랜드 매장, 가전제품 매장. 광고 사진 속의 준유는 한껏 미소 지으며 행인들을 상대로 호객하고 있다. 그러나 내겐 돈을 벌기 위해 억지 미소를 짓는 연예인 서재유로 보일 뿐이다.

동생이나 친구처럼 만나는 건 싫다며 내 제안을 거절했던 그 남자가 나를 보며 짓던 미소와 눈빛을 사람들은 모른다. 저 사진들은 내가 아는 서준유를 반의반도 담지 못했다.

옆의 남자가 내게 또 뭐라고 묻는다.

"네?"

그쪽을 바라보다가 모퉁이를 돌던 덩치 큰 남자를 미처 못 보고 부딪힐 뻔했다. 주필립 씨가 재빨리 내 몸을 잡아당겨 주어서 넘어지진 않았지만, 그의 팔 안에 어정쩡하게 안긴 꼴이 됐다. 순간 소름이 돋으면서 그를 힘껏 밀어내고 싶은 충동을 느꼈다. 마음이 가지 않는 남자와 어떤 식으로든 접촉하게 되면 여지없이 이런 증상이 나타난다. 이런 것도 일종의 결벽증일까.

"아, 미안해요."

그에게서 벗어난 나는 머플러를 다시 여몄다.

"성현 씨, 괜찮아요?"

괜찮다고 대답했지만, 괜찮지가 않았다. 길거리에 이 남자를 두고 혼자 돌아갈 수도 없었다. 목적지를 향해 다시 묵묵히 걸었다. 공원은 크지 않았고 인적이 드물었다. 덕분에 산책을 짧게 끝낼 수 있었다.

되돌아오는 내내 이런 생각을 했다. 서준유 사진이 잔뜩 붙어 있는 상가 쪽은 눈도 안 돌릴 거야. 내 옆의 남자에게만 집중할 거야.

주필립 씨가 춥지 않으냐고 물어 왔다. 참을 만하다고 하려던 순간, 어디선가 서준유의 목소리로 부른 노래가 들려왔다.

나를 초대해. 나를 허락해. 네 마음을 열어 줘. 렛 미 인.

"춥네요. 얼른 가고 싶어요."

"많이 추워요? 주차장까지 택시 타고 갈까요?"

"걸어가도 돼요."

"저기, 내 코트라도 걸칠래요?"

"아뇨. 괜찮아요."

노랫소리는 점점 멀어졌지만, 그의 목소리는 한낮의 그림자처럼 나를 놓아주지 않았다. 그다음 가사가 저절로 떠올랐다.

I'll never let you cry.

I'll never let anybody hurt you again. Let me in.

절대 널 울리지 않을 거야.

누구도 다시는 널 해치지 못하게 할 거야. 나를 네 안으로 들여 줘.

재유

어떤 것도 눈에 안 들어오는 공허한 순간이 있다. 지금이 그때인 것 같다. 아주 긴 밤이었다. 서울에서 정발산, 정발산에서 다시 형의 집, 그리고 본가로.

한 시간 남짓 머물렀던 그녀의 집을 생각한다. 너무나 평범해서 여배우의 집 같지 않던 공간. 그리고, 처음 들어갔을 때부터 눈길을 끌었던 뜻밖의 풍경. 스웨덴 내 집 부엌에 있는 것과 똑같은 빨간색 이케아 장식장이 그곳에 있었다.

"아들! 막내! 재유야! 아침 먹어야지. 어서 나와!"

엄마가 문을 두어 차례 두드리곤 멀어져 간다. 입맛이 없었지만 일어나 대충 씻고 식탁에 앉았다. 새해 첫날이니까.

"먹는 게 왜 그 모양이야? 새벽에 운동까지 했다면서."

"그러게. 엄마가 신경 써서 차렸는데."

"돌도 씹어 먹을 나이에 왜 그런다니. 떡만둣국 별로야? 잡채라도 먹어. 그냥 밥할 걸 그랬나? 점심땐 생갈비 구워 줄게. 아! 생선 구울까?"

"아무거나요."

아버지가 숟가락질을 멈추고 내 얼굴을 가만히 들여다보았다.

"아직 기운이 안 차려졌나. 여보, 재유 한약이라도 한 재 지어 먹이지?"

"안 그래도 그러려고 했어요. 낼이라도 같이 갈래?"

"한약 안 먹어요. 금방 스웨덴 들어갈 건데 뭐."

"보내 준 영양제는 먹고 있어? 제대로 안 챙겨 먹지? 으이그, 넌 형보다 먼저 결혼시켜야겠다. 요새 좋아하는 여잔 없고?"

타이밍 참 죽인다. 미치게 좋아하는 여자가 있어요. 오늘 새벽에도 만났어요. 그런데 엄마, 형도 그 여잘 좋아해요. 어쩌면 나보다 더. 이렇게 말하면 어떤 표정을 지으시려나. 답이 없다.

"형보다 먼저 결혼해도 돼?"

"형이야 저러고 사는데 금방 결혼하겠니. 군대도 가야…… 어머! 너 진짜 여자 있는 거 아냐? 어느 나라 여잔데?"

엄마의 상상력이 빛의 속도로 앞서간다. 아버지가 엄마 말을 끊고 한 말씀 하셨다.

"돈을 벌어야 장가도 가는 거지. 둘이 얼굴만 쳐다보고 살 거야?"

돈. 어디서나 돈이 문제다. 만약 아버지 회사가 그 시점에서 부도가 안 났더라면 이렇게까지 일이 복잡해졌을까. 얼마 전부터 작곡을 시작했다는 사실을 밝혀야 하겠지만, 아직은 때가 아닌 것 같다.

"여자 있으면 장가보내 주시려고요?"

"니가 보내 주면 가고 안 보내 주면 안 갈 애야? 임신이나 시켜 오지 말어. 너 피……."

"알았어요. 알았다고."

우리 형제는 무려 중학교 1학년 때부터 이 소릴 듣고 살았다. 여자 친구를 사귀어도 피임은 똑바로 하라는 말. 남의 집 귀한 딸 혼전 임신 시켜 오면 내쫓을 거라는 말. 아버진 늘 엄마 옆에서 헛기침을 하셨고.

"여보, 준유는 새벽까지 술 마셨을라나?"

"축하주 마셨겠지. 상을 몇 개나 받았는데."

"그걸 누가 몰라. 잠을 못 자니까 그러지. 어려서부터 너무 일만 해서 서른만 되면 팍 늙을까 봐 걱정돼. 젊은 애가 연애 한 번 제대로 못 해 보고……."

사랑의 감정이 가장 선명해지는 순간은 언제일까. 그 사랑이 완전히 파괴될 때일까, 완성되는 극치의 순간일까. 궁금증 반, 호기심 반으로 그녀를 처음 마주했던 순간을 되돌려 봤다.

새털구름을 가리키며 활짝 웃던 얼굴. 칭얼거리던 아기를 어르며 품에서 재우던 모습. 수목원 나무 그늘에 앉아 내게 허벅지를 내어 주었던 그날. 김재현과 선우진이 헤어졌다며, 그 모든 게 진의 상상이라며 눈물을 뚝뚝 흘리던 엘리베이터 안의 백성현. 너는 도대체 누구냐고 화를 내던 장례식장의 모습까지

고스란히 떠오른다. 추억은 늘 아름답지 않다.

오늘 새벽 그녀가 우리 형제에게 한 제안은 '월요일 아침 같은' 것이었다. 받아들이기 싫지만, 받아들일 수밖에 없는. 적어도 내겐 그랬다. 나는 '연휴 첫날 같은' 대답을 찾으려고 애쓰며 괜히 툴툴거렸다.

"1년에 한 번? 견우와 직녀야?"

그녀가 내 말에 조용히 웃었다. 어떤 대답을 해도 괜찮다면서. 나는 그 상황이 싫었다. 내가 왜 서준유 앞에서 그런 고민을 해야 하나. 가장 좋은 대답을 한 건지는 모르겠다.

나는 이 사랑이 거지 같은 사랑이라고 생각하지 않는다. 내가 선택한 거니까. 그래서 아무리 힘들어도, 이루어지지 않는대도 후회하거나 되돌릴 마음은 없다.

그다음 형이 말했다. 형은 뜻밖의, 아니 어쩌면 너무나 그다운 대답을 했다. 서준유의 대답을 듣는 백성현의 얼굴 따윈 보는 게 아니었다. 그녀의 큰 눈에 순식간에 눈물이 고였다. 나는 형의 표정을 확인하고 싶은 걸 꾹 참고 식어 버린 차를 마저 마셨다.

저녁나절에 형이 도착했다. 잠을 잔 게 맞는지 여전히 피곤해 보였다. 엄마는 한숨을 들이쉬고 내쉬며 형의 얼굴과 팔다리를 만지고 심지어 뱃가죽까지 확인하셨다. 형이 엄마의 손길을 슬쩍 피했다.

"푹 잔 얼굴이 왜 이래. 점심은 먹은 거야?"

"먹었어요."

"근데 왜 종일 굶은 얼굴이야? 에구, 젊은 애들이 쌍으로 골골대네. 저녁 금방 되니까 잠깐이라도 누워 있어."

30분 후, 6인용 식탁에 가득 차려진 음식을 바라보았다. 이걸 어떻게 다 먹나. 열 명이 들러붙어도 남을 양이다. 젓가락을 들고 제일 가까이에 있는 음식부터 먹기 시작했다. 갈비찜은 너무 달았고, 밤과 대추는 형체도 없이 뭉개졌다. 조기구이는 싱거워서 소금을 따로 찍어 먹어야 했다. 도라지나물은 너무 데쳐서 씹는 맛이 없었다. 신은 왜 우리 엄마에게 아름다운 외모와 음식 솜씨를 동시에 주시지 않은 걸까.

형은 남의 집에서 처음 밥을 얻어먹는 아이처럼 조용히 젓가락질만 했다. 오랜 시간 엄마의 음식에 익숙해진 아버지는 군소리 없이 잘 드신다. 간간이 이것저것 묻던 엄마가 지치는지 결국 이런 말씀까지 하셨다.

"누구 하나라도 얼른 결혼해서 아기라도 낳아 주라. 너희하곤 재미없어서 못 살겠다."

"엄마, 그러니까 강아지라도 키우라고."

"고미처럼 되는 거 엄만 이제 못 봐."

'고미'는 우리 집에서 키웠던 반려견의 이름이다. 10년 넘게 키웠던 고미가 죽은 후 엄마는 한동안 우울증에 힘들어하셨다.

엄마가 갑자기 생각났다는 듯 몇 마디 보탰다.

"딸이면 더 좋고. 너희 닮으면 딸도 예쁠 텐데."

"당신 닮아야 더 예쁘지. 너희 엄마 20대엔 진짜 영화배우 저리 가라였는데. 지금도 50대 초반으로 보이지만."

이미 수백 번도 더 들었을 아버지의 칭찬에 엄마가 웃음을 지어 보였다. 모친의 주장에 따르면 타고난 거라니 할 말이 없다.

식사를 마친 뒤 형은 엄마를 도와 식기세척기에 빈 그릇을 집어넣었다. 엄마가 형에게 끊임없이 말을 걸었다. 간간이 형의 목소리가 들렸다. 다정한 모자. 어려서부터 형은 엄마를 유독 따랐다. 무뚝뚝한 나보다 애정 표현도 잘했다. 엄마가 서준유를 챙기는 건 너무나 당연한 결과다. 이젠 인정한다. 내가 엄마라도 저런 아들을 더 좋아했을 거라고.

과일과 차로 후식을 먹고 네 식구가 테이블을 사이에 두고 앉았다. 묘한 긴장감이 흘렀다. 형이 부모님께 드릴 말씀이 있다며 입을 뗐다. 드릴 말씀이라니.

"너도 같이 들어."

형 입에서 나온 말들은 언젠간 터질 일이라고 생각했던 거지만 낯선 나라의 언어처럼 머릿속을 겉돌았다. 아버진 묵묵히 듣고만 계셨고, 엄만 형 말이 끝나기 전부터 눈물을 흘리셨다.

"우리 준유 어떡해. 엄마가 미안해. 부모가 돼서 우리 아들들 고생만 시키고……."

형은 울지 않았다. 너무 담담해서 오히려 무서울 지경이었다.

"난 괜찮아요. 어차피 한 번은 겪어야 할 일들이잖아."

"엄마도 알아. 너희 둘 고생한 거 생각나서 그래. 여보, 우리 준유 어떡해?"

"준유가 얼마나 오래 생각하고 결정한 거겠어. 그래. 네 결정대로 해라. 회사엔 말한 거냐?"

"네. 엄마, 생활비는 전처럼 여유 있게 못 보낼 것 같아요."

"이젠 보내지 마. 아빠가 있잖아. 그동안 네가 준 생활비도 거의 다 모아 놨어."

"뒀다가 쓰세요. 아끼지 마시고. 엄마, 아들이 돈 못 벌어도 기죽지 마요. 우리 예전에 비하면 정말 잘살잖아."

엄마가 결국 울음을 터트렸다. 소녀처럼 우는 엄마의 모습은 환갑이 다 된 나이에도 곱게 자란 티가 줄줄 흐른다.

"너도 나 때문에 힘든 거 많았을 거야. 조금만 더 기다려."

"갑자기 왜 이래? 그게 말처럼 쉬운 일이야?"

"어려워도 할 수 없지. 평생 이렇게 살 수는 없잖아."

엄마를 달래던 아버지가 형과 나를 번갈아 바라보았다. 왜 이렇게 새삼스러울까. 늙어 가는 '아빠'를 발견한 이 순간이 너무 가슴 아프다.

"둘 다 못난 아버지 만나서 고생 많았다. 준유도. 재유도. 내가 할 말이 없다."

형이 아버지의 두 손을 잡고 고개를 가로저었다.

"아버지가 우리 아빠여서 좋았어요. 엄마 곁을 든든히 지켜 주셔서, 우리에게 행복한 어린 시절을 만들어 주셔서 늘 감사하게 생각해요."

결국 눈시울을 붉히고야 마는 아버지의 얼굴을 향해 형이 빙그레 미소 지었다. 잦아들던 엄마의 울음소리가 다시 커졌다. 이젠 내가 울고 싶어졌다.

집에 가서 잔다는 형을 엄마가 잡아 앉혔다. 바닥에 깐 이부

자리엔 형이, 나는 침대에 누웠다. 쉽게 잠이 올 턱이 없었다. 모든 것에서 자유로워진다는 것. 늘 바라던 건데도 막상 닥치니 혼란스러웠다.

"스탠드 좀 꺼."

"어디까지 밝힐 건데?"

"미안하지만 전부 밝힐 수는 없을 것 같아. 군대 문제도 껴 있고, 법적인 문제가 생길 수도 있으니까."

"밝히더라도 적당히 밝혀. 내가 두 번이나 군댈 가야겠어?"

"그래서 하는 말이야. 서준유라는 이름으로 살게 해서 미안하다."

"내가 오디션에서 서재유라고 우겼잖아. 대표님이 형 대신 광고 찍으라고 할 때도 거절했어야 했는데 돈 받고 찍고. 처음부터 그러는 게 아니었어. 내 잘못도 커."

"내가 오디션 가 달라고 졸랐잖아. 시작은 나야."

"누가 먼저 시작했는지 따지기 시작하면 끝도 없어. 한국에 오기 싫다는 형을 억지로 데리고 온 건 엄마잖아. 그럼 엄마 탓이게? 아니, 스웨덴 사업 정리하고 한국에 가자고 한 아버지 탓인가. 아, 고미 죽고 엄마가 우울증 걸려서 한국에 들어오기로 한 거니까 다시 엄마 탓이네. 아니다. 사장님이 처음부터 우리가 쌍둥이인 것만 밝혔어도 이렇게까지는 안 됐을 거야. 진짜 끝도 없네."

"다 지나간 일이야."

"난 서준유란 이름이 더 좋아. 어려서부터 그랬어. 너도 알잖아."

"그럼 다행이고."

"아예 활동 접을 거야?"

"접는 게 맞지 않을까?"

"은퇴라도 하겠다는 거야?"

"은퇴는 무슨. 내가 무슨 대단한 업적을 남겼다고."

이게 무슨 비현실적인 발언인가. 쌍둥이인 걸 밝히는 것도 모자라 바람처럼 사라지기라도 하겠다는 건가.

"그다음엔 뭐 할 건데?"

"하던 공부 마치고 군대도 갔다 와야지. 세상에 내가 할 일이 있겠지."

갑자기 지난해 형의 집에서 나눴던 말들이 떠올랐다.

'내가 무슨 일을 해서 이렇게 큰돈을 벌겠어. 난 이게 힘든지 아닌지 잘 몰라. 다른 일은 해 본 적이 없으니까.'

듣는 나도 이렇게 막막한데 당사자는 어떨까. 내가 뜻밖의 사랑에 빠져 허우적거릴 때 형은 이런 고민을 하고 있던 건가. 서준유는 백성현이 다음 주 다른 남자와 마주 앉아 이 남자와 결혼을 해도 될지 말지를 고민하게 될 거라는 걸 짐작이나 할까.

"누나 다음 주에 소개팅 한다더라. 마음에 드는 남자 만날 때까지 계속한대."

"착한 여자니까, 좋은 남자 만나야지."

"좋은 남자? 마음에 없는 말 하면 입 안 아프냐? 속은 안 쓰리고?"

잠시 형의 침묵이 이어졌다. 묵언 수행하는 스님도 아니고 답답하니 무슨 말이라도 해 보라고 소리치고 싶어졌을 때 형 목소리가 들려왔다.

"나는, 누나가 행복하길 바라. 과정이 어떻든 백성현이 행복하면 돼. 그러면 돼."

⋯⋯나는 도저히 서준유를 이길 수가 없다.

다음 날, 정문용 대표를 만났다. 정 대표는 앨범 얘기부터 하고 싶어 했지만, 나는 형 얘기를 하고 싶었다.

"형이 언제 그 말 처음 한 거예요?"

"스캔들 터지고 그 다음 날."

내 짐작이 맞았다. 나와의 계약 전 일어난 일이다.

"저하고 계약할 땐 왜 아무 말 안 하셨어요?"

"그러다 말 줄 알았지."

정 대표는 더는 변명하지 않았다. 아닐 것이다. 형 입에서 그런 말이 나왔다는 게 어떤 의미인지 모를 사람이 아니니. 양 손에 쥔 떡을 하나도 놓치고 싶지 않았겠지. 누구에게 하나를 양보할 마음은 더더욱 없었겠지. 서준유는 이런 인간도 미워하지 않는다. 정문용 대표 덕분에 그 시절 우리 가족이 길바닥에 나앉지 않을 수 있었다면서.

"어떻게 하실 거예요?"

"당분간 그냥 두고 보려고. 형도 더는 말 없어. 나야 준유가 저러다 말면 더 좋지만."

"서준유 입에서 그런 말이 나왔다는 게 어떤 의미인지 정말 모르세요?"

"왜 모르겠냐. 그땐 상황이 특수해서 기다렸지."

"그럼 우리 형제보고 평생 이렇게 살라는 거예요?"

"그건 아냐. 어떤 식으로든 결말을 내야지. 그래도……."

흐트러진 말끝에 긴 한숨이 이어졌다.

"전 형이 하자는 대로 할 거예요."

"사실 1년 전부터 준유가 재계약해 주길 기다렸어. 아무 말이 없더라. 다른 데 간다는 소문이야 좀 돌았지만 다 헛소문이었고. 다른 회사하고 계약하려는 건 절대 아니라고 하더라고. 대신 드라마든 영화든 이젠 안 한대. CF도 받지 말라고 하고. 최근 CF는 6개월 단발이 많았어. 냉장고 광고하고 캐주얼 의류 광고가 1년짜리인데, 그거 외엔 붙잡을 명목이 없어. 다른 광고들도 전속 계약 기간하고 얼추 비슷비슷해. 일부러 기다린 것 같기도 하다."

"그럼 앞으로 어떻게 되는 거예요? 모든 게 다 밝혀지면."

"난리 나겠지. 결과가 상상이 안 된다. 말 그대로 전무후무한 일이잖아."

"형이 회사에 최대한 피해 안 가도록 한다고는 했어요."

"알아. 그럴 애라는 거. 믿지 않을지 모르지만 난 네 형을 같은 인간으로 정말 좋아해. 준유보다 재능 있는 가수나 배우야 세상에 얼마든지 있겠지. 그렇지만 앞으로 서준유 같은 사람은 만나기 힘들 거야. 또래 애들이 용돈 받으며 학교 다닐 때, 수

십억, 수백억 돈 벌어 가며 오빠, 오빠 하는 팬들 환상에 키워지다 보면 멘탈 나가는 거 한순간이거든. 꼬이는 인간들은 좀 많게. 성별을 가리지도 않지. 이 바닥에서 중심 잡고 깨끗이 살아가는 건, 허공에 매달린 밧줄 위에서 눈 감고 걷는 것만큼 힘든 일이야. 그 어려운 걸 준유는 해 온 거고. 넌 재능도 실력도 그저 그런 형이 여기까지 온 게 운이나 외모 때문이라고 생각할지 모르지만, 아니. 그것만으론 이렇게까지 사랑받고 클 수가 없어. 형 너무 원망하지 마라. 차라리 나를 욕하고 탓해. 준유가 생색을 안 내서 그렇지 진짜 고생 많이 했어. 그걸 너무 잘 아니까 내가……."

정문용 대표의 눈에 붉은 물기가 돌았다. 나나 정 대표나 더는 말을 잇지 못했다. 한때 서준유를 원망한 시간도 있었다. 하지만 이젠 형을 미워하지 않는다. 이 모든 현실은 누구 하나만의 잘못도, 누구 한 사람을 원망해서 해결될 일도 아니니. 모든 책임은 서준유가 대표로 지는 셈이 되겠지만.

앨범은 약속대로 진행하기로 했다. 이미 곡을 보낸데다 돈도 받았다. 제이원 프로젝트의 단독 앨범. 어쩌면 형이 모든 걸 잃게 될지도 모르는 시점에 난 평생의 일을 찾았다. 그래서 내 첫 앨범 계약이 마냥 기쁘지만은 않다.

수유동 집으로 돌아온 늦은 밤, 휴대폰으로 카페에 접속했다. '세상의 모든 음식'엔 세상 모든 음식이 올라오지 않는다. 그러나 거기엔 세상의 모든 좋은 것을 나누고 싶었던 여자의 흔적이 있다.

닉네임을 검색할 것도 없이 베스트 게시물에 풀잎향기의 글이 올라와 있었다. 제목은 '그릇'. 내가 늦은 성탄 선물로 준 그릇에 용도에 어울리는 음식이 정성껏 담겨 있다. 예쁘게 찍어 올린 몇 장의 사진 아래 짧은 글귀가 보였다.

그릇엔 음식만 담는 게 아니다. 고마워. ……미안해.

그녀의 집에 있던 빨간 이케아 장식장을 보면서 나는, 우연이 반복되면 필연이 될지도 모른다고 기대했다. 하지만 이미 나는 깨닫고 있었는지 모른다. 아무리 수백 번의 우연이 겹친다 해도 서준유와는 게임이 되지 않는다는 걸.

1년에 한 번이라도 편히 만나자는 그녀의 제안을 거절하는 형을 보면서, 그 식탁에 마주 앉은 백성현 눈에 고이는 눈물을 보면서. 아니, 오래전 '너는 서재유가 아니야. 재유는 안 그래. 나한테 안 그래.' 하던 그때부터 알고 있었는지도 모르겠다. 두 사람 사이엔 내가 도저히 침범할 수 없는 영역이 있다는 걸.

정말 인정하기 힘들었지만 이젠 받아들여야 할 것 같다. '미안해'라는 세 글자에 담긴 백성현의 진심을.

스웨덴으로 돌아가기 전날 민규와 상엽을 만났다. '리허설'로 오라는 걸 굳이 집으로 불렀다. 가져온 술과 음식을 바닥에 대충 부려놓은 두 녀석은 나의 신혼집을 둘러보며 시시껄렁한 농담을 던졌다. 스물일곱이란 나이는 왜 모든 이에게 같은 무게로 오지 않는 걸까.

"오늘 보니까 둘이 또 달라 보이네? 만날 똑같은 거 같더니."

"나도 그 생각 했는데!"

무슨 말을 들어도 즐겁지 않다. 민규가 진지한 얼굴로 시시한 선언을 했다.

"맥주나 마시자. 간만에 죽어 볼까!"

상엽이가 민규에게 딴죽을 걸었다.

"네거티브한 놈! 왜 죽냐? 이 좋은 세상을 두고."

"먹고 죽은 귀신은 때깔도 좋다고……."

"됐고. 준유도 한국에 있었으면 같이 노는 건데."

"그러게. 그럼 간만에 넷이 모였을 텐데. 그립다. 20년 전이. 아무리 생각해도 그때가 좋았어."

잠시 우리 셋은 20년 전으로 돌아가 그 시절의 일화를 하나씩 풀어 놓았다. 수도 없이 하고 또 했던 얘기들이지만 새삼 그리웠다. 과거로 돌아갈 수 있다면 어떤 시절의 나를 선택할까. 문득 저수지 낚시터에서 만났던 아저씨가 한 말이 생각났다.

'다 부질없지. 아무리 죽을 애를 써도 안 되는 게 그거 아닌가.'

구운 쥐포를 질겅거리던 민규가 허공에 대고 떠들었다.

"어떻게 그 많은 여자 앞에서 노래 부르고 춤을 추지? 아으, 난 사과 상자에 5만 원권 현금을 바리바리 담아 줘도 못 할 것 같아. 매장이 여자 손님들로만 꽉 차도 숨이 막히는 것 같은데. 내가 남자 알바만 뽑는 덴 이유가 있다니깐."

"준유도 예전엔 그랬다고 했잖아. 무대 올라가면 누가 막 목을 조르는 것 같다고. 그걸 지금 몇 년째 하는 거야? 내일 공연할 공연장은 3만 명인가, 5만 명인가도 들어간다며?"

"그럼 몇 년째 목이 졸리는 걸 참고 사는 거네. 불쌍한 자식. 코딱지도 마음 편히 못 파는 인생이니 부러워할 거 하나도 없다니까."

민규와 상엽이 주거니 받거니 하는 동안 나는 어린 시절을 떠올렸다. 초등학교 때 나는 치과에 가는 걸 제일 무서워했다. 갈 때마다 겉으론 태연한 척했지만 속으론 무서워 죽을 것 같았다. 그땐 시험보다 소독약 냄새에 찌든 치과에 가는 게 내 인생의 가장 큰 고민이자 괴로움의 근원이었다. 인생의 고민이 치과 치료 정도에만 머문다면 얼마나 좋을까.

"참! 상엽이가 그 누나 봤대."

"……누구?"

"누군 누구야. 성현 씨지."

상엽이가 답답한 표정으로 민규의 말을 가로챘다.

"공민규 또 말 만드네. 내가 직접 본 게 아니고, 어제 아는 바리스타 형이 하는 커피숍에 잠깐 들렀는데 그 형이 그러더라고. 그제 성현 씨가 그 찻집에 왔었다고."

"실물이 그렇게 예쁘다며? 재유야, 진짜 예쁘냐?"

내가 대답이 없자 상엽이 다시 입을 열었다.

"처음엔 누군지 몰라봤다고 하더라. 그 누나하고 같이 온 남자가 말해 줘서 성현 씨인지 알게 된 거래."

맞아. 세상은 이렇게 좁은 곳이었지. 이런 세상에서 7년을 들키지 않고 버텼으니 누구에게 칭찬을 해야 할까.

"아, 궁금 터져! 성현 씨 예쁘냐니깐? 그 대답부터 하라고."

"인간아, 딱 보면 모르냐?"

나는 그 남자가 어떤 남자인지 알고 싶었다.

"그 남자하곤 어떻게 아는 사이래? 뭐 하는 사람인데?"

"성현 씨가 만난 남자가 그 형이 세 든 커피숍 건물주 외아들이래. 강남 요지의 12층짜리 빌딩. 동산, 부동산이 어마어마한 집이라던가. 남자가 좋아서 아주 입이 귀에 걸렸다더라고."

"중요한 건 건물 시가가 아니라 여자의 마음이지."

민규가 오랜만에 말 같은 말을 한다. 다른 남자를 만나는 그녀의 마음이 궁금했다.

"성현 씬 담담하더래. 그 형 말로는 남자 혼자 삽질하는 것 같다고 하는데, 선도 아니고 소개팅이니 별건 아니겠지만 좀 그렇더라. 꼭 절친의 전 애인이 다른 남자 만나는 걸 우연히 보게 된 심정이랄까."

"지랄. 아주 소설을 써요. 그것도 어설픈 신파를."

민규가 상엽이 다리를 툭툭 치며 눈치를 주었다. 나를 위한 배려인가. 아니면 이 자리에 없는 서준유?

"너도 그랬잖아. 준유가 알면 기분이 어떻겠냐고. 이상하게 그 말 듣는데 내 기분까지 별로더라고. 아! 찻값 계산을 성현 씨가 했는데 카드 돌려주다가 눈이 딱 마주쳤다나 봐. 근데 자기도 모르게 눈을 피하게 되더라는데?"

"그 얘긴 안 했잖아!"

"잊었다, 자식아!"

"눈은 왜 피해?"

"그 여자 눈에 막 빨려 들어갈 것 같더래. 진짜 그래? 그 누나 보면?"

인천공항에서 핀에어*를 기다리며 마지막일지도 모를 전화를 걸었다. 받아 주면 고맙고 안 받아 줘도 할 수 없지, 지레 포기하면서. 착한 백성현. 내가 그렇게 지질하게 굴었는데도 전화를 받아 준다.

"내 전화번호 스팸 처리한 줄 알았는데."

누나의 웃음소리가 짧게 들렸다.

"지금 안 바빠?"

— 금방 공부하러 가야 해. 중국어 공부. 우리 양 대표님 진짜 지독하거든. 테스트까지 직접 한다니까.

"중국 진출이라도 하게?"

— 글쎄. 그럴 수도 있고. 배워 둬서 나쁠 건 없겠지. 넌 어디야?

"공항. 집에 가려고."

— 계속 스웨덴에서 살 거야?

"아니. 조만간 한국에서도 편히 살게 해 준대. 형이."

— ……그래. 잘됐다.

---

* 핀란드 국적의 유럽 대표 항공사.

이 말이 무슨 의미인지, 형이 포기하려는 게 어떤 건지 백성현은 알까. 나보단 잘 알겠지. 누나 집 거실 책장엔 《빨간 머리 앤》이 아주 많았다. 열 권짜리. 세 권짜리. 한 권짜리. 출판사별로. 번역가별로. 빨간 머리 앤이 들어간 다른 제목의 책까지 골고루.

"궁금한 게 있는데, 집에 왜 그렇게 《빨간 머리 앤》이 많아?"

— 어려서부터 좋아했던 책이야. 완벽하진 않지만 매력적인 앤도 좋고, 완벽에 가까운 순정남 길버트도 좋아해. 어른이 되면 나도 그렇게 살고 싶었나 봐.

비행기에 탑승하라는 안내방송이 들렸다. 언제고 내가 전화를 걸면 받아 줄까. 우리가 다시 만날 일이 있을까. 둘이 아닌 셋이라도. 연인이 아니라 누나, 동생 사이라도. 빨아들일 듯 날 응시하던 그녀의 검은 눈동자가 눈에 선했다.

"끊어야겠다. 어서 타래."

— 잘 가, 서재유. 아프지 말고 행복하게 지내.

"생각해 봤는데 누나는 하이디보다는 빨간 머리 앤이 더 어울리는 것 같아."

— 하이디? 둘 다 좋아하는데?

전화를 끊기 전 그녀에게 이 말을 꼭 하고 싶었다.

"그래도 빨간 머리 앤이 더 어울려. 길버트 같은 남자를 만나. 자기 배경이 얼마나 대단한지 티 내지 못해 안달하는 시시한 남자 말고."

성현

주필립 씨는 나를 집까지 데려다주고 싶어 했다. 나는 차를 가리키며 8년을 함께한 애마를 버리고 갈 수는 없다는 핑계를 댔다. 뜻밖에도 꽤 집요한 사람이었다. 그의 핸드폰 번호를 받아 적고 나서야 겨우 벗어날 수 있었다.

돌아오는 차 안에서 내내 후회했다. 이런 만남은 시작도 하지 말았어야 했다. 나는 가슴속에 여러 개의 방을 같이 키우는 사람이 못 된다.

다음 날 오전 난희 언니한테 연락이 왔다. 평소 같으면 일어나지도 못할 시간에 말이다.

"어떻게 벌써 일어났어? 9시도 안 됐는데?"

— 야, 필립 씨한테 졸려서 못 살겠다! 어젯밤부터 전화를 얼마나 하는지. 별로야? 그만하면 괜찮지 않나? 그 집 졸부 아

니야. 대대로 어마어마하게 잘사는 집이라니까.

안 그래도 어젯밤 나를 데리고 간 커피 전문점에서 눈치챘다. 아주 둔하지 않고서야 그 건물이 누구 집안의 소유인지 모를 수가 없었다.

"그 얘기 해 달래? 자기 집 부자라고?"

— 호호호, 얜. 그건 아니고. 솔직히 돈은 없는 것보단 있는 게 훨씬 낫지. 가난이 대문으로 들어오면 사랑이 창문으로 빠져나간다잖아.

"일리 있는 말인데, 다른 건 자랑할 게 없대?"

— 왜 없어? 과거나 사생활도 그만하면 깨끗하고, 가족 관계 복잡하지 않고, 인물이야 뭐, 너야 워낙에 잘생긴 남자들만 상대해서 눈에 안 차겠지만 일반인치곤 준수한 편이잖아. 키도 평균은 되고, 학벌 짱짱하고, 직업 좋고. 뭐가 문제야? 말해 봐.

"나쁘진 않은데 좋지도 않아."

— 그럼 된 거야. 이제 겨우 한 번 봤는데. 너한테 홀딱 반한 것 같더라. 실물 보고 놀랐다고 몇 번이나 말하는 거 보니까. 나이 차이도 적당하고 말도 잘 통한다는데?

"말이 잘 통한대? 그 자리에 나 말고 다른 여자가 또 있었나?"

— 하하하. 성현아, 그러지 말고 몇 번 더 만나 봐. 어젠 어색해서 그랬겠지.

"주필립 씨에 대한 내 느낌을 말하면, 30대가 된 남동생을 보는 것 같았어. 언니 같으면 남동생 같은 남자한테 연애 감정 생기겠어?"

— 여섯 살 연하하고도 사랑 연기하고 스캔들까지 난 애가 왜 그래.

"아니라고 했지."

— 익숙한 게 좋은 거야. 특별하고 남다른 건 잠깐이라고. 금방 피곤해진다니까.

"언니, 솔직히 말해 봐. 그 남자한테 돈 빌리고 못 갚은 거 있지?"

— 아우, 진짜! 나도 그렇게 쉽게 남의 돈 좀 떼어먹었으면 좋겠다! 다른 여자 주긴 아까워서 그래. 앞길이 탄탄대로일 일만 남은 사람이야. 그 정도 조건이면 미모의 20대 중반 여자도 얼마든지 만날 수 있어.

"그럼 미모의 20대 중반 여성 만나라고 해."

— ……너 누구 맘에 둔 사람 있지? 설마 아직도 서재유를 못 잊은 거야? 그런 거야?

"서재유한테 전화해서 탤런트 유난희 고소하라고 할 거야!"

— 어머, 얘가 왜 흥분하고 그래? 너 왜 그래? 응? 응? 왜지? 뭐지?

더 만나도 내 마음은 달라지지 않는다. 의미 없는 만남이 오히려 주필립 씨에게 실례라는 말로 언니를 설득한 뒤 전화를 끊었다. 이게 뭐야. 먹이를 잡기 위해 여기저기 거미줄을 쳐 놓는 여왕 거미가 된 기분이다.

어젯밤 길거리에서 들었던 그의 노래가 또 생각났다. 나를 초대해. 나를 허락해. 네 마음을 열어 줘. 읊조리듯 들려오던 그의 낮은 목소리. 〈렛 미 인〉이란 노래의 작곡가는 기억나지 않았다. 하지만 작사가는 안다. 공동 작사였고, 둘 중 한 사람은 서준유였다. 서재유로 적힌.

추우면 택시라도 타고 가겠느냐는 주필립 씨의 제안에 나는 커피나 마시러 가자고 했다. 그는 기쁜 얼굴을 감추지 않고 나를 아담한 커피 전문점으로 데리고 갔다. 커피 맛은 좋았지만, 맞은편의 남자는 더 좋아지지 않았다. 그 남자를 너무나 객관적인 시선으로 바라보는 내가 싫을 정도였다. 무언가 자꾸 질문받는 사이사이를 틈타 그 노래 가사가 자꾸 끼어들었다.

I'll never let you cry.
I'll never let anybody hurt you again. Let me in.
절대 널 울리지 않을 거야.
누구도 다시는 널 해치지 못하게 할 거야. 나를 네 안으로 들여 줘.

그는 나를 울렸고, 내게 상처도 주었지만, 난 그를 미워하지 않는다. 절대 그 사람이 원한 게 아니라는 걸 잘 아니까. 그러나 그를 내 안으로 허락할 수는 없다. 그것이 날 슬프게 한다.

1월의 마지막 날. 날이 풀리는가 싶더니 다시 추워졌다. 겨울이면 가끔 차 없이 외출한다. 두툼한 검은색 패딩 점퍼를 입고 모자, 머플러, 마스크로 온몸을 둘둘 싸맸다. 이러고 다니면 날 알아보는 사람이 없어서 좋다.

오후 날씨를 확인하고 나올 걸 그랬다. 전철이 시 경계선을 넘어서자 눈발이 하나둘 날리기 시작했다. 한 시간 반 가까이 걸려 S역에 도착했다. 역에서 20분 정도 더 걸어야 한다.

번화가를 가로질러 오래된 고층 아파트 단지를 지나면 중학교가 보이고, 작은 사거리 한쪽에 대형 교회와 주유소가 나란히 있다. 그 옆 짧은 건널목을 건너 사잇길로 들어서면 5킬로미터 넘게 이어진다는 인공 강이 나타난다. 드라마 〈온리 원〉의 야외 촬영 장소. 며칠 전부터 여길 꼭 다시 와 보고 싶었다.

눈발은 사그라질 생각이 없는 것 같다. 야트막이 흐르는 강물 위로 제법 굵어진 눈송이들이 자꾸 내려앉았다. 눈은 강물에 닿는 순간 흔적도 없이 사라졌다. 왜 내 마음은 이 눈송이처럼 가벼워지지 않는 걸까.

지난주 초, 재유가 공항에서 전화를 걸어왔다. 5분 남짓한 짧은 통화에서 그는 내게 여러 가지를 전해 주려고 했다. 재유는 내가 하이디를 닮았다고 생각한 모양이다. 그러나 나는 산비탈에서 뛰어노는 하이디의 삶에 만족하지 못하는 나이가 됐다. 시시하지 않은 나의 길버트는 어디에 살고 있을까.

우산을 살 걸 그랬나. 짐이 될까 봐 그냥 왔는데 눈발이 점점 거세졌다. 니트 모자 위로 패딩 점퍼에 달린 모자를 이중으로 덮어썼다. 누렇게 바랜 잔디를 밟고 내려가 강물 속을 들여다보았다.

자유롭게 유영하던 팔뚝만 한 물고기들은 어디로 갔을까. 손가락 크기의 새끼들만 헤엄칠 뿐 커다란 물고기는 하나도 보이지 않았다. 지난여름 그와 나는 이 물가에 나란히 앉아 떼 지어 다니는 물고기를 바라보았다. 물속을 가만히 들여다보던 준유가 내게 말했다.

"저 물고기들은 겨울이 되면 어떻게 살까."

"그러게. 얼어 죽으면 어떡하지? 공무원들이 데리고 갈까? 뜰채로 떠서?"

준유가 나를 보며 웃었다. 나는 그 눈빛과 웃음이 나를 귀여워하는 것 같다고 생각했다. 나보다 여섯 살이나 어린 남자에게 그런 느낌을 자주 받았다. 준유가 나지막이 속삭였다. 나만 들을 수 있도록.

"수풀 사이나 돌 틈에 숨어 살지도 모르지."

"물고기가 이렇게 많은데 돌 틈에 다 숨어서 살 수가 있어? 얘네 얼어 죽으면 어떡해?"

"걱정하지 마. 안 얼어 죽어. 다 사는 방법이 있을 거야."

잠시 후 그가 혼잣말처럼 말했다. 어제 일처럼 또렷이 기억난다.

"가끔은 물고기가 부러워……."

한국에서도 편히 살게 해 준대. 그 말의 속뜻이 무엇일지 생각해 봤다. 모든 비밀을 밝힌다는 뜻일까. 어디서부터 어디까지? 재유에겐 축하할 일이지만, 준유에게도 언제까지 감추고 살 수 있는 일은 아니겠지만, 짐작만으로도 까마득했다. 그런 결심을 하게 한 배경이 무엇인지, 어떤 식으로 동생에게 자유를 줄 건지도 알고 싶었다. 나와는 크게 상관없는 일인데도 누가 심장을 무겁게 짓누르는 것처럼 며칠 내내 힘들었다.

아무래도 궁금해서 인공 강을 소유한 시청을 검색해 연락처를 확인했다. 전화를 받은 공무원이 내게 공원녹지과라는 곳의 연락처를 알려 주었다. 외운 전화번호를 잊어버릴까 봐 머리에 입력된 숫자를 얼른 눌렀다. 이번에도 친절한 여직원이 받았다. 나는 그녀에게 인공강의 큰 물고기들을 다 어떻게 했느냐고, 추워서 어디로 데려간 거냐고 물어보았다. 여직원이 웃음기 서린 목소리로 설명해 주었다. 물고기들은 그 강 돌 틈이나 수풀 사이에 숨어 겨울을 난다고.

"그 많은 물고기가 숨어 살 데가 있어요? 되게 크던데. 그럼 물고기들은 겨울 동안 뭘 먹고 살아요?"

친절한 목소리의 공무원이 다시 대답했다.

— 그럼요. 충분히 살아요. 시민들이 주는 먹이나 물속 부유물도 먹고……

작은 인공 폭포가 보이는 공원을 가로질러 도서관에 들렀다. 유리문을 열고 건물 안으로 들어서니 온기가 먼저 나를 반겼다. 그날 우리는 도서관에 들어가자마자 멀쩡한 엘리베이터를 놔두고 직접 계단을 걸어 올라가는 장면부터 찍었다. 나는 대본이 요구한 대로 짧은 치마를 입고 있었다. 못마땅한 눈길로 내 치마를 힐끗 보던 준유가 오 작가는 진짜 이상한 사람이라며 투덜거렸다.

몹시 더운 날이었다. 촬영을 마치고 되돌아오는 길 그는 약속한 대로 아이스크림을 직접 사다 주었다. 모든 스태프가 넉넉히 나누어 먹을 수 있도록. 돌이켜 보면 서준유는 늘 내게 한 말들을 지키려고 노력했다.

나도 그에게 몇 가지 약속했었다. 세상에서 제일 좋은 남자를 만날게. 그러면 되지? 깊이를 알 수 없는 고통이 잠식된 눈으로 고개를 끄덕이던 서준유. 누나와 동생으로, 친구처럼 편히 만나자는 내 제안을 거절하며 슬프게 웃어 주던 서준유.

그날 그는 눈물이 그렁그렁 맺히는 내 눈을 보며 고개를 저었다. 나 같은 남자 때문에 울 것 없다고. 말하지 않아도 느낄 수 있었다. 그렇게밖에 할 수 없는 그의 마음을.

그와의 약속은 언제쯤 지킬 수 있을까. 어쩌면 이미 세상에서 제일 좋은 남자를 보내 버린 게 아닐까. 그 생각이 나를 놓아주지 않는다.

러닝머신 위에서 30분을 달렸다. 숨을 몰아쉬고 생수를 마시면서 휴대폰을 확인하려는 순간 카페 댓글 알림 소리가 났다. '세상의 모든 음식'에 올렸던 게시물에 안 읽어도 그만인 새 댓글이 하나 추가돼 있었다. 한 달 전 게시물에 이제야 댓글이 달린 것이다.

요샌 음식 만들기도 시들하다. 그냥 나갈까 하다가 베스트 게시물을 클릭해 봤다. 상단에 Timeless가 올린 게시물이 보였다. 제목은 '그녀에게 보여 주고 싶었던 내가 사는 동네'. 사진아래 '그녀'가 누군지 궁금해하는 회원들의 댓글이 주르르 달려 있다.

아무 문구도 없이 풍경 사진 수십 장이 쭉 펼쳐진다. 나무가 많은데다 고즈넉한 아름다움이 깃든 동네다. 이 사진들을 찍으려고 카메라를 들고 돌아다녔을 재유의 모습이 저절로 상상됐다. 이렇게 아름다운 동네에서 외롭게 사는구나. 그런 아이에게 난 무슨 짓을 한 걸까.

음식 사진은 달랑 한 장. 내가 쌍둥이 형제에게 만들어 준 것과 비슷한 크루아상 샌드위치였다. 맨 마지막에 거실 쪽에서 찍은 선명한 부엌 사진이 보였다. 놀랍게도 우리 집 것과 똑같은 빨간 이케아 장식장이 재유의 부엌에도 있었다. 두 팔에 오소소 소름이 돋았다.

사진 설명은 간단했다.

우연이 겹친다고 해서 꼭 인연이 되는 건 아니다.

재유는 포스팅 맨 마지막에 이 문장을 써 놓았다. 지난해 내가 생일 선물로 주었던 책갈피에 인용했던 글귀다.

누군가 나에게 묻는다면, 난 세상에 저주 따윈 없다고 대답하겠다. 삶이 있을 뿐, 그걸로 충분하다고.*

내가 아는 재유는, 누구에게나 사랑받을 가치가 있는 사람이다. 머지않아 그의 긴 인생에 즐겁게 동참해 줄 하이디 같은

---

* 주노 디아스, 《오스카 와오의 짧고 놀라운 삶》, 문학동네.

여자가 나타날 것이다. 나는 Timeless의 게시물에 어디서든, 누구와 함께든, 늘 행복하길 바란다는 평범한 댓글을 달았다. 그건 내 진심이다.

다음 날 재유가 내 댓글에 리플을 달아 놓았다.

풀잎향기님, 366일 행복하세요.

그것도 그의 진심임을 나는 믿는다.

〈떴다! 8남매!〉 촬영은 차질 없이 꼬박꼬박 진행되고 있다. 2월의 마지막 두 주 분량의 방송에는 탱고를 춰야 하는 미션이 주어졌다. 이미 2주 전에 시작된 미션이다.

이번엔 내가 먼저 시유를 선택했다. 송지환 선배와 하고 싶었지만 바로 전에 같이 했던 터라 아예 고를 수가 없었고, 지하수는 하기 싫었다. 정성욱 씨는 안 그래도 자꾸 러브라인으로 엮어 가려는 제작진 때문에 부담스러웠다. 춤추는 미션인 걸 미리 알았더라면 분명 다른 남자를 지정했을 것이다. 그게 설사 지하수라 해도.

시유와는 이미 한 차례 미션을 했었다. 노인요양 시설에서 봉사활동을 하는 미션에서 내 파트너가 돼 주었다. 그 방송이 나가자마자 〈떴다! 8남매!〉 게시판에는 나를 칭찬하는 사람만큼이나 나를 싫어하는 사람들이 늘어났다. 착한 척한다. 가식적이다. 내숭 백단이다. 일부러 더 힘든 일만 골라 하는 것 같다. 무슨 짓을 해도 욕을 먹는 사람이 있다면 그게 나다.

파트너와 함께 추는 춤이란 게 대개 그렇지만 탱고는 유난히 스킨십이 많다. 이번엔 단지 시유와 춤을 췄다는 이유만으로 비난받을 것이다. 그 전과는 비교도 안 될 정도로. 미션 봉투를 받고 글자 그대로 망연자실해진 나는 카메라를 피해 담당 피디에게 간곡히 부탁했다.

"아시잖아요. 저 시유랑 탱고 못 해요. 더는 공공의 적이 되기 싫다고요."

"아니, 누가 사귀래요? 결혼을 하래요? 그냥 춤 한번 추는 건데?"

"그냥 춤 한번이 아니잖아요. 시유 인기 모르세요? 바꿔 주세요, 강 피디님."

말은 없지만 시유도 나와 탱고를 추는 게 부담스러운 눈치였다. 강기윤 피디가 웃으며 대꾸했다.

"그럼 다른 사람은 욕먹어도 되고?"

"그럼 차차차 할게요."

"차차차는 리즈가 해요. 동생 거 뺏어 오려고?"

"왈츠 같은 거 추면 안 돼요?"

"그렇게 고상한 건 취급 안 해요. 한번 정해지면 끝입니다! 자, 다들 주목해 주세요! 이번 미션은 당일치기가 아닌 거 잘 알죠? 두 주에 걸쳐 적어도 세, 네 번 이상 만나서 연습하는 겁니다. 더 만나는 건 누구도 안 말려요. 구체적인 사항은 따로 전달될 거고. 파트너하고 같이 스케줄 정리해서 한 시간 뒤에 다시 모입니다. 이번 미션은 전문가들 앞에서 직접 평가받을 거니까 각오 단단히 하고 제대로 해 주세요. 망신은 각자의 몫입니다!"

예전보다 바빠졌다 해도 시유보다는 내 스케줄에 빈틈이 많았다. 시유의 스케줄에 맞추다 보면 주로 이른 아침이나 늦은 밤에 만나야 했다. 춤은 나보다 그 아이가 더 잘 추지만 탱고는 한 번도 춰 본 적이 없다고 했다. 그 점에선 내가 더 유리했다.

미리 섭외된 탱고 학원은 압구정동에 있었다. 춤 선생은 느끼한 외모와는 달리 꽤 담백하고 교육적인 스타일이었다. 카메라가 늘 우리 뒤를 따라다녔다. 에피소드는 많으면 많을수록 좋다. 그래야 방송 분량을 제대로 뽑을 테니까.

재미를 위해 구성작가들은 시유가 속한 그룹의 멤버들까지 출연시켰다. 아침 일찍 만난 나머지 멤버들은 귀엽고 유쾌했다. 멤버들 중 막내인 유찬과 서린이란 아이가 내게 제일 말을 많이 걸었다. 드라마 〈온리 원〉과 '서재유 형'에 관해 묻는 멤버도 있었다. 그저 그 장면이 편집되길 바랄 뿐이다.

시유는 봉사할 때와는 달리 같이 춤을 출 때면 절절맸다. 다른 건 몰라도 춤 하나만은 잘 출 줄 알았던 아이여서 의외였고 그만큼 답답했지만 기다렸다. 탱고 선생은 그런 시유를 이해 못 하겠다며 한숨을 내쉬었다. 난 어차피 하게 된 거 제대로 해 버리자 주의였다.

다시, 시유의 손을 잡았다. 키도 크지만 손도 정말 컸다. 이렇게 큰 파트너는 연예계 생활을 통틀어 처음이었다. 7센티 힐을 신어도 고개를 한껏 젖히고 올려다봐야 할 정도다.

"시유 씨, 파트너 눈을 마주 봐야지! 왜 허공을 봐요? ……또 그런다, 또! 스톱!"

나도 불편하고 시유도 불편할까 봐 내내 트레이닝복을 입고 연습을 했다. 춤 선생은 그것도 지적했다.

"성현 씨, 옷이 그게 뭡니까. 여기가 동네 운동장이에요? 정식으로 의상을 갖춰 입어야 마음가짐도 달라지는 거예요. 또 트레이닝복 입고 오면 가위로 그냥 확……."

이제 연습할 날도 며칠 안 남았다. 밤 10시. 탱고 학원에 도착하자마자 빌린 의상으로 갈아입고 시유의 손을 맞잡았다. 처음엔 잘하는 것 같더니 또 내 시선을 제대로 받아치지 못한다. 마음 같아선 정신 차리고 똑바로 하라고 야단치고 싶지만, 극성맞은 시유 팬들을 생각하니 무서워서 참았다.

"한시유, 누나 눈만 봐. 지금은 내가 파트너잖아."

"누나, 미안해요."

"미안해하지 말고 날 지적질 할 정도로 해 보라고. 너 춤 잘 추잖아. 제발 나 좀 살려 주라."

"내가 언젠 죽이려고 했나?"

"희한하네. 말할 땐 멀쩡히 잘 보면서? 춤출 땐 내가 마녀로 보이냐? 나 개구리 발톱, 지렁이 눈곱, 그런 거 안 모아."

시유가 날 보며 피식 웃었다. 웃음까지 비싸다고 했더니 이번엔 소리 내 웃어 주었다. 난 그 애의 어깨를 두드리며 큰누나처럼 고개를 끄덕였다. 서로의 눈을 바라보니 마음을 열게 됐고, 감정을 나누게 되니 춤이 달라졌다.

탱고는 따뜻한 춤이다. 파트너를 배려하지 않으면 아름답게 출 수가 없다. 여성의 동작이 훨씬 화려하고 다양해 보이지만 사실은 남성이 리드를 잘해야 한다. 스태프들은 춤의 밸런스는 물론 비주얼까지 우리 커플이 최고라고 틈만 나면 치켜세웠다. 시유가 워낙 체격이 좋고 체력까지 강해서 나도 춤추는 게 편했다. 서로에게 익숙해지니 웃으면서 연습할 수 있게 됐다. 시유는 이제 나를 편한 누나처럼 대한다.

경연 당일. 춤 선생이 추천해 준 탱고 의상은 잘 익은 살구색 드레스였다. 빨간색보다 덜 야할 거로 생각했지만, 시은이 말대로 청순한 착각이었다. 무릎 아래서 불규칙하게 절개된 드레스는 움직일 때마다 몸의 선을 도드라지게 보여 주었다. 아예 맨살인 등은 그렇다 치고 동작이 커질 때마다 치마 사이로 허벅지가 훤히 드러나곤 했다.

초저녁부터 이 차림으로 아이돌 스타 한시유에게 안겨 춤추는 걸 시청자들에게 보여 줘야 한다. 탱고가 영혼의 위로라고? 내 머리가 이렇게 지끈지끈 아픈 건 절대 내 탓이 아니다.

단정하게 빗어 넘긴 머리는 복고 스타일로 묶고 뒷머리엔 살구색 꽃을 장식했다. 아이라인은 평소보다 검고 짙게 그렸다. 구두 색깔에 맞춰 붉은 립스틱도 발랐다. 오늘 내가 출 탱고는 의상, 음악, 춤사위까지 정통 아르헨티나 탱고를 재현한다. 거울로 앞뒤를 꼼꼼히 살펴본 나는 깊은숨을 내쉬었다. 가슴까지 강조했으면 어쩔 뻔했나.

"한숨은 왜 쉬어? 한숨 쉴 사람은 따로 있구만."

"······."

"지금 한국에 있다던데. 또 외국 나가기 전에 서재유 씨가 오늘 공연을 꼭 봐야 하는데. 아, 보면 안 되나?"

"아주 그쪽 기획사 코디를 하지 그러냐? 악플이 눈에 훤하다. 에휴."

"언니야, 똥이 무서워서 피하냐? 무시가 답이야."

"하아, 떨려 죽겠네. 이 프로 100회만 하면 팍 늙겠다."

"내가 볼 땐 생활의 달인이 될 것 같아. 8남매는 만능 인간 만드는 프로그램이라니까. 빡세. 빡세도 너무 빡세. 언니, 이 프로 컨셉 은근 구리지 않아? 너무 많은 걸 하려고 해."

"시유 준비 다 됐나 확인해 봐."

"언니, 솔직히 말해 봐. 한시유랑 춤출 때 떨려, 안 떨려?"

"원하시는 대답을 해 드리지요. 어떤 쪽?"

"완전 솔직한 쪽!"

"떨리긴 하는데 설레진 않아. 그냥 춤 잘 추는 어린 댄서하고 국가대표 경기 나가는 것 같아."

"진짜루? 아무리 나이가 어려도 걔가 은근 관능적이던데. 그 기럭지하며."

"관능? 얼마 전까지 키만 크지 애기 같다던 게 너 아니었어? 이름을 봐라. 니 막내 남동생 같지 않디? 시은, 시유?"

"성이 다르잖아. 그 앤 한씨, 난 구씨. 그새 달라졌더라고? 다리는 또 얼마나 긴지. 아주 그냥~~ 죽여 줘요~~"

"얘야, 작작해."

"물론 나도 내가 좀 심하다는 생각은 해. 그렇지만 이건 본능이야."

"늘러라. 무사히 마치라고 기도나 좀 해 봐. 아무 신이나 붙잡고."

"언니, 나 무교야."

우리가 마지막 순서였다. 다른 팀들은 자이브, 룸바, 차차차를 선보였다. 모니터로 본 송지환 선배의 룸바는 정말 끝내줬지만, 안타깝게도 파트너 복이 없었다. 검은색 의상을 입은 시유는 제법 남자 티가 났다. 무대에 오르기 직전 탱고 선생이 우리를 세워 놓고 다시 강조했다.

"이건 우리 팀의 자존심이 걸린 무대예요. 시유 너는 오늘만큼은 성현 씨를 누나라고 생각하지 말고 여자로 생각해. 저 무대에서만큼은 네 여자야. 넌 사랑에 빠진 남자가 되는 거고. 성현 씨도 마찬가지……."

시유는 무대 체질이었다. 각자 한 번씩 두 번의 실수가 있었으나 전문가가 아니고서야 눈치채지 못할 정도였다. 방청객을 모시고 하는 자리였지만 다행히 녹화 방송이다. 우리 커플이 네 커플 중 박수를 제일 많이 받았다고 하는데 정신이 없어서 그것까지 신경 쓸 여유가 없었다. 그렇게 힘든 한고비가 또 넘어갔다.

2월 중순, 나는 다시 서울로 이사했다. 마포 쪽에 있는 30평대 오피스텔. 지어진 지 얼마 안 된 새 건물이다. 동생이 다니는 학교에서도 가깝고 방송국에서도 멀지 않은 곳이라 여러모로 편했다. 3년 넘게 살았던 정발산 집을 떠나는 건 아쉬웠지만, 그 집과 헤어질 때가 됐다는 생각도 들었다.

부모님이 할머니를 모시고 올라오셔서 바쁜 나 대신 집 정리를 도와주셨다. 사실 집 정리는 내가 해야 가장 만족스러울 테지만, 그분들의 즐거움이라 생각해서 말리지 못했다. 서울로 다시 이사한 걸 여기저기 소문내고 다니진 않았다. 내가 이사한 걸 아는 사람은 거의 없다.

봄이 코앞이다. 1년 전, 갑자기 〈온리 원〉 출연 제의가 왔을 때와는 달리 심심치 않게 드라마 섭외가 오고 있다. 멜로는 물론 시트콤, 추리물, 학원물, 퓨전 사극까지 골고루. 양승호 대표 말대로 예능 출연은 내 이미지를 많이 바꿔 주었다.

〈떴다! 8남매!〉를 통해 나는 말 그대로 비호감에서 호감형 연예인으로 탈바꿈하고 있다. 별명도 여러 개 생겼다. 예를 들면 '지하수 천적', '정성욱 킬러' 같은 것. 둘 다 마음에 든다. 열혈 시청자들 사이에서는 '성현 어록'이라는 것도 돌아다닌다고. 어디선가 모유 수유 중이겠죠, 같은 말을 그렇게 좋아할 줄 몰랐다. 배우 성현의 연관 검색어엔 〈온리 원〉, '서재유'뿐만 아니라 '성현 모유 수유'라는 것도 있다. 애는커녕 임신도 한 번 안 해 본 내겐 너무 황당하고 가혹한 연관 검색어가 아닌가 싶지만.

예능 프로의 좋은 이미지를 업고 CF도 몇 편 찍었다. 라디오

방송에서도 제의가 왔는데 일주일에 4, 5일을 생방으로 해야 하는 거라서 거절했다. 드라마를 하게 되면 예능은 하차할 수도 있다. 나는 예능인이 아니라 배우니까. 이 부분은 양승호 대표와 생각이 같다. 〈떴다! 8남매!〉의 강기윤 피디가 들으면 기함할 말이지만.

뭘 하고, 뭘 말지 고민한다는 것 자체가 1년 전의 나에 비하면 대단한 발전인 셈이다. 매사에 감사하는 마음으로 살고 있다.

요샌 '세상의 모든 음식' 카페에 일주일에 한 번도 못 들어가는 것 같다. 책도 예전처럼 많이 읽지 못한다. 졸린 걸 참아 가며 일주일째 잡고 있는 장편 소설을 읽다가 마지막 몇 장을 남기고 도저히 못 견디고 스탠드를 껐다. 그때 휴대폰에서 댓글 알림 벨이 울렸다.

Timeless였다. '그릇'이란 게시물을 올린 게 두 달이 다 돼 가는데 이제야. 아마 재유는 벌써 그 게시물을 봤을지도 모른다. 댓글에 딱 한 줄 '풀잎향기님이 지은 밥이 먹고 싶어요.' 그렇게 쓰여 있었다. 닉네임을 눌러 재유의 새 게시물을 확인해 보았다.

요새 Timeless는 스웨덴이 아닌 다른 곳에 머무는 모양이다. 바닷가 풍경 사진. 우리나라는 아닌 것 같고 북유럽 스칸디나비아 반도 쪽 어디쯤일까. '여기도 반도'라고 쓴 걸 보니.

재유와는 웃음을 많이 공유했는데 이젠 그마저도 쉽지 않다. 누군가를 슬프게 하고 울리는 사람은 되고 싶지 않았는데.

나는 다시 내 글로 돌아와 Timeless의 댓글에 리플을 달았다.

Timeless님, 한국에 오면 같이 밥 먹어요. 어디서나 늘 건강하고.

〈온리 원〉 모임이 있는 날. 이번엔 박지형 감독 집 근처에서 만난다. 퓨전 음식점에서 저녁을 먹고 2차로 호프집에 들어갔다.

스케줄이 바빴던 우진인 호프집으로 바로 왔다. 맥주 한 모금을 마신 우진이가 이젠 자기를 만나려면 1년 전쯤 모임 일정을 미리 잡아야 할 거라고 너스레를 떨었다.

"재유만 끼면 딱 좋은데. 3대 3. 삼삼한 모임이 될 텐데 말이야."

그 말을 한 건 오정혜 작가였다.

"에고, 오 작가 언니는 아직도 그 미련을 못 버렸어? 걘 가까이하기엔 너무 먼 당신이라니까."

안 피다는 호칭과 존칭을 싹둑 바꾼 말투로 오 작가의 바람을 일축했다.

"그래 봐야 서재유도 먹고, 싸고, 자고, 사랑에 울고 웃는 인간일 뿐이야."

"어우, 상상하게 돼! 재유가 우리가 싫어서 안 나오는 게 아니잖아."

"알지. 잘 알지. 우진 씨, 서재유한테 전화 좀 해 봐. 여기 다 같이 있으니까 놀러 오라고. 여기가 불편하면 이따가 내 오피스텔로 오라고 해요. 3차는 거기서."

박우진이 오 작가님을 보며 싱글싱글 웃었다.

"작가님 진짜 서재유 팬이신가 보다. 그렇게 보고 싶으세요?"

"내가 재유하고 마주 앉아 진지하게 할 얘기가 있다니까."

두 사람의 통화는 길지 않았다. 우진이가 우리를 바라보며 입 모양과 손짓으로 못 온다는 뜻을 전했다. 오 작가가 직접 통화하겠다며 전화를 건네받았다. 나는 먹기 싫은 안주를 뒤적이며 그녀의 낭랑한 목소리를 들었다. 술집 문밖에 준유가 서 있을 것만 같았다.

"잘 지냈어요? ……나야 잘 지내지. 지금 멀리 있어요? ……지방 어디? ……제주도…… 월정리? 아! 그래? 거기…… 아니다. 좋은 데 갔네. 근데 거기는 왜? ……뮤직비디오. 누구 거? ……그런 가수가 있었어? ……그렇구나. 지금 〈온리 원〉 모임 하는데 다 같이 만나고 싶어서 재유 씨 부르라고 했지. 남자가 하나 모자라네. 3대 2야. 와서 채워 주면 좋을 텐데 아쉽네. ……하하하. 에이, 그건 아니다. 백성현 안 보고 싶어요?"

제주도, 월정리라는 단어를 들을 때부터 심란해지던 내 마음은 백성현 안 보고 싶으냐는 말에 털썩 주저앉았다. 월정리는 부모님이 사는 동네에서 아주 가깝다.

"재유 씨한테 꼭 할 말이 있는데, 아시다시피 몹시 비싼 사람이라 직접 보고 해야 하거든. ……다음 작품? 생각보다 잘 안 풀리네. ……그럴 때도 있지 뭐. 다음엔 꼭 같이 보자고요. 객원 회원은 어때?"

통화를 마친 오 작가는 어떤 대답을 들었는지 애끓어하는 안 피디에게 엉뚱한 얘기만 들려주었다. 제주도 월정리 해변 근처에서 뮤직비디오를 찍고 있다는 것. 같이 연습생 생활을 했던 형이 내는 앨범 수록곡의 뮤직비디오를 찍는다는 것. 가수는 처음 들어 본 이름이었다.

"앨범 홍보해 주려고 하나 보네요."

오 작가가 우진이 쪽을 바라보며 고개를 끄덕였다.

"아무래도 그런 거 같지?"

안 피디가 포크로 테이블 상판을 쿡쿡 두드리며 조바심 냈다.

"지금 그게 중요한 게 아니잖아요. 오 작가 언니, 재유가 성현이 보고 싶대? 뭐래?"

나라고 그 대답이 궁금하지 않은 건 아니다. 하지만 지금은 이렇게 말할 수밖에 없다.

"저기요, 전 이 모임에 계속 참석하고 싶은데 지금 저 나가라고 등 떠미시는 거죠?"

"성현이 빠지면 모임 칙칙해져서 안 되지. 재유가 나한테 뭐라고 했을 것 같아?"

"스무고개 해요?"

조용히 맥주를 마시던 박 감독이 여자들의 그런 화법 진짜 마음에 안 든다며 툴툴거렸다.

"그냥 말하면 되지 꼭 되물어. 피곤하지도 않아요?"

오 작가가 그를 보며 빙그레 웃었다.

"박 감독은 무난한 사람 같아요?"

절대 아니지. 사람 가려 가면서 편애하는 스타일이지, 하며 안 피디가 중얼거렸다. 오 작가가 다시 입을 열었다.

"맨 처음 박 감독 만났던 날, 얼마나 재수가 없던지. 성현이한테는 또 어땠고. 그새 다 잊어버렸나 봐?"

"난 원래 그런 놈이고요."

"그럼, 난 원래 그런 년인가. 뭘 다 알려고 해요. 다들 궁금해도 참아. 이따가 성현이한테만 말해 줄 거야."

"보고 싶다에 500원!"

우진이었다. 안 피디가 그건 너무 적지, 하면서 2,000원이라고 덧붙였다. 무려 네 배가 뛰었다.

"아이고, 스케일하고는! 500원, 2,000원이 뭐냐?"

거기까지 말한 오 작가가 내 쪽을 바라보았다.

"처음엔 서재유가 인물 반반하고 까칠한 그저 그런 연예인인 줄 알았다. 근데 얘는 겪을수록 마음에 든다. 애가 진국이야."

"그렇긴 하죠. 여세 몰아 드라마 한 편 더 찍지. 영화나."

피곤에 찌든 박 감독의 얼굴을 보며 오 작가가 푸근하게 웃었다.

"내가 이래서 박 감독을 미워할 수 없다니까. 인생은…… 타이밍이에요. 때를 놓치면 힘들어. 참 힘들어."

"그거 나 들으라고 하는 말이에요?"

오 작가가 박 감독을 향해 고개를 저었다.

"나한테 하는 말. 네 사람 모두 새겨들으면 더 좋고."

3차로 오 작가의 오피스텔에 들렀다. 거기가 제일 편했다. 술이 약해진 건지, 오랜만에 많이 마셔서인지 취기가 금방 가라앉지 않았다. 화제의 중심은 박지형 감독이 연출하는 새 드라마였다. 벌써 방영 중반인데 그는 대본이 갈수록 산으로 간다고 한탄했다. 드라마 작가가 용두사미 스타일이라고 하더니 기대에 부응해 주는 걸까.

"여주인공 연기가 도대체 안 늘어. 작가하고 여주가 같이 죽을 쒀 주니 남주가 막아 주는 것도 한계가 있는 거지."

대화는 화제를 바꾸어 가며 쉼 없이 이어졌고, 술자리는 새벽 3시가 넘어서야 끝났다. 그것도 안 피디의 남편이 데리러 오는 바람에 겨우 마무리됐다. 오 작가는 술 깨고 아침에 가라며 날 붙잡았다.

"아무 데서나 자면 우리 아빠한테 혼나요."

"하하하. 나이가 몇 갠데. 몇 시간 눈 붙이고 같이 해장국 먹으러 가자. 내일 낮엔 특별한 스케줄 없다면서? 미모의 여배우에겐 대리운전은 너무 위험해."

다들 내게 외박을 권유했다. 그대로 쓰러져 자고 싶은 유혹을 겨우 뿌리치고 씻고 나왔다. 오 작가가 작아서 못 입는 거라며 분홍색 트레이닝복을 빌려주었다. 선물 받은 건데 역시 사이즈가 작아서 못 입는다는 실크 재질의 속옷까지.

"그건 아예 가져. 새 거야. 그 팬티가 나한테 가당키나 하냐? 불편해서 걷지도 못하겠더라."

"주무실 때만 입으면 되잖아요."

"아우, 됐어. 난 엉덩이 다 가리는 게 제일 편해. 아! 원래 그게 세 개짜리거든. 나머지 두 갠 어떻게 쓴 줄 알아?"

"평범하게는 안 쓰셨을 거 같아요."

"하나는 하도 비싼 거라고 해서 입고 세 시간을 버텨 봤는데 도저히 더는 못 견디겠더라고. 그래서 딱 한 번 입고 모셔 뒀고. 나머지 한 장은 찢어 봤지."

"네? 왜요?"

"왜, 소설 읽다 보면 야시시한 장면에서 성질 급한 남자가 여자 실크 팬티 찢어 버리는 거 가끔 나오잖아. 내가 그런 장면 읽을 때마다 진짜 팬티가 그렇게 쉽게 찢어질까 궁금했거든. 단추 정도야 후두둑 떨어져 나갈 수 있다지만. 혹시, 자긴 그렇게 해 본 적 있어? 찢김을 당해 본 적 있거나?"

상상만으로도 웃음이 터져 나왔다. 좋은 걸까. 나쁜 걸까. 누가 내게 그런 짓을 한다면 난 무서울 것 같다. 적어도 부러운 상황은 아니다.

"전혀 없어요. 저도 궁금한 적 있는데, 진짜 그게 찢어져요?"

"찢어지긴 개뿔. 일회용 팬티도 아닌데 그렇게 쉽게 찢어지나. 그럼 품질에 문제가 있는 거지. 아깝게 그걸 왜 찢어? 팬티 내릴 마음의 여유도 없이 무슨 거사를 치르겠다고. 아! 내가 손 힘이 약해서 그런가? 우리 남편한테 찢어 보라고 할까?"

오 작가의 남편인 성인우 감독이 생각나 웃음을 참을 수가 없었다. 성 감독은 작가주의 감독이나 사실주의 감독으로 평가받는 사람이다. 겨우 웃음을 멈춘 나는 굳이 하고 싶다면 할 수 없지만, 웬만하면 참으시는 게 나을 것 같다고 조언했다.

한참을 웃었더니 술도 깨고 잠도 깼다. 침대에서 자라는 걸 거절하고 바닥에 이불을 깔고 누웠다. 작은 스탠드 하나만 켜 놓으니 썰렁했던 방이 꽤 아늑해 보인다. 이런 것도 빛의 마술일까.

"언제 봐도 민얼굴이 참 예쁘네. 자긴 성형 절대 하지 마라. 나이 들수록 손 안 댄 얼굴이 곱게 늙더라. 여기저기 칼 대고 빵빵하게 집어넣은 얼굴 화면으로 보면 아무리 연기 잘해도 그렇게 불편할 수가 없어. 난 그래."

"무서워서 하래도 못 해요. 피부 관리도 겨우 받는걸요. 집에 안 들어가셔도 돼요?"

"글 쓸 땐 여기서 자주 자니까 그러려니 해 줘. 엄마도. 남편도. 오늘은 못 들어간다고 했어. 아까, 내가 재유한테 물었잖아. 성현이 보고 싶으냐고. 재유가 뭐라고 했게?"

서준유라면 뭐라고 대답했을까. 그냥 웃고 말았을까. 다들 보고 싶다는 식으로 두루뭉술하게 넘겼으려나. 잠시 후, 오 작가가 전혀 짐작도 못 한 말을 꺼냈다.

"저도 사람인데 보고 싶죠."

"……."

"재유 안 보고 싶어?"

"서재유가 정말…… 그랬어요?"

"내가 왜 거짓말을 해. 걔는 말 한마디에 백 마디 생각을 실어서 하는 재주가 있더라. 서재유와 백성현이 서로 그리워하는 건 너무나 당연한 거야. 지구가 태양 주위를 도는 것처럼."

〈떴다! 8남매!〉 탱고 방송이 나오고 한동안 바빴다. 화보를 찍자고 제의해 온 곳도 있었고 오래전 연락이 끊긴 사람들의 전화도 받았다. 운동복 광고도 하나 찍게 됐다. '트레이닝복도 섹시하게 입을 수 있다' 정도의 컨셉으로.

오랜만에 난희 언니를 만나러 갔다. 약속 장소에 주필립 씨가 같이 나와 있었다. 유쾌한 상황은 아니었지만 원수 같은 사이도 아니니 같이 저녁을 먹고, 오랜만에 포켓볼도 하러 갔다. 덕분에 그 남자와는 인연이 아닌 걸 확실히 깨닫게 됐다. 굳이 나이 때문에 억지 인연을 만들 필요가 없다는 것도.

시간은 또박또박 흘러갔다. 일이 있어서 다행이기도 하고 불행이기도 했다. 3월 초, 싱가포르와 중국 상하이에서 〈온리 원〉 프로모션을 한다. 불행이란 단어엔 어폐가 있는 것 같다. 솔직히 말하면 나는 애써 눌러진 마음이 흔들릴까 봐 두려웠다.

그보다 먼저 하게 된 일본에서의 프로모션은 나를 뺀 나머지 출연자들끼리 갔다. 다행히 그 일정과 〈떴다! 8남매!〉의 스케줄이 겹쳤다. 이미 몇 달 전 결정된 해외 촬영이라 〈온리 원〉 제작사에 양해를 구할 수 있었다. 나 하나 때문에 그 많은 사람의 일정을 변경할 수는 없지 않나. 얼마나 그럴듯한 핑계인가.

상하이로 프로모션을 하러 가는 마음은 평온하기 쉽지 않다. 주최 측에선 나와 서재유가 커플룩처럼 차려입고 공항 사진이라도 찍혀 주길 바랄 테지만, 준유는 일본에서 바로 온다고 한다. 박우진을 포함한 일행이 같은 비행기로 움직였다. 비행시간은 한 시간 30분 남짓. 기내식을 거절하면 짧은 낮잠 정도는 잘 수 있는 거리다.

상하이에서 공식 기자 회견, 인터뷰, 팬 미팅을 마친 뒤엔 싱가포르로 이동해야 한다. 그곳은 준유와 함께 간다. 주연 배우 둘이 자꾸 피한다는 인상을 주는 것도 이상하니까.

깜빡 잠이 들었나 보다. 착륙 10분 전 시은이가 나를 흔들어 깨웠다.

"언니, 겉옷 갈아입고 메이크업 좀 손보자."

"그냥 이 옷 입어도 되지 않나. 무난하잖아."

"언니도 이젠 나름 한류 스타거든? 무난한 거로는 부족하다고."

"근데 나름은 왜 붙여? 누가 봐도 한류 스타는 아니고?"

"지금 웃음이 나와? 누가 봐도 한류 스타가 돼야지! 그 운동화 좀 벗고. 제발."

비행기에서 내리기 직전 캐주얼한 페도라를 쓰고 웨스턴 부츠로 갈아 신었다. 시은이가 "이젠 부끄럽지는 않군." 하며 날 훑어보았다.

푸둥 공항엔 나를 반기는 팬들이 너무 많이 나와 있어서 깜짝 놀랐다. 그렇게 많은 사람이 기다릴 줄은 정말 몰랐다. 역시 선우진, 김재현 커플 팬들이 제일 많았다. 선우진과 문석호 커플을 지지하는 팬들도 드물지 않게 보였다. 그 피켓을 본 박우진이 나를 끌어당겨 팔짱을 끼며 유쾌하게 손을 흔들었다.

바로 호텔로 이동해서 짐을 풀고 샤워부터 했다. 헤어와 메이크업을 새로 하고 만찬장으로 갈 예정이다. 준유와는 새해 첫날 이후 처음이다. 달라졌을까. 겉모습이든 속마음이든. 나도 조금은 달라 보일까. 아직도 그의 눈에 아름답게 비치길 바라는 나를 인정해야 했다.

만찬 준비를 마친 뒤 양 대표님과 중국어 인사말을 간단히 복습했다. 힘들게 배운 것이니만큼 제대로 써먹을 생각이다. 호텔 로비에 들어서자 사람들이 모여 웅성거리는 게 보였다. 나를 가리키면서도 내 모습을 찍는 사람들이 많지 않은 것으로 봐서는 대부분 서재유 팬들인 모양이다.

"저 봐. 저 싸늘한 시선. 분명 서재유만 좋아하는 팬들이야. 치! 실물이 이렇게 예쁜 줄은 몰랐을걸. 대충 입고 나왔으면 얼마나 씹어 대겠어? 안 그래도 뭐 하나라도 흠잡을 거 없나 눈에 불을 켜고 볼 텐데. 아으, 오늘따라 울 언니 허리 라인 죽인다."

어깨에 걸친 재킷 때문에 허리는 잘 보이지도 않는데 시은이 혼자 수선을 떨고 있다. 아무래도 내 코디네이터의 병이 더 깊어진 것 같다.

〈온리 원〉 커플을 지지하는 내용의 피켓을 들고 있는 사람들도 제법 있었다. 맞춤법이 틀린 글자로 써진 문구들을 보자니 처음 보는 게 아닌데도 기분이 이상했다. 시은이가 복화술 하듯 내게 속삭였다.

"언니야, 저기 봐 봐. 서재유는 백성현을 '굿게' 사수하란다. 그거 못 하면 바보래. 아, 굳게의 '굳' 자 받침을 시옷으로 썼어. 귀엽네, 저분들?"

손을 흔드는 사람들에게 답하듯 눈을 맞추며 웃어 주었다. 내 모습을 기쁘게 바라보며 환히 웃는 그네들을 보자니 고맙고

짠한 기분이 동시에 들었다. 어설픈 한국말로 인사를 건네는 분들껜 중국어로 일일이 대답했다.

"오, 중국어 유창한데? 언제 이렇게 늘었대?"

"알아듣는 것 같지?"

"좋아 죽잖아. 띵하오, 띵하오! 그나저나 이 원피스 마음에 드는데 살래? 명품이 다르긴 하네. 협찬이니까 싸게 달라고 하자."

"시은아, 누가 보면 너 미친 줄 알겠어요."

"우리나라도 아닌데 뭐 어때. 아, 뿌듯해! 울 언니, 진짜 너무 아름다워!"

연회장 입구에서 양승호 대표와 만나 함께 들어갔다. 행사 주최 측이 준비한 저녁 만찬이 곧 시작될 예정이다. 관계자들과 인사를 나누던 양 대표는 아는 사람을 만나 다른 곳으로 가버렸다. 나를 테이블까지 데려다준 도의 씨도 멀찌감치 물러났다. 박우진은 아직 도착 전이다.

다들 떠났군. 떨지 말아야지 하며 외롭게 앉아 있을 때, 밖에서 소란스러운 함성이 들렸다. 드디어, 누가 봐도 한류 스타인 서재유가 등장한 모양이다. 잠시 후 짙은 색 정장을 갖춰 입은 서준유가 경호원에 둘러싸여 들어왔다.

막 닦아 낸 유리처럼 깨끗한 얼굴, 짙은 갈색 눈동자, 맑아서 더 공허한 그의 눈은 가끔 세상 사람 것처럼 보이지 않을 때가 있다. 준유의 깊은 눈이 누군가를 찾는 것처럼 실내를 훑었다. 나는 애꿎은 클러치 백을 열어 립스틱과 작은 거울, 손수건

외엔 아무것도 없는 안을 들여다보았다.

시간이 흘러도 변함없는 것엔 무엇이 있을까. 지난겨울 나는, 거울을 마주 보는 것처럼 빼닮은 두 남자에게 이런 말을 했다.

'나는 세상에 변하지 않는 건 거의 없다고 생각해. 변하는 게 무조건 나쁜 거라고 생각하지 않아. 그건 그저…… 어쩔 수 없는 거야.'

사람들은 먼 산을 바라보며 저 산만큼은 늘 그대로라고 말한다. 하지만 그 산의 나무들은 지난달보다 키가 더 자랐을 테고, 그 산을 지키던 산짐승들은 벌써 다른 곳으로 떠났을 수도 있다. 늘 같은 방향으로 흐르는 강물이지만 지난달의 그 강물이 아닌 것처럼. 10년 전의 내가 10년 후의 나와 같지 않을 것처럼. 마음처럼 변하기 쉬운 것이 또 있을까. 날이 금방 밝아올 것 같아서 마음이 급했지만, 그 말을 꼭 해야 했다.

'그러니까 우리가 어떻게 변한다 해도 미안해할 것도, 안타까워할 것도 없어. 난 괜찮아. 강요하는 것 같아 미안한데 너희도 괜찮았으면 좋겠어.'

좀 전에 실내를 둘러보던 서준유의 시선은 그저 새로운 공간에 들어온 사람의 일반적인 반응일 수 있다. 그의 두 눈이 찾던 게 내 얼굴이라고 생각하는 건 나의 순간적인 착각일지 모른다. 그래도 괜찮다. 지나간 우리의 1년은 충분히, 충분히 아름다웠으니까.

살면서 좋은 일만 생기길 바라는 건 욕심이라는 걸, 달콤한 초콜릿만 들어 있는 인생의 상자는 세상 어디에도 없다는 걸 이제야 인정하게 됐다. 누군가 말했던 것처럼 삶은 긴 연극일지도 모른다.

나는 1막을 끝내고 새로운 막이 오르길 기다리는 연극배우처럼 긴장한 몸을 이완시키며 천천히 고개를 들었다.

"잘 지냈어?"

테이블 사이를 성큼성큼 걸어온 준유가 내게 인사를 건넸다. 그의 눈빛과 목소리는 방금 마시멜로를 삼킨 것만 같다.

"……응."

준유가 옆의 의자를 끌어당겨 앉으며 내 쪽으로 몸을 기울여 작게 말했다.

"재킷은 벗어야지."

"어?"

"조금 더워 보여서. 속에 원피스 민소매야?"

"아니. 짧진 않아."

다시 일어난 준유가 원피스 위에 걸쳐진 내 겉옷을 벗겨 주었다. 재킷은 그의 손에 건너갔다가 의자 등받이로 얌전히 옮겨졌다. 카메라 셔터 소리가 끊임없이 들렸다. 너 왜 이래? 이 말을 담은 내 눈길을 준유가 부드럽게 되받았다. 하지만 그의 입에서 나온 말은 전혀 다른 것이었다.

"재킷, 다시 입어야겠다."

허벅지를 한 뼘쯤 드러내는 미니 원피스는 짙은 초록과 검정이 물결처럼 배색된 디자인이었다. 5부 소매에 비스듬히 절개된 네크라인이 단순한 디자인을 커버하는 동시에 작은 얼굴을 강조하고 있다. 머리는 굵은 컬을 넣어 길게 풀고 액세서리는 귀걸이만 했다. 시은인 프로모션 내내 입을 몇 벌의 의상을 준비하면서 최대한 내 얼굴과 몸매가 범아시아적으로 돋보여야 한다고 거듭 주장했다. 이 원피스에 문제가 좀 있다면 얼굴만 돋보이는 게 아니라 가슴선까지 한껏 돋보인다는 것. 나는 다시 재킷을 어깨에 걸쳤다.

곧 식이 시작한다고 안내방송이 나왔다. 기자로 보이는 남자가 우리에게 카메라를 들이대며 영어와 중국어로 포즈를 취해 달라고 요구했다. 빠른 어조의 중국어가 길어지자 머릿속이 복잡해졌다. 준유가 그 남자에게 영어로 질문했다. 중국인으로 보이는 남자가 이번엔 영어로 대답했다.

"상하이모닝저널 사진 기자래. 〈온리 원〉의 성현이 정말 맞느냐고 묻네. 아니라고 할 걸 그랬나? 포즈 좀 취해 달래. 자연스럽게."

준유의 한 손이 내 한쪽 팔을 살짝 감쌌다. 자연스럽게. 당황한 내 몸이 굳어지자 그의 커다란 손이 내 팔을 조금 더 끌어당겼다. 나도 모르게 그의 얼굴을 바라보았다.

"날 왜 봐. 사진 찍는다고 기다리잖아."

나지막한 그의 목소리가 안심하라는 듯 내게로 스며들었다. 무거운 카메라를 들고 기다리던 사진 기자에게 중국어로 오래 기다리게 해서 미안하다고 말했다.

"뚜이부치 랑 닌 지우 덩 러."

아직은 어색한 성조의 내 중국어를 들은 기자가 괜찮다며 웃었다. 옆의 남자는 여전히 내 팔을 감싸고 있다. 연회장을 부유하는 공기에 이상한 약을 뿌린 걸까. 서준유의 손이 전하는 열기에 전염된 걸까. '정말 이래도 되나?' 하던 마음은 '이 정도야 괜찮겠지'로 스르르 바뀌었다. 나도 모르게 작은 한숨이 흘러나왔다.

"백성현, 웃어야지."

"······그래."

그래, 나는 배우 성현이다. 지금은 이 순간을 즐기면 된다. 우리는 카메라를 향해 기꺼이 웃어 주었다. 사진 기자는 갔다. 그의 손도 내 팔을 떠났다. 주위는 여전히 소란스럽다. 그래도 나는, 미소 짓는 걸 잊지 않았다.

준유

스웨덴에 처음 들어갔을 무렵이다. 오후 4시도 안 됐는데 날이 어둑어둑해지는 게 싫어서 다시 한국으로 돌아가고 싶다는 생각을 자주 했다. 익숙한 것들과의 결별. 친구들이 보고 싶었고, 다니던 학교가, 살던 동네가, 살던 집 내 방이, 그 방의 냄새가 그리웠다. 아무리 누워 있어도 밝아지지 않는 아침을 기다리며 가끔은 소리 죽여 울기도 했다. 동생은 그런 나를 이해하지 못했지만, 나는 그렇게 생겨 먹은 아이였다.

스웨덴 생활에 적응한 긴 겨울의 어느 밤, 아버지와 함께 〈대부〉라는 영화를 비디오로 봤다. 종일 밖으로 돌아다닌 동생은 일찍 잠들고, 엄마는 아버지에게 그 영화 지겹지도 않느냐며 한 번만 더 보면 백 번 채우겠네, 하시곤 방으로 들어가셨다.

우리 부자는 엄마가 튀겨 주고 간 팝콘을 앞에 두고 영화에 몰입했다. 잔인한 장면이 나온다고 그 전까진 졸라도 볼 수 없었던 영화였다. 세 시간 가까운 대작이었다. 아직까지 기억에 남는 대사가 있다.

남자는 마음속에 있는 생각을 말하는 게 아니다.

말하지 않는다고 해서 생각조차 없는 건 아니다. 표현하지 않는다고 해서 욕망까지 없는 건 아니다. 그즈음 나는 사랑이라고 느낀 감정이 너무 깊고 아파서 '과연 그게 순수한 사랑일까?' 그 생각을 자주 했다. 이런 게 사랑이라면, 서로에게 슬픔을 줘야만 사랑이 완성된다면 차라리 포기하는 게 낫겠다는 생각도 했다.

내가 사는 세상은 연옥이었다. 지옥으로 갈지, 천국으로 갈지 결정할 수 있는 건 내가 아니라 그녀였다. 잠이 오지 않는 밤이면 침대에 모로 누워 환영幻影까지 만들어 내는 내가 있었다. 〈온리 원〉의 김재현이 그랬던 것처럼.

나는 그녀에게 속으로 말을 걸었다. 그녀의 환영은 내가 원하는 대답을 해 주지 않았다. 아니, 그 대답을 듣기엔 미안한 게 너무 많아서 차마 그것까지 상상할 수 없었다는 게 맞을 것 같다. 《노인과 바다》를 다시 읽으며 오래전 그녀가 술자리에서 한 말을 이해한 것도 그즈음이다.

'그 책을 읽으면 살고 싶어져요.'

술을 마시면 자꾸 그 여자의 전화번호가 떠올랐다. 취하면 그녀의 집 앞을 배회하고 싶어지는 내가 싫어서 술을 끊었다. 그 여자를 향한 내 감정은 스케줄 표처럼 일목요연하게 정리되지 않았다. 이러다가는 내 심장이 화석이 되는 게 아닐까.

나는 살고 싶었다. 사는 건 행복한 거라고 느끼고 싶었다. 걱정시키지 않겠다는 그녀와의 약속을 꼭 지키고 싶었다.

팬 미팅을 겸한 마지막 콘서트가 다 끝났다. 어쩌면 일본에서 하는 마지막 공연. 절대 울지 않으려고, 한 번이라도 더 웃어 주려고 노력했다. 웃어 주는 건 힘들지 않았지만 울지 않는건 쉽지 않았다. 가수 서재유를 상징하는 색깔의 야광봉을 들고 내 노래 가사를 익숙하게 불러 주는 그들에게, 8년간 써 온 내 이름을 가족처럼 부르는 그들에게, 나는 서재유가 아니었다는 말을 할 수 없어서 미안했다.

때론 견디기 힘들 정도로 나를 힘들게 한 팬들도 있었지만, 돌이켜 보면 그것도 관심이었다. 밤새 줄 서서 앨범을 사고, 콘서트를 기다려 줬던 팬들을 모두 입장시켜 주지 못해서 또 미안했다. 그들을 위해 야외에서라도 콘서트를 볼 수 있게 대형 스크린을 설치해 달라고 부탁했다. 추가 비용은 내가 내기로 했다.

혼자 오르는 무대는 내 능력에 비해 너무 큰 것이었다. 무대에 서서 보는 관중석이 너무 까마득해서 숨이 턱턱 막힐 때도 많았다. 시간과 경험은 내게 여유라는 선물을 주었고, 이젠 팬들과 눈을 맞추고 그들을 읽을 수 있게 됐다. 마지막 노래를 부르며 내가 무대를 얼마나 사랑했는지 다시 깨달았다. 인기와 돈을 포기하는 건 크게 어렵지 않다. 하지만 무대를 포기하는 건 두고두고 후회할지 모른다는 생각에 자꾸 목이 메었다.

콘서트가 끝난 밤, 링거를 맞고 겨우 잠이 들었다. 일정이 빡빡해서 체력 소모도 심했지만 긴장이 풀려서 기운을 차릴 수가 없었다. 한국으로 돌아가면 다시 달리기를 시작해야지. 아직은 모든 일이 정리된 게 아니므로 당분간 나는 그 전처럼 살아야 한다.

부대 비용을 제외한 우리 쪽 콘서트 수익금 전액은 일본의 자선단체 몇 곳에 기부하기로 했다. 한국에서 한 마지막 콘서트처럼 최소한의 가격으로 티켓을 팔고 싶었으나 일본 기획사와 계약 문제도 있으니 그것까지 내 마음대로 할 순 없었다. 내 고집을 이해해 준 소속사에 고마웠다.

한국행 비행기 안에서 권혁주 이사는 콘서트 하고 빈손으로 돌아오는 건 이번이 처음이라며 웃었다. 지금의 나를 만들기 위해 신인 때부터 제일 고생한 사람이 혁주 형이다. 언제부턴가 그에게 형이란 호칭을 하지 않게 됐다. 한국에 온 다음 날, 권 이사님과 함께 자동차 대리점으로 갔다. 의아해하는 그에게 차를 골라 달라고 부탁했다.

"지금 차도 잘 안 갖고 다니면서 차를 또 사려고?"

"그건 회사에서 리스 해 준 거잖아요."

"진짜 활동 다 그만둘 거야? 회사에서도 나가고? 솔직히 이게 말이 되는 소리냐. 인기가 없어서 저절로 사라지는 것도 아니고, 지금이 절정인데."

나는 그저 씩 웃었다. 그의 마음을 이해하기 때문에 대꾸할 말을 찾지 않았다.

"막말로 너희가 쌍둥이로 태어난 게 죄는 아니잖아. 쌍둥이들도 버젓이 활동하는데."

"전 처음부터 속였잖아요."

"나도 밝힐 건 밝혀야 한다고 생각해. 그래도 은퇴까지 생각하는 건 심하지. 서재유 팬들은 어쩔 거야? 요샌 걱정돼서 잠이 안 올 지경이다."

"차나 골라 줘요. 형 마음에 드는 거로."

"왜 니가 탈 차를 내 마음에 드는 거로 골라?"

"형이 나보다 차를 더 잘 알잖아."

"또 형이라고 하면서 말 놓네. 무섭게. 어디서 하극상이야?"

"권혁주 이사님이 더 좋으면 그렇게 부르고요."

"하여간, 진짜. 가격대는?"

"적당한 선에서요. 튼튼하고 안전한 차로."

모델을 고르고 차 색깔을 결정한 뒤 딜러와 계약서를 작성하기 위해 테이블에 앉았다. 누구 이름으로 계약할 거냐는 딜러의 질문에 권혁주라고 대답했다. 깜짝 놀란 권 이사님이 양해를 구하고 나를 전시장 밖으로 데리고 나왔다.

"저걸 왜 내 이름으로 사?"

"형 덕분에 내가 돈을 많이 벌었잖아요. 차도 바꿀 때 됐고."

"다 월급 받고 한 일이야. 저 차 받고 너 회사 나가면 내가 속이 편할 것 같아? 나 돈 없어서 차 안 바꾸는 거 아니다. 회사 차도 있고 아진이 엄마가 탈 만한데 돈 쓴다고 반대해서 안 바꾸는 거지. 잠 못 자 가며 힘들 게 번 돈을 왜 펑펑 써? 아예 번 돈 다 털고 은퇴할 거야?"

"은퇴 아니라니까요. 그게 어떻게 번 돈인데 다 털고 나가요?"

나는 오랜 시간 돈을 벌기 위해 살았다. 내 이미지가 가져다 주는 금전적 이득을 계산하고 산 때도 있었다. 돈의 위력, 돈이 주는 편안함도 잘 안다. 보통의 신인들보다 좋은 조건으로 계약한데다 운도 따라서 제법 잘나가는 또래 연예인에 비해서도 꽤 많이 벌 수 있었다. 누구처럼 빌딩을 사거나 주식 부자가 되지는 못했어도 내 나름의 안전한 방법으로 자산을 불려 왔다. 일을 그만두면 당장 수입 없는 백수가 되겠지만, 평생 할 일을 못 찾을까 봐 걱정이지 먹고사는 문제를 걱정하진 않는다.

내 20대는 절대 평범하지 않았다. 나는 나를 하나의 브랜드처럼 규격화하고 문서화한 시스템 안에 맞추어 살았다. 기계처럼. 일벌레처럼.

나도 인간인지라 포기해야 할 것들이 아깝지 않은 건 아니다. 하지만 더는 이렇게 살고 싶지 않다. 세상을 속여 가며 사는 건 여기서 멈춰야 한다. 어리석은 젊음 역시 더 늦기 전에 한 번쯤 겪어도 된다. 지난가을부터 주변 상황을 하나하나 정리해 왔다. 잘 생각한 거라고 나 자신을 두둔하면서.

"준유야, 그래. 다 니 계획대로 한다고 하자. 근데 너 회사까지 나가면 사장님하고 우리 회사, 니 팬들이 그냥 두고 볼 것 같아? 제일 먼저 회사 건물에 불부터 질러 버릴걸. 우리가 이 땅에서 발 뻗고 살 수 있겠냐고."

권혁주 이사가 내게 한 제안은 이랬다. 기자 회견을 하고 당분간 활동은 멈추되 회사에 남아 있으라는 것. 원래 배우던 게 무대 연출이고, 미적 감각도 있으니 공부를 계속 병행하면서 A&R팀에서 일해 보라는 것. 그는 이 모든 조건을 받아들여야 내 선물도 받아 주겠다고 고집했다.

"정식 계약 연장은 절대 안 해요. 빌미 만들지 마세요."

"그럼 단기 계약직으로 있으면 되겠네."

어차피 날 순순히 놓아주지는 않을 거라고 짐작했다. 나도 하나 제안했다. 나와 같이 연습생 생활을 했던 장우연 형에게 새 정규 앨범을 내 달라는 게 조건이었다.

"음반 홍보는 제가 뮤직비디오를 찍어서라도 할게요. 어쩌면 저의 마지막 연기니 홍보 효과는 있겠죠."

우연 형은 첫 앨범이 망한 후 보컬 트레이너로 일하고 있다. 간간이 OST에 참여한 적은 있지만, 첫 앨범이 마지막 앨범이 됐다.

"형, 이번 앨범은 위에서 결정한 거로 하면 좋겠어요."

의상 브랜드 런칭 쇼에 특별 손님으로 참석하게 됐다. 20대의 패션 아이콘으로 꼽히면서 이런 자리에 자주 초대받았다. 모델로 선 적도 꽤 있다. 어쩌면 이것도 마지막일지 모르겠다. 매 순간 마지막 활동일지도 모른다는 생각으로 일한다.

머리를 손질하기 전 정연 누나가 잡지 한 권을 건넸다. 나는 거들떠보지도 않고 눈을 감았다. 안 그래도 미용실 장식장 옆에 붙여 놓은 염색약 포스터가 거슬렸던 참이었다. 풍성한 머리카락을 돋보이게 찍은 사진 속 모델은 성현. 밀랍 인형처럼 과하게 보정한 사진이 오히려 그녀의 매력을 죽이고 있었다. 아, 이러면 안 되는데. 두 손 가득 잡히던 부드러운 머릿결이 손바닥 안에서 되살아나는 것 같다.

"보라니까."

"언젠 내가 이런 거 읽었어요? 잘 거니까 끝나면 깨워 줘요."

"보고 자. 안 그럼 머리 이상하게 만든다?"

"요새 왜 이렇게 날 들들 볶아요? 늙어 가는 마누라처럼?"

"안 보면 후회할 거야. 물론 후회는 전적으로 너의 몫이지."

정연 누나가 펼쳐 준 페이지에 그녀가 있었다. 평소에도 여성스러운 옷을 자주 입진 않았지만, 이런 컨셉도 잘 어울릴 줄 몰랐다. 남자처럼 짧은 가발을 쓰고 검은색 턱시도를 입은 모습이 은근히 도발적이다. 단추가 풀린 상의 안엔 셔츠 대신 짙은 분홍색 속옷이 보였다. 가슴을 도드라지게 찍지 않아서 천박하지 않다.

청바지에 흰 셔츠를 입고 개구쟁이 소년 같은 표정으로 쭈그려 앉은 사진의 얼굴엔 주근깨가 잔뜩 그려져 있다. 얼굴을 클로즈업한 사진은 장난스럽고 천진하다. 소매 없는 청색 셔츠에 보라색 넥타이, 하얀 반바지를 입은 모습은 잘생긴 미소년 같다. 페도라를 삐딱하게 쓰고 한 손에 와인 잔을 들고 있는 사진은 묘하게 관능적이었다.

다음 페이지엔 같은 사람이 맞나 싶을 정도로 우아하게 변신한 그녀가 서 있다. 레이스가 많이 들어간 짧은 흰색 스커트와 발레 슈즈를 신고 사랑스러운 표정을 짓는 모습. 구불거리는 머리를 느슨하게 묶고 속이 비치는 시폰 치마를 입은 그녀는 야하기보다는 보호본능을 일으킨다. 옆트임이 깊은 빨간색 드레스를 입고 같은 색깔의 립스틱을 번지듯 바른 사진은 그저 그랬다. 보는 사람에 따라 섹시하다고 느낄 수도 있을 테지.

그리고 마지막 사진. 보라색 시폰 튜브톱 드레스를 입고 가슴선과 다리를 한껏 드러낸 채 소파에 길게 누워 있는 백성현의 모습이 인쇄돼 있다. 다른 사진보다 크지는 않았지만 내 눈엔 대문짝보다 크게 확대돼 보였다. 카메라를 향해 몽환적인 눈빛을 던지고 있는 성현. 남자와 막 사랑을 나눈 뒤의 모습이라도 표현하고 싶었던 걸까. 포토그래퍼 이름을 찾아봤다. 오윤권이라고 읽고 개자식이라고 부른다.

열이 받아 잡지를 덮으려다가 인터뷰 문장에 꽂혔다. '번지점프를 함께 하고 싶은 운명의 남자'. 헤드라인 요약문에 '운명은 있었다. 현재진행형 연애는 없다. 일과의 연애는 절대 사절' 따위의 활자가 주르르 박혀 있다.

운명의 상대를 만난 적은 있지만, 그 사람과 인연이 되지는 않았다는 백성현. 나는, 그녀가 느낀 운명의 순간 안에 내가 존재한다고 확신한다. 그리고 또 오직 나만이 그녀의 운명은 아니었을 거라고 짐작한다.

언젠가 동생이 남아공에 있는 216미터 높이 번지점프를 하러 가자고 했었다. 그 나라는 너무 멀었고, 그때의 나는 동생과 함께 갈 수 있는 시간이 한없이 기다려 줄 줄 알았다.

Thirties W: 성현 씨도 번지점프 좋아해요?

성현: 저도 아직 한 번도 못 해 봤어요. 더 나이 들면 힘들 것 같고, 아무리 늦어도 서른다섯 살 안엔 하러 가고 싶어요.

동생은 번지점프를 잘하고 좋아한다. 나는 아직 번지점프를 해 본 적이 없다. 그렇다면 백성현이 내게로 와서 번지점프를 하러 가자고 할 확률은 얼마나 될까.

Thirties W: 그 운명의 주인공이 번지점프를 잘하면 좋겠네요?

성현: 잘하면 좋겠지만 처음이어도 상관없어요. 같이 껴안고 타면 안 무서울 테니까.

……잘하면 좋겠지만. 거울 앞 선반 위로 잡지를 던졌다. 기다렸다는 듯 정연 누나의 목소리가 들려왔다.

"이번 화보 좋지? 포토그래퍼 잘 만났네. 성현 씨 매력을 정확히 파악했는데?"

대답하고 싶지 않았다. 누나가 혼잣말이라기엔 선명한 목소리로 중얼거렸다.

"점점 더 예뻐지네. 참, 태초부터 불공평하신 조물주라니까."

"다 했어요?"

"마무리 중. ……자, 어때? 머리 마음에 들어?"

거울에 대답을 기다리는 정연 누나와 깔끔하게 손질된 내 모습이 같이 비쳤다. 이 누나와 나는 거울을 매개체로 대화를 나눌 때가 많다.

"좋아요."

"새치 더 늘었어. 내가 니 새치만 보면 속이 상해서 원."

"염색하면 되잖아요. 언젠 안 하고 살았나."

"멋 내려고 하는 거랑 같니? 이 추세면 10년도 못 버티겠어."

"더 나이 들면 그냥 다니지 뭐."

"연예인이 어떻게 그래. 누군 없는 머리도 심는데. 속 좀 그만 끓여."

정연 누나에게는 아직 내 결심을 전하지 않았다. 미용실은 잘되는 것 같아 그나마 다행이지만. 그동안 내 일을 도와주던 스태프들이 제일 마음에 걸렸다. 조만간 어떤 식으로든 말을 꺼내야 할 것이다. 나 혼자 하는 일이라면 이렇게까지 망설일 것도, 복잡할 것도 없을 텐데.

"난 네가 감정을 왜 그렇게 속이는지 모르겠어. 인생 두 번 사는 거 아니다. 그게 뭐든 너부터 생각하라고."

"내가 그렇게 이타적인 사람이에요? 다들 날 너무 과대평가한다."

"너처럼 이타적인 애가 어디 있니? 네 덕 본 사람이 한둘이야? 원래 남한테 베푼 건 무덤까지 갖고 가는 거야."

어쩌면 나는 세상 사람들을 속였다는 죄책감에 더 베풀고 살았던 게 아닐까. 부끄러운 뒷모습을 들키기 싫어 스스로를 늘 채찍질했던 게 아닐까.

"너는 널 잘 모르는 거 같아. 기계도 그렇게 굴리면 망가져. 기계에는 마음이라도 없지. 넌 더운 심장을 가진 사람이잖아."

나는 이런 대화에 약하다. 더는 듣고 싶지 않았지만, 누나가 거울 안에서 내 시선을 놓아주지 않았다.

"나는 네가 지금처럼 오래오래 스타로 사랑받길 원해. 그렇지만 네가 평범한 행복도 누리길 바라. 그걸 더 많이 바라."

행사장으로 이동하면서 태블릿 PC로 뉴스를 검색했다. 이젠 스마트폰으로 바꿔야 하는 게 아닐까 고민하다 또 그 생각을 하게 됐다. 두 사람이 풀잎향기와 Timeless라는 닉네임으로 활동한다는 카페.

검색창에 '세상의 모든 음식'이란 글자를 치니 '세상의 모든 음악'이 제일 먼저 나온다. '식食'과 '악樂'의 차이. 나는 그 두 가지가 다르다고 생각하지 않는다. 음악이나 음식을 만들 줄 아는 사람은 창조자인 동시에 행운아다. 둘 다 부드러운 방식으로 타인을 다스린다. '식'과 '악'엔 현대 의학으로도 정복하지 못하는 치유의 힘이 있다.

나도 '하얀밤'이나 '렛미인' 같은 이름으로 가입해 볼까. 내친 김에 회원 가입까지 했다. '하얀밤'을 쳐 보니 이미 다른 회원이 쓰고 있었다. '렛미인'도 마찬가지. 그건 나를 너무 드러내는 닉네임 같다. '설마, 서재유?'라고 생각하진 않겠지만, '서재유'도 이미 누군가 선점했다. '재유애인', 심지어 '서재유마눌'까지 있다. 나는 세상에 얼굴도 모르는 아내와 애인이 몇이나 있는 걸까.

결국, 카페 닉네임을 '소년과 바다'로 설정했다. 아직은 노인보다 소년에 가까운 나이니까. 가입 절차는 금방 끝났다.

다음 날 다시 카페에 접속했다. 이게 무슨 스토커 같은 행동인가? 자학하면서 'Timeless'를 검색해 봤다. 주로 여행지의 사진과 음식들. 최근 올린 게시물 제목 중 하나가 내 시선을 잡아끌었다.

그녀에게 보여 주고 싶었다는 스웨덴의 소도시. 그녀가 새해 첫날 우리 형제에게 만들어 줬던 샌드위치. 그녀의 집에 있던 빨간색 그릇장과 똑같은 이케아 가구. 가구 사진 아래 써 놓은 짧은 글귀를 한참 들여다보았다. 나는, 그 어느 때보다 동생의 마음이 궁금했다.

풀잎향기를 검색할까 말까 고민하다가 결국 유혹에 졌다. 'The 집밥'이라는 같은 제목의 게시물이 제일 많았다. 하나같이 소제목이 붙어 있었다.

게시물 중 '그릇'이라는 제목이 눈에 띄었다. The가 빠진 걸 보니 평범한 게시물이 아닐 거라는 생각이 들었다. 서양식으로 차려진 식탁 위에 쉽게 구할 수 있는 재료로 만든 요리가 담겨 있다. 음식보다는 그릇이 돋보이는 사진이다.

아무래도 그날 동생이 준 선물은 이 그릇인 것 같다. 그릇에 담긴 백성현의 마음을 짐작해 본다. 나와 동생은 하나로 태어났어야 했다. 그랬다면 이렇게 복잡하게 살지 않아도 됐을 텐데.

나보다 먼저 시작된 두 사람의 인연. 나는 한 번도 겪어 보지 못한 백성현과의 우연. 그녀가 행복하길 바라지만, 내가 아는 누군가와 인연이 되더라도 받아들이겠다고 마음을 비워 봤지만, 진심으로 쿨 하게 축하해 줄 수 있을까. 쿨이라니. 아직도 이렇게 절절 끓는데.

나는 추가 검색을 포기하고 카페 탈퇴하기 버튼을 눌렀다.

일본에 있을 때부터 그 장소가 자꾸 생각났다. 날이 풀리기 전에 가 보고 싶었다. 녹음실에서 볼일을 끝내자마자 바로 외곽순환도로를 탔다. 도서관 지하 주차장에 차를 대고 모자와 목도리로 얼굴을 최대한 가린 뒤 3층 일반 서가로 올라갔다.

지어진 지 얼마 안 된 곳이라 시설이 깨끗했다. 다양한 모양의 연두색 레자 소파와 베이지색 책상, 세트로 갖춰진 검은색 의자가 창가 쪽에 쭉 배치돼 있고 그 뒤쪽으론 키 큰 책장이 서 있다. 가지런한 책장 끝엔 창이 크게 나 있어서 2차선 도로와 길거리의 식당 간판들이 한눈에 들어온다. 그 너머의 주택 단지까지.

지난해 여름 우리는 영미문학 코너에서 다시 사랑에 빠진 연인 연기를 했다. 대본은 외워야 했지만 연기할 필요는 없었다. 그 상황에 푹 젖어 있어서 내 연기가 정말 느 건가, 그런 착각마저 들 때였다.

오디오에 문제가 생겨 촬영을 잠시 중단했을 때, 그녀가 사서의 딸답게 나중에 도서관 데이트를 꼭 해 보고 싶다고 말했다. 궁금증을 참지 못한 나는 결국 시답잖은 질문을 던지고 말았다.

"이런 데이트 한 번도 해 본 적 없어?"

"있지. 나 그렇게 인기 없는 여자 아니었다?"

그건 익히 아는 얘기였지만 마치 허풍 떠는 여자 돈키호테를 보는 것 같아 웃음이 먼저 나왔다.

"너무 오래돼서 가물가물하지만. 뭐니 뭐니 해도 도서관 데이트가 연애의 백미 아니겠어?"

"대학 다닐 때 한 거야? 데뷔하기 전에? 아, 고등학교 땐가?"

"대학교 1학년 때. 내가 첫 연애가 좀 늦었거든."

그녀는 첫사랑이란 표현을 쓰지 않았다. 첫사랑에 대한 정의를 다시 생각해 봤다. 처음 입맞춤을 나눈 사람? 처음 같이 잔 남자나 여자? 헤어져도 잊지 못하는 사람? 죽을 때까지 평생 기억할 사람? 이름도 얼굴도 모르는 오래전 백성현의 첫 남자 친구에게 약간의 질투심을 품고 다시 물었다.

"첫사랑이 뭔데? 어떤 게 첫사랑인데? 처음 좋아한 사람? 처음 사귄 사람?"

"내가 그 생각을 해 본 적이 있는데, 엄밀한 의미에서 첫사랑은 아닌 것 같아. 첫사랑이란 단어에 너무 과분한 대접 같다고나 할까?"

"그럼 김재현에겐 선우진이 첫사랑인가? 그 정도면 안 과분한가?"

"그럼요. 지당하신 말씀이세요. 둘은 서로에게 그런 대접을 받아 마땅하지 않나?"

"내 생각에 그건 첫사랑이 아니라 마지막 사랑 같은데?"

왜냐하면, 김재현은 죽을 때까지 선우진만 사랑할 테니까.

백성현이 입가에 작은 웃음을 물고 고개를 끄덕였다.

"절충하자. 첫사랑이자 마지막 사랑으로."

"부러운 자식! 다 가졌네. 김재현은 하느님이 후원하나 보다. 도저히 이길 수가 없다!"

나는 절레절레 고개를 흔들었다. 오정혜라는 최강의 스폰서를 가진 김재현을 세상 어떤 남자가 이길 수 있겠어? 그렇게 덧붙이며. 내 말을 듣던 그녀가 터지는 웃음소리를 막으려고 입을 가렸다. 웃음을 참느라 눈물까지 나는지 긴 속눈썹이 촉촉이 젖어들었다.

나는, 그녀가 웃어도 좋았고 울어도 좋았다. 웃을 때 생기는 눈가의 옅은 주름까지 좋았다. 객관적인 평가 같은 건 이미 오래전부터 할 수 없었다. 백성현 기준으로 까다롭게 따진다면 나는 스물여섯이 돼서야 첫사랑을 맞이한 셈이다. 처음 좋아한 여자도, 처음 사귄 여자도, 처음 입맞춤을 나눈 여자도 아니었지만 나는 나를 알았다. 죽을 때까지 그녀를 잊지 못할 거라는 걸.

밖으로 나와 인공 강으로 갔다. 도서관이 시 외곽 쪽에 있어서인지, 우중충한 날씨 때문인지 오가는 사람이 거의 없었다. 눈발이 얼마나 센지 소낙비가 얼어서 그대로 쏟아지는 것 같은 날씨였다. 공원 입구에서 바로 이어지는 강물엔 작은 새끼들만 헤엄칠 뿐 커다란 물고기들은 흔적도 없이 사라졌다.

어디로 숨어든 걸까. 추운 겨울이 되면 물고기들은 어떻게 되느냐고 걱정하던 그녀의 얼굴이 떠올랐다. 한겨울의 물고기까지 걱정하는 마음이 예쁘고 귀여워서 꼭 안아 주고 싶던 그 여름날.

거센 눈발도 강물 앞에선 무기력해진다. 수면에 닿은 눈송이는 순식간에 강물과 한 몸이 된다. 이렇게 쉽게 섞이는 것이 많은데, 나에겐 쉬운 일이 하나도 없다.

지역 이름을 딴 고등학교와 외곽순환도로 사이에 둘레길이 길게 나 있다. 이 산책로는 겨울보다는 여름이, 여름보다는 봄에 오면 더 좋을 것 같다. 그러나 우리가 그 여름날처럼 서로의 손을 잡고 이 길을 걸을 수 있는 날이 올까. 도서관에서 책을 골라 주며 나란히 앉아 그 책을 읽을 날이…… 올까. 나는 첫사랑을 잃은 소년처럼 천천히 발걸음을 뗐다.

그땐 가 보지 못한 먼 곳까지 한참을 걸었다. 거슬러 돌아오는 길. 모자를 푹 눌러쓰고 두툼한 패딩을 입은 사람이 인공 강물 앞에 쭈그리고 앉아 통화하는 게 보였다. 모자 위에 눈이 소복이 쌓여 있었다. 날이 이렇게 궂은데 나만큼이나 제정신이 아니군, 생각하며 그 옆을 지나갔다.

집으로 오는 길은 많이 막혔다. 내일이면 벌써 2월. 1년의 한 달이 그렇게 지났다.

소속사에 들를 때면 꼭 지하 연습실에 가 본다. 연습하는 모습만 지켜봐도 저 아이가 앞으로 얼마나 뜰 건지 아닐지 대충

감이 온다. 대학병원 같은 데서 흔히 볼 수 있는 소파에 연습생들이 지친 얼굴로 앉아 쉬고 있었다.

생수 통을 들고 있던 연습생과 눈이 마주쳤다. 검지를 들어 조용히 하라는 시늉을 하면서 그 녀석을 손짓해 불렀다. 열여섯이랬나. 잔뜩 긴장한 얼굴을 보니 웃음이 났다.

"안 잡아먹는다."

"안녕하세요, 선배님."

"안녕은 하고, 친구 하나 더 불러서 간식 좀 사 와."

지갑에서 5만 원권 지폐 석 장을 꺼내 건넸다. 아이가 눈이 동그래져 날 쳐다보았다.

"연습에 방해 안 되게 조용히 다녀와."

"선배님, 뭐 사 와요?"

"너희들 먹고 싶은 거 사. 돈 남기지 말고."

"선배님은 뭐 사다 드려요?"

"음료수나 하나 사 오든가. 달지 않은 거로."

비슷비슷해 보이는 두 연습생이 잽싸게 계단을 뛰어 올라갔다. 배가 자주 고플 나이지만 고작 연습생일 뿐인 아이들의 속사정까지 헤아려 주는 기획사는 극히 드물다. 우리 회사도 크게 다르지 않다.

파이6의 멤버들이 전면 거울 앞에서 안무 연습을 하고 있다. 새 미니 앨범을 준비한다고 들었는데 누가 봐도 시유가 군계일학이다. 며칠 전 시유는 광고 모델료가 정산됐다며 빌려준 돈 전액을 갚았다. 밥이라도 사겠다고 하는 걸 서로 시간이 없어

차일피일 미뤄 왔던 터였다.

연습생들과 멤버들이 내 모습을 발견하고 한꺼번에 정신없이 인사를 해 왔다. 이렇게 떠들썩한 게 싫어서 사람 많을 땐 피하고 싶었지만, 피자와 치킨, 떡볶이 같은 걸 나눠 먹으며 수다 떠는 모습을 보니 기분이 좋아졌다. 요샌 웃을 일이 별로 없다.

배를 채운 연습생들이 잘 먹었다고 인사하며 우르르 물러가고 파이6 멤버들만 남았다. 막내인 유찬이 뭔가 중요한 말이라도 하듯 눈을 반짝이더니 달싹 입을 열었다.

"선배님, 시유 형 성현 누나하고 탱고 춘대요!"

"……탱고?"

"네! 그것도 아르헨티나 탱고요!"

서린이 말했다.

"8남매 이번 파트너가 성현 누나래요."

"누나가 먼저 시유 선택했대요! 한시유는 선택받은 남자!"

막내의 말에 시유가 못마땅한지 얼굴을 찌푸렸다. 이럴 땐 어떻게 반응해야 하나.

"이번 미션이 탱고야?"

"형, 그게 누나가 뭘 할지 알고 뽑은 게 아니고, 그땐 뽑을 사람이 저밖에 없었어요."

꼬박꼬박 선배님이라고 부르던 시유까지 누나라고 하는 걸 보니 꽤 친해진 것 같다. 낯을 많이 가리는 아이라 더 오래 걸릴 줄 알았는데. 탱고 같은 춤을 배우면서 안 친해지기는 쉽지 않겠지. 시유가 겸손하게 말했다.

"전 탱고 배워 본 적이 없어서 실수만 하고 힘들더라고요."

"성현 누나가 잘하잖아? 그 누나가 잘 리드하겠지."

"탱고는 남자가 리드하는 춤이다, 무식아. 그날도 같이 들어 놓고 이래요."

성운이 막내 유찬을 장난스럽게 무시했다.

"나 보기보다 안 무식하거든! 재유 형, 이건 탑 시크릿인데 요……."

도대체 왜 자꾸 내게 백성현 이야기를 하고 싶어 하는 걸까. 유찬이 은근하게 목소리를 깔았다. 시유가 막내의 입을 막아 보려고 했지만 유찬이 좀 더 빨랐다.

"키스 퍼포먼스도 한대요!"

"아우, 진짜! 형, 별거 아니에요. 그냥 하는 척만 하는 거예요."

"설명 안 해도 돼. 공연 잘해. 다음 앨범 준비도 잘하고."

"선배님, 저희 술 사 주세요!"

"다음에 사 줄게. 잠깐 들른 거야. 마저 연습해라."

주위 사람들은 마치 그녀가 내 전 애인이나 전 부인이라도 되는 것처럼 수시로 소식을 물어다 준다. 인기가 많아지니 기사로 뜰 때도 잦다. 다행인 건 그녀가 비호감에서 점점 호감 캐릭터로 자리를 잡아 간다는 것. 불행인 건 그래서 그녀를 잊는 시간이 점점 늦어진다는 거다. 그 기준으로 보면 오늘의 나는 불행하다.

무슨 의식이라도 치르듯 온 집 안의 커튼을 닫고 불을 끈 뒤

텔레비전을 켰다. 지난주 드디어 탱고 미션이 끝났다고 한다. 주변에서 하도 떠들어 대서 앞집 여자를 훔쳐보는 뒷집 백수처럼 이러고 있다.

역시나 노래방에서 시작한다. 이게 이 프로의 재미라고 말하는 사람도 많다. 가수라고 해서 점수가 잘 나오는 것도 아니고, 노래를 못한다고 점수가 낮은 것도 아니다. 소연주가 오늘의 1등인 걸 보면. 성현의 점수는 중간쯤. 시유 말대로 지하수 빼고는 고를 남자가 없었다. 누구를 선택할지 고민하는 그녀의 얼굴을 정성욱이 관심 있게 지켜보고 있다. 지하수가 기대에 찬 눈으로 성현의 입술을 쳐다본다. 꿈도 야무지다.

한시유와 지하수를 번갈아 바라보던 그녀는 시유를 골랐다. 내가 여자라도 시유를 고르는 게 정상이지 싶다. 시유가 멋쩍은 듯 웃었다. 싫지 않은 표정이다. 내가 시유라도 싫을 이유가 없을 것 같다. '행운의 여신'이라고 불리는 성현과 커플이 되면 손해 볼 일은 없을 테니.

피디가 여덟 명의 사람을 둘러보며 씩 웃더니 방금 정해진 커플과 춤을 춰야 한다는 미션을 발표했다. 룸바, 차차차, 탱고, 자이브 중 택일. 시유가 열어 본 미션 봉투 안에는 '탱고'라는 두 글자가 쓰여 있었다. 옆의 리즈란 아이와 딱 붙어 있던 백성현의 표정이 탱고라는 말을 듣자마자 바로 울 것처럼 바뀌었다. 지난번 시유와 다른 미션을 했을 때도 욕을 많이 먹은 모양이던데.

다른 커플이 등장하는 부분을 건너뛰면서 백성현이 나온 장면을 찾았다. 두 사람의 춤 선생은 머릿결부터 느끼해 보였다. 드라마를 할 때 이 춤 저 춤 가리지 않고 배웠다는 말을 들은 적은 있다. 그녀는 탱고에도 금방 적응했다.

탱고 의상을 갖춰 입기 불편해서 그런지 대부분 트레이닝복을 입고 춤 연습을 한다. 화장기 없는 얼굴. 하나로 질끈 묶은 머리. 천으로 만든 머리띠를 두르거나 립스틱만 바르고 나올 때도 있다. 운동복만 입어도 완전, 대박, 섹시하다던 후배의 말은 솔직한 표현이었다.

드라마 촬영을 할 때 그 허리를 끌어안을 기회가 여러 번 있었다. 안으면 더 끌어안고 싶어지는 몸. 그 허리에 손을 대고 시유가 춤 연습을 한다. 시유는 평소에 내가 알던 그 애가 아닌 것처럼 허둥대고 그녀의 얼굴을 똑바로 보지 못한다. 내가 그랬던 것처럼. 그녀는 터울 많은 누나처럼 실수를 반복하는 시유를 참고 기다려 주었다. 내게 그랬던 것처럼.

처음으로 무대 의상을 입고 연습하는 장면이 나왔다. 빨간색 의상을 입은 그녀는 가장 예쁜 순간의 장미처럼 활짝 피어 있다. 시유도 은회색 무대 의상을 갖춰 입었다. 어울리지 않는다는 말은 차마 할 수가 없다. 신기한 건 두 사람의 나이 차이가 그다지 나 보이지 않는다는 거다. 춤을 시작하기 전 그녀가 머리 하나는 더 큰 시유를 올려다보며 말했다.

"누나 눈만 봐. 지금은 내가 니 파트너잖아."

시유가 여자의 검고 깊은 눈을 들여다보았다. 클로즈업. 그녀의 붉은 입술이 미소 짓듯 움직였다. 자, 시작하시죠. 탱고 미션의 첫 방송은 거기서 끝났다.

나도 그녀에게 비슷한 말을 들은 적이 있다. 그 여자의 눈을 똑바로 바라보지 못해서 허공을 헤매곤 했다. 시유는 마치 그때의 나처럼 행동했다.

그다음 편을 볼까 말까 고민하다 다시 눌렀다. 이제 두 사람의 호흡은 처음과 달리 제법 맞아 들어간다. 눈빛이 통하면 마음이 통하게 돼 있다. 춤이란 그런 것이다. 시유의 이마에 흐르는 땀을 보고 그녀가 수건을 건넸다. 백성현이 그 수건으로 '손수' 이마를 닦아 주는 배려심을 발휘하지 않아서 정말 고마웠다. 내 안의 질투심, 내 안의 폭력성을 이런 식으로 확인하고 싶지는 않으니까.

처음으로 단 한 번의 실수도 없이 탱고를 마쳤다. 두 사람은 마주 보고 활짝 웃으며 하이파이브를 한다. 드디어 공연 당일. 화면에 긴장한 두 사람의 모습이 비쳤다.

사람들은 무심코 빨간색 의상이 더 야할 거라 생각하지만 그게 아니다. 살구색 드레스는 없던 상상력도 발휘하게 했다. 가만히 서 있어도 저런데 움직이기 시작하면 볼 만하겠군. 나는 그 시점에서 전원을 꺼야 하나 잠시 고민했다. 내 이성은 번번이 지고 만다.

두 사람이 선택한 음악은 피아졸라의 〈리베르 탱고〉를 편곡한 곡이다. 아르헨티나 탱고를 성장시킨 곡이라고 해도 될 정도로 유명한 음악이다. 〈베토벤 바이러스〉라는 드라마에 나온걸 보고 유튜브에까지 들어가 샅샅이 찾아본 적이 있는데, 내

귀엔 요요마의 연주만 한 게 없다.

시유의 커다란 손이 그녀의 곧게 뻗은 등에 머물렀다. 시유의 튼실한 허벅지에 그녀의 다리가 휘휘 감겼다. 어깨가 넓고 키가 큰 시유는 그녀의 몸을 인형처럼 가볍게 돌려 가며 리드했다. 〈리베르 탱고〉는 아름다운 동시에 애절했고, 두 사람 표정 역시 시시각각 음악에 맞춰 바뀌었다. 성현과 한시유 커플의 탱고는 넘치게 사랑스럽고, 넘치지 않게 에로틱했다.

마지막. 두 사람의 얼굴이 클로즈업되면서 키스 퍼포먼스로 마무리됐다. 시유의 얼굴에 가려져 그녀의 표정은 반밖에 보이지 않았다. 거의 동시에 큰 함성과 함께 박수 소리가 터져 나왔다. 두 사람이 달아오른 얼굴로 숨을 몰아쉬며 방청객에게 마지막 인사를 했다. 서로의 손을 꼭 잡고, 환한 미소를 지으며.

나는, 리모컨을 집어 던졌다.

정문용 대표를 찾아가 제이원 프로젝트의 곡을 달라고 부탁한 게 2월 초다. 그는 순순히 그러겠다고 했다. 요샌 매사가 너무 순순해서 이상할 정도다. 깔끔하게 치워진 정 대표의 책상 위에 풍경 사진 여러 장이 덩그러니 올려져 있었다.

"이 사진들은 뭐예요?"

"제이원 앨범에 들어갈 사진이야."

지난주 제이원 프로젝트의 첫 앨범에 실릴 곡을 전부 들어 봤다. 분명 처음 듣는 건데도 마치 내가 만든 곡처럼 이해가 됐다. 기분이 너무 이상해서 이형원 프로듀서에게 어디서 들어

본 적이 있지 않으냐고 몇 번이나 물어보았다. 그는 전혀 아니라고 했지만.

앨범 제목은 〈하이디를 보내며〉. 슬픈 동화 같은 제목이다.

"이게 다 들어가요?"

"아니. 골라야지. 볼래?"

사진은 모두 열다섯 장. 우리나라는 아니다. 더운 나라도, 아시아도 아닌 것 같다. 음울하고 어둡고 서늘한 느낌. 유럽 쪽……. 한국보다 추운 곳. 반도……. 데자뷔처럼 떠오르는 장면이 있다. 언젠가 가 본 기억이 있는 장소. 비슷한 느낌의 사진을 어디선가 봤는데, 분명.

"이 사진들, 사진작가가 찍은 게 맞아요?"

"사진을 좋아하긴 하는데 작가는 아냐. 너도 아는 사람이야."

나와 정 대표의 눈이 마주쳤다. 누군지 알 것 같다. 그런데 왜 그 애가 찍은 사진이?

"이 작곡가 앨범에 왜 재유가 찍은 사진…….."

제이원 프로젝트가 새로 보낸 곡이라며 이형원 프로듀서가 마지막으로 들려준 곡의 제목은 〈2만 킬로미터〉였다. 2만 킬로미터는…… 한국과 스웨덴의 거리. 제이원……. J는 하나……. J는 서재유.

"혹시…… 제이원이 재유예요?"

"그래. 네 동생이야."

이 모든 현실이 너무 비현실적이면서도 너무나 당연하게 받아들여졌다. 제이원 프로젝트의 곡들이 그렇게 내 가슴에 스며

들었던 이유. 마치 나를 위해 만들어진 노래 같다고 생각됐던 이유.

"언제부터 작곡한 거예요? 〈하얀 밤〉 전에도 했어요?"

"그게 처음이야. 갑자기 곡을 만들어 봤다고 하더니 〈하얀 밤〉하고 〈지금〉을 보냈더라고. 작곡 공부 제대로 해 보라고 내가 자꾸 재촉했어. 이런 재능을 썩히면 죄짓는 거잖아. 너한테는 말하려고 했는데 재유가 나중에 직접 말한다고 해서 차일피일 미뤄 온 거야. 재유도 네 기분 상하게 하려고 그런 건 아닐 거야."

"기분 나쁘지 않아요. 재유가 할 수 있는 일을 찾아서 다행이에요."

"일본 앨범 4주째 1, 2위를 왔다 갔다 해. 지금 속도라면 지난 앨범보다 두 배는 더 팔릴 것 같아. 그 뒷감당을 어떻게 할 거야?"

"어떤 식으로든 감당해야죠. 재유, 한국에서 살게 할 거예요. 더는 혼자 두면 안 돼요. 저는 다른 데로 이적했다고 생각하시고."

"차라리 그런 거면 좋겠다. 준유야, 내 옆에 있어. 연예인 안 해도 좋으니까 여기 있어. 내 욕심에 너희 형제한테 못할 짓 한 거 알아. 너 이렇게 나가게 하면 서윤 엄마가 나하고 이혼한다더라. 사람도 아니래."

대표 이사실을 나오면서 사진 속 장소를 어디서 봤는지 깨달았다. 그건 '세상의 모든 음식' 카페 회원인 Timeless의 게시물에서 본 사진들과 같은 카메라로 찍은 것이었다.

봄이 되기 전에 스웨덴에 가 봐야겠다. 더 늦기 전에.

공식 일정이 없는 날은 사적인 스케줄을 소화한다. 일은 만들기에 따라 얼마든지 늘어나거나 줄어든다. 연예인 친구들을 만나서 밥과 술을 사기도 했다. 여자까지 사 달라는 정신 나간 놈이 있었지만, 좋은 여잔 다 품절됐다고 일축했다. 어차피 여자가 부족한 놈도 아닌데다 농담인 걸 그 녀석도 나도 잘 알았다.

그 친구들은 늘 나를 '연예인이 된 성자'라고 놀렸다. 친구들을 만난 순간에도 100퍼센트 솔직할 수 없어서 미안했다. 하지만 아직은 때가 아니었다.

일곱 살 때부터 친구였던 상엽과 민규에겐 전부 털어놓았다. 마음 약한 민규는 펑펑 울었고, 상엽인 민규를 위로하다 같이 울었다. 위로받으려고 간 자리는 아니었으나 거꾸로 내가 그 둘을 위로해야 했다.

이런 식으로 모든 걸 처음과 비슷하게 돌려놓았다. 아무리 노력해도 달라지지 않는 게 하나 있었다. 백성현을 향한 내 마음.

뮤직비디오 촬영차 제주도에 왔다. 장우연 형의 앨범은 싱글로 결정됐다. 두 곡만 실리므로 더더욱 최고의 곡이 필요했다.

늦은 저녁을 먹고 씻고 나왔다. 혼자 맥주를 마시던 우연 형이 내게도 한 캔 할당했다. 새벽부터 촬영이 있는데다 요새 내가 술을 자제한다는 걸 알았기에 가능한 행동이었다. 내게 술을 가르쳐 준 건 이 형이다.

정규 앨범은커녕 미니도 아닌 싱글 앨범. 얼마나 실망스러울까. 누군가를 내 몸처럼 아끼고 위로한다는 건 말처럼 쉬운 일이 아니다. 섣부른 위로가 오히려 상처가 될 수도 있으니. 파이팅! 힘내! 잘될 거야! 따위의 짧은 말들로 쉽게 치유하고 위안받는 일만 생긴다면 얼마나 좋을까. 그런 인생은 어디에도 없다.

"내가 형이 제일 싫을 때가 언제인지 알아?"

"너 내 광팬 아니었냐?"

"광팬이 마음 변하면 바로 극성 안티 되는 거야. 형이 술을 너무 제대로 가르쳐 줘서 끊기가 너무 힘들다. 형이 지금 내 앞에서 하는 짓은 금식 중인 흡혈귀 앞에서 외과 수술 하는 거라고."

월정月汀. 달도 잠시 머문다는 곳. 아직은 쌀쌀한 날씨에도 불구하고 관광객들이 제법 많았다. 그 바닷가에서 수환에게 뜻밖의 말을 들었다. 월정리 근처 동네에 백성현의 본가가 있다고. 뮤직비디오 촬영장이 제주도로 결정됐을 때부터 그 생각을 안 할 수가 없긴 했다.

추억이 많아서 좋은 건 마음껏 사랑해도 되는 사이에나 해당하는 일이다. 그녀와의 추억은 번번이 내 발목을 잡는다.

잠이나 자야겠다고 생각했을 때 전화가 왔다. 박우진 형이었다. 짧은 통화 후 오정혜 작가가 전화를 넘겨받았다. 통화 중간 오 작가가 너무나 자연스럽게 백성현이 보고 싶지 않으냐고 물어 왔다. 그 순간만큼은 거짓말을 하고 싶지 않았다.

전화를 끊고 소파에 길게 누워 눈을 감았다. 남자 하나가 부족하다는데 그 자리를 채워 줄 수가 없다. 지난여름 다 같이 모여 와인을 마시던 그 새벽이 떠올랐다. 가혹한 밤이라고 생각했는데, 지나고 나니 그것조차 행복이었다.

"자냐? 잠이 올 리가 없지."

우연 형이 혼자 묻고 혼자 대답한다. 형은 보고 싶은 사람이 누군지 묻지 않았다. 그저 내게 들으라는 듯 말했다.

"때를 놓치면 아무리 붙잡고 싶어도 잡히지 않는 게 있더라. 일이든, 사랑이든."

서울로 올라오자마자 오정혜 작가에게 연락했다. 그녀는 내게 할 말이 있다고 했고, 나는 점심을 대접하기로 했다. 다음 날 안내받아 들어간 룸에서 10분 정도 기다리니 오 작가가 늦어서 미안하다며 들어왔다.

잠시 뒤 주문한 회 정식이 가지런하게 차려졌다. 회만 보면 떠오르는 여자가 있다. 성현을 알기 전엔 회를 보며 무슨 생각을 했었지? 적어도 사람 생각은 안 했던 것 같은데.

"성현이도 회 좋아하는데, 부를까?"

내 얼굴을 바라보던 오 작가가 "놀라긴! 농담이에요." 하며 빙그레 웃었다. 나는 같이 웃을 수 없었다. 표정을 감추는 짓 따윈 하고 싶지도 않았다.

"성현이 지금 8남매 촬영 중일걸."

"……"

"재유 씨, 혹시 부모님이 출생 신고를 6년 정도 늦게 하신 거 아니야?"

맞은편의 오 작가에게 소리 없이 웃어 보였다. 이런 식의 표현은 처음이지만, 속이 늙었다는 말은 종종 듣고 살았다. 그렇게 태어난 건 아닌데 그렇게 살 수밖에 없었던 것 같기도 하다. 아주 가끔은 얼른 늙어 버렸으면 좋겠다는 생각도 한다. 쉰. 예순. 20대의 내가 기억조차 가물거릴 나이.

"여기 회 맛있네. 얻어먹어서 그런가? 먹는 게 왜 그래요?"

"천천히 많이 드세요."

"난 서른이 훨씬 넘어서야 처음 회를 먹기 시작했어요. 자랄 때 누가 사 줘 봤어야 생선회든 육회든 먹을 줄 알지. 육회는 아직도 못 먹어. 식성으로도 빈부 차이가 나더라고. 참, 웃긴 세상이야. ……며칠 전 〈온리 원〉 모임 했잖아요. 내가 그날 성현이 우리 집에서 자고 가라고 잡았거든."

오 작가가 진지한 얼굴로 내 얼굴을 바라보았다. 특별한 이유 없이 만나자고 할 만큼 한가한 사람이 아니다. 갑자기 단도직입적인 질문이 들어왔다.

"뭐가 문제예요? 나이?"

"아니에요."

"서재유가 인기 스타라서?"

"아니요."

"여태까지 힘들게 쌓아 놓은 게 무너질까 봐? 하긴, 아깝지. 안 아까우면 사람이 아니지."

"그게 어디든 누구나 올라가면 다시 내려오게 돼 있잖아요. 시간문제지."

"그걸 벌써 알아? 30대 마인드 맞다니까. 하하. 몰래 만나요. 내 오피스텔이라도 빌려줄 테니까. 어떤 매니저들은 연예인들끼리 편히 연애하라고 집도 비워 주고 그런다드만."

오 작가는 자기가 말해 놓고도 웃긴지 거기서 말을 멈췄다.

"그 얘기 하려고 저 부르신 거예요?"

"겸사겸사. 내가 그날 성현이한테 그랬어. 서재유하고 6개월만 사귀어 보라고. 왜, 너무 짧아요?"

"……6일만 만나 준대도 좋겠어요."

"성현이도 재유 씨 좋아해. 내가 빚보증은 못 서 줘도 그건 보증할 수 있어. 말 못 할 뭐가 더 있는 거예요? 아니, 나한테 털어놓으라고 하는 건 아닌데 그날 성현이가 한참을 울더라고."

"울어요? 울었어요?"

"성현이가 남 앞에서 우는 애가 아닌데 울더라니까. 내가 여태까지 친구 소개팅 한 번을 안 시켜 준 사람이거든. 누가 해 달래도 자급자족하라고 하는 스타일인데, 이상하게 성현하고 서재유는 이렇게 끝나면 안 될 것 같아. 딱 6개월만 사귀어 보고…… 6개월 계약 연장해요."

이게 무슨 블록버스터 SF영화 같은 조언인가. 근사하지만 현실 가능성 없는 상상.

"내가 정말 궁금한 게 있거든. 재유 씨한테 직접 물어보고 싶었어. 근데 입이 안 떨어진다. 이 질문 하면 나 진짜 싫어할 것 같아."

그러면서 오 작가가 다시 눈가에 주름을 잡았다.

"말씀하세요."

"작년 가을에 성현이 스캔들 났었잖아. 가짜 서재유하고. 혹시, 그 남자 누군지 알아요?"

"성현 누나한테도 물어보셨어요?"

"아니. 재유 씨한테 처음 묻는 거야."

스웨덴은 5년 만이다. 매니저나 친구 없이 혼자서 외국엘 가는 것도 오랜만이었다. 비행기에 탑승하기 전 동생에게 연락했다. 두 번째 걸었을 때 재유가 전화를 받았다.

"지금 공항이야. 내일 오후에 스웨덴에 도착할 거고."

— 와, 독사. 내가 보이냐? 지금 막 열흘 만에 집에 왔는데.

"어디 갔었는데?"

— 남아공.

"안 무서워? 200미터가 넘는다면서?"

— 나중에 직접 느껴 봐.

스웨덴은 아직 겨울의 끝자락이었다. 동생이 사는 단독 주택 입구로 들어서는데 이웃집 할머니가 내게 큰 목소리로 머리를 잘랐느냐고 물어 오셨다. 나는 그 할머니에게 로케의 형이라고 밝혔다. 둘이 진짜 닮았네! 그 말을 하시곤 할머닌 집 안으로 들어가셨다.

머리를 기른 동생은 잘생긴 히피처럼 보였다. 수염이라도 깎으라는 내 말에 재유는 여자들이 본인의 섹시한 턱수염에 껌뻑 죽는다며 너스레를 떨었다. 마음에도 없는 소리. 거실은 휑했다. 주방엔 빨간색 그릇장이 있었다. 침실로 쓰는 방은 아직 여행의 흔적으로 어지러웠다. 닫혀 있는 방 문을 가리키며 물었다.

"저 방에서 작곡하는 거야?"

"……언제부터 알았어?"

"얼마 전에 니가 사장님께 보낸 사진 보다가. 나중에야 생각나더라. 거기 우리 가족이 스웨덴에서 살 때 갔었던 여행지 아냐? 노르웨이 트롬쇠 쪽?"

"맞아. 말 안 해서 미안해."

"아니. 미안할 거 없어. 방 좀 구경시켜 주라."

널찍한 방 안엔 음악 장비가 많았다. 피아노 위에 슈베르트의 〈방랑자 환상곡〉 악보가 펼쳐져 있었다. 내 눈길이 부담스러웠는지 동생이 서둘러 악보를 접었다. 이 방에서 〈하얀 밤〉을 만들어 보낸 건가. 철제 책장에 꽂아 놓은 CD를 하나하나 꺼내 보았다. 요샌 클래식을 많이 듣는 모양이다.

주방에서 부스럭대던 동생이 밥이나 먹자며 나를 불러냈다. 두툼한 스테이크가 철판 위에서 지글거렸다. 그것 말고는 도자기 볼에 담긴 인스턴트 스프가 전부였다.

"밥은?"

"관용어도 모르냐? 주는 대로 드셔. 직접 해 먹을 거 아니면."

"평소에도 이렇게 대충 먹어?"

"그럼 내가 칠첩반상이라도 차려 먹을 줄 알았어?"

할 말이 많았지만 오랜만에 동생 집에 놀러 온 사이좋은 형제처럼 수다 떨 기분이 아니었다. 묵묵히 식사를 마치고 가방을 열어 한국에서 챙겨 온 것들을 꺼냈다. 동생이 그런 내 모습을 물끄러미 바라보았다.

그 집에서 이틀을 묵었다. 가장 중요한 얘기부터 꺼냈다. 늦어도 두 달 안에 기자 회견을 할 예정이다. 이제부터라도 살고 싶은 곳에서 편히 살아라. 한국이면 더 좋다. 하고 싶은 말을 다 할 수는 없었다. 무슨 말이라도 나누고 싶었지만, 각자 생각에 잠길 때가 많았다. 한 번쯤은 두려운 미래를 꺼내며 엄살을 떨고 형제애를 확인하고 싶었지만.

이제 우리는 침대에 엎드려 머리를 맞대고 우주와 사라진 대륙을 같이 꿈꾸던 시간으로 돌아갈 수 없다. 그건 침대와 은하계와 아틀란티스에 관한 책이 코앞에 있어도 불가능한 일이다. 이 모든 걸 인정해야 했다.

나는 동생에게 진심으로 미안했고 그 마음이 굴절되지 않고 전해지길 바랐다. 그 여자를 마음껏 사랑해도 되느냐고 묻고 싶었지만, 쉽게 입이 떨어지지 않았다. 세상 모든 이의 허락을 받는다 해도 동생이 반대한다면 마음껏 행복할 수 없을 것이다.

오기 전날 밤, 맥주를 몇 병 비운 동생이 긴 침묵을 깨고 입을 열었다.

"내내 기다렸는데 끝까지 안 묻네. 진짜 독하다."

"……."

"어렸을 때 내가 그렇게 형을 밀어내고 엄마 젖을 독차지했대. 걷지도 못할 때도. 좀 자라서 엄마가 같이 쿠키 만들자고 하면 난 들은 척도 안 하고 나가서 종일 놀고 왔는데, 형은 나 때문에 나가지도 못하고 억지로 잡혀 있었고. 초등학교 다닐 땐 모범생이었지만, 한국으로 돌아와선 문제도 많이 일으켰잖아. 형이 서재유로 살게 되면서 그 모든 걸 뒤집어썼는데 나는 사고 치고 다녔던 건 빼놓고 초등학교 때 일만 기억했어. …… 왜 난, 화나고 억울한 일만 기억하고 살았을까. 갓 스무 살 넘은 형이 번 돈으로 놀러 다니고 여행하면서 그게 얼마나 힘들게 번 돈인지 깊이 생각하지 않았어. 내 이름값 대신 받은 돈이니까 써도 된다고 생각했어. 진짜 인정하기 힘들었는데, 성현 누나가 형을 좋아하는 건 당연한 거야. 누나가 나도 좋아하긴 하는데 좀 달라. 나한테는 한국 오면 같이 밥 먹자고 해도 너한테는 못 하는 건 서재유가 잘나가는 스타여서가 아니야. 서준유가 다칠까 봐. 힘들게 쌓아 온 모든 걸 잃게 될까 봐 차라리 참는 쪽을 택하는 거겠지. 형이, 그 누나한테 그러는 것처럼."

"……미안하다."

"아니. 미안할 거 없어. 나라면 형처럼은 못 했을 거야. 그때 내가 말했잖아. 어떤 결과가 나와도 누구든 깨끗이 승복하자고. 이젠 널 위해 살아. 더 이기적으로."

동생이 할 말이 남은 눈으로 나를 바라보았다. 여전히 나는 그 눈을 보기가 미안했다.

"성현 누나한테 잘해 줘. 무조건. 무조건."

드라마를 할 때마다 모두 프로모션을 다녔다. 연기를 못해

도, 주연이 아니었어도 주최 측은 나를 꼭 데리고 다니고 싶어
했다. 일종의 팬 서비스. 혹은 미끼 상품. 나는 나를 그렇게 불
렀다. 노래를 부르라면 불렀고, 춤을 춰야 할 것 같으면 먼저
춘다고 했다. 둘 다 할 때가 많았다. 더 심한 걸 주문할 때도 있
었지만, 그래도 했다.

〈온리 원〉의 첫 번째 프로모션. 김재현의 온리 원인 선우진
은 일본 프로모션에 참석하지 못했다. 우진 형과 나란히 입국
게이트를 통과하면서 그 여자를 떠올렸다.

"누나도 같이 왔으면 좋았을 텐데 하필 8남매랑 겹쳤냐. 저
번에 홋카이도 가고 싶다고 했었는데. 맥주 마시러."

"삿포로 맥주요?"

"어. 거기 맥주 박물관 있잖아. 클래식 맥주가 제일 맛있다
면서 또 가고 싶다던데?"

"가만 보면 술도 못하면서 술맛은 되게 아는 척해."

"귀엽잖아. 성현 누나 연애하면 애교 많을 거 같지 않냐?"

"성질이나 안 내면 다행이죠."

"얘가 아마추어처럼 왜 이래. 너 성현 누나 같은 타입이 한
번 끼 부리기 시작하면……. 어우."

끼를 부리는 백성현이라니. 그건 내 상상력 밖의 그림이었다.

"봉사 모임에도 잘 나와요?"

"요샌 거의 나올걸? 나랑 잘 안 맞아서 자주는 못 보지만. 그
모임에도 누나한테 관심 있는 회원들 많거든. 근데 성현 누나
한테는 어느 선 이상 침범하기 어려운 뭔가가 있어. 선 긋기 대

마왕이랄까. 대다수 남자는 그저 티끌처럼 미미한 존재지. 나처럼 잘난 남자도 가끔 티끌 취급을 당해요."

그래서 그 여자가 더 좋았는지 모르겠다. 정이 헤프지 않은 여자여서. 잘 웃지만 그걸로 그치는 여자라서. 뭐든 지나치게 넘쳐서 부담스럽지도 않았고, 어딘지 모자라서 답답하게 하지도 않아서. 백성현을 좋아할 이유는 그렇게 많았지만, 그녀를 싫어할 이유는 너무 없어서 아무리 애를 써도 싫어지지 않았다.

백성현이 빠진 프로모션은 김빠진 맥주 같았다. 지수빈으로는 도저히 그 빈자리를 대체할 수가 없었다. 나는 소풍 기다리는 아이처럼 다음 프로모션만 기다렸다.

일본에서의 일정은 어젯밤 모두 끝났지만 누구도 서두르지 않았다. 내 마음만 급했다. 내일 오후 중국 상하이에서 〈온리원〉 프로모션이 열린다. 오늘 저녁엔 주최 측이 준비한 만찬이 있다.

상하이행 비행기에 탑승하기 전 우진 형에게 전화를 걸었다. 이미 다들 도착해서 쉬고 있다고 한다.

— 문석호, 선우진 팬들도 꽤 많더라고. 누나하고 포즈 좀 취해 줬지. 나보고 선우진 뺏어 와서 결혼하라던데?

볼 수 없다고 생각했을 땐 차라리 괜찮았는데 만날 수 있다고 생각하니 5분도 참기 힘들었다. 초조해서 자꾸 입이 말랐다. 몇 명의 보디가드가 내 뒤를 감싸듯 따라왔다. 내가 이렇게 보호받아야 할 사람인가. 오늘따라 주변이 거슬린다.

얼굴을 일일이 확인하기 어려울 정도로 많은 사람이 날 기다리고 있었다. 셔터 소리와 환호성. 익명의 사람들 손에 높이 들린 휴대폰과 카메라들.

나는 저 사람들이 고맙다. 동시에 나는 저 사람들이 무섭다. 온전히 날 이해하면서 사랑하는 게 아닐 거라는 생각을 자주 했다. 그들이 열광하는 건 카메라 렌즈를 통과한 내 모습과 활 자화된 내 말일지 모른다. 나를 있는 그대로 사랑하는 게 아니 라, 그들이 가지고 싶은 내 모습을 선택적으로 사랑한 것일 수 도 있다.

그래도 이 순간 나는 환히 웃으며 손을 흔들어 준다. 악수를 청하면 기꺼이 받아 준다. 그게 '서재유'를 사랑하는 저들에 대 한 나의 가장 기본적인 예의니까.

만찬이 열리는 리셉션 장소는 꽤 넓었다. 어떻게 꾸미고 왔 는지는 크게 궁금하지 않다. 나를 바라보는 그녀의 표정과 눈 빛을 확인하고 싶었다. ……찾았다! 아직은 내 심장이 화석으 로 변하지 않은 모양이다. 이렇게 금방 뜨거워지는 걸 보니.

지금까지도 지난가을 발표한 앨범의 제목 〈The Second Promise〉의 의미를 묻는 사람들이 있다. 어떤 이는 두 번째 약 속보다 첫 번째 약속을 더 궁금해했다. 그럼 첫 번째 약속은 뭔 데? 누구도 내 답변을 듣지 못했다. 언젠가 그녀가 내게로 와서 번지점프를 하러 가자고 한다면, 그런 날이 온다면 그녀에게만 말해 줄 생각이다. 내 첫 번째 약속은 오직 그 여자에게로 향한 것이므로.

백성현이 천천히 고개를 들었다. 카메라 셔터가 그녀의 아름다운 얼굴을 무작위로 찍어 댄다. 이제 나는 이런 게 사랑의 본질이라면 아무리 힘들어도 받아들여야 하는 게 아닐까, 그 생각을 하기에 이르렀다.

그녀의 옆자리가 내 자리일까. 아마 그럴 것이다. 드라마에서 우리는 죽음으로도 떼어 놓을 수 없는 사이였으니. 여자를 향해 성큼성큼 걸었다. 마음을 감추는 데 너무 익숙한 나지만 같이 있는 순간만큼은 잘하고 싶었다. 무조건 잘해 주지는 못해도 내 옆에서만큼은 외롭게 하고 싶지 않았다.

그녀의 깊고 검은 두 눈이 나를 바라본다. 첫사랑에 빠진 소년처럼 가슴이 쿵쿵 뛰었다.

어떤 차림으로 왔는지 궁금하지 않다고 한 건 취소해야겠다. 실내에서 굳이 재킷을 걸치고 있길래 겉옷을 벗겨 의자 등받이에 걸쳐 주었다. 그녀가 '너 이러면 안 돼' 하는 눈으로 나를 바라보았다.

그때 객관적인 시선으론 매우 아름답지만, 주관적으로 볼 때 타인에게 절대 보여 주고 싶지 않은 부분이 눈에 띄게 드러났다. 그녀는 재킷을 다시 입어야겠다는 내 말에 순순히 따랐다.

만찬 일정을 전부 소화하자 밤 10시가 넘었다. 휴먼스토리액터스 양승호 대표와 MO아티스트 권혁주 이사가 같이 어디론가 사라지고, 백성현은 매니저와 함께 먼저 올라갔다. 세 배우의 수다스러운 코디들은 밤 나들이라도 할 모양이다. 우진 형이 와인이라도 마시자는 걸 내일로 미루고 객실 앞에서 헤어졌다.

룸으로 들어오자마자 정연 누나가 할 말이 있다며 나를 구석으로 끌고 갔다.

"무섭게 왜 이래요?"

"내가 너 때문에 조마조마해서. 그렇게 대놓고 챙기면 어떡해! 보는 눈도 많은데. 난 니가 성현 씨 밥도 떠먹여 주는 줄 알았다? 솔직히 말해 봐. 그러고 싶었지?"

"잘해 주랄 땐 언제고. 여자들은 왜 그래요? 말할 때마다 달라져."

"댁 마음은 잘 알겠는데 제발 3면이라도 막힌 데서 그러면 안 되겠니?"

그렇게 보였다면 할 수 없고. 나는 정연 누나를 바라보며 진지하게 부탁했다.

"성현 누나하고 할 말이 있는데 자리 좀 만들어 줄 수 있어요? 내가 그 방엘 찾아갈 순 없잖아. 내 방으로 오라고 할 수도 없고."

"미쳤어? 성현 씨 방 근처에 가지도 마! 사진이라도 찍히면 큰일 나려고. 내가 성현 씨 불러 줄 테니까 니가 우리 객실에 가 있어. 애들 데리고 나가면서 슬쩍 키 주고 나갈게."

"고마워요."

"서준유, 근데 우리 일찍 와도 돼? 아주 늦게 올까? 내가 무슨 수를 써서라도 질질 끌어 볼 테니까 마음 편히 있어. 시은이까지 데리고 간다!"

다시 한 번 느꼈다. 유부녀들은 뭐가 달라도 다르다는 걸.

객실 창가에 서서 초조하게 기다리고 있는데 노크 소리가 들렸다. 10분도 채 안 기다렸는데 한 시간은 기다린 것 같다. 나를 발견한 그녀의 눈이 놀라 커졌다. 얼른 손을 잡아끌어 안으로 들여보낸 뒤 문을 닫았다.

"니가 왜 여기 있어?"

"정연 누나한테 부탁했어. 걱정하지 마. 아무도 안 올 거야."

나는 그녀의 손을 잡고 소파로 데리고 갔다. 그새 세안을 했는지 화장기 없는 얼굴이었다.

"뭐라도 마실래?"

"아니. 손 좀 놔."

난 들은 척도 하지 않았다. 한술 더 떠 한껏 끌어안고 싶었지만, 초인적인 힘으로 참아 냈다.

"너 자꾸 왜 이래? 어떻게 하려고 그래?"

"뭘?"

"알잖아. 아까 만찬장에서도 내내. 시은이한테 얼마나 닦달당했는지 알아?"

"그 누나가 뭐라는데?"

"둘이 무슨 일 있었냐고. 니가 걔 성격을 잘 몰라서 그래. 앞으로 한 달은 들들 볶일 거야."

"그럼 나한테 일러. 내가 해결해 줄게."

작게 한숨을 내쉰 여자가 가만히 내 눈을 응시했다. 하고 싶은 말들과 해야만 하는 말 사이에서 잠시 숨을 골랐다. 맞잡은 두 손이 은근히 젖어 들었다.

"내가 연말 시상식에서 상 받으면서 뭐라고 하고 싶었는지 알아?"

"말하지 마. 안 들을 거야. 나도 묻고 싶은 게 있었어. 조만간 무슨 일 터트릴 거지?"

"혹시 24시간 내내 나만 생각하고 살아? 어떻게 그렇게 내 마음을 잘 알아?"

"장난하지 말고."

6개월 가까이 생각하고 계획했던 일들을 10분도 안 되는 시간에 정리해 들려주었다. 재유에게 다녀온 얘기도 했다. 그녀는 듣는 내내 울었다. 내 말이 끝났는데도 눈물은 멈추지 않았다. 나는 달아오른 여자의 볼과 눈가의 물기를 쓰다듬고 닦아냈다. 손바닥 아래로 뜨거운 눈물이 계속 스며들었다.

"왜 그래, 자꾸. 마음 아프게……."

더는 참지 못하고 여자의 몸을 끌어안았다. 쉴 곳을 찾는 작은 새처럼 그녀의 몸이 내 품에 안겨들었다. 숱 많은 머리카락엔 아직 물기가 남아 있었다. 지금은 이것으로 충분하다. 나는 달래듯 그녀의 등을 천천히 쓸어내렸다.

"그만 울어. 내일 프로모션 하는데 얼굴 부어서 나갈 거야? 가뜩이나 사진발 안 받는데."

"지금 그게 문제야?"

"내일은 문제 될 수 있어."

"니가 바닥으로 안 내려가 봐서 그래. 한 번도 그런 적 없잖아. 그게 얼마나…… 얼마나 힘든 건지 알아?"

"누나도 잘 견뎌 냈잖아. 어차피 언제 겪어도 겪을 일이야."

"나하고 비교가 돼? 나같이 어중간한 사람도 너무 힘들었어. 너 음악 좋아하잖아. 무대 좋아하잖아. 그걸…… 포기할 수 있어?"

그녀가 날 밀어냈다. 이번엔 나도 순순히 말을 들었다. 지금 내 걱정할 때가 아닌데. 분명 우리 형제 때문에 또 힘들어질 텐데. 이기적인 나는 비관적인 생각일랑 얼른 접어 버렸다. 오늘은 희망적인 얘기만 하고 싶었다.

"그냥…… 밀린 휴가를 냈다고 생각해. 뭐든 미리 걱정하지 마. 그런다고 뭐가 해결돼. 묻고 싶은 게 있는데……."

백성현이 그새 부어오른 눈으로 나를 쳐다보았다.

"내가 보낸 머플러하고 스카프, 식탁보나 도시락 보자기로 쓰는 건 아니지?"

그녀가 방에 들어와서 처음으로 웃었다. 역시 웃는 모습이 예쁘다. 나는 그녀를 한 번 더 품에 안았다.

"너무너무 보고 싶었어."

나의 짧은 고백에 화답하듯 그녀가 내 등을 끌어안았다. 행복한 만큼 두려움이 밀려온다. 내일 아침 눈 뜨면 이 밤이 통째로 사라지는 게 아닐까.

"미안해. 별의별 짓을 다 해 봤는데 도저히 포기가 안 돼."

무슨 짓을 해서라도 이 밤을 현실로 만들고 싶었다. 품 안의 여자를 온전히 내 여자로 만들고 싶었다. 손에 감긴 긴 머리카락도, 늘 그리웠던 백성현의 향기도 하룻밤 꿈으로 날려 버리고 싶지 않았다.

"아무 말이라도 해 봐. 믿기지 않아서 그래."

"서준유, 네가 하려는 게 어떤 결과를 가져올지 짐작하고 시작하는 거지?"

"알고 있어. 누나를 또 힘들게 할 수도 있다는 거. 힘들겠지만, 한 번만 더 봐줘. 두고두고 갚을게."

"……이제 너하고 난 어떤 사이야?"

"음…… 지금부터 다른 이성하곤 절대 소개팅 같은 거 하면 안 되는 사이? 재미있어도 끊어."

"혹시, 너한테까지 소문 들어갔어?"

"무슨 소문? 아, 백성현이 남자들 울리고 다닌 거?"

"남자들이라니!"

"설마, 한 명밖에 못 울렸어? 실망인데."

난 새치름해지는 여자의 눈매를 행복하게 바라보았다. 짧은 입맞춤이라도 나누고 싶었지만 애써 눌러 삼켰다. 객실을 오래 사용해도 된다는 정연 누나의 기대에 부응하고 싶은 마음 역시 없진 않았으나, 백성현을 생각해서 참았다. 고진감래. 인내는 쓰고 열매는 달다는 말을 나는 믿는다.

5분 뒤 그녀가 먼저 객실을 나갔다. 정연 누나에게 고마웠다는 문자를 보내고 객실 문을 닫았다. 방 안에 있던 시간은 채 40분이 안 됐다. 잠시 후, 정연 누나가 내게 실망스러운 표정의 이모티콘을 잔뜩 보내왔다. 도대체 우리에게 뭘 바란 거지?

성현은 다음 날 싱가포르 입국 길에 내가 보낸 스카프를 하고 나타났다.

여의도 윤중로엔 벚꽃이 한창이다. 다음 주면 이 거리는 벚꽃의 잔해로 지저분해질 것이다.

살면서 좋은 날은 벚꽃 피는 순간처럼 짧다고, 꽃이 진 자리는 아름답지 않다고, 내 청춘도 그와 다르지 않다고 생각한 때가 있었다. 그러나 꽃이 진다고 해서 나무의 인생이 끝나는 건 아니다. 꽃이 져야만 비로소 열매가 맺힌다. 열매는 무럭무럭 자라 누군가에겐 일용할 양식이 되고 누군가에겐 육체와 영혼을 살찌우는 값진 존재가 된다.

더 좋은 건 다음 해에도 꽃은 어김없이 핀다는 것. 꽃은 꽃대로 아름답지만, 열매는 꽃보다 아름답다. 내게도 그것을 보는 눈이 생겼다.

〈온리 원〉 프로모션을 다녀와서 한 달을 폭풍전야처럼 조용히, 얼음장 아래를 흐르는 물처럼 바쁘게 보냈다.

지금 나는 기자 회견장으로 가고 있다. 머리를 자르고, 짙게 염색하고, 정장을 입었다. 길게 말할 생각은 없다. 짧다고 쉬운 건 아니다. 머릿속으로 어떤 말을 어떻게 할 건지 수없이 수정하고 완성해 왔다. 절대 불쌍하게 보이고 싶지 않았다. 잘못을 용서해 달라는 비굴한 모습으로 비치고 싶지도 않다. 이 일이 내 천직이니 더 하고 싶다는 식으로 매달리지도 않을 것이다. 나는 나에게 그동안 애썼다며 긴 휴식을 주고 싶었다.

어제 세 여자와 통화했다. 엄마는 이젠 울지 않으려고 노력하신다. 나는 재유에게 신경을 더 써 달라고 부탁했다. 제이원 프로젝트의 첫 앨범은 수많은 앨범 틈에서 당당히 살아남았다. 살아남은 정도가 아니라 같은 달 발매된 나머지 앨범들을 모두 제압했다. 특이한 건 발매 첫 주보다 입소문을 타기 시작한 두 번째 주부터 차트를 점령하기 시작했다는 거다. 사람들이 얼굴 없는 뮤지션 제이원 프로젝트가 누군지 궁금해하는 건 너무나 당연했다.

두 번째 여자는 오정혜 작가. 그날 일식집에서 나는 내가 쌍 둥이임을 밝혔다. 천하의 오 작가도 말문이 막히는지 한동안 내 말을 듣기만 했다. 김재현을 연기한 서재유가 갑자기 달라 보였던 이유, 백성현이 한밤중 펑펑 울 수밖에 없었던 이유, 내 가 이런 결정을 할 수밖에 없는 이유를 그녀는 곧 이해했다.

오 작가는 며칠 전 내게 참고하라며 기자 회견문을 직접 써 서 보내 주었다. 담담하면서도 설득력 있는 문장으로 가득한 회견문을 읽으며 생각했다. 그래도 나는 운이 좋은 사람이라 고. 행복한 사람이라고. 오 작가가 보내 준 기자 회견문은 기자 들에게 추가 보도 자료로 뿌려질 예정이다. 그녀는 어제 나와 통화를 하면서 다시 한 번 힘을 실어 주었다.

— 어차피 인생은 긴 연극이에요. 세상에 털어서 먼지 하나 안 나오는 사람은 없어. 모든 걸 밝혀서 더 좋아질 게 아니라 면 밝혀야 할 것만 밝혀요. 더 큰 혼란을 주지 말고. 재유 씬 물 론, 성현이도 생각해야지.

마지막으로 나의 백성현. 아직 내게 일말의 망설임이 있다면 모두 그녀 때문이다. 오늘의 기자 회견이 어떤 나비효과를 불러일으킬지 100퍼센트 예상할 수는 없었다. 다만 우리는 미처 짐작하지 못한 일이 벌어지더라도 서로를 원망하지 않기로 약속했다.

"작년 가을 그 스캔들 말이야, 기자들이 다시 캘 수도 있어."

— 난 무조건 아니라고, 모른다고 할 거야. 그게 더 말이 되니까.

그렇게 쉽게 끝나진 않을 거라는 걸 잘 알고 있었다. 하지만 시간을 되돌리지 않는 한 마땅한 대안이 없었다.

"몇 가지 방법을 생각해 봤는데, 아무리 생각해도 그 시점에서 내가 누나한테 재유를 소개해 준다는 게 말이 안 돼. 모든 화살이 나한테만 왔으면 좋겠는데, 장담을 못 하겠어."

— 나야 뭐, 욕먹는 건 워낙에 단련돼서 괜찮아.

"말이 되는 소릴 해. 그게 어떻게 익숙해져?"

— 내가 재유한테 먼저 만나자고 했잖아. 그냥 통화만 했어도 됐는데. 나라고 후회를 안 했겠어.

"그때, 왜 만나자고 한 거야?"

— 그 며칠 전에 시은이가 네가 너무 힘들어한다고 한참 떠든 적이 있거든. 내내 걸렸었는데 마침 전화가 와서. 사실은 핑계 김에 널 보고 싶었나 봐.

나조차도 믿을 수 없지만, 싱가포르 프로모션이 끝난 뒤 딱 한 번 만났다. 행여나 작은 꼬투리라도 남길까 봐 걱정스러워 참고, 또 참고 있다. 생각 같아선 백성현 집 앞에 텐트라도 치고 살고 싶었지만.

"보고 싶어 죽겠어."

— 죽으면 안 되지. 기자 회견 잘 마치고 내일 보자.

같이 가고 싶은 곳이 있었다. 그녀가 함께 먹을 저녁 도시락을 준비하겠다고 했다. 유부김밥과 충무김밥. 샐러드는? 과일은? 채소는? 아! 미소 된장국도! 재유가 뺏어 먹은 거 하고 똑같이 만들어 줘! 하나라도 빠지면 안 돼! 그렇게 마지막 어리광을 부리고 싶었다. 그녀는 웃으며 내 어리광을 받아 주었다. 우리의 정식 첫 데이트다.

기자 회견장은 기자들로 북적였다. 오늘 오전 기습적으로 방송사와 언론사마다 보도 자료를 내보냈다. 내용은 특별한 게 없었다. 오후 3시에 할 기자 회견의 주인공이 나라는 것 외엔. 정문용 대표가 나와 함께 회견장 단상에 올라갈 예정이다.

오후 3시 정각. 단상에 올라간 나는 바로 마이크 앞에 섰다. 이런 식으로 기자들 앞에 선 건 처음이다. 얼마 지나지 않아 실내는 술렁거리기 시작했다. 차라리 배우 성현과의 결혼 발표가 덜 놀라울 일이었을지도 모르겠다.

모든 걸 밝히진 못했다. 밝혀서도 안 됐다. 누구도 그렇게까지 바라지 않았다. 길다고 할 수도, 짧다고 할 수도 없는 8년의 세월이 빠른 슬라이드처럼 지나갔다. 당황한 기자들이 두서없이 질문을 던졌지만, 내겐 준비된 대답이 많았다.

"서재유 씨, 설마 은퇴를 선언하는 건가요?"

"아닙니다. 그건 저한테 너무 과분한 표현 같습니다."

"그럼 모든 활동을 멈춘다는 발표를 어떻게 해석하면 될까요? 물론 서재유 씨가 쌍둥이라는 사실이 놀랍긴 하지만, 굳이 그런 선택을 할 필요가 있나요?"

"오래 고민하고 내린 결정입니다. 지난달 복학했는데, 입대 전에 남은 3학기를 마저 마칠 생각입니다."

다른 질문을 기다리는 내게 낯이 익은 방송사의 기자가 빠르게 물어 왔다.

"혹시 쌍둥이 동생의 직업이나 사진 같은 걸 공개해 줄 수 있나요?"

"죄송하지만 제 동생은 본인의 사생활을 존중받길 바랍니다. 연예인도 아닌데다 현재 한국에 거주하지도 않으니까요."

"하나만 더요. 지난해 가을, 배우 성현 씨와 스캔들이 난 적이 있잖아요. 물론 서재유 씨는 아닌 것으로 밝혀졌지만 갑자기 그 사진 속 남자가 누군지 궁금해지네요."

회견장 안의 모든 사람이 내 대답을 기다리고 있었다. 만약 사진에 찍힌 남자가 재유가 아니라면 '그 질문을 왜 제게 하시죠?'라고 되물었을 것이다. 만약 성현이 내가 사랑하는 여자가 아니라면 대충 얼버무리고 웃어넘겨도 될 일이었다.

"그것 역시 성현 선배의 사생활이니 제가 왈가왈부할 문제가 아닌 것 같습니다. 다만 그때처럼 성현 선배가 억울한 피해를 보지 않길 바랄 뿐입니다."

하루해가 막 기울어 갈 즈음 우리는 그곳에서 만났다. 지난

겨울 눈 오던 날 혼자 왔던 곳. 봄에 오면 더 좋겠다고 생각했는데 정말 그랬다. 오늘만큼은 기자 회견 얘기는 하지 않기로 했다. 휴대폰도 꺼 두었다.

우리는 뒷좌석으로 가서 도시락을 나누어 먹었다. 처음엔 도시락이 너무 예뻐서 선뜻 젓가락을 못 댔는데 한번 맛을 보니 멈출 수가 없었다. 그게 그날 내가 제대로 먹은 첫 끼였다.

늘 하고 싶었던 일. 서로의 손을 꼭 잡은 우리는 어스름한 저녁 해를 등지고 둘레길을 걸었다. 서두를 이유가 하나도 없었다. 가족 단위로 산책하러 나온 사람들이 드문드문 보였지만 다들 우리에게 관심을 두지 않았다. 그녀와 나는 그 동네 사람처럼 모자를 눌러쓰고 청바지에 티셔츠, 카디건 정도만 걸치고 왔다.

도서관 근처에 다다랐을 때, 약속한 것처럼 인공 강가에 쪼그리고 앉았다. 물고기들은 다시 돌아와 있었다. 팔뚝만 한 물고기들이 파닥이는 걸 보니 눈이 펑펑 쏟아지던 그날이 생각났다.

"겨울에 여기 왔었어."

"여기? 언제쯤?"

"눈이 되게 많이 온 날이었는데. 일본 콘서트 끝나고서 이틀 뒤니까…… 아! 1월 마지막 날. 내일이면 벌써 2월이네, 그 생각을 했거든."

"오전? 오후?"

"눈이 막 쏟아질 때. 오후 3, 4시쯤 왔다가 어둡기 전에 갔어. 왜?"

"나도 그날 여기 왔었어!"

"진짜?"

"진짜로. 너한테 전화하고 싶었어. 그날."

"뭐라고?"

"물고기들은 공무원들이 데려가는 게 아니라고. 돌 틈이나 수풀 사이에 숨어 있는 거래. 내가 여기 시청에 전화해서 물어봤거든. 이 강가에 한참 있었는데 왜 못 봤지?"

모자 위로 소복이 눈을 이고 누군가와 통화하던 사람이 생각났다.

"혹시 그날 검은색 패딩 입고 왔었어? 저쪽 물가에 쪼그리고 앉아서 전화하던 사람……."

그녀가 내가 가리키는 방향을 바라보며 천천히 고개를 끄덕였다. 우연이란, 그게 우연이란 걸 알기 전까지는 아무것도 아니다. 인연 역시 마찬가지. 우리가 오늘은 서로의 손을 잡고 이 길을 걷는다 해도 그 손을 뿌리치는 날이 오면 다시 악연으로 바뀔 수도 있다. 나는 그녀의 손을 더 꼭 잡았다. 반지나 꽃다발 같은 건 하나도 준비하지 못했지만, 꼭 하고 싶은 말이 있었다. 남자인 내가 먼저 해야 하는데 그러지 못해서 미안했다.

"나한테 프러포즈 할 마음 있어? 나는 미안해서 먼저 못 하니까 기다릴게. 딱 한 번만 프러포즈 해 줘. 숨도 안 쉬고 바로 오케이 할 테니까."

"그건 좀 곤란하고……. 서준유, 나하고 6개월만 사귈래?"

오정혜 작가의 코치는 나만 받은 게 아니었다. 나는 기쁘게 웃으면서 그녀의 몸을 끌어안았다. 걸리적대는 청색 모자를 벗기고 그녀의 정수리에 입을 맞췄다. 그리웠던 백성현의 체취. 조금 더 내려와 그녀의 동그란 이마에 입술을 댔다. 오늘 같은 날, 내가 이렇게 행복해도 되는 걸까.

꼭 안았던 몸을 풀어 주고 그녀의 두 팔을 붙잡아 마주 보았다. 무엇보다 나는 이 말이 듣고 싶었다.

"번지점프 하러 가자고 해야지."

"……그건 6개월 후에 결정할게."

그래, 백성현은 쉬운 여자가 아니었지.

내 사랑은 세포 분열을 거듭하는 태아처럼 자랐고, 오랜 진통을 겪으며 태어났다. 나는, 구원받으려고 그녀를 사랑한 게 아니다. 누군가에게 구원받아야 할 만큼 불쌍한 인간이 아니다. 운명이란 단어로 이 사랑을 포장할 마음도 없다. 나는 백성현을 사랑할 수밖에 없었다. 그저 사랑할 수밖에 없었다.

고개를 갸웃이 기울인 성현이 내게 물었다.

"싫어?"

"좋아."

봄밤이 점점 깊어 간다. 강가의 공기가 같은 속도로 서늘해진다. 나는 카디건을 벗어 그녀의 등에 덮어 주었다. 그리고 막 내 여자 친구가 된 여자의 작은 얼굴을 두 손 가득 감싸 안았다. 들려주고 싶은 말이 많았지만, 이 말을 제일 먼저 하고 싶었다.

"백성현, 정식으로 키스한다."

재유

포트엘리자베스에서 케이프타운까지의 도로는 아프리카 대륙에서 가장 아름다운 경관으로 손꼽히는 곳이다. 가든 루트Garden Route라고 부르기도 하는데, 중간에 치치카마 국립공원이 자리 잡았다.

공원 안에는 지상에서 400미터 높이의 브루크란스Blouckrans River 다리가, 다리 중간엔 몇 년 전까지만 해도 세계에서 가장 높다고 기록됐던 216미터의 번지점프대가 있다.

시야 확보가 최상으로 잘되는 좋은 날씨였다. 북유럽에서 아프리카 최남단까지 왔는데 날이 궂었으면 낭패였을 것이다. 작은 오솔길을 걸어 다리 밑으로 들어가니 좁은 철길이 보였다. 말이 철길이지 구멍이 숭숭 나 있어 아래를 보면 아찔하다. 이 길에서부터 질려 포기하고 돌아가는 사람도 많다.

여태껏 올라와 본 가장 높은 점프대다. 안전요원들의 도움을 받아 장비를 갖추고 아래를 내려다보았다. 산과 산 사이 계곡 사이로 말라 가는 강이 보였다. 팽팽한 긴장감이 나를 감쌌다. 전혀 무섭지 않다면 거짓말이다. 나는 나를 이기고 싶었다. 이런 식으로라도.

두 팔을 벌리고 먼 곳을 바라보며 망설임 없이 뛰어내렸다. 한 마리 새처럼 자유롭게 날고 싶었다. 그러나 멀리서 보면 하나의 점처럼 보일 것이다. 그저 커다란 면을 이루고 있는 수많은 점 중의 하나.

이런 생각을 하게 됐다. 내가 상대방을 이렇게 사랑하는데 상대방은 날 왜 그 반만큼도 좋아하지 않느냐고, 왜 내 마음을 알아주지 않느냐고 생각하는 건 오만이라고. 세상에서 그녀를 가장 행복하게 해 줄 수 있는 건 오직 나뿐일 거라는 착각. 나만큼 재미있게 해 줄 수 있는 남자는 세상 어디에도 없을 거라는 확신. 나는, 일방적인 사랑을 했을 뿐이다.

다시 스웨덴으로 돌아온 날, 형이 전화했다. 오지 말라고 할 이유가 없었다. 다음 날 오후, 오랜 비행시간에도 흐트러짐 없어 보이는 서준유가 예정대로 도착했다.

형은 내가 작곡을 하는 걸 알고 있었다. 본의 아니게 잘난 척한 것 같아 미안했다. 서먹하게 마주 앉아 저녁 식사를 한 뒤, 형이 여행용 캐리어에서 뭔가를 자꾸 꺼냈다. 내 몸에 부족한 무언가를 보충해 줄 영양제, 작곡에 도움이 될 만한 음악 CD, 형 집에 있을 때 내가 탐냈던 고가의 시계나 가방 같은 것들. 시계는 형이 아끼는 것이었다. 바보 같은 서준유. 이런 것까지 주며 미안해하지 않아도 되는데.

가기 전날까지 형은 하고 싶은 말을 다 하지 못했다. 말하지 않아도 느낄 수 있었다. 이제 나는 서준유를 미워하지 않는다. 세상 누구보다 부러운 남자지만, 백성현이 사랑한다면 그럴 만한 이유가 있을 테니.

우리 형제의 인생도 마찬가지. 같은 날, 같은 시간대에, 같은 부모의 자식으로 태어났다고 해서 언제까지 그 사실에 휘둘릴 순 없는 거 아닌가.

형을 조금이라도 편한 마음으로 돌아가게 해 주고 싶어서 내가 먼저 속말을 꺼냈다.

"좋아하는 여자 마음껏 사랑해. 다른 사람 생각은 하지 말고 두 사람만 생각해. 들었는지 모르겠는데 어렸을 때 내가 그렇게 형을 밀어내고 엄마 젖을 독차지했대⋯⋯."

창작이란 세상에 없는 새로운, 사람들이 좋아할 만한 무언가를 만들어 내는 일이라고 생각한다. 불행히도 내 기를 죽이는 작곡가들이 너무 많았다. 다행히도 '이런 사람도 작곡을 하네? 그럼 나도 자격이 있는 건가?' 하는 작곡가들도 꽤 있었다.

적어도 나는 세상에 새로운 소음을 추가하는 사람은 되고 싶지 않다. 당분간 내 목표는 그게 될 것 같다. 요샌 클래식을 많이 듣는다. 허구한 날 만화책을 끼고 살던 내가 왜 이렇게 됐지? 가끔 피식거리면서.

앨범 준비는 그럭저럭 잘돼 간다. '그럭저럭'이란 내가 한국에서 일일이 내 손을 거쳐 작업을 못 해서다. 처음엔 내가 작곡을 했다는 사실이 얼떨떨하고 좋기만 했는데 점점 욕심이 커진다.

몇 곡은 연주곡으로 수록하고, 나머지 노래는 몇 명의 객원 가수가 노래할 예정이다. 노래마다 맞는 음색과 가수가 있을 텐데 내가 직접 고르지 못하는 게 조금은 불만이다. 〈내 꿈에 들어와〉를 부른 보컬리스트의 음색이 제일 마음에 들어서 한 곡 더 부탁했다.

맨 처음 앨범을 기획했을 땐 앨범 제목을 〈하이디에게〉로 하고 싶었는데 마지막 단계에서 〈하이디를 보내며〉로 바꿨다. 내 의견을 들은 정문용 대표는 잘 생각했다고 짧게 대답했다.

나의 첫 앨범 〈하이디를 보내며〉는 성공했다. 모두가 기대하고 상상한 이상으로. 현악이 곁들여진 연주곡 〈2만 킬로미터〉와 〈하이디에게〉는 음원이 많이 팔렸다. 국내 정상급 연주가를 섭외한 보람이 있었다. 〈내 꿈에 들어와〉와 〈이름 없는 사랑〉을 부른 재미 교포 출신 보컬리스트는 스물일곱 나이에 늦깎이 스타의 대열에 들어섰다.

그 네 곡뿐만 아니라 앨범에 수록된 거의 모든 곡이 한동안 가요 차트를 보기 좋게 점령했다. 일부 전문가들은 아날로그적인 편곡과 디지털의 결합이 정점을 이루는 수작 앨범이라고 격찬했다. 대중들은 '제이원 프로젝트'가 누구인지 온갖 추측을 쏟아 내며 소문을 부풀리고 있다.

아직도 성현 누나가 신경 쓰이는 게 사실이다. 잃어버린 어린 시절의 사진첩처럼 가끔 생각나는 사람이면 좋겠는데. 어이없게도 이젠 서준유가 백성현으로 통하는 관문처럼 느껴진다. 기자 회견 날짜가 정해진 뒤 형과 긴 통화를 나눴다.

"서재유가 쌍둥이인 거 밝히면 누나는 어떻게 되는 거야? 상황이 달라지잖아."

— 작년 열애설이 또 소환되겠지. 그 사진이 허구가 아닌 이상.

"그럼 어떡해?"

— 인제 와서 뭘 어떡해? 죽이 되든 밥이 되든 감당해야지.

"우리 때문에 누나까지 힘들어지니까 그렇지."

— 작년에 처음 누나한테 전화할 때도 그 생각을 한 번쯤 하지 그랬냐.

백성현에게 사진 속 남자가 누군지 캐묻는다면 어떤 대답을 할 수 있을까. 진실은 말할 수 없고, 거짓은 두고두고 누군가의 머리채를 잡을지 모른다. 세 사람 모두에게 만족스러운 해답은 정말 없는 걸까.

"니가 누나한테 날 소개해 준 거라고 하면 안 돼? 촬영할 때 백 실장님이 성현 누나 비밀리에 앨범 준비하다가 접은 적이 있다고 했거든. 내가 작곡한 노랠 누나한테……. 말도 안 되나?"

— 어. 미치지 않은 다음에야 드라마 촬영하다가 내가 널 소개해 줄 리가 없잖아. 앨범이든 다른 이유 때문이든.

"누나도 기자 회견 하는 건 알고 있지?"

— 말했어. 각오하고 있을 거야.

"난 정말 그 전화가 이렇게까지 문제가 될 줄 몰랐어."

— 그래, 그랬겠지. 누난 우리 형제와는 상관없는 일이라고 잡아떼라더라. 나머진 알아서 해결하겠대. 사내새끼가 돼서 미안하단 말밖엔 할 말이······.

내가 할 수 있는 말도 고작 그런 것뿐이다. 그녀의 전화번호를 기억하지만 아무 연락도 하지 못했다. 똑같은 목소리로 똑같이 미안하다고 하는 말을 듣는 게 그리 유쾌하진 않을 테니.

다음 주 형의 기자 회견이 있을 터였다. 당분간 나는 얼굴 없는 작곡가로 남기로 했다. 그의 가슴 아픈 기자 회견이 나의 첫 앨범을 홍보하는 수단 정도로 폄하되는 건 정말 끔찍한 일일 테니까.

세상은 전쟁으로만 뒤집히는 게 아닌 모양이다. 한류 스타 서재유가 쌍둥이라는 사실은 알고 보니 예수가 둘이었다, 부처도 쌍둥이였다에 버금가는 뉴스가 됐다.

유튜브에 들어가 서재유를 검색하니 기자 회견 장면이 많았다. 그중 눈에 띄는 제목이 있었다. 서재유의 난亂. 그래, 이것도 일종의 전쟁이지.

짙은 회색 정장에 비슷한 색 넥타이를 하고 깔끔한 모습으로 등장한 서준유가 마이크 앞에 섰다. 카메라 플래시가 얼마나 터지는지 영상으로 보는데도 눈이 부셨다. 곧 형의 목소리가 들렸다. 사태의 심각성에 비해 놀라울 정도로 담담한 모습이었다.

"서재유입니다. 8년 전에 밝혔어야 할 말들을 이제야 하게 됐습니다. 이미 늦었다는 걸 잘 알지만, 지금 못 하면 더 후회할 것 같아 이 자리에 섰습니다."

잠시 말을 멈춘 형이 다시 카메라를 응시했다.

"저는 27년 전 일란성 쌍둥이로 태어났습니다."

정적이 흐르던 실내는 곧 온갖 소음과 질문과 탄식으로 어수선해졌다. 형은 당황하지 않았다. 장내가 조용해지기를 기다리던 서준유가 다시 입을 열었다.

"연년생으로 알려진 제 쌍둥이 형제는 지금 북유럽의 한 나라에서 살고 있습니다. 저는 열두 살 되던 해……."

형의 회견은 길어야 15분 안팎이었다. 그런대로 잘 넘어가나 했는데 갑자기 성현과의 스캔들이 언급됐다.

"지난해 가을, 배우 성현 씨와 스캔들 난 적이 있잖아요. 물론 서재유 씨는 아닌 것으로 밝혀졌지만 갑자기 그 사진 속 남자가 누군지 궁금해지네요."

서준유는 전혀 뜻밖의 질문을 받은 것처럼 그 기자에게 의아한 시선을 던졌다. 다들 숨을 죽이고 그의 대답을 기다렸다. 그 장면이 연기라면 난 주저 없이 최고 점수를 줬을 것이다.

진실을 모두 밝히지는 못했지만, 거짓은 없었다. 말할 수 있는 모든 진실을 털어놓은 셈이다. 그의 말이 모두 거짓이라도 영상을 본 사람이라면 기꺼이 '서재유'의 고백을 믿었을 것이다. 정말 진실 돼 보였으니까. 형은 마지막 인사를 하고 바로 퇴장했다. 장내가 다시 소란스러워졌다. 영상은 여기서 잘렸다.

관련 영상을 더 찾아보았다. 이번엔 정문용 대표가 나섰다.

고개를 90도 각도로 굽혀 사죄의 인사를 먼저 한 그는 서재유에게 계약 기간 안엔 절대 쌍둥이임을 밝히지 말라는 주문을 한 사람이 본인이라며, 잘못의 시작은 자신에게 있다는 부연 설명을 했다. 모든 책임을 서재유에게 묻지 말라던 정 대표가 10분간 질문을 받겠다고 했다.

갑자기 터진 대형 사건에 마음이 급해진 기자들은 들뜬 목소리로 질문을 쏟아 냈다. 그럼 좀 전의 서재유 말대로 활동을 멈추겠다는 거냐? 다시 묻겠다. 정말 은퇴가 아닌 게 맞느냐? 쌍둥이 형제는 북유럽에서 무슨 일을 하면서 사느냐? 여태까지 들키지 않고 지낼 수 있었던 비결은 무엇이냐? 지난달 계약 기간이 끝났다지만 갑자기 이 모든 사실을 밝히게 된 계기는? 광고주의 소송이 걸릴 문제나 문제 될 계약은 없느냐? 그동안 숱한 드라마, 영화 러브콜을 거절한 이유가 이것 때문이냐? 혹시 다른 이유가 더 있느냐?

질문하는 쪽은 무방비 상태에서 허를 찔린 기자들이고, 대답하는 쪽은 오랜 기간 준비해 온 사람이다. 처음부터 정당한 게임이 아니었다. 정문용 대표는 최선을 다해 최대한 차분하게 대처했다. 누가 작성했는지 모르지만, 첨부된 추가 보도 자료 전문을 읽고도 서재유가 안쓰럽다고 느끼지 못한다면 피도 눈물도 없는 인간일 것이다.

기자 회견을 마친 형은 며칠 잠잠하다가 보란 듯이 돌아다니며 자신을 노출했다. 그것이 촉이 좋은 기자들로부터 성현을 구해 낼 유일한 방법인 것처럼.

성현에게 직접 찾아가는 기자들이 있기는 했으나 그녀의 소속사는 든든한 방패막이 돼 주었다. 두 사람은 아무 접점도 없는 사람들처럼 따로 놀았고, 실제로 눈곱만 한 빌미도 제공하지 않았다.

내가 다닌 스웨덴의 대학까지 알아낸 뒤 가공의 친구를 만들어 반쯤 소설을 쓴 기사도 한동안 화제가 되었다. 그 기사에서 유일하게 마음에 든 문장은 우리 형제가 일란성 쌍둥이지만 빼닮은 형제처럼 보인다는 것 정도였다. 작은 동네 안을 맴돌며 작곡에 몰두하던 나는 친구의 메일 주소를 빌려 신문사의 대표 메일로 히피처럼 찍힌 내 사진을 두 장 보냈다. 평소의 나와는 딴판인 사진들은 몇 시간 뒤 특종으로 기사화됐다. 소설이 다큐멘터리로 거듭나는 순간이었다.

미리 대피한 부모님은 스웨덴 내 집에 와서 며칠 지내다가 여기 살 때 알고 지내던 친구 가족을 만나러 가셨다. 기자들은 온갖 곳을 쑤시고 다녔고, 그사이 여러 개의 뜬소문이 밑도 끝도 없이 자라났다가 스르르 사라졌다.

세상의 관심은 대학 강의실에서, 해외 팝스타의 내한공연 스탠딩석에서, 때론 지하철의 객차 안에서 끝없이 발견되는 서재유에게로 다시 집중됐다. 결과는 뜻밖의 경로를 밟아 갔다.

쌍둥이인 걸 밝히지 않고 활동한 건 분명 도의적인 문제가 있지만, 법적인 문제로 치닫지는 않았다. 분위기 파악을 하려고 그랬는지 모르겠으나 이 사건을 문제 삼은 광고주는 아직 없다! 전혀 없다! 기자들이 밝혀낸 것에 따르면 모 전자 제품 광고와 의류 광고를 빼고는 모든 계약이 마무리 단계거나 깔끔하게 처리돼 있었다. 음주 운전이나 마약, 폭행, 비도덕적인 불륜이라면 몰라도 쌍둥이인 것이 알려지면 세 배의 배상금을 물어야 한다는 식의 조항을 넣은 광고주는 없었을 테니. 하긴, 그걸 누가 짐작이나 했겠는가.

서재유의 팬들은 울고불고 각종 난리를 치면서 우리 오빠, 우리 재유 씨, 우리 재유 군을 돌려 달라고 애원했다. 심지어 서재유하고 닮은 쌍둥이가 열 명 아니라 백 명이라도 좋으니 다시 활동해 주기만을 바란다는 사람도 꽤 있었다. 두 명도 버거운데 열이라니? 백이라니! 이 사람들이 돌았나!

서재유의 마지막 앨범은 바로 동났다. 중고 시장에서 거래되던 지난 앨범이나 화보의 가격까지 껑충 뛰었다. 심지어 무료로 나눠 주는 카탈로그조차 제법 고가로 거래된다고 한다.

형이 모델로 활동하던 브랜드의 제품 역시 날개 돋친 듯 팔렸다. 옷이나 음료수, 화장품, 빵처럼 상대적으로 저렴한 물건은 물론 300만 원이 훌쩍 넘는다는 김치냉장고까지 바로 동나서 비수기인 봄철임에도 다시 공장을 풀로 가동한다는 후문이다. 서재유가 광고한 마지막 제품이라는 프리미엄까지 얹어진 셈이니 계약 기간과 상관없이 광고주들은 소송할 필요나 이유를 느끼지 못했다. 만약 소송의 '소' 자라도 꺼냈다간 팬들이 바로 불매 운동을 벌이며 난리를 쳤을 거라는 데 내 한쪽 다리를 걸 수도 있다. 그러고도 남을 사람들이다.

상엽이와 민규가 공동 운영하는 카페테리아 '리허설'은 오픈부터 마감 때까지 늘 붐볐다. 주방 보조와 손이 빠른 남자 알바생을 더 구했다고 한다. 데뷔 후 제대로 된 말썽 한번 피우지 않은 서재유가 비공개로 베풀었던 선행이 하나둘 드러나기 시작한 건 오래지 않아서였다. 한국에서의 마지막 콘서트와 일본에서의 콘서트 수익금 전액을 기부했다는 사실도 뒤늦게 기사화됐다. 사람들은 떠나기 전보다 더 서재유를 원했다. 기가 막힌 반전이었다.

한류 스타 서재유의 기자 회견은 경제적인 가치로만 따져 보면 한마디로 빅 히트 상품이 됐다. 보기 드물게 잘생긴 연예인이 쌍둥이라는 사실은 반감을 사는 게 아니라 오히려 흥미를 끄는 요소였다. 글쎄, 원빈이 두 명이래! 알고 보니 현빈이 쌍둥이라네? 한 명도 고마운데 무려 둘이나! 나머지 한 명은 내가 득템하고 싶다! 아무래도 세상이 '서재유'를 중심으로 돌아가는 모양이다.

형은 이 모든 상황이 기쁘지만은 않다고 했다. 나는 그 말의 의미를 어느 정도 알아들었다. 정확히 두 달 뒤 내가 물었다.

"공부는 잘되냐?"

― 생각보다 재미있더라. 돈 버는 것보다 조금 더 쉬운 것 같아.

"허, 진짜 사람이 너무 변하네. 학교에 가면 아직도 사인 부탁하고 그래?"

― 그게 내 운명인가 봐. 이젠 좀 잠잠해졌어. 기자들도 덜 찾아오고.

그사이 두 사람은 정식으로 연인이 됐을까. 이젠 어느 정도 가까운 사이일까. 내 입으로 그걸 물을 순 없었다. 너무나 궁금했지만.

"누난 잘 지내?"

— 직접 물어보면 되지 왜 나한테 물어? 너하고도 가끔 연락한다며?

"성현 누나하고 난 철학이나 예술, 아프리카 물 부족 문제, 세계 평화 같은 대화만 나눠. 그렇게 사소한 문제는 안 다룬다고."

형이 피식 웃는 소리가 들렸다.

— 그런대로 잘 지내는데 요새 드라마 찍느라 바빠. 얼굴 보기 힘든 건 마찬가지야.

볼 시간이 많다 해도 아직은 몸을 사릴 때다. 내가 아는 서준유는 백성현을 그 카오스에 집어 던질 사람이 아니다.

"처지가 바뀌었군. 고소하다는 말은 안 할게. 누나 8남매는 왜 하차 안 하는데? 둘 다 같이하면 힘들지 않나?"

— 하차하려고 했는데 8남매 팬들이 성현 하차 반대 서명하고 난리였잖아. 이젠 예능계의 블루칩이야. 다들 그렇게 웃기는 여자인 줄 몰랐을 거다.

말끝에 한숨이 묻어났다. 뭐지, 이 커플?

"둘이 무슨 일 있어?"

— 아니.

"아닌 게 아닌데 뭘. 왜, 벌써 형한테 싫증 났대?"

— 웬만하면 말 같은 소리만 하고 살아라.

"허허허. 끝도 없는 자신감은 누가 정기적으로 적립해 주냐? 사방에 잘난 남자가 득실거리지? 아마 앞으로도 맘고생 좀 할 거다."

— 그것도 틀린 말은 아닌데, 넌 절대 알 수 없는 게 있지. 고생도 고생 나름이라는 걸.

"끊어!"

배우 성현이 15분 정도 등장한 한기수 감독의 영화는 5월 초 프랑스에서 열리는 국제 영화제에 출품됐다. 여주인공만큼은 아니어도 여배우 성현의 정신병자 연기는 두루두루 호평받았다.

그녀는 때론 순수하고 해맑은 어린애 같은 표정으로, 때론 보이지 않는 공포에 사로잡혀 심적으로 질식해 가는 정신병동 환자 B 역을 기대 이상으로 보여 줬다. 로션조차 바르지 않은 민얼굴로 스크린에 등장하는 성현의 모습은 여주인공 유연희조차 압도할 때가 있었다. 이건 언론 시사회에서 미리 관람한 영화 담당 기자들이 쓴 기사의 요약문이다.

배우 성현은 지금 공교육 문제를 다루고 있는 공중파 드라마에 출연 중이다.

여름이 지나기 전 나는 짐을 싸서 한국으로 돌아왔다. 빨간 이케아 그릇장은 버리기에는 아깝다며 친구가 가져갔다. 카리나를 비롯해 아직도 내게 미련을 버리지 못한 서양 여자들은 자주 오라며 드디어 눈물을 보였다. 스웨덴이 자주 들를 만큼 가까운 거리는 아니지만, 잊어버리지 않을 정도로 찾겠다고 약속했다.

마지막 인사를 드리러 이웃집 할머니 댁에 들렀다. 내 손을 잡고 아쉬워하던 할머니는 점심이라도 먹고 가라며 나를 잡으셨다. 할머니는 머리가 짧고 단정한 나의 형을 몹시 궁금해하셨다. 설마 할머니까지 그 인간한테 넘어가신 건가요?

나는 그와 내가 아주 닮은 게 아니라 아예 쌍둥이로 태어났다는 사실을 밝혔다. 할머니는 온갖 감탄사를 토해 내며 나의 형제를 다시 보고 싶어 하셨다.

할머니의 오래된 부엌에서 스웨덴 전통식으로 차려진 점심을 먹으며 나는, 익숙한 것들과 헤어지는 게 어떤 건지 드디어 알게 됐다. 얼핏 보면 달라 보이지만, 형과 내가 사실은 꽤 많이 닮았다는 것도 깨닫게 됐다. 나는 할머니께 쓸 만한 부엌용품을 드리기로 했다. 할머닌 내게 몇 시간 전 구운 쿠키를 종이 상자에 가득 담아 주셨다. 다 먹지 못할 것 같았으나 거절하지 않고 받아 왔다.

그 집을 나오면서 정원의 사과나무 줄기를 만져 보았다. 무성한 잎 사이로 가지마다 주렁주렁 매달린 사과가 보였다. 늘 그랬듯 이 열매들은 단단하게 살이 차오르며 붉게 익어 가는 과정을 반복할 테지. 그게 순리니까.

사과나무 아래 세워 놓고 사진 찍고 싶었던 여자는 보냈지만, 추억은 가져가야겠다고 생각했다. 그 정도는 허락해 주겠지. 아무리 인색한 인생이라도.

7개월 만에 한국 땅을 밟았다. 누군가 인천공항에서 찍어 인터넷에 올린 내 사진을 보고 사람들은 서재유네, 서재유가 아니네 하며 시시한 다툼을 벌였다. 그게 형이면 어떻고 나면 또 어떤가. 어차피 사진일 뿐인데.

지난해 가을 셋이 하룻밤을 보냈던 수유동 아파트에 잠시 머물면서 새로 이사할 집을 찾았다. 보안이 철저할 것. 크기는 적당히 넉넉할 것. 햇빛이 잘 들어올 것. 서울, 특히 강남은 피할 것. 그게 내가 건 새집의 조건이다. 엄마가 집을 알아보느라 여기저기 발품을 팔고 다니셨다.

드디어 이사할 집이 결정됐다. 아파트는 급매로 팔아 버렸다. 더 갖고 있어 봤자 아직 완전히 비우지 못한 내 마음만 확인할 뿐, 미련의 싹이나 뿌리는 그때그때 잘라야 했다.

요새 나는 새 앨범에 들어갈 곡을 만들고 있다. 이번엔 내 앨범이 아니라 〈내 꿈에 들어와〉를 불렀던 동갑내기 여가수의 솔로 앨범이다. 솔직히 고백하자면 작곡은 쥐어짜 내는 수준이다. 수록곡 개수의 반 정도는 만들어 놨지만 그마저도 성에 차진 않는다.

그 가수는 실물로 보기 전인데, 이름만큼이나 성격이 특이하다는 소릴 들었다. 형에게 진짜 별난지 물어보니 빙긋이 웃으며 직접 겪어 보라고만 했다. 생각보다 잘 맞을 수도 있다면서. 나는 형의 웃음이 불안했다.

내 첫 앨범에 수록된 몇 개의 곡은 광고 배경 음악이나 드라마 OST로도 사용돼 꾸준히 통장을 채워 주고 있다. 그동안의 앨범 수익금, 작곡료, 음원 수익금 등 정산된 돈을 모두 합치니

1년 전 나에 비해 너무 큰 부자가 돼 있었다. 형이 몇 년을 개고생해서 힘들게 이룬 것들을 나는 즐길 거 다 즐기고 놀아 가며 따라잡고 있다.

만약 내가 거기에 백성현까지 차지했다면. 형은 여전히 까칠하고 외로운 연예인 서재유로 일에만 파묻혀 살았을까. 조물주는 특정 인간을 편애하기도 하지만, 한 사람에게 모든 걸 몰아주진 않는 것 같다. 나는 이미 너무 많은 것을 타고났다. 내게도 성공한 사람의 특권인 너그러움이 약간은 생겼다.

그러나 만약 맨 처음으로 돌아가 나와 형 중 하나를 고를 수 있다면, 나는 주저 없이 서준유를 선택할 것이다.

백성현은 내게 가슴 저린 첫 실패다.

한국에 돌아와 정착한 지 3개월이 지났다. 짧은 시간 동안 내 인생에 많은 일이 일어났다. 지난달 중순, 직업 정신이 투철한 집요한 기자에 의해서 작곡가 제이원 프로젝트가 서재유의 쌍둥이 형제인 것이 밝혀졌다.

자유로워지고 싶어서 내린 결정이 오히려 자유를 앗아 간 부분도 있다. 가는 데마다 알아보는 사람들이 많아져서 불편한 점이 많다. 나처럼 무심하고 남 신경 안 쓰는 사람도 버거울 정도다. 서준유가 얼마나 힘겹게 살았을지 하루하루, 순간순간 이해하고 있다. 하지만 나는 형처럼 인내하며 살 수 없는 사람이다. 이젠 난 도수 없는 뿔테 안경을 쓰거나 모자 따위로 날 가리고 다니지는 않는다.

회사에 들렀다가 나오는데 그 앞을 서성이던 10대 소녀들이 나를 둘러쌌다. 한국의 10대가 왜 무서운지 알 것 같다. 한 여자애가 자기 등을 내밀며 사인을 부탁했다. 흰색 후드 티로 가려진 넓은 등판을 하얀 사인Sign지처럼 사용하라는 뜻이겠지. 여자애가 고액 채권자처럼 날 재촉했다.

"오빠, 얼른 사인해 주세요!"

"나 니들 오빠 아니다!"

"제이원 오빠 맞잖아요! 오빠, 진짜 잘생겼어요!"

"알아. 아니까 어서 가. 집에서 엄마가 기다리신다."

"엄마 집에 없는데요? 사인은요? 네? 오빠! 제이원 오빠!"

요새 늘 생각하는 건네 '오빠'란 단어를 청소년 금칙어에 포함시켜야 하지 않을까. 밤이 돼서야 집으로 돌아올 수 있었다. 종일 혼자 있던 앵두가 바짓가랑이를 물고 매달렸다. 내가 널 또 외롭게 했구나. 잠시 그녀의 외로움을 달래 주고 늦은 식사도 챙겨 주었다.

방으로 들어오자마자 또 다른 그녀의 전화를 받았다. 형의 애인인 그녀와 나는 일주일에 한 번 정도 카페 쪽지를 주고받고, 두 달에 한두 번 정도 통화한다. 주로 음식 얘기를 나누지만. 아직 세상에 들키지 않고 사귀는 게 용하다. 서준유의 인내심과 백성현의 현명함 때문이겠지.

— 저녁은 먹었어?

"시간이 몇 신데. 회사에서 시켜 먹었어. 간짜장."

— MSG 잔뜩 들어간 거 먹으니까 좋지?

"하하하. 몸에서 아주 잘 받아. 형은?"

— 그걸 왜 나한테 물어? 내가 어떻게 알아?

"남자 관리를 왜 그딴 식으로 해? 세상에 믿지 못할 게 몇 가지 있는데 그중 대표적인 게 남자란 물건이야."

— 유념하지요. 용건 말할게. 이번 내 생일에 같이 밥이나 먹을래? 너만 괜찮으면.

"어디서? 누구하고?"

— 장소는 추후 통보. 참석 멤버는 서준유, 서재유, 나, 그리고 여자 하나 더. 예를 들면 지금 제이원이 만드는 앨범의 보컬리스트?

"누구? 걔 왜? 차라리 우리 앵두를 데리고 가는 게 낫지. 앵두가 웬만한 여자보다 낫다니까?"

— 흥분하는 거 보니까 관심이 전혀 없진 않나 보네?

"아무나 찍어 붙이지 말라고. 기분 나쁘니까. 몰라서 그러나 본데 누나는 그 여자에 비하면 완전 천사가 강림한 거야."

— 그럴 리가. 암튼 생각해 보고 생일 전에 연락 줘.

"루텔라하고 같이 갈 일은 절대 없을 거야. 소문나면 어쩌려고 걔를 부르재?"

— 형이 믿을 만한 애라던데. 한국엔 아는 사람 거의 없다고 친하게 지내 보래.

"둘이 많이 친하게 지내. 난 좀 제외해 주고."

— 난 루텔라 보고 싶은데. 노래 정말 잘하잖아. 목소리도 좋고. 니가 소개시켜 주면 안 돼?

"내가 이 말은 안 하려고 했는데, 형이 나보다 걔하고 훨씬 더 친하거든? MO로 데리고 온 것도 형이고. 열 받지?"

— 열, 받아야 하는 거야?

"이 상황은 누나가 열을 좀 받아야 하는 거야."

— 친하게 지낼 수도 있지. 동갑인데. 같은 일 하는 동료고.

허준 마누라의 재림인가. 이 정도면 팥으로 메주를 쑨대도 믿겠군.

"그렇게 보고 싶으면 서준유한테 소개해 달라고 해. 아예 그 앨 입양해서 자식처럼 데리고 살든가. 진짜 이상한 커플이야!"

전화를 끊고 씻고 나오니 앵두가 앵두 같은 주둥이를 내밀며 달려들었다. 나만 졸졸 따라다니고, 내가 주는 밥만 먹으려고 하고, 아무리 늦게 들어와도 반겨 주고, 또 술 마셨느냐는 잔소리도 없고, 시시콜콜 사소한 불만은커녕 다른 남자는 쳐다보지도 않는 우리 앵두. 게다가 애교는 얼마나 넘치게 흐르는지. 그래, 앵두가 환생한 것 같은 여자를 찾아야겠어.

기분 나쁘게 다시 그 생각이 났다. 며칠 전 스물일곱의 당돌한 보컬리스트는 새 곡을 피아노로 쳐 보더니 날 꼿꼿이 쳐다보며 말했다. 작곡가에 대한 존경심은 코딱지만큼도 없는 눈길이었다.

"솔직하게 말해도 돼요?"

"솔직하게 말할 거잖아요."

그러라고 했다. 태어나서부터 성인이 될 때까지 미국에서 자랐다더니 완벽한 한국식 억양이 아니었다. 다른 사람들은 그 말투가 귀엽다는데 난 거슬리기만 했다. 이마에 잔뜩 솟아난 좁쌀만 한 뾰루지도 거슬리고, '루텔라'라는 예명도 거슬렸다. 지가 악마의 잼*이야, 뭐야.

"처음 〈내 꿈에 들어와〉를 들었을 땐 듣자마자 바로 눈물이 흘렀어요. 진짜 너무 슬프고, 진짜 너무 애절해서. 이 곡을 만든 사람은 세상에 둘도 없는 크고 깊은 사랑을 했구나, 그런 생각도 했어요. 근데 〈길어진 하루〉는 억지로 만든 것 같아요. 제목처럼 길고 지루해요. 솔직히 말하면 〈내 꿈에 들어와〉보다 잘 부를 자신이 없어요. 천 번을 연습해도 그럴 거예요."

루텔라는 내 마음을 스캔한 것처럼 〈길어진 하루〉를 정확히 해석했다. 대인 관계엔 문제가 좀 있어 보이지만, 보컬은 물론 곡 해석 능력이 탁월한 가수다. 그래서 더 재수 없다.

그 곡이 억지로 만들어졌다는 건 내가 더 잘 안다고! 솔직한 것도 정도가 있지. 누군 입이 없어서 가만있는 줄 아나. 앨범 내기 전에 살부터 빼라고 하고 싶은 걸 내가 얼마나 참는지 제가 알기나 해? 몸은 또 얼마나 뻣뻣한지, 댄스곡을 준다 한들 감당을 못 한다. 도저히 예뻐할 수 없는 타입이다.

웃긴 게, 형하고는 곧잘 지낸다. 더 웃긴 건 동갑이면서도 형을 친오빠처럼 믿고 따른다는 거다. 나중에 안 건데, 내 곡에 그 여자 음색이 맞을 것 같다고 소개한 사람이 형이었다. 루텔라를 MO아티스트로 데리고 와 계약하게 한 사람도 형이다. 한

---

* 중독성이 강해서 악마의 잼이라 불리는 잼 '누텔라'를 연상한다는 뜻.

국말이 약한 루텔라에게 가사를 영어로 일일이 해석해 주며 이해시키는 것도 형이고. 서준유의 인간관계가 그토록 원만한 줄 미처 몰랐다.

한참 동안 앵두와 놀아 주다가 불을 끄고 제 방으로 들여보냈다. 앵두는 나와 떨어지기 싫은지 내 품에서 한참 낑낑댔다. 그래. 니가 여자 사람이어야 했어. 어제 만들다 만 곡을 완성하려고 일어서는데 휴대폰 액정에 형의 번호가 떴다.

"오늘 번갈아 왜 이러는 거야?"

— 누나가 전화했었어?

"아까 저녁에. 설마 아직도 누나라고 불러?"

— 그럴 리가. 지금 만나러 가는 길이야.

"자랑하러 전화했냐? 성현 누난 너 어디서 뭐 하는지도 모른다고 하더구먼."

— 모른대? 모른대? 와. 진짜 종잡을 수가 없네.

"후회한다는 말 같은 거 하기만 해 봐."

— 앞서가긴. 아주 지루할 틈이 없다. 너 엄마 전화 왜 자꾸 안 받아?

"별것도 아닌데 자꾸 전화하시니까 그러지."

— 난 너보다 더했어. 너, 엄마 관심받고 싶어 했잖아.

"여기 얼마나 자주 오시는 줄 알아? 지저분하다고 잔소리. 밥 안 챙겨 먹는다고 잔소리. 술 좀 그만 마시라고 잔소리. 나도 미치겠다고."

— 모든 건 생각하기 나름이야. 아! 성현이 전화 왔다! 끊어!

성현이? 성현이! 당분간 서준유 전화번호는 스팸 처리다. 엄마의 관심도 마찬가지다. 엄마 번호까지 스팸 처리할 수는 없지만. 관심이란 게 이토록 부담스러울 수도 있다는 걸 뒤늦게 알아 가고 있다.

팬들의 관심, 세상 사람들의 관심, 부모의 지나친 관심. 내 것이 아닐 때는 갖고 싶었던 것들인데 막상 내 것이 되고 보니 짐작과 다른 부분이 많았다. 역시 자유롭게 살 때가 좋았다.

앵두가 앙증맞게 짖어 댄다. 왈왈. 한쪽 눈꺼풀을 겨우 들어 올리고 시간을 확인하니 8시가 살짝 넘었을 뿐이다. 얘야, 세 시간도 못 잤다. 네가 여자 사람이었으면 벌써 이 방에서 쫓겨났어.

이불을 푹 뒤집어쓰고 엎드렸다. 잠으로 쑤욱 빠져들려는 찰나, 침대 아래서 낑낑대던 앵두가 시트를 물고 늘어졌다. 오늘따라 눈치 없게 왜 이러냐. 가방 메고 학교 갈 것도 아니잖아.

"좀 자자. 이 오빠 새벽까지 일했어요."

그때 작은 인기척이 느껴졌다. 거의 동시에 방 문이 슬쩍 젖혀지는 소리가 났다. 제길, 팬티 바람으로 자고 있는데 불청객하고 싸워야 한다니. 일단 상체를 일으키며 냅다 소리부터 질렀다.

"누구야!"

"한 시간만 더 자. 앵두야, 이리 와. 큰아빠랑 놀자."

누구 맘대로 큰아빠래? 어라? 쟤가 낯도 안 가리네? 앵두야,

저 인간이 나처럼 보여도 내가 아니라고!

드디어 나의 형제님이 왕림하셨다. 조만간 들를지도 모른다며 집의 비밀번호를 물어본 게 벌써 한 달 전쯤이다. 오늘은 오겠지, 내일은 오려나, 하다가 잊고 말았는데 이 꼭두새벽에 아침형 인간이 되어 나타났다.

잠이 깨 버린 나는 2층 욕실로 들어가 샤워를 시작했다. 가여운 나의 젊음은 발산하지 못한 열기로 잔뜩 성이 나 있었다. 무시하는 것도 하루 이틀이고, 혼자 해결하는 것도 쪽팔릴 나이인데다, 마냥 늙을 수도 없으니 조만간 연애를 시작해야겠다는 결론을 내릴 수밖에.

그간 내게 관심을 보인 여자는 두 손, 두 발로 세고도 남아돈다. 그녀들의 단점을 하나하나 제거하다 보면 남는 여자가 한둘은 있을 테지. 머리를 마저 감으며 오후 스케줄을 떠올렸다. 낮엔 그제부터 붙잡고 있던 신문사의 이메일 인터뷰를 끝내 놓고, 5시까지 회사로 가서 정문용 대표와 이른 저녁 식사를 해야 한다. 마지막 일정은 이형원 프로듀서와 함께 루텔라를 만나는 거다. 시작이 별로더니 끝까지 별로인 날이 될 모양이다.

형은 거실 창 앞에 서서 밖을 내다보고 있었다. 그의 품에 편히 안겨 있던 앵두는 언제 그랬냐는 듯 내게로 달려왔다. 그래 봤자 넌 오늘 마이너스로 출발이야!

"여기 경치가 좋네. 지난달엔 더 좋았겠다."

"누나 데리고 와서 보여 주고 싶어?"

"그 정돈 아니고. 눈 쌓이면 볼 만하겠네."

"대신 외롭지. 불편하고."

"늦게 잤어?"

"얼굴 보면 감이 안 오냐?"

형의 얼굴은 스무 살 이후 내가 본 중 가장 깨끗하고 편안해 보였다. 로션 정도만 바른 민낯임에도.

"끼니 잘 챙겨 먹어. 술 좀 작작 마시고, 무슨 일이 있어도 음주 운전은 절대 안 돼. 그럴 거면 차라리 길바닥에서 자. 설마 담배 피우는 건 아니지? 돈 쓰고, 몸 버리고. 그게 바로 백해무익이야. 아무 여자나 집에 끌어들이지 말고. 누누이 말하지만 남자는 세 끝을 조심해야 한다고 했어. 이상한 여자한테 걸리면 온 가족이 다 함께 망신살 뻗치는 거야. 그 정도로 끝나면 그나마 다행이지만 애라도 생기면……."

차츰 구겨지는 내 얼굴을 보며 따박따박 떠들던 서준유가 이따위로 마무리 지었다.

"엄마가 이대로 전하래. 토씨 하나 틀리지 말고. 조사 정도는 틀렸을 수도 있겠다."

아우, 이 인간! 눈빛조차 담담하다. 냉장고를 연 나는 생수병을 꺼내 벌컥벌컥 들이켰다. 화낼 대상을 찾을 수가 없으니 더 열이 난다.

"아침부터 어쩐 일이야? 전화라도 하고 오지."

"잠 깨울까 봐."

"그럼 더 늦게 왔어야지. 나한테 이 시간은 꼭두새벽이라고."

"본가에서 바로 오는 길이야. 어제 들러서 하룻밤 잤거든. 엄마가 너 먹일 음식 갖고 오신다는 걸 대신 갖다 주겠다고 했어. 만날 일 있다고 핑계 대면서. 실수한 거냐?"

"잘했어!"

"잠깐만 기다려. 아침 차릴 테니까."

"어디에 뭐가 있는지 알고? 이따가 챙겨 먹을게. 뭐라도 마실래?"

"나도 식전이야. 너랑 같이 먹는다고 서둘러 나온 거고. 난 먹어야겠다. 배고파."

도대체 언제 온 건지 냉장실엔 반찬통이 가지런히 들어앉아 있고, 냄비 안에선 도가니탕이 보글보글 끓었다. 심지어 따끈한 밥에 송송 썬 파, 후추 섞은 소금까지 따로 밀폐 용기에 담아 왔다.

"일주일은 먹겠네."

"탕이 훅 줄어드는 거 보시더니 아버지 얼굴에 희색이 돌더라."

"남자들은 나이 들면 왜 그리 불쌍해지냐. 결혼을 하지 말든가 해야지."

서준유가 빙그레 웃었다. 아, 넌 결혼할 거라고? 신경질이 난 나는 식탁에 앉아 아침밥을 재촉했다. 싱크대 문을 하나하나 열어 본 형이 5분도 안 돼서 아침상을 차려 냈다. 백성현한테 신랑 수업이라도 받나. 새색시가 차렸대도 믿겠다. 오랜만에 푸짐한 아침상을 받아 본다.

"우리 엄만 차림새는 참 그럴듯한데 맛이 없어요. 맛이. 요샌 반찬 파는 데도 많던데 그냥 사 드시지 뭘 힘들게 만드시냐."

"건강 생각해서 싱겁게 드시는 거야. 파는 음식은 간이 세 니까."

"생각하지 말고 말해 봐. 누나가 한 음식이 맛있어? 엄마가 한 음식이 맛있어?"

그래도 몇 초 정도는 생각할 줄 알았는데 1초의 고민도 없 었다.

"백성현."

젓가락을 집어 던지고 싶은 걸 꾹 참고 백김치를 집어 와 입 에 쑤셔 넣었다. 절여지다가 말았는지 배추가 살아서 밭으로 돌아갈 것 같다.

"뭐 먹어 봤는데?"

"몇 가지 안 되는데 다 맛있어. 집에 가서 먹은 건 아니고."

"김치나 반찬 같은 것도 해서 보내 줘?"

"식모냐? 내가 먹을 음식이나 해다 바치고 있게. 요새 엄청 바빠."

밥그릇 비워지는 속도가 나보다 빠르다. 생의 의욕이 이토 록 충만해진 건가.

"돈도 많이 벌겠네?"

"그 고생을 했는데 이젠 벌어야지. 얼마 전 제주도 부모님 동네에 땅도 사 놨대. 내년에 집 새로 지어 드릴 건가 봐. 나도 그 옆에 좀 사 놨어. 자기 땅보다 넓다고 신경질 내더라."

흥을 보는 건지, 자랑을 하는 건지. 요샌 연애를 이런 식으로 하나?

"진짜 결혼, 할 거야?"

"그럼 안 해?"

"아니, 사귀다 보면 헤어지는 게 다반사니까. 군대도 다녀와야 하고."

"밥 더 먹을래?"

"난 됐어."

밥을 더 퍼 온 형이 국물만 남은 탕에 훌훌 말았다. 이젠 내 지껄임 따위엔 반응도 없다. 무슨 심술인지 화내는 모습을 기어이 보고 싶었다.

"진짜 결혼해 준대?"

"아니, 튕겨. 자기가 은근 변덕스러워서 애정이 식을 수도 있다나 뭐라나. 귀여워 죽겠어."

까딱하다가는 눈에서 꿀이 흐르는 꼴을 볼 수도 있겠다. 나는 숟가락을 슬며시 내려놓았다. 밥맛이 뚝 떨어졌다.

"누나가 성질이 꽤 있지? 칼 같고?"

"그런 편이지. 얼마나 다행인지 몰라. 다른 놈들이 만만하게 보는 건 질색이거든."

30초만 참고 말하자, 30초만.

"먹고 가라. 나 일해야 해. 오늘 종일 바빠."

"30분만 더 있다가 갈게. 말린 국화차 가져왔는데 너도 마실래? 누나가 나눠 마시라고 선물한 거야. 찻잔도 같이 보내 줬어."

"누나가 나 챙겨 주면 싫지 않아? 솔직히."

"좋진 않아. 그런데 그런 여자라서 좋기도 해."

성철 스님 화법 또 시작이다. 결론은 백성현의 모든 행동이 좋다는 소리네.

조용히 일어난 나는 전기 포트를 꺼내 찻물을 끓였다.

"설거지는 내가 할 테니 대충 물에 담가 놔."

"그래. 차는 내가 만들게."

옅은 청록색 찻잔 안에서 하얗고 노란 꽃잎이 하나하나 피어난다. 서준유가 그걸 가만히 내려다보고 있다. 입가에 미소를 띤 채. 그 모습에서 난 형용하기 어려운 질투를 느꼈다. 이깟 차가 뭐라고 행복해 보이는 걸까.

"언제부터 이런 차를 마셨어?"

"얼마 안 돼."

"……누나 만나는 거, 집엔 말했어?"

"아직 일러. 내 마음대로 결정할 문제도 아니고."

"엄마는 누나에 대해 오해가 좀 있던데. 무슨 말인지 알지?"

기분 상해할 줄 알았는데 뜻밖에 형의 입술이 부드럽게 휘었다. 그의 시선이 찻잔으로 내려갔다가 다시 내게로 돌아왔다.

"백성현은, 세상에 알려진 것보다 훨씬 깨끗한 사람이야. 그것과 상관없이 내가 선택한 사람이고. 난 다른 사람 걱정은 안 해. 그게 설사 부모님이라고 해도."

거기까지 말한 형이 차를 한 모금 더 마셨다. 나는 차를 좋아하지 않는다. 뜨거운 물에 향수나 녹즙을 풀어 놓은 것 같아서 한 번도 좋아한 기억이 없다. 찻잔을 비울 때까지 우린 서로의 눈을 바라보지 않았다.

"오늘 두 가지 얘기를 하러 왔어."

"뭔데 이렇게 겁을 주냐. 소화 안 되게."

"잘못한 게 없으면 떨지 않아도 돼."

"지은 죄가 없어도 괜히 쫄릴 때 있거든? 얼른 말해."

"하나는 네 일과 관련한 거고, 다른 하나는 네 주변 사람들과 관련한 거야."

"……."

"난, 니가 늘 부러웠어."

"뭐가 그렇게 부러운지 모르겠는데 지금은 니가 나보다 행복하잖아. 그거로 퉁쳐."

"나는 나고, 너는 너니까. 이건 가족이 아니라 스무 살부터 이 꼴 저 꼴 다 보고 산 선배의 조언이라고 생각하고 들어 줘. 지금도 그렇겠지만 네 주변에 사람들이 점점 꼬일 거야. 니가 잘나가면 나갈수록. 뭘 상상하든 상상 이상인 게 이쪽 동네야. 널 인맥 삼아 보통 사람들은 도저히 꿈도 못 꿀 짓을 저지르는 사람도 있고, 널 이용하려는 사람도 끝없이 생길 테고, 니가 실수하기만을 바라는 사람도 사방에 숨어 있을 거야. 바로 물어 뜯을 준비를 하면서. 여자라고 해서 그런 짓을 못 한다고 생각하지 마. 악에는 남녀의 구분이 없거든."

"혹시 이상한 여자 끌어안고 자나 싶어서 아침부터 쳐들어온 거냐?"

한번은 회사 연습생들은 절대 건드리지 말라는 말을 해서 심하게 짜증을 낸 적이 있다. 어디 여자가 없어서 그 어린 애들을.

"난 니 여자 친구가 아니야. 와이프도 아니고. 어쨌든 널 진심으로 위하고 행복하게 해 줄 여자라면 언제라도 환영이야."

"설마 내가 성직자처럼 살길 바라는 거야? 내가 마지막으로 여자 손 만져 본 게 언제인 줄 알아?"

"언젠데?"

"와, 씨. 너무 오래돼서 나도 헷갈린다!"

형에게 화낼 문제가 아니었다. 내게 여자가 없는 건, 순전히 내 탓이니까.

"이쪽 사람들이라고 해서 다들 난잡하고 제멋대로 사는 건 아니야. 니 말대로 성직자나 워커홀릭처럼 사는 사람도 있어."

"서준유처럼?"

"나도 처음부터 쉽지는 않았어. 적응하니까 그렇게 사는 게 마음 편하더라. 지금은 오히려 다행이다 싶어. 후회는 안 해."

"난 너처럼은 못 살아."

"나처럼 살라는 건 아니야."

"어쨌든 조심은 할게. 일 얘긴 뭐야?"

"이 얘긴 진작부터 하고 싶던 건데, 나 아니면 또 누가 해 줄까 싶어서. 이런 말 꺼내기 정말 어렵거든. 아무리 정문용 대표라도 너한테 쉽게 꺼내진 못할 거다."

"들어 보자. 어려운 얘기."

"트위터든 페이스북이든 뭐라도 끼적이고 싶거든 우선 랜

선부터 뽑아."

"그게 어려운 얘기야?"

"어렵지. 손 잘못 놀리다가 망한 사람 많이 봤잖아? 너무 쉬우니까 어려운 거야."

"이제 성철 스님하고 헤어질 때 안 됐어? 정말 어려운 얘기나 해 보셔."

"며칠 전 시유 솔로 앨범 선곡하다가 표절곡을 발견했어. 니가 준 타이틀곡 다음으로 밀까 하던 곡이었는데 어딘지 귀에 익어서 이틀 밤새 찾아봤거든. 10년 전에 나온 노르웨이 팝 밴드 곡하고 흡사하더라."

"작곡가는 뭐래?"

"이런 일 생길 때마다 늘 하는 말 있잖아. 영감을 받았다, 레퍼런스Reference다, 샘플링이다. 원곡에 영감받아서 레퍼런스한 것뿐이래."

"오마주Hommage라고는 안 하디?"

"그 얘기까진 할 수가 없지. 누구나 다 아는 유명한 곡이 아니니까. 이형원 프로듀서와 난 부분 표절이라고 생각하는데 본인은 아니라고 우기는 상황이야. 그 곡은 빼기로 했어. 우리로선 도저히 타협할 수 없는 수준이니까."

"절대 편들어 주는 건 아닌데, 너무 많은 곡을 듣고 쓰다 보면 나도 모르게 약간은 비슷해질 수도 있어. 의도한 게 아니더라도."

"그래. 그럴 수도 있을 거야. 그래도 넌 조금이라도 의심쩍으면 아까워하지 말고 버려. 길게 봐. 그게 널 위하는 길이야."

"세상 모든 곡을 들어 볼 수 있는 것도 아니고, 지구 반대편에서 어떤 작자가 나랑 비슷하게 만든 한두 소절까지 어떻게 일일이 알아내?"

"그 정도의 마음가짐을 가지라는 뜻이야. 니가 받는 돈을 생각해 봐. 그만큼의 책임감도 없으면 되겠어?"

"하아, 이러다 진짜 득도하겠네."

"복잡하게 생각할 거 없어. 다 기본을 지키지 않아서 일어난 일들이야. 요새 니 얘기 여기저기서 들리더라."

아직도 나와 형을 헷갈려서 생기는 해프닝이 종종 일어난다. 대부분 서준유 쪽에서 눈살 찌푸릴 상황이지만.

"아이구야, 내가 또 무슨 잘못을 했을까."

"재미있게 산다고."

"자리 깔지 말라고. 이제부터 무서운 얘기 할 거잖아."

형이 피식 웃는 순간, 문자 알림이 왔다. 누가 보낸 메시지인지 물을 필요가 없었다. 사랑에 빠진 남자는 어떤 식으로든 티가 난다. 서준유조차 이럴 줄은 몰랐지만.

"답장 바로 보내지 마. 버릇 나빠져."

"응. 그렇게 써서 보낼게."

"하지 마! 하기만 해 봐!"

서준유가 미소 띤 얼굴로 잽싸게 손가락을 놀렸다. 뭐라고 쓰는 걸까. 난 너보다 더 사랑한다고? 오늘 하루도 행복하라고? 다른 남자한테 한눈팔면 그냥 안 넘어간다고? 그것도 아니면…….

"제주도 부모님 댁 근처에 600평짜리 나대지가 새로 나왔나 봐. 오후에 계약하러 간대. 나보곤 그만 사래. 나랑 땅따먹기 놀이 하는 줄 알아."

"땅은 자꾸 사서 뭐 하게?"

"먼저 산 땅엔 부모님 집 지어 드리고, 오늘 살 땅엔 나중에 돈 모아 별장 짓겠대. 별장 지으면 초대할 테니 놀러 오란다."

말끝에 또 웃음이 묻어났다. 부러워 미칠 것 같았다. 저 둘 사이에 흐르는 장난기와 애정이 왜 나한텐 허락되지 못했을까.

"뭐라고 답장했어?"

"알겠다고. 집 살 돈이나 모으겠다고 했지. 난 무주택자니까."

"누나 심리학 전공했다면서? 형이 뛸 때 누나는 훨훨 날 거다."

"그게 어때서? 난 똑똑한 여자가 좋아."

다시 메시지가 도착했다. 더는 아무것도 묻고 싶지 않았다. 짧은 답장을 보낸 형이 휴대폰을 엎어 놓고 나를 바라보았다.

"누나가 네 걱정 많이 해. 아무나 걱정해 주는 사람 아니야."

"……고맙네."

"사장님한테서 연락 왔었어?"

"언제? 오후에 회사에서 만나기로 했는데?"

"아마 CF 얘기가 나올 거야."

"어떤?"

"너하고 나 동반 출연하는 조건으로."

우리 형제는 신문이나 잡지 따위에 동의 없이 실리는 게 싫어서 공개적인 장소에서는 아예 만나지 않는다. 투 샷으로 찍힌 우리의 사진이 흥밋거리로 전락하는 걸 용납할 마음은 없다. 그건 서준유와 나 사이의 불문율 같은 거다.

"또 모델료 어마어마하게 준대?"

"지난번 자동차 CF보다 두 배 가까운 수준이야. 정문용 대표가 널 부를 만하지?"

"와우!"

"난 거절했어. 니가 단독으로 한다면 말리진 않을 건데, 혹시나 클론Clone 컨셉으로 밀고 나간다면 반대해 주길 바라. 우리가 쌍둥이인 걸 돈벌이로 이용하고 싶진 않아."

"알았어. 그런 거 안 해도 나도 벌 만큼 벌어."

"돈 관리 잘해. 돈 때문에 사람 망가지는 거 많이 봤어. 없어도 괴롭지만, 너무 많아도 문제 되는 게 그 물건이야. 지금 이 순간도 널 사람이 아닌 돈으로 보는 인간들이 분명 있을 거야. 즐겁게 사는 건 좋은데 아무하고나 재미있게 지내지는 마. 사람 가리는 게 무조건 나쁜 게 아니야. 밤 12시 넘어 취해 떠드는 소리는 대부분 헛소리라고 생각하고."

"잔소리, 잔소리. 성현 누나한테도 이러냐?"

"아니. 좋은 관계를 굳이 망칠 일 있어?"

"난 만만하지?"

"넌 동생이니까. 잔소리하는 김에 마저 할게. 지금은 주변 사람들이나 팬들이 널 어떻게 떠받드는지 몰라도 어차피 한시적인 거야. 넌 신도 아니고, 우주도, 하늘의 별도 아니야. 그걸 잊지 마. 나한텐 이렇게 대놓고 말해 주는 사람이 없었어. 그래서 한땐 내가 정말 하늘의 별 비슷한 건 줄로 착각한 때도 있었고. 여태 그렇게 살았다면 오늘 내가 이렇게 편하고 행복하진 못했을 것 같아. 이젠 팬들이 떠받들어 주고, 환호해 주지 않아도 불안하지 않아. 난 지금보다 더 평범하게 살도록 노력할 거야. 결혼도 빨리 하고, 아이도 여럿 낳고, 그렇게 남들 사는 것처럼. 강요하는 건 아닌데 너도…… 그랬으면 좋겠어."

형의 차가 떠나는 걸 보며 난 휴대폰 폴더 안에 남겨 두었던 그녀의 유일한 사진을 지웠다.

처음이자 마지막이라는 생각으로 백성현의 생일상을 차려 주기로 했다. 눈이라도 왔으면 좋겠는데 그러기엔 아직 이른 날이다.

서준유가 양손 가득 음식 재료를 사 들고 왔다. 여전히 건강해 보이는 혈색이었다. 도대체 무슨 짓을 한 건지 몸까지 눈에 띄게 좋아졌다. 슬쩍 물어보니 나보다 4킬로그램이나 더 나간단다. 왠지 자존심 상했다. 우리 형제는 그녀를 기다리며 묵묵히 생일상을 차렸다.

드디어 백성현이 도착했다. 얼마 만에 보는 얼굴이지? 마지막으로 본 게 지난 1월이다. 이렇게나마 볼 수 있는 내 인생에 감사해야 하나. 뱀파이어의 피를 수혈 받기라도 하는지 더 어려진 모습이었다. 사람 몸에서 빛이 난다는 게 이런 건가. 텔레비전에서 매주 보는 얼굴인데도 직접 보니 자꾸 돌아보고 싶게 아름다웠다. 난 예뻐졌다는 칭찬 대신 접시에 음식을 수북이 옮겨 담았다.

깊은 밤. 차 소리 따윈 들리지 않는 조용한 동네. 휠체어에 앉아 와인을 홀짝이며 음악을 들었다. 남녀 사이는 같이 있는 모습만 봐도 어느 정도 가까운 사이인지 짐작할 수 있다. 나란히 앉은 두 사람을 보는 건 아직도 편치 않다.

형의 손은 수시로 그녀의 어깨를 감싸고 머리를 쓰다듬고 작은 손을 어루만진다. 무릎에 머물 때도 있다. 본인이 뭘 어떻게 하는지도 모르는 것 같다. 이렇게 표현하고 싶진 않지만, 백성현을 바라보는 서준유의 눈은 보석으로 가득 찬 두 개의 따뜻한 별 같다. 그녀의 선택은 옳았다.

가끔 지난해 여름 저수지에서 만난 아저씨와 나누었던 대화가 떠오를 때가 있다.

'자네만 할 때 내가 좋아했던 여자가 있었는데 차였거든. 아주 대차게. 나 싫다는 여자 기다리며 평생 혼자 살 수 있나. 남들처럼 살았어.'

스물여섯의 나는 이렇게 질문했다.

'볼 수가 있어요? 사랑했던 여자가 다른 남자의 애를 낳았는데?'

나보다 두 배는 더 살았을 아저씨의 대답은 예상을 벗어났다.

'왜 못 봐? 평생 안 보는 것보단 낫지. 안 그런가?'

나는 또 그게 궁금했었다. 나이 들어서도 젊은 시절의 느낌이 남아 있는지. 그때의 감정이 여전히 유효한지. ……아직 난 잘 모르겠다. 단지 인연이 아니었다는 이유만으로 이 모든 사실을 순순히 이해하고 받아들여야 하는 건지. 하지만 그때의 내 마음이 평생 가길 바라진 않는다. 그건 누구에게도 도움이 되지 않을 테니까.

지난 몇 년 나는 내가 누리지 못한 것, 빼앗긴 것을 더 많이 생각하고 살았던 것 같다. 사랑조차 그렇게 한 게 아닐까. 가장 중요한 걸 간과하고 있었다. 사랑은 마주 보는 것이라는 걸. 내가 아무리 간절한 눈길로 바라본다고 해도 상대방이 그걸 모르면 소용없다는 걸.

시간은 많다. 번지점프는 다른 여자와 하면 된다. 아무 죄책감 없이 안을 수 있고, 거리낌 없이 마주 볼 수 있는 여자와. 이제야 그걸 인정하게 됐다.

그러나 지난해 10월의 그 밤, 내가 그녀에게 스웨덴어로 했던 말은 세상 어떤 여자에게도 하지 않을 것이다.

그건, 나 서재유가 오직 백성현에게만 주는 첫 고백이었으니까.

성현

프로모션을 다녀온 며칠 뒤 소속사로 작은 소포가 도착했다. 꼼꼼히 포장한 상자 안엔 CD가 한 장 들어 있었다. 앨범 제목은 〈하이디를 보내며〉. 준유에게 들어서 이미 알고 있었다. 제이원 프로젝트가 서재유라는 걸.

집에 오자마자 전곡을 들어 보았다. 서정적인 제목들은 물론, 수록된 곡들도 하나같이 마음에 들었다. 〈2만 킬로미터〉라는 연주곡은 재유가 성탄절에 전화로 들려주었던 곡인 듯하다.

앨범 안의 곡 제목은 〈하이디에게〉인데, 앨범 제목은 〈하이디를 보내며〉로 바뀌어 있었다. 재유가 보내 주려는 하이디가 누구인지 알 것 같았다. 다시 한 번 그에게 미안했다.

나는 재유가 작곡을 하게 된 것이 좋았다. 그의 성공이 내 죄책감을 조금은 덜어 주었느냐고 묻는다면 그렇다고 인정하겠다. 하지만 그 아이가 평생 할 일을 찾은 것 같아서 더 기쁘다.

다음 날 오전 재유에게 메일을 보냈다. 그는 일주일쯤 지나서 내게 Timeless란 이름으로 짧은 답장을 보냈다. 나는 그에게 바뀐 주소를 알려 주지 않았지만, 새 전화번호는 가르쳐 주었다. 카페 지인인 재유와 난 전처럼 쪽지를 주고받고, 가끔 통화한다. 친구나 동생 같은 사이에 나눌 수 있는 대화를 주고받으며.

4월이 코앞으로 다가왔다. 우리는 장거리 연애 하는 연인들처럼 서로의 목소리를 들으며 스멀스멀 자라는 불안감을 잠재우고 있다. 애써 담담한 척, 대범한 척하지만 잔뜩 날이 선 상상력은 가끔 극단으로 치닫기도 한다.

악몽에 시달리다 소스라치게 잠이 깬 새벽. 등장인물이 많았고, 악역에게 속수무책으로 시달리는 주인공은 나와 서준유였다. 그즈음 악몽을 꾸는 횟수가 잦아졌다. 7년 전의 그때처럼. 기운 없이 누워 있다가 차라도 마실까 싶어 거실로 나왔는데 문자 알림 소리가 들렸다. 소리는 준유가 통화용으로 따로 마련해 준 휴대폰에서 난 것이었다.

혹시 일어났어?

이런 것도 일종의 텔레파시인가? 안 그래도 한밤중만 아니면 전화를 걸고 싶었던 터라 짧은 메시지 한 줄에 마음이 녹아내렸다. 답장을 보내기도 전에 새 메시지가 도착했다.

깨어 있으면 잠깐 얼굴 좀 보여 줘.

아직은 한밤중에 가까운 새벽. 늦게 들어온 동생은 흔들어도 모를 정도로 잠에 빠졌을 테지만 집으로 들어오게 할 수는 없었다. 뭐든 조심할 때였다. 세수만 겨우 하고 급하게 메밀차를 만들어 건물 옆 골목에 세워 뒀다는 차를 찾았다. 차 번호를 확인한 나는 주위를 살핀 뒤 잽싸게 열린 자동차 문 안으로 들어갔다.

어스름한 차 안에선 익숙한 향수 향이 은근히 감돌았다. 목에 두른 스카프와 모자를 벗겨 준 준유가 잔뜩 미안한 표정을 지었다.

"놀랐지? 그냥 집만 보고 가려고 했는데 갑자기 불이 켜져서. 잠깐 기다려 봤는데 거실 불까지 켜지길래."

"난 우리가 텔레파시까지 통하는 사이가 된 줄 알았어. 언제 온 거야?"

준유가 코를 찡긋하며 웃었다. 역시 미안한 얼굴로.

"솔직히 말하면 무서워할 것 같은데. 잠이 안 와서 두 시간 전쯤 왔어."

우리는 사귀자는 흔한 고백도 없이 연애를 시작했다. 오래전 억지로 헤어졌던 연인들처럼 그게 더 자연스러웠다. 이 비밀스러운 만남엔 보통의 연애와 다른 점이 꽤 있었는데, 가장 큰 단점을 꼽자면 30분 거리에 살아도 마음껏 볼 수 없다는 거다.

"오늘이 처음이야?"

"근처 지날 때마다 이쪽으로 돌아가고 그랬어. 횟수는 묻지 말고. 그 정도는 해도 되지?"

준유가 내 손을 끌어가 가만가만 어루만졌다. 나는 끌어안고 싶은 욕망을 누르고 남은 손을 들어 그의 볼을 쓸어내렸다. 아직은 서둘러선 안 된다. 그게 무엇이든. 악조건으로 범벅된 연애임에도 다른 남자들에겐 미련스러울 정도로 관심이 생기지 않았다.

"응. 편히 만날 날이 오겠지."

밤사이 자란 턱수염을 조심스레 만지는데 준유의 입술이 손바닥으로, 손가락 마디마디로 촉촉이 내려앉았다. 그의 손길과 입김이 닿는 곳마다 심장이 옮겨 다니는 것 같았다.

"나, 인내심이 바닥났나 봐."

더 말하지 않아도 그가 참는 것이 무엇인지 알 수 있었다. 우리는 메밀차를 나눠 마시며 달아오르는 육체를 식혔다. 오늘은 해가 더디 떴으면. 어둠에 의지해 시간을 벌고 싶었다.

"왜 벌써 일어났어? 오후에 스케줄 있다며?"

"꿈꾸다가 눈이 떠져서."

"무서운 꿈이라도 꿨어?"

"어. 너도 그 꿈에 같이 나왔어."

준유가 안기라는 듯 두 팔을 내밀었다. 난 그가 만들어 준 작은 둥지에 기대 내가 할 수 있는 최상의 미래를 상상했다. 무슨 일이 있어도 이 남잔 사람들이 나를 짓밟고 지나가게 하지 않을 거야. 그를 선택한 과거의 나를 후회하게 하진 않을 거야. 무슨 일이 생겨도.

"너무 겁먹지 마. 많이 힘들겠지만 조금만 더 견뎌 줘. 두고두고 갚을게. 걱정시키지 않도록 노력할게. 미안한데, 나한테 최악은 누나가 날 떠나는 거야. 그건 정말 겪고 싶지 않아."

누구든 감당하기 힘들 정도로 인기를 얻거나 지나친 애정을 받으면 자기만 아는 괴물이 되기 쉽다. 그런 사람을 겪어 보기도 했고, 나 역시 평탄한 길만 걸어왔다면 그렇게 될 수도 있었다. 난 서준유가 잘생긴 괴물의 길을 걷지 않고 평범하게 살아가는 모습을 오래오래 지켜볼 생각이다.

"같이 잘 버티자. 끝이 있겠지."

늘 그랬듯이.

'서재유'가 발칵 뒤집은 세상에서 나는 겨우 살아남았다. 처음 며칠은 깊은 바다와 밀림을 맨몸으로 가로지르는 기분이었다.

촬영장으로 기자들이 들이닥치고, 하지도 않은 말이 기사로 뜨고, 누군지 모를 지인의 입을 빌려 그럴듯한 소문이 만들어졌다. 여지없이 씹히고 비난받을 때도 있었지만, 지난해처럼 조용히, 일관되게 행동했다. 그게 최선이었다.

나의 대처 방식이 대중을 기만하는 것으로 생각하진 않는다. 우리가 진실을 말하지 않는다고 해서 누군가 피해를 보거나 고통을 겪는 건 아니니. 양승호 대표는 오래전 그때 날 팽

개치고 간 걸 만회하기라도 하듯 소속사 여배우를 철저히 보호해 주었다. 한동안 김도의 팀장과 시은이가 밤낮으로 나를 따라다녔다.

세상의 시간이 두 배의 속도로 흐르고, 뿌리 없는 소문이 물거품처럼 사그라지고, 나와 서재유 형제에게서 관심을 거두어 주길 바라며 평소처럼 일에 몰두했다. 궁금증을 참지 못한 구시은이 그냥 넘어갈 리 없었지만, 가끔 선수 칠 때도 있다.

"혹시 서재유 동생 사진 뜨면 보여 줘. 얼마나 닮았는지 확인하게."

보름쯤 뒤, 드라마 촬영을 끝내고 돌아오는 밴 안에서 시은이 잠든 나를 흔들어 깨웠다. 겨우 눈을 뜬 내게 시은이 다짜고짜 사진을 들이밀었다.

"언니야, 정신 차려 봐! 이게 서재유 진짜 동생이래. 지금 이 사진 때문에 난리야."

수염을 기르고 머리를 묶은 재유는 1년의 반은 야생에서 지내는 사람처럼 거칠고 건강해 보였다. 재유에게 이런 모습이 있었구나. 사진을 보니 조금은 안심이 됐다.

"둘이 느낌이…… 다르네."

"안 꾸며서 그런가? 일란성 쌍둥이라는데 생각보다 안 닮아 보이지? 한국계 할리우드 배우가 히피 역할 하는 것 같지 않아? 대박 섹시하네. 무슨 형제가 이중으로 사람 마음을 들었다 놨다……."

서준유는 짐작보다 강한 사람이었다. 그가 날 보호하는 방식은 때론 귀엽고, 가끔은 불안했지만 덕분에 잘 버틸 수 있었다. 시간은 어김없이 흘렀고, 호기심 많은 대중의 시선은 돌이킬 수 없는 사고를 친 톱스타에게로 다시 이동했다.

준유와 나는 정식으로 계약 연인이 됐다. 6개월. 아직은 그저 키스 몇 번 나눈 사이지만, 우리 사이엔 남들이 모르는 애틋한 영적 교류가 있다. 말로는 온전히 설명할 수 없는 그 부분에 기대 나는 그의 연인이 됐다.

감수하고 시작한 건데도 막상 연애를 시작하고 보니 하나하나가 걸렸다. 대외적 상황 때문에 자주 만날 수 없는 우리의 통화는 이토록 짧게 이루어지기도 한다. 〈떴다! 8남매!〉 촬영을 마치고 온 날 밤, 지쳐 잠든 내 귀를 전화벨 소리가 건드렸다.

— 미안. 자는 거 깨운 거야?

"응. 통화 못 해. 졸려."

— 그래, 자. 내가 누군지는 알지?

"알아. 서준유."

여자 친구가 되기 전엔 미처 몰랐는데 준유는 보기보다 훨씬 재미있고 특별했다. 그 특별함을 모아 팔면 히트 상품이 되지 않을까, 그 생각을 한 적도 있다. 대다수의 젊은 남자처럼 그 역시 스킨십을 좋아했다. 〈온리 원〉 키스신 촬영 때 그가 얼마나 자제한 것인지 최근에서야 알게 됐다.

베이비키스로 시작한 우리의 입맞춤은 늘 베이비키스로 끝나지만 그 가운데엔 길고 깊은 프렌치키스가 있다. 단지 키스만 했을 뿐인데 나는 온몸의 힘이 저절로 풀려 늘 쓰러질 지경이 된다. 내 남자 친구는 입맞춤을 나눌 때면 늘 내 등을 단단히 받쳐야 했다.

이상한 게 있었다. 키스를 좋아하는 남자가 여자의 가슴을 안 좋아할 수도 있나? 이 문제를 같이 의논할 사람이 없었다. 그렇다고 '네이트판'이나 '지식iN' 같은 데 질문을 올릴 수는 없지 않나? 그래서 직접 물어보았다. 남자라면 그게 인지상정 아냐?

그는 내 코를 잡아당기며 기막혀 했다. 어차피 기막혀 한 김에 테스트까지 하기로 했다. 서준유는 내게 협상을 해 왔다. 계약 기간 연장. 뭐 이런 경우가 다 있어? 싶었지만, 3개월 연장해 주었다. 나는 10대의 불량소녀처럼 그를 뒷좌석으로 유인했다. 그의 손길 아래서 내 가슴은 작은 풍선처럼 부풀어 올랐다. 의지와 무관하게 내 입에선 감탄사가 흘러나왔다. 입과 머리와 가슴이 따로 노는 느낌이었다.

정말 다행히도 여자의 가슴에 무관심한 게 아니었다. 그렇게 이상한 남자면 헤어지려고 했다. 사태가 종료된 후, 브래지어 훅을 끼워 주던 그가 잔뜩 가라앉은 목소리로 말했다.

"이거 너무 어렵다. 언제 익숙해지지?"

그것만으로 나는 기운이 쭉 빠져서 돌아오는 길엔 잠이 들어 버렸다.

귓가를 간질이는 목소리에 깨 보니 주차장이었다. 도착해서도 한참을 기다렸다고 한다. 서로의 얼굴을 바라보던 우리는 동시에 사랑한다고 속삭였다. 그는 내 코를 한 번 깨물어 주고 돌아갔다.

〈떴다! 8남매!〉는 정말 버라이어티 한 프로그램이다. 한 곡
의 노래를 작곡해 듀엣으로 부르고 음원까지 만드는 미션을 하
게 됐다. 탱고 미션 때처럼 3주에 걸쳐 방영한다.

이번엔 정성욱 씨와 짝이 됐다. 지극히 현실적인 시은인 두
손 들고 환영했다. 작곡도 곧잘 하는 사람이니 메리트가 있다
는 것이다. 나는 그저 그랬다. 준유는 싫어했다. 정성욱 선배가
내게 지나친 관심을 보인다는 게 이유였다.

"에이, 그것도 컨셉이야."

"단지 컨셉인데 그 정도면 가수 접고 연기해야지. 재능이 아
깝잖아."

"아는 선배라며? 술도 몇 번 마셨던 사이라고 해 놓고선?"

"그래서 더 싫어."

나는 아무렇지도 않은 척했다. 내가 느끼는 걸 준유라고 모
를 리가 없었다.

"일인데 뭘. 진짜 별걸 다 시키지?"

"벌써 잊었어? 우리도 일하다가 눈 맞은 거야."

"표현이 너무 저렴하다. 나 눈 되게 높아. 그러니까 서준유
를 만나지."

"그 선배 괜찮은 사람이야. 여러모로."

"뭐, 나름 괜찮긴 하지. 샤프 하고."

칭찬을 하기에 대충 맞장구를 쳤을 뿐인데 그의 눈길이 다

시 샐쭉해졌다. 이 남자가 점점 귀여워지네?

"백 년 만에 여자 친구가 생겼는데 허구한 날 다른 남자하고 붙어서 일하고, 사방에 남자가 수두룩……."

"댁 주변에도 여자가 만만치 않게 많을 텐데?"

그는 들은 척도 안 하고 자기 할 말만 했다.

"다시 태어나면 백성현은 쳐다도 안 볼 거야. 진짜 그럴 거야."

나는 진심으로 슬픈 척 엄살을 떨었다. 안타깝게도 눈물은 나오지 않았다.

"이번엔 나 혼자 짝사랑하게 생겼네? 그럼 난 서준유 그림자만 쳐다봐야지 뭐."

3주 뒤 내가 피처링하고 정성욱이 부른 디지털 싱글 앨범이 나왔다. 제목은 〈그대 거리〉. 작곡 정성욱, 작사 성현. 제목도 내가 지었다. 노랫말을 한 줄로 요약하면 '사랑에 빠지면 거리가 온통 한 사람 생각으로 채워진다' 정도.

처음 내가 쓴 가사를 보던 정성욱은 실제 경험인지 궁금해했다. 나는 순순히 동의했다. 가는 곳마다 떠오르던 서준유를 생각하며 만든 노랫말. 노래는 나오자마자 검색어 순위 1, 2위를 다투었다. 앞부분 피처링은 읊조리는 것처럼 담백하게 노래했고, 마지막 두 소절은 정성욱과 함께 불렀다.

"저작권도 등록했어. 저작권료 들어오면 한턱낼게."

"노래 좋더라. 곡도, 가사도."

연하의 남자 친구는 그 말 말고는 별다른 코멘트를 하지 않았다. 무슨 말이라도 더 해 주길 바랐지만.

괜히 두근대는 심장을 못 이긴 나는 주필립이란 소개팅남 얘기를 쏙 뺀 채 가사를 쓰게 된 배경을 설명했다. 기분이 좋아진 준유는 〈그대 거리〉를 틀어 놓고 숨이 막힐 듯 입맞춤을 해 왔다.

〈온리 원〉 모임은 두 달에 한 번 있다. 보통은 강남 쪽에서 모이고 오 작가의 작업실이나 박 감독의 오피스텔에서 마무리하지만 이번엔 마포로 오라고 했다. 다들 우리 집엔 처음 초대받은 셈이다. 심지어 몇 개월 된 내 남자 친구도.

고마운 것이, 빈말로도 그는 차나 한잔 줄래? 당신 방이 어떻게 생겼는지 궁금해, 따위의 빤한 말로 날 침범하려 들지 않는다. 그 부분만큼은 내게 전폭적인 신뢰를 받고 있다.

안영하 피디를 시작으로 처음으로 여섯 명의 멤버가 다 모였다. 다들 드러내 놓고 내색은 하지 않아도 나와 서준유 사이를 암묵적으로 인정하는 것 같다. 준유는 호들갑스럽게 티 내지 않으면서 날 도왔다. 나는 그의 부드러운 배려심이 늘 마음에 든다. 허구한 날 꽃다발을 사다 바치는 것도 아니고 사랑한다는 말을 달고 사는 것도 아니지만, 그만의 방식으로 사랑을 확인시켜 주니까.

소주를 곁들이지 않아서인지 평소보다 조용한 모임이었다. 모두 돌아가고 혼자 남으니 집 안이 적막할 정도였다. 막 씻고 나왔을 때 그에게서 전화가 왔다. 집에 막 도착했다고. 잠시 망설이던 나는 그를 다시 초대했다. 그건, 명백한 유혹이었다.

그날 밤 그는 내 유혹에 넘어갔다. 아니, 내가 그의 키스에 넘어간 건가. 야경을 바라보다 나눈 키스는 까마득히 깊어졌고, 나는 그의 단단한 팔에 안겨 방으로 옮겨졌다. 방에 들어가서 그가 처음 한 말은 씻고 올게, 였다. 나는 마음 바뀌기 전에 얼른 오라는 말로 그를 다시 옭아맸다.

가진 것 중 제일 하늘하늘한 잠옷으로 갈아입고 몇 시간 전 오 작가가 선물한 책을 읽었다. 글자는 눈에 들어왔지만 진도는 제자리에서 맴돌았다. 좀처럼 진정이 안 됐다. 새로 열릴 미지의 세계가 조금은 두렵기도 했다.

아! 피임! 콘돔! 나 그런 거 안 키우는데! 안전한 날이니까 괜찮겠지? 아니야. 육체가 너무 놀라면 주기가 아니어도 임신할 수 있다고 본 기억이 나. 이 밤중에 그걸 사 오라고 내보내야 하나. 과연 저 얼굴을 들고 사 올 수 있을까. 약국 문은 벌써 닫았을 텐데. 그럼 어디로 사러 가야 하는 거야? 그냥 안고만 자자고 할까? 그게 우리 사이에 가능할까? 서준유라면 아예 불가능한 일은 아닐지도…….

혼자 고민에 빠져 있을 때 노크 소리가 들렸다. 아랫도리에 수건을 두른 준유가 방으로 들어왔다. 한 손에 들고 있던 옷을 바닥에 내려놓고 그는 방 문을 잠갔다. 그의 넓은 어깨를 바라보던 나는 부끄러워져 스탠드 조도를 더 낮췄다.

준유의 손길이 안심시키려는 듯 내 팔을 천천히 어루만졌다. 나는 그 말을 해야 하는데 하며 그의 표정을 살폈다. 내 이마에 잠시 내려앉았던 남자의 입에서 까슬까슬 가라앉은 목소리가 흘러나왔다.

"정말 괜찮아?"

"응. 근데 준유야, 나 그런 거 없어."

"뭐?"

"어, 그게…… 약자로…… CD?"

듣기 좋은 그의 웃음소리가 긴장을 풀어 주었다. 진짜 너무 귀여워, 하며 준유가 내 입술을 부드럽게 갈랐다. 우리는 서로를 끌어안고 오늘만 있는 것처럼 키스를 주고받았다. 어느새 그의 한 손은 내 슬립 끈을 끌어 내리고 젖가슴을 차지하고 있었다. 한껏 뜨거워진 준유의 입술이 다시 내 귓불을 적시며 속삭였다.

"내가 준비했어, CD. 다 듣고 가도 돼?"

몇 개냐고 묻는 내 말에 준유가 다시 웃었다. 그는 대답 대신 내 가슴을 크게 베어 물었다. 거의 동시에 내 입에서 비명인지 신음인지 모를 감탄사가 터져 나왔다. 아랑곳하지 않고 그는 두 개의 젖무덤을 번갈아 핥고 부드럽게 빨아들였다.

솔직히 말하면 나는 그게 그렇게까지 좋은 기분일 줄 미처 몰랐다. 아, 내 성감대는 가슴인가 봐! 그가 만들어 낸 리듬에 정신없이 나를 맡겼다. 아까부터 그의 하체가 잔뜩 흥분했다는 걸 느낄 수 있었다. 이 남자도 지극히 정상인가 봐. 나만 잘하면 돼.

갑자기 준유가 몸을 반쯤 일으키더니 거추장스러운 이불을 걷어 냈다. 은은한 스탠드 불빛 아래 내 상체가 고스란히 드러났다. 남자의 입김을 받아 잔뜩 곧추선 두 개의 붉은 정점과 동그랗게 엎어진 밥그릇 같은 가슴. 나는 그걸 가릴 생각도 못 하고 멍하니 그의 얼굴을 올려다보았다. 이 남잔 흥분해도 멋있네, 그 생각을 겨우 하며.

"안 예쁜 데가 하나도 없네. 여기, 깨물어도 돼?"

나는 바보같이 고개를 끄덕였다. 남자의 입술과 혀와 치아가 그렇게 내 몸을 지분거리는데 하나도 싫지 않았다. 심지어 아플 때조차. 그 과정을 통해 내게도 피학적인 성향이 있다는 걸 처음 알게 됐다. 그는 이미 태초의 상태였다.

"내가 최선을 다하긴 할 건데, 만족스럽지 못해도 이해해 줘. 금방 따라잡을 수 있어."

"누굴 기준으로 따라잡는 거야?"

"음, 무섭게 잘하는 세상 모든 남자?"

우리는 함께 키득대며 웃었다. 곧이어 나는 알몸이 됐다. 다 자라서 남이 내 옷을 끝까지 벗겨 준 건 처음이었다. 그의 손이 한껏 젖어 든 내 다리 사이로 들어간 순간, 진짜 해야 할 말을 털어놓았다.

"저기, 믿기 어렵겠지만······."

흥분한 짙은 눈동자가 나를 가득 담고 있었다. 그의 손은 여전히 내 다리 사이에 머문 상태였다. 아직은 수줍고 예의 바른 손길로.

"응?"

"나, 남자하고 처음 자."

순간, 그는 모든 몸짓을 멈추었다. 어? 왜? 하던 거 마저 해, 하고 싶었지만 나도 여자고 내게도 부끄러움이라는 게 있다.

스탠드 조도를 한 단계 높인 준유가 내 눈을 마주 보았다.

"다시 말해 봐."

"나도 이런 말 하기 싫은데…… 어쩌다 보니 그렇게 됐어."

"서른 살 넘어서? 올해 들어서? ……진짜, 처음이야?"

이 나이가 되도록 남자를 모른다면 말도 안 된다며 의심부터 하는 세상이다. 더군다나 여배우는 고급 창부와 다름없다고 여기는 사람이 부지기수니.

"그러면 안 돼?"

그는 먼저 빙긋이 웃기부터 했다. 그리고 내 눈을 지그시 응시하며 볼을 쓸어내렸다.

"어떻게 백성현은 평범한 게 하나도 없냐."

"왜? 내가 스캔들 메이커라서?"

아이러니하다. 스캔들 메이커라는 낙인 덕분에 이토록 쑥스러운 고백을 하는 날이 오다니.

"아니. 그런 루머 안 믿어. ……그냥 잘래? 재워 주고 갈까?"

"무슨 뜻이야? 그냥, 자라고? 지금부터 잠이나 퍼 자라고? 서준유, 나 이 해 또 넘기기 싫어. 오늘 꼭 할래."

내 남자가 날 끌어안고 껄껄 웃었다. 그가 즐거워하니 나도 행복했다.

"아, 나 진짜 백성현이 너무 좋아 미치겠다!"

처음부터 다시 시작. 그의 품 안에서 나는 값진 유물처럼 다루어졌다. 몸짓 하나하나가 너무나 다정해서 침대가 천국으로 바뀌었나? 그런 생각마저 들었다. 내 몸은 금방 젖어들었다.

그는 '같이 잘 듣자'며 CD를 꺼냈다. 스웨덴에서 사춘기를 보냈다더니 성교육을 아주 제대로 받은 모양이다. 나는 이 촉촉하고 약간은 어색한 분위기에서 꼭 하고 싶은 말이 있었다. 그 말은 꺼내기가 더 어려웠다.

"혹시 날 상대로 이상한 짓 하는 건 아니지? 포르노에 나오는 것처럼?"

"도대체 뭘 본 거야?"

"예전에 컴퓨터 폴더 정리하다 백성찬이 모아 놓은 야구 동영상을 발견했는데, 그 자식 변태같이 장르별로, 인종별로……."

준유가 짧게 웃음 지었다. 무슨 말인지 바로 알아들은 것처럼.

"학자 타입이라 그것도 공부하듯 했구나."

"진짜 폴더 이름에 LG트윈스, 롯데 자이언츠, 두산 베어스, 기아 타이거즈 그렇게 쓰여 있었다고."

"기아 타이거즈엔 뭐가 들어 있었는데?"

"남자가 여자의 그…… 거기……. 아, 말 못 해. 넌 그런 변태는 아니지?"

그 긴 밤 내내 그의 손길은 섬세한 탐험가처럼 내 몸을 탐구했다. 나는 그의 입술이 지나간 자리마다 성감대를 추가했다. 심지어 발가락까지. 다행히 그는 전혀 변태가 아니었다. 내가 싫어하는 짓은 단 한 가지도 하지 않았으니까. 얼마나 이타적인지 내게 뭔가를 해 달라고 요구하거나 강요하지도 않았다. 힘겨워하는 나 때문에 '다양하고 역동적인' 몸짓은 엄두도 내지 못했지만, 날 너무 사랑한다는 말을 몇 번이나 속삭였다.

그날 이후 나를 바라보는 서준유의 시선이 뭐가 썬 것처럼 달라졌다. 가끔은 내가 다이아몬드나 금덩어리로 보이나, 그 생각이 들 만큼.

이젠 인정해야 할 것 같다. '서재유'에 대해 질문받는 건 나의 운명이라고. 특히나 회사 여직원들에게 서재유의 인기는 절대적이었다. 쌍둥이인 것이 밝혀진 후엔 더 심해졌다. 〈온리원〉 촬영 때의 모습이라도 좋으니 그에 대해 아는 걸 모두 말해 달라고 단체로 징징거릴 때도 있다.

며칠 전에도 당신들이 좋아하는 그 '서재유'하고 한 시간 넘게 키스했는데? 가슴까지 허락하면서? 이러면 그 자리에서 파묻힐까?

소속사는 일이 있을 때 말고는 자주 들르지 않는다. 같은 소속사 배우들하고 어울릴 때도 있지만 지나치게 친해지는 건 경계한다. 대부분 남자니까. 굳이 밝히자면 남자 친구의 강요는 아니다.

파다하게 돌던 소문대로 회사에 새 배우가 들어올 모양이다. 마침 윤여환이 양 대표와 함께 대표 이사실에서 나왔다. 전형적인 미남은 아니지만 탁월한 연기력과 특유의 매력으로 인기가 많았던 배우다. 나보다 나이는 세 살 어리지만 내겐 선배나 마찬가지다. 중학교 때 데뷔한 아역배우 출신이니까.

윤여환 씨가 미소 띤 얼굴로 인사말을 건넸다. 이게 그 유명한 '윤여환 표' 미소군. 인사를 나눈 나는 바로 대표 이사실로 들어갔다. 문자 메시지를 확인하고 있는데 양 대표님이 들어와 소파에 털썩 주저앉았다. 살도 빠진데다 요샌 염색을 하고 다녀서인지 지난해 만났을 때보다 몇 년은 젊어 보였다.

"양 대표님 이젠 30대 중후반 같아요."

"그래 봐야 아저씨지. 쟤 어때?"

"실물이 훨씬 잘생겼는데요? 화면발 정말 안 받네."

"내가 오늘까지 여환이를 다섯 번 봤거든. 볼 때마다 느끼는 건데, 꼭 너 같아. 남자 백성현."

"아, 왠지 칭찬 같지가 않다."

몇 년 전 사회면 뉴스에 나올 만큼 큰 사고를 쳤다는 것. 그 후 자원해서 입대했다는 것. 한때 배우 생활은 끝났다는 평판이 돌 정도였는데 다시 연기를 시작한다니 반가운 마음도 들었다. 양승호 대표가 삼고초려해서 계약했다면 그럴 만한 이유가 있겠지.

"저는 왜 부르셨어요?"

1년 전 계약할 때만 해도 밥값을 못 할까 봐 걱정했는데 수입이 제법 쏠쏠해져 한시름 났다. 지난달에는 부모님께 새 차를 뽑아 드렸다. 연예인이 된 지 10년이 넘어서야 어릴 적 약속을 지킨 셈이다. 날이 더 추워지면 따뜻한 나라로 여행을 보내드리려고 예약도 해 놓았다. 아직 말씀은 안 드렸지만 내년쯤 새집을 지어 드릴 계획이다.

1년 가까이 배워 오고 있는 중국어와 영어 공부에 관해 묻던 양 대표가 뜬금없이 다음 날 저녁 시간을 내라고 했다.

"무슨 일 있어요?"

"우리 회사 투자자가 너를 꼭 보고 싶다고 해서."

"양 실장 아저씨, 저 그런 자리 싫어하는 거 잊으셨어요? 그 투자자 남자죠? 안 나가요."

"넌 꼭 성질나면 양 실장 아저씨라고 하더라. 불편하게 안 해. 이상한 사람도 아니고. 성현을 데리고 있는 조건으로 우리 회사에 투자한 사람이야."

"그러니까 더 이상하잖아요. 날 뭘 보고."

"하하하. 너 왜 이렇게 소심해졌냐? 그 투자자가 안목이 있었던 거지. 내일 우리 집으로 올 거니까 저녁 먹으면서 얘기하자고. 술은 안 마셔. 아, 우리 애들이 성현이 이모 보고 싶다는데?"

더는 마다할 이유가 없었다. 그날 저녁 준유와 통화하면서 그 얘길 꺼냈다. 6개월 시한부로 사귀기로 한 날 우리는 서로를 속이지 말자고 약속했다. 아무리 소속사 대표의 집이고 일로 만나는 사이라지만, 모르는 남자를 만나러 가는데 그냥 넘어가긴 꺼려졌다.

겉보기보다 질투심이 꽤 많은 내 남자 친구는 도대체 스캔들 터진 배우 성현을 뭘 믿고 투자한 거냐며 이상한 남자라고 투덜댔다.

"나도 그렇게 생각해. 얼마나 이상한지 보고 올게."

내 대답을 들은 그는 더는 토 달지 않고 잘 다녀오라고 했다.

다음 날 저녁, 한 시간 일찍 아이들이 좋아할 만한 선물을 사 들고 대표님 집에 도착했다. 아기자기하게 잘 꾸며진 집엔 아이들과 언니만 있었다.

투자자를 기다릴 동안 저녁 차리는 걸 돕기로 했다. 몇 번 놀아 줘서인지 친해진 두 아이가 자꾸 달려들었다. 음식은 그만두고 아이들이나 봐 달라는 말에 신나게 놀아 주고 있는데 양 대표님이 먼저 도착했다. 둘째 하얀이가 유독 아빠를 잘 따랐다.

7시 5분 전, 초인종이 울리고 휴먼스토리액터스의 투자자라는 남자가 등장했다. 생각보다 너무 젊어서 놀랐다. 그보다 더 놀라운 점이 있었다. 내가 아는 남자였다. 아주 잘 아는 남자.

은밀한 계약을 맺은 두 남자에게 화가 났다. 그 자리에서 터트릴 수도 있었지만 아이들 눈 때문에 식사부터 하기로 했다. 주연 언니도 전혀 몰랐던 모양이다. 박우진이나 김도의 팀장도 마찬가지. 언니가 분위기를 띄워 보려고 했지만 소용없었다. 화가 안 풀려서 숟가락으로 밥을 푹푹 떠먹고 있는데 투자자께서 친히 대화를 걸어왔다.

"제가 보는 눈이 있었나 봐요. 성현 씨가 이렇게 잘나갈 줄 알았어요."

숟가락을 탁 내려놓은 나는 젊은 투자자를 노려보았다.

"저는 보는 눈이 없는 것 같아요. 하는 일이 엄청 많네요? 바쁘시겠어요."

"성현아, 체하겠다. 진정 좀 하지. 재유야, 쟤가 어려서도 저랬어. 고집이 은근 세서 자기가 아니라고 생각하면 쳐다도 안 본다니까."

"재유야? 둘이 언제부터 그렇게 친했는데요? 그때 처음 본

게 맞아요?"

서준유가 투자하고 양 대표가 투자받은 시점에선 그와 나는 만나는 것조차 안 되는 사이였다. 어떻게 보면 남보다 못한 사이.

"그 전엔 볼 기회가 없었지. 재유 데뷔 전에 난 중국 들어갔는데."

"그러니까 더 황당하잖아요. 도대체 저 투자자께서 뭐라고 했길래. 양 대표님, 서재유 씨한테 얼마나 투자 받으신 거예요?"

"저 눈길 좀 봐. 왜, 알면 대신 갚으려고?"

"얼마나 받으셨는데요?"

"그거야 우리끼리의 비즈니스고. 너 바삐 다닐 때 위험하다고 밴 사 주라고 한 사람이 재유야."

그는 내 시선을 외면하며 규원이와 눈을 맞추고 있었다. 며칠 전에도 저 남자 품에서 해롱댔단 말이지? 애교까지 떨어 가며?

막내 하얀이가 그에게 말을 걸었다.

"오빠, 우리 집에서 자고 가요. 방 많아."

오빠? 남녀노소를 불구하고 인기가 많군. 나는 너무 대단한 남자를 만났어.

"이모도 자고 갈 거죠?"

꼬마 숙녀와 눈을 맞추며 아주 사소한 대화를 나누던 준유가 나를 보며 씩 웃었다. 나는 느슨해지려는 마음을 다잡으며 숟가락을 다시 들었다.

후식을 먹고 차를 마실 때 양승호 대표가 지난해 스캔들이 터진 뒤 서재유가 직접 찾아온 얘기를 해 주었다. 투자 조건은 딱 세 가지. 성현을 영입할 것. 밴을 사서 타고 다니게 할 것. 노출 많은 모바일 화보 같은 허접한 돈벌이는 절대 피할 것.

마지막 조건을 들으면서 나는 서준유를 째려보았다. 그는 혼자 잘 노는 하얀이를 불러 시간을 벌었다.

"아저씨랑 같이 놀까?"

자정을 한 시간 앞두고 내가 먼저 집을 나섰다. 5분도 지나지 않아 그는 지하 주차장에 세워 둔 내 차를 찾아왔다. 차 안에서 우리는 첫 싸움을 했다. 늘 로맨틱한 공간이었던 자동차 안은 순식간에 냉동탑차처럼 변해 버렸다.

"니가 키다리 아저씨야?"

"난 길버트 블라이스가 더 마음에 드는데."

"어떤 길버트가 남몰래 후원을 하니? 너 이러는 거 하나도 안 멋있어."

"멋있어 보이려고 한 짓 아냐. 다른 데 가는 것보단 양승호 대표 아래 있는 게 낫겠다 생각했어. 투자 그렇게 많이 안 했는데."

"3억이 적은 돈이야? 그 돈 어떻게 번 줄 뻔히 아는데, 내 마음이 편할 것 같아?"

"투자한 돈은 거의 다 회수했어. 양 대표님 아주 철저한 사람이더라."

"진짜 운 좋아서 받은 거지. 말 그대로 투자잖아. 다 날려도 하소연할 데 없는 거잖아. 너 돈이 그렇게 많아? 여기저기 다 퍼 주게?"

"퍼 주긴 누가 퍼 준다고 그래. 이제 절대 안 그럴게. 내 마음대로 안 할게. 근데 왜 자꾸 너라고 그래? 이름 놔두고."

"네, 죄송해요. 내가 서준유 씨한테 더 화나는 게 뭔지 알아요? 어떻게 1년 넘게 날 속여요? 어제도 그러고? 허, 이상한 남자? 난 시시콜콜한 것도 다 말하려고 했는데 댁은. 이제 우리 사이에 신뢰는 사라졌어요. 당신이 만든 거니까 원망하지 마세요. 내려."

"택시 타고 왔는데? 집 근처까지만 태워 주라. 어차피 가는 길이잖아."

"돈 많으시잖아요. 모범택시 타고 가세요."

"통장 전부 맡기면 화 풀 거야?"

"내가 왜 서준유 씨 통장을 맡아요? 진짜 이상한 사람이네."

그를 주차장에 버려두고 차를 출발시켰다. 화만 난 건 아니다. 날 생각해서 한 일인 것도 안다. 그래도 나와 가장 가까운 두 남자가 1년이나 감쪽같이 속이다니. 양 대표가 현금으로 밴을 결제할 때 알아봤어야 했다.

5분쯤 운전하다 마음이 약해진 나는 전화를 걸었고, 차를 돌려 용의주도한 나의 스폰서를 태우러 갔다. 그날을 기준으로 그는 더 착한 남자가 됐다. 아무리 선의의 거짓말이라도 내겐 씨도 안 먹힌다는 걸 조금은 알게 됐을 테니.

그게 언제든 박지형 감독이 한 번쯤 연락할 것으로 생각했다. 오늘이 그날인 것 같다.

— 전화한 이유 안 물어봐요?

"그냥 말하면 되지 뭘 되묻고 그래요? 그런 거 싫어하는 분이."

— 말로는 백성현 못 이긴다는 걸 또 잊었네.

그는 잠시 뜸을 들였다. 내가 먼저 말을 꺼내기도 그래서 기다렸다. 박 감독이 나에게 이런 전화를 할 자격이 있다고 생각하지는 않는다. 하지만 자격 유무 이전에 그는 나를 좋아했다. 꽤 좋아했다. 끝까지 모른 척하기는 어려웠을 것이다.

— 왜 굳이 그 길을 가려고 해요? 그게 얼마나 힘든 건데.

힘든 길. 어떤 남자를 만나야 편안한 길이냐고 되묻는다면 박지형 씨가 해답을 줄 수 있을까. 아무리 비슷한 경험을 했다 해도.

"일부러 선택한 거 아니에요."

— 나도 재유 좋아해요. 보기 드물게 좋은 애지. 근데 성현 씨를 더 좋아하거든. 그래서 성현 씨가 힘든 게, 상처받는 게 싫은 거고. 그게 설사 외부적인 문제라 해도.

"……어떤 남자를 만나야 평생 상처받지 않고 살 수 있을까요? 감독님은 단 한 번의 상처도 주지 않고 누군가를 사랑해 본 적이 있나요?"

그는 대답하지 못했다. 한 번이 아니라 열 번, 백 번으로 느슨하게 조건을 바꾼다 해도 평생, 변함없이 한 여자만을 지켜 내는 남자가 세상에 몇이나 될까. 서준유 역시 내게 상처를 주었다. 자의든, 타의든.

"이런 생각을 해 봤어요. 아무리 평범한 사람을 만나도 편하고 쉬운 일만 생기지는 않을 거라고. 어차피 그렇게 될 거라면 내가 좋아하는 남자를 만나고 싶어요. 난 전혀 불행하지 않은데?"

— ……5년 전쯤 백성현을 만났다면 얼마나 좋았을까, 내가 그 생각을 수도 없이 했어요. 미친놈처럼.

그러고 보니 박지형은 〈온리 원〉의 문석호 같은 남자였어. 선우진은 그에게 이런 식으로 말했지. 시간을 되돌린다 해도 결과는 달라지지 않을 거라고. 인연이 아니니까. 그러나 그건 드라마이기에 가능한 대화다. 이 사람을 사랑할 수는 없어도 그런 식으로 상처를 덧내고 싶진 않다.

"감독님, 나는 올해도 내년에도 10년 후에도 감독님을 편히 만나고 싶어요. 우리 어른이잖아요. 다음 모임에서도 웃는 얼굴로 봐요. 나하고도, 서재유하고도."

박 감독의 허탈한 웃음소리가 들렸다. 그는 이 말을 마지막으로 전화를 끊었다.

— 당신 남자 친구는 도대체 무슨 복을 타고난 거지?

서울을 기준으로 왕복 세 시간 거리로 드라이브할 수 있는 장소는 꽤 많다. 오늘 가기로 한 곳은 원래는 경기도에 속한 섬이었지만 지금은 인천광역시에 편입된 곳이다. 유적지가 많은 지역으로도 유명한데, 어릴 적 청동기 시대 유물을 보러 소풍 왔던 기억이 있다. 점심을 먹고 출발해도 서두르면 저녁 전엔 돌아올 수 있는 거리다.

싸움이나 전쟁은 빨리 끝낼수록 좋다. 비 온 뒤 땅이 굳는 것처럼 우리 사이는 전보다 돈독해졌다. 운전하는 동안에도 그는 내 손을 놓지 않았다.

궂은 날씨 덕분에 인적이 드물었다. 오래된 사찰을 천천히 구경한 우리는 비구니 스님이 운영하는 전통찻집에 들어가 차를 마셨다. 할 얘기가 끊임없이 이어지는 게 신기할 정도로 그와 나는 서로를 대화 상대로 만족하고 있다.

가끔은 내게 주어진 행복이 너무 비현실적인 느낌이 들어 맞은편의 남자를 물끄러미 바라보곤 한다. 더없이 다정한 목소리로 내 남자가 묻는다.

"내 마지막 앨범 제목 기억나?"

"두 번째 약속. 세컨드 프로미스."

"첫 번째 약속은 뭐였게?"

"……말해 줘."

"백성현은…… 내 가슴에 새긴 문신. 죽을 때까지 마음에 묻고 살려고 했어. ……왜 울어. 그래도 원망하지 않았을 거야."

서준유는 내게 무엇이었을까.

"사무친다는 게 뭐지?"

"아마 내가 너의 가슴속에 맺히고 싶다는 뜻일 거야."

"무엇으로 맺힌다는 거지?"

"흔적……. 지워지지 않는 흔적."*

이런 문장을 읽으면 늘 그가 생각났다.

---

* 안도현, 《연어》, 문학동네.

절대 내 것이 될 수 없다고 생각했던 사람이 어느새 내 손을 잡고 내 볼을 닦아 준다. 한여름에 내리는 눈만큼이나 믿기지 않는 풍경이다. 그래도 현실인걸.

수많은 집에 둘러싸인 도시의 비밀스러운 삶으로 돌아가야 할 시간이 다가왔다. 그건 또 다른 현실. 그곳으로 들어가기 싫어서 나는 또 눈물이 날 것 같다.

"이 근처 어디에서 자고 갈까?"

"우리가 편히 잘 곳이 있을까."

"찾아보면 있겠지. 조금만 더 있다가 일어나자."

"응. 준유 씨, 여기 좋지? 고즈넉하고."

"그러네. 꼭 데리고 가고 싶은 곳이 또 있어. 나중에 거기도 같이 가자."

"어딘데?"

준유가 나의 손을 끌어다 잡았다. 그의 커다란 손 안에 내 손이 폭 감싸졌다.

"우리 가족이 살았던 스웨덴 집. 그 동네를 보여 주고 싶어."

"그래. 같이 가자."

"다음에 여기 올 땐 다른 사람도 데리고 올래?"

"누구?"

"우리 닮은 아이하고 같이."

준유

공원 옆 주차장에 세워 두었던 차를 가지러 간 건 그로부터 30분쯤 뒤였다. 결론부터 말하면 인공 강가의 어둠은 우리의 정식 첫 입맞춤을 제대로 보호해 주지 않았다. 누군가 우리 가까이로 요란하게 뛰어왔기 때문에.

깜짝 놀란 그녀가 나를 가볍게 밀어냈다. 마라톤 연습이라도 하는지 짧은 반바지를 입고 달리는 중년의 남자였다. 남자는 우리를 무시하고 지나쳐 갔고, 분위기는 자연스럽게 마무리됐다. 내 입에선 실망의 한숨이 나왔다.

"준유야, 그만 일어나자."

나는 대답 없이 그녀의 얼굴만 뚫어지게 봤다. 백성현이 빙긋 웃더니 내 목을 감싸 안고 볼에 살짝 입술을 댔다.

"여기선 불편해. 산책 조금만 더 하고 가자."

그럼 어디선 안 불편해? 그렇게 묻고 싶었으나 사귄 첫날부터 점수를 깎이고 싶진 않았다. 내게도 그 정도 눈치는 있다. 미련 없이 일어서는 그녀를 향해 등을 내밀었다.

"업혀. 업어 주고 싶어."

드라마 할 때 두어 번 업어 준 적이 있다. 카메라 앞에서였지만. 망설이던 성현의 상체가 내 등에 어색하게 붙었다. 불편한 것 같아서 편히 기대라고 했다. 그녀가 내 목을 끌어안고 한껏 밀착했다. 탄탄하면서도 폭신하고 몰캉한…… 나에겐 발달하다가 만 그 부분이 가감 없이 느껴졌다. 이번엔 내 몸이 더욱 불편해졌다. 그녀에겐 흔적조차 없을 그 부분이.

그녀를 업고 나는 갖가지 명사名詞로 다양하게 불리는 부위가 진정될 때까지 천천히 걸었다. 차까지 오는 데 걸린 30분은 나름 행복한 고문의 시간이었다.

운전석에 앉은 건 성현이고, 여전히 연식이 오래된 그 차다. 새 차로 바꿔 주고 싶다면 어떤 반응을 보이려나.

"차 좀 바꾸면 안 돼? 크고 안전한 거로?"

"안 그래도 하도 그 말을 들어서 알아보려던 참이야."

"저기 말이야, 내가 차 사 주면 화낼 거야?"

"하하, 내가 뭘 했다고? 너랑 사귀면 차도 받고, 집도 받고 막 그러는 거야? 혹시, 생활비도 주나?"

"그건 스폰서지. 아무 여자한테나 그러면 호구고. 난 그런 역할은 안 해. 차 고를까?"

그녀가 또 소리 내 웃었다. 휴대폰을 꺼 놓은 이 순간에도 바깥세상은 시시각각 변할 테고, 내일 당장 어떤 칼날이 우리를 겨냥할지 알 수 없다. 한낮의 길거리 데이트 같은 건 꿈도 못 꿀 상황인지라 좁은 차 안의 데이트에 만족해야 하지만, 같이 있어서 행복했다.

"마음은 고마운데, 그런 건 나중에 남편한테 받을 거야."

언제가 됐든 나한테 받겠네. 난 내 역할을 애인 정도로 끝낼 생각이 없었다. 적당히 사귀다 헤어질 거면 시작도 하지 않았다.

"왜 웃어?"

"좋아서. 예뻐서."

서울로 가기 싫었다. 그건 복잡한 현실로 들어간다는 뜻이니까. 이렇게 헤어지면 언제쯤 편히 만날 수 있을까. 우리는 서로의 손을 잡고 연인이 된 첫날 나눌 수 있는 은근한 대화를 나누었다. 한껏 부드러워진 그녀의 목소리가 나긋나긋하게 나를 달궜다. 오늘 당장 사랑한다는 말까지 해 줄 만큼 친절한 여잔 아니지만, 더 바랄 게 없었다.

"이번이 제일 많이 보고 싶었어. 헤어지는 건 늘 힘들다고 생각했는데 이상하게…… 희망적인데도 더 힘들었어."

"만나는 것보다 헤어지는 게 훨씬 힘든 것 같아."

한 시간 전 6개월의 시한부 연애를 약속한 사람들의 대화치고는 너무 비장한 것 같아서 장난치려고 할 때 그녀가 다시 말을 걸었다.

"너한테 할 말 있어. 내가 지금 이걸 왜 말하는지 모르겠는데, 해야 할 것 같아서."

"아, 안 듣고 싶다."

"별건 아냐. 대본 나와 봐야 알겠지만, 이번 드라마에 키스 신 있을지도 모른데. 수위는 약하겠지 뭐."

그럼 도대체 뭐가 별건가? 홀딱 벗고 베드신이라도 해야 별 게 되는 건가?

"무슨 교사가 키스를 해? 학원물이라며? 멜로 아니라며?"

"선생은 밥만 먹고 살아야 해? 교사를 너무 무시하는 거 아니야?"

"그 말이 아니잖아."

"메인은 절대 멜로가 아니라니깐. 너 작년에 재유 집에선 배우가 해야 되면 하는 거지. 벗어야 하면 벗는 거고. 그 비슷하게 말했잖아."

"내가 그렇게 비인간적인 발언을 했다고? 내가?"

"너흰 진짜 이럴 때 보면……."

여기까지 말한 그녀가 입을 닫았다. 그다음 이어졌을 말을 나는 짐작한다. 쌍둥이가 맞아. 같은 사람 같아.

"내가 하지 말라면 안 할 거야?"

"너한테 했던 것처럼은 안 해. 잘하는 것처럼 보이게 대충 할게."

"그러다 NG 나서 수도 없이 반복하는 거 아니야?"

"아, 그럴 수도 있겠네. 그럼 제대로 해야겠다."

이게 과연 오늘 정식 연인이 된 사람들이 나눌 대화인지 길을 막고 묻고 싶다. 익숙해진 어둠 속에서 반짝이는 두 개의 눈동자가 보였다.

"〈온리 원〉 때 처음 키스신 앞두고 누나가 나한테 했던 말 기억나?"

"어떤 말?"

"내가 먼저 시작하는 거면 잘할 수 있는데. 나 아주 잘해. 그랬잖아. 기가 막혀서 정말."

"내가 그렇게 어마어마한 발언을 했……었지."

나는 웃음을 꾹 참고 기억을 환기시켰다.

"그 말 듣고 내가 이렇게 대답했는데."

"……?"

"좋으시겠어요. 키스 잘해서."

말을 끝내자마자 나는 그녀의 작은 머리를 끌어당겨 입을 맞췄다. 그녀의 도톰한 입술은 나를 금방 허락했다. 입술에도 고유의 향기가 있다. 그리웠던 촉감, 온도, 냄새 같은 것. 자세가 불편한 건 아무 문제가 안 됐다. 한참 뒤 목덜미에 얼굴을 묻는 순간, 성현이 나를 살짝 밀어냈다.

"안 돼. 그만."

잔뜩 잠긴 그녀의 음성에 키스 아니라 더한 것까지 하고 싶어졌다.

"왜? 왜?"

"모레 8남매 촬영 있어. 더워지는 계절이야. 혹시 목에……."

흡혈귀도 아닌데 그 부분을 포기하기가 너무 힘들었다. 물론 그 아랫부분을 허락해 준다면 바로 단념할 수 있지만, 아직은 내 이성이 그런대로 작동하고 있다. 대신 그녀의 손을 끌어다 내 왼쪽 가슴에 올렸다. 펄떡펄떡 살아 움직이는 내 심장 소리가 나한테까지 들리는 것 같다. 그녀의 작은 손이 내 왼쪽 가슴을 진찰하듯 어루만졌다.

"준유야, 가까이 와 봐."

성현이 내 가슴팍에 귀를 바짝 댔다. 나는 그녀의 머리카락에 코를 묻고 백성현의 향기를 빨아들였다.

"심장 소리가 되게 크네. ……점점 커지는 것 같아."

사랑은, 이런 순간들을 거쳐 더 깊어지는 걸까. 그녀가 가슴에서 얼굴을 떼더니 나를 올려다보며 말했다.

"서준유, 오늘은 아무 생각도 안 하고 너만 보고 싶어."

우리는 다시 입 맞추기 시작했다. 이젠 아무것도 떠오르지 않았다. 내 앞의 여자 외엔 아무것도.

'기대와 다르다'는 표현은 대부분 부정적으로 쓰인다. 그러나 일명 '서재유 사건'에는 제법 긍정적인 의미로 쓰이는 것 같다.

갑작스러운 기자 회견 뒤 대형 사건에 목말라 있던 연예부 기자들은 한동안 나란 사람을 통해 밥값 할 기회를 충분히 제공받았다. 물론 대개의 인생이 그렇듯 동화처럼 술술 풀릴 까닭이 없었다. 난 일말의 두려움을 안고 문 밖 세상으로 저벅저벅 걸어 나갔다. 천하무적의 창도 방패도 없었지만, 더 위안이 되는 존재가 생겼으니. 하나를 버리면 다른 하나를 얻을 수도 있다. 난 놓쳐 버린 것들을 후회하는 대신 새로 얻은 것을 감사하며 산다.

전세로 살던 집은 진작 내놓았다. 팬들과 기자들 때문에 요샌 호텔에 묵고 있다. 이사할 집은 천천히 알아볼 생각이다. 거기까지 알려지면 더 곤란할 테니. 성현이 정발산을 떠나 공덕동으로 이사했다는 말을 들은 게 한 달 전쯤이다. 같은 오피스텔로 이사하고 싶은 마음도 있다. 까놓고 말하면 아예 한집에 살고 싶다.

"나도 마포로 이사 갈래. 그 오피스텔에 빈집 나온 것 좀 알아봐 줘."

그녀의 웃음소리가 들린다. 좋아서 웃는 게 아니라 웃겨서 웃는 것 같다.

— 한류 스타가 살기엔 평수가 작지.

"너무 큰 집은 사실 별로야. 궁금한 게 있는데…… 이번 대본에 키스신 나왔어?"

— 아직.

"연습 파트너가 필요하면 불러. 시간 내 볼게."

— 서준유 씨는 연애할 때 원래 이래?

"내가, 뭐 잘못했어?"

— 아니. 귀여워서. 내 남자 친구 예쁘다.

"지금 갈까? 딱 10분만 보고 올게. 붙잡아도 단칼에 뿌리칠게."

성현이 또 웃는다. 재유가 그렇게 실없는 소리를 해 댄 이유를 알겠다. 인공 강가의 첫 데이트 이후 딱 두 번 더 만났다. 비가 주룩주룩 내리는 날의 데이트. 그날은 내가 차를 갖고 나갔다. 친구의 차를 빌려서. 키를 건네던 상엽이 짧고 굵게 말했다.

"행복해야 해."

그녀를 만날 땐 회사에서 리스 해 준 차를 갖고 다니지 않는다. 서재유가 타고 다니는 차 번호는 이미 오래전 누출됐을 테니. 저녁 도시락은 내가 준비했다. 세 시간 동안 만든 결과물치곤 너무 초라해 요리 학원을 다녀야 할까 고민하면서.

드라이브를 마치고 돌아오던 길, 외진 갓길에 차를 멈출 수밖에 없었다.

"왜 그래?"

"도저히 못 참겠어. 키스 한 번만 더 하자."

"저기요, 혹시 한 번만의 뜻을 정확히 모르는 거 아니에요?"

"내가 말하는 한 번만은 충분히, 만족할 때까지 한다는 거야."

"오늘은 그만할래. 저번엔 아랫입술에 멍들어서 얼마나 곤란했는데."

차라리 무작정 참을 때가 나았다. 키스, 좋다. 정말 좋다. 그런데 딱 그것까지만 해야 하는 내 심정은 어디 하소연할 데가 없다. 이런 비유를 허락한다면, 잘 차린 밥상을 보여 준 뒤 숟가락만 쥐여 준 채 계속 구경만 하라는 것과 같다고 할까.

"날도 점점 더워지는데 우리 추워질 때까지 만나지 말자. 아예 더 가리고 다니든가. 그렇게 입고 나오려면."

내가 생각해도 개소리 같긴 했다. 나란 놈도 별수 없구나 싶어 한심해할 때에 성현은 자신의 옷매무새를 살펴보았다. 민소매 티에 청바지, 다리 위에 얹어 놓은 얇은 카디건.

"이게 뭐? 얼마나 더 가려야 해? 한복이라도 입어?"

사실 옷이야 무난하지. 몸매가 안 무난해서 그렇지.

"위에서 보면 가슴팍이 다 보여. 부탁인데, 그리고 다른 남잔 만나지 말아 주라."

백성현이 고개를 숙여 아래를 내려다보곤 티를 여몄다. 그래 봐야 이미 다 봤지만. 나는 그 모습이 귀여워서 그녀의 머리를 쓰다듬었다. 이럴 때 보면 진짜 나잇값 못 한다. 그녀가 헛기침을 한 번 하더니 쭈뼛대며 입을 뗐다.

"궁금한 게 있는데 솔직하게 대답해 줄래? 너한테밖에 물어볼 데가 없어."

"들어 보고 결정할게."

"있잖아, 이런 말 한다고 나 이상하게 보면 안 된다?"

"뭔데 그렇게 뜸을 들여?"

"영화를 봐도 그렇고, 소설을 읽어도 그렇고, 보통은 남자가 여자하고 키스할 때 가슴…… 만지고 싶어 하는 게 인지상정 아니야? 넌 왜 안 그래?"

'인지상정'이란 사자성어가 언제부터 이렇게 쓰였지? 질문이 하도 같잖아서 웃음이 먼저 나왔다. 나는 으이그, 하며 그녀의 코를 잡아당겼다. 만지는 게 힘들까? 만지고 싶은 걸 참는 게 힘들까? 솔직히 말했다. 속이지 않기로 했으니까.

"나도 너무너무 만지고 싶은데 한번 만지기 시작하면 다른 것까지 더 하고 싶고, 자제하기 어려워. 지금도 힘든데 6개월,

아, 이제 넉 달도 안 남았지. 그때 가서 헤어지면 나보고 어떡하라고?"

"그러니까 니 말은 우리가 4개월 뒤에도 안 헤어지면 그걸…… 할 수도 있다는 거야? 아님, 차 안 같은 데선 키스 이상은 안 하겠다는 거야? 아님…….."

"하아……. 그만 얘기합시다. 내 속을 누가 알겠어. 나하고 평생 만난다고 약속하면 원하는 거 다 해 줄게. 그게 아니라면 여기서 멈춰. 그런 것까지 다 하고 헤어지면 난 당신 못 잊어. 내가 백성현 생각하느라 평생 홀아비로 살아야겠어? 여태까지도 외롭게 살았는데?"

"……지금 나하고 딜 하자는 거지?"

"6개월 추가."

"계약 기간도 아직 많이 남았는데?"

"싫으면 말아."

그녀가 심각한 얼굴로 나를 응시했다. 나는 그녀의 오므린 입술, 살짝 찌푸린 이맛살과 보슬보슬한 잔머리를 바라보면서 통째로 씹어 먹으래도 먹을 수 있겠다고 생각했다. 짧은 고민 끝에 성현이 해답을 내놓았다.

"3개월!"

"좋아."

인내심만큼은 남부럽지 않게 타고났다고 생각했는데 둘이 4면이 막혀 있는 공간에 있으면 자제하기 힘들었다. 그렇다고 차나 한잔 줄래? 하면서 그녀의 집을 기웃거리거나, 갓 지은 백미에 스팸이나 얹어 먹자는 말로 내 집으로 끌어들이긴 싫었다. 기다려야 한다고 생각했다. 어렵게 차지한 여잔데 새치가 더 늘어나더라도 참아야 한다고.

"서준유, 추가 조건으로 테스트해 봐도 돼? 뒷좌석으로 가서?"

"이러지 마! 나한테 왜 이러는 거야!"

"앞좌석에서 키스하는 건 너무 힘들어. 다음 날 되면 옆구리가 막 결린다고. 자긴 안 그래?"

'자기'라니! 황진이를 뿌리쳤다는 서경덕이 왔어도 거절하지 못했을 것이다. 서준유가 못 하면 서경덕 할아버지도 못 하는 거다. 우리는 1분도 지나지 않아 뒷좌석에서 키스를 나누고 있었다. 실내등은 꺼 두었다. 휴대폰도 껐다. 나는 성현의 몸을 달싹 들어 내 허벅지 위로 앉혔다. 질긴 청바지를 입고 와서 그나마 다행이었다. 그녀의 향기로운 팔이 내 목과 뒷머리를 부드럽게 감싸 안았다.

둘 다 흥분했다는 걸 몸으로, 내뱉는 감탄사로 충분히 느낄 수 있었다. 그녀가 내 손을 가져가 자신의 가슴 위에 올려 주었다. 이게 테스트인가? 얇은 티셔츠 아래로 속옷 모양이 그릴 듯이 느껴졌다. 내 머릿속엔 위험 신호가 깜박이기 시작했다.

결국, 못 참고 티셔츠 안으로 한 손을 집어넣었다. 매끄러운 피부와 도톰하게 살이 오른 젖가슴 언저리가 손바닥에 만져졌다. 등 뒤로 손을 넣어 거추장스러운 속옷을 겨우 풀어냈다. 아예 티를 다 벗기고 싶은 걸 겨우 참고 가슴을 움켜쥐는 대신 등을 끌어안았다. 흥분한 나를 잠시 진정시켜야 했다. 그녀가 내 귀에 가쁜 입김을 토해 냈다.

"앞에 만져도 돼?"

"만지는 것만."

나는 다시 그녀의 등을 한 손으로 받치고 입술을 맛보며 내게 허락된 장소에 남은 손을 얹었다. 보지 않아도 알 수 있었다. 얼마나 아름다운지. 탱글탱글한 그녀의 젖가슴은 내 손 아래서 다시 태어나는 것처럼 순간순간 부풀어 올랐다. 두 개의 작은 열매도 점점 커지며 꼿꼿해졌다. 마치 내 몸의 일부분처럼.

계속 키스할 수밖에 없었다. 한입 가득 베어 물고 싶은 욕심을 참아야 하니까. 그녀는 내가 젖먹이 때조차 독차지할 수 없던 가슴을 꽤 오랜 시간 독점하게 해 주었다.

"그만. 준유야, 이제 그만. 응?"

나 역시 멈춰야겠다고 생각했던 터였다. 나는 그녀의 테스트에 아슬아슬하게 통과했다. 집으로 돌아가면서 은근슬쩍 말을 꺼냈다.

"이젠 누나라고 부르지 않을 거야. 사람들 앞에서도."

"그럼 날 뭐라고 부를 건데? 어떨 땐 아예 호칭을 안 부르더라."

"우리 성현이는 내 거 같지 않으니까 나의 성현이?"

한참을 웃던 그녀가 내 볼을 콕콕 누르면서 말했다.

"사람들은 모를 거야. 니가 이런 사람인 줄."

그 정도로 끝냈으면 좋았을 텐데 '나의 성현'은 손짓까지 해 가며 이토록 황당한 대사를 덧붙였다.

"저기, 아까 뒷좌석에서 있었던 일은 싹 잊어 줘."

"차라리 내가 남자인 걸 잊으라고 해."

백성현이 얼굴을 붉히며 속삭였다. 나로선 도무지 이해가 안 되는 말인데, 창피하단다. 거기에 대고 뭐라고 할 것인가. 바득바득 못 잊는다고 우길 수도 없으니.

"알았어, 알았어. 잊은 척할게."

집으로 돌아오는 길, 나사 빠진 사람처럼 실실 웃다가 이런 생각을 하기에 이르렀다. 결혼하면 매일 안고 잘 건데 뭐. 잠옷도 못 입게 할 거야. 잠옷은 사지도 말라고 할 거야. 매일 물고 빨고 할 거야. 나만 독점할 거야. 우리 아기도 못 만지게 할 거야……. 배고플 때는 제외하고.

어이없다고 하면 이 사태에 맞는 표현일지 모르겠다. 기자 회견 후 처음 맞이한 생일엔 전 세계에 포진한 팬들이 눈물로 얼룩진 동영상을 수없이 만들어 보냈다. 그 많은 동영상의 일관된 주제는 '우리가 서재유에게 바라는 건 오직 활동뿐!'이었다. 아무래도 팬들이 작당을 한 모양이다. 그게 아니라면, 인종도 국적도 나이도 다른 사람들이 이렇게 한마음이 될 수가 없다.

석 달 넘게 아무런 활동도 하지 않고 있는데 CF가 다시 들어오기 시작했다. 모델을 바꾸려던 화장품 회사는 불매 운동을 벌이는 사람들 때문에 나를 다시 쓸 수밖에 없다고 했다. 옷이나 냉장고 같은 제품도 마찬가지. 내 마지막 앨범 〈The Second

Promise〉는 아직도 꾸준히 팔린다. 그 앨범에 나의 쌍둥이 형제로 밝혀진 제이원 프로젝트의 곡이 두 개나 들어간 것도 다시 주목받았다. 진퇴양난. 이런 식의 일들이 나에게 끊임없이 일어나고 있다.

두 계절을 보내는 동안 몇 가지 변화가 생겼다. 우선 몸무게가 꽤 늘었다. 겉보기에도 건장해졌다는 말을 꽤 듣는데 실제로 훨씬 건강해졌다. 혈색도 좋아지고 늘 달고 다니던 다크서클도 전처럼 눈에 띄지 않는다. 제일 좋아하는 사람이 엄마와 '나의 백성현'이다.

불면증이 사라진 건 덤이다. 자기 전에 짧게라도 통화하는 사람이 있다. 그녀의 차분하고 달콤한 목소리는 나를 단잠으로 인도한다.

나도 학업에 적응하느라 바빴지만 그녀는 진짜 바빴다. 가끔 심술 난 내가 돈이 좋아? 내가 좋아? 물으면 백성현은 '남자는 여자를 배신해도 현금은 여자를 배신하지 않는다!'는 식의 궤변을 늘어놓곤 한다.

"궤변이 아니라 명언이라는데? 나보다 나이 많은 여자들은 하나같이 그러더라."

어디서나 남자들이 문제군.

"그래도 일 좀 줄여. 힘들잖아. 여기서 살 더 빠지면 안 된다?"

"나중에 결혼하면 아이 낳고 키우느라 한동안 일 못 하게 될 텐데 뭐. 이렇게 얼마나 살겠어."

"다 좋은데, 누구하고 결혼할 건데?"

"세상에서 제일 좋은 남자하고 해야지. ……김재현처럼."

우리는 여전히 밀당 중이다. 차이점이 있다면 나는 늘 백성현과의 결혼을 기정사실로 여기고 미래를 계획하지만, 그녀는 인생은 누구나 혼자 가는 거라며 웃어넘긴다는 것. 틀린 말이 아닐지도 모른다. 그래도 든든한 동행자가 함께한다면 그 길고 험한 여정이 조금은 덜 힘들지 않을까.

가끔은 목적지 없이 길을 떠난다. 우리 같은 얼굴을 알아보는 사람이 없는 곳으로. 비 오는 날의 산책이나, 이른 새벽의 드라이브. 인적 뜸한 등산로를 걷다가 적당한 곳에 자리 잡고 도시락을 나눠 먹을 때도 있다.

지난번 내가 만들어 간 감자 샌드위치는 정말 맛있다는 칭찬을 아낌없이 받았다. 그날 나는 곱빼기로 사랑받고 싶어서 직접 간 복숭아 주스까지 준비했다. 홈쇼핑에서 사들였던 물건들이 드디어 제 역할을 하게 됐다.

드물게 자동차 뒷좌석으로 갈 때도 있다. 가져온 노트북으로 영화를 보기 위해. 인내는 쓰고 열매는 달다. 고진감래. 그건 내 젊음의 좌우명이 됐다.

그녀는 이제 뒷좌석에서의 테스트 따위 하지 않는다. '따위'라니. 그렇게 거룩한 테스트를 '따위'라는 의존명사로 깎아내릴 순 없지. 여전히 내 품에 안겨 오고 입술도 받아 주지만, 자연스럽게 윗도리 안으로 들어가는 손도 웬만하면 거절하지 않지만 딱 거기서 멈췄다. 공부로 치면 2단원까지 복습만 하다가 한 학년을 끝낸 셈이다. 백성현, 5단원은? 6단원은? 그것도 벅

차면 3단원까지라도 공부하자!

며칠 전 참다 참다 결국 이런 식의 뉘앙스를 풍기며 제안했다. 나를 상대로 좀 더 업그레이드된 테스트를 하고 싶지 않아?

"난 이런 서준유를 나만 아는 게 너무 아까워."

그녀가 내 팔을 쓰다듬며 조곤조곤 설득했다. 아직은 안 된다는 말을 아름답게도 늘어놓는다. 사랑하지 않을 수 없는 여자다.

"준유 씨가 정말 좋아. 같이 있으면 너무너무 재미있고 헤어지기 싫어. 솔직히 말하면 이젠 자기보다 나를 더 못 믿겠어. 당분간 날 조심해······."

〈온리 원〉 모임이 있는 날. 처음으로 회원 자격을 얻어 모임에 참석하게 됐다. 정말이지 끼고 싶던 자리였다. 단풍 든 걸 본 게 엊그제 같은데 날이 제법 쌀쌀해졌다. 모임 장소는 백성현 집이다. 한 끼 사 먹지 뭘 힘들게 저녁까지 준비하느냐는 내 말에 그녀는 이런 대답을 내놓았다.

— 다들 한 번 정도는 대접하고 싶었어. 간단히 차릴 거야. 준유 씨도 드라마 끝나고 처음 참석하는 날이잖아.

그다음에 이어진 말은 너무 가슴 아팠다.

— 못 오는 거 잘 알면서도 늘 기다렸어.

밖에서 박우진 형과 만나 꽃다발과 후식으로 먹을 케이크를 사 갔다. 형이 빙긋이 웃으며 꽃은 왜 사느냐고 물었다. 나는 "주고 싶어서요."라고만 했다. 우진 형은 얼마 전에 휴먼스토리액터스로 이적했다. 나는 그에게 그 회사 남자 배우 중 '나의 백성현'에게 추근대거나 껄떡대는 남자가 없는지 수시로 알려 달라고 하고 싶은 걸 꾹 참고 있다.

현관문을 열자마자 음식 냄새가 먼저 우릴 반겼다. 안 피디가 제일 먼저 와 있었다. 괜히 쑥스러워진 나는 말없이 식탁 위에 꽃을 올려놓았다. 성현이 고마워, 하더니 꽃다발을 물끄러미 바라보았다. 만나는 것도 조심스러운 처지라 꽃 한 번 편히 못 사 준 것 같아 미안했다.

유리 꽃병을 찾아온 성현이 적당히 길이를 맞춰 줄기를 자른 뒤 자연스럽게 꽂았다. 꽃병은 식탁 가운데 당당히 자리 잡았다. 우진 형이 그냥 지나칠 턱이 없었다.

"사람이 꽃보다 아름답지. 그래서 난 케이크로 사 온 거야. 근데 누나, 무슨 냄새야? 이 좋은 냄새는?"

"뼈다귀 감자탕 했어."

"그런 것도 할 줄 알아?"

"몇 번 해 보면 별로 안 어려워. 시간이 오래 걸려서 그렇지."

막 무쳐 낸 골뱅이 무침을 맛보던 안 피디가 말도 안 돼, 하더니 혼잣말처럼 중얼거렸다.

"이게 별로 안 어렵다니! 그게 내 앞에서 할 소리야? 이 골뱅이는 도대체 무슨 골뱅이인데 이렇게 맛이 좋아?"

"그거 깡통에 넣어 파는 거 아니에요."

"결혼도 안 한 아가씨가 못 하는 게 없네. 오 작가 언니가 진짜 자기를 모델로 선우진 만든 게 맞나 보다."

"아이고, 전 그냥 기본적인 것만 할 줄 알아요."

"이게 기본이면 난 구구단도 못 뗀 초딩이네."

"또 저러신다. 둘이 배고파?"

"그걸 말이라고. 난 재유 입에서 배고프다는 소리 나오는 거 오늘 처음 들었네. 누나, 얘 몸 좋아진 거 봐. 이젠 하다 하다 팔뚝 굵기로 사람 기를 죽이나. 백수가 체질에 맞으면 곤란한데."

형, 이러지 마요. 돈 많이 벌어서 내 여자한테 다 줄 거라고요.

웃음 띤 그녀의 눈이 내게 슬쩍 머물렀다 다시 골뱅이에게로 갔다.

"한류 스타 서재유가 마냥 놀면 국가적 손해지. 서 배우, 그런 의미에서 내 작품으로 화려하게 컴백하는 건 어때요?"

잠시 뒤 시장기만 달래라며 소면을 넣어 버무린 골뱅이 무침을 한 접시씩 덜어 주었다. 여러분, 이걸 만든 게 내 여자 친구예요. 자랑하고 싶지만, 비밀은 오래 유지할수록 좋다는 게 백성현의 견해였다. 과연 아직도 이게 비밀일까 싶지만. 접시를 거의 비워 갈 무렵 초인종 소리가 들렸다. 올 사람이 다 왔다.

안 피디와 오 작가는 집 안을 둘러보며 수다를 떨었다. 남자들은 구경 안 해? 그 소리에 우진 형이 일어나며 두 여자에게로 걸어갔다. 뭐라도 도와주고 싶어서 부엌에서 계속 얼쩡거리는데 오 작가 목소리가 들려왔다.

"박 감독은 안 봐요?"

"봐서 뭐 하게요. 애인 집도 아닌데."

난 그의 대답을 못 들은 척했다. 오 작가가 이번엔 나를 걸

고넘어졌다.

"재유 씬 이미 다 본 건가?"

"아직요. 저도 도착한 지 얼마 안 됐어요."

"이 집에 처음 와 봐요?"

"네."

"진짜? 정말? 재유 씨 많이 힘들겠구나. 둘 다 참을성이 대단한데?"

불쑥 끼어든 안 피디의 말에 박 감독은 팔짱을 낀 채 얼굴을 찌푸렸고, 오 작가는 대놓고 핀잔을 주었다.

"안영하 배고프구나. 헛소리하는 거 보니까."

"마이 고파. 성현 씨, 우리 그냥 대충 주라. 핏물만 빠지면 돼."

그녀가 날 바라보며 살짝 웃었다. 나는 집 안을 둘러보는 대신 밥상을 같이 차리기로 했다. 수저와 앞 접시를 놓고 물 잔을 꺼냈다. 그녀가 커다란 접시에 골뱅이 소면을 담는 동안 뜻밖에도 박 감독이 다가와 세 가지 김치를 그릇마다 담았다. 겉절이, 물김치, 깍두기.

만약 백성현이 나 아닌 박지형 감독을 선택했다면 오늘 내 기분은 어땠을까. 왜 세상의 모든 남녀 관계는 1대 1로만 연결되지 않는지 모르겠다. 그렇다면 이런 식의 껄끄러움은 없었을 텐데. 괜한 미안함 같은 건 느끼지 않아도 될 텐데.

음식이 거의 차려지자 다들 식탁으로 모여들었다. 안 피디가 겉절이를 집어 먹으며 물었다.

"이것도 맛있네! 김치도 자기가 다 담근 거야?"

"아뇨. 물김치만 제가 하고 나머진 아빠가요."

"아빠? 엄마가 아니고?"

"얼마 전에 왔다 가셨는데, 아빠의 뒤늦은 취미 생활이세요. 김치 담그기가."

나의 은인인 오정혜 작가가 의자를 꺼내 앉으며 내 여자 친구를 바라보았다.

"아버지가 많이 가정적이시구나. 성현인 사랑받고 자란 티가 나. 사랑도 받아 봤어야 할 줄 알지. 사랑도 공부처럼 배워 가는 거더라."

백성현이 제 사랑이요, 하며 금방 부친 깻잎전을 오 작가 입에 넣어 주었다. 우진 형이 그 옆으로 가서 말없이 입을 벌렸다. 그녀가 으유, 하더니 형 입에 깻잎전을 물려 주었다. 사랑이란 말은 생략한 채. 우진 형이 뜨겁다며 엄살을 부릴 때, 나와 박 감독의 눈길이 부딪쳤다. 어차피 내가 승자다. 내가 더 너그러워져야 한다.

"우리도 줄 서서 달라고 해 볼까요?"

내 말에 웃지 않은 건 박지형 감독뿐이다. 난 나뭇잎 모양의 접시에 깻잎전과 연근전을 가지런히 담았다. 식탁은 6인용. 주방 크기에 비해 과한 거 아니냐고 묻는 박 감독을 보며 성현이 미소 지었다.

"내가 제일 좋아하는 가구가 식탁이에요. 4인용보다 많이 초대할 수 있으니 좋잖아요."

"그럼 아예 8인용을 사지 그랬어요? 10인용이나."

"나중에 결혼해서 아이를 둘쯤 낳으면 바꾸려고요. 8인용으로."

예쁜 여자가 예쁜 말만 골라 한다. 상이 다 차려졌다. 뼈다귀 감자탕. 골뱅이 소면. 김치 세 가지. 두 종류의 전. 김이 솔솔 오르는 잡곡밥. 특별한 음식은 아니지만 특별한 여자가 차리면 특별한 밥상이 되는 거다.

옆에 앉아 있던 우진 형이 슬그머니 일어나더니 한 자리 건너로 옮겨 앉았다. 그녀가 앉을 자리는 내 옆밖에 없었다. 성현이 빈 의자에 앉으며 명랑하게 말했다.

"많이 드세요. 많이 했어요."

"나 하나 먹이려고 이 많은 사람을 옵션으로 부른 거야? 그냥 나만 불러도 되는데."

해가 바뀌어도 한결같은 컨셉을 유지하는 우진 형이다. 나는 감자탕 국물을 떠먹으며 그녀의 대답을 기다렸다.

"올해 생일에도 너의 겸손을 선물 받아야겠다."

식탁 주변이 기분 좋은 수다와 웃음소리로 왁자지껄해졌다. 맞아. 이런 게 진짜 사는 거지. 파는 음식처럼 조미료를 넣지 않아서인지 아무리 먹어도 질리지 않았다. 작은 뼈다귀가 작은 산처럼 쌓여 갔다.

"이 물김치에 국수 말아 먹어도 맛있겠다."

무심코 한 말에 우진 형이 대뜸 맞장구쳐 주었다. 바로 해 오라는 뜻도 아니었고, 다들 힘들다고 말렸지만 잠시 후 유리 볼 가득 담긴 김치말이 국수가 식탁 가운데 떡하니 놓였다. 10분 전까지 극구 말렸던 기억이 사라진 것처럼 다섯 쌍의 젓가락이 동시에 달려들었다.

"역시 밥 배 따로 있고, 국수 배 따로 있다니까."

"그거 안 피디가 방금 만든 말이지?"

박 감독이 종지에 국수를 덜어 가며 옆자리의 안 피디를 슬쩍 바라보았다.

"국수 배나, 디저트 배나, 술 배나 그게 그거지."

"성현아, 우리 남편한테 김치말이 국수 비법 좀 가르쳐 주라. 국숫집이나 차려 주게."

성인우 감독의 영화는 이번에도 손익분기점을 넘기지 못했다. 개봉관을 잡지 못해서 1년 가까이 묵혔던 작품이었다. 개인적으론 인상 깊게 봤지만, 안타깝게도 대중적인 인기를 끌진 못했다.

"남의 돈으로 영화 찍으면서 자기 하고 싶은 것만 고집하면 안 되지. 그 사람은 그걸 타협을 못 한다. 누가 또 투자를 하겠어. 누구처럼 갑부 아들로 태어나든가. 내일 당장 자식 입에 넣어 줄 밥이 없어 봐야 고집이 꺾이려나……."

다들 나를 배려해서인지 내 형제에 관한 건 묻지 않았다. 굳이 그 얘길 안 해도 할 말은 많았다. 다시 영화판으로 돌아가려는 오 작가의 새 시나리오 시놉시스를 시작으로 안 피디가 첫 공동 연출을 맡게 된 퓨전 사극, 박지형 감독이 내년 출간을 목표로 쓴다는 연출 관련 책, 박우진 선배의 심야 예능 프로 MC 진출, 며칠 전 앨범 제의가 들어온 백성현의 다재다능함까지.

한 달 전 〈떴다! 8남매!〉의 새로운 미션으로 정성욱 선배와 같이 부른 노래는 여전히 잘 팔리고 있다.

마지막으로 내 차례. 나는 최근 이형원 프로듀서와 함께 단독 활동을 시작한 시유의 첫 솔로 앨범의 공동 프로듀싱을 맡았다. 앨범과 직접 관련한 부분은 이 프로듀서가 더 신경 쓰겠지만, 앨범 재킷 디자인, 무대 안무, 활동 의상, 뮤직비디오 등 직접적인 활동과 관련된 크리에이티브 파트는 내가 주도한다. 곡 선정에도 참여한다. 이건 회사에서 권유한 일이기도 하지만, 시유도 선뜻 동의했다.

회사에선 잊혀져 가던 보컬리스트 루텔라에게 제이원 프로젝트의 곡을 부르게 해 연달아 히트시키고 영입까지 한 내 능력을 인정한 거라고 표현했다. 시유는 프로듀서로서의 내 능력을 믿는다는 식으로 말해 주었다. 제이원 프로젝트는 시유 앨범에 두 곡을 주기로 약속했다. 나는 동생에게 밝은 분위기의 노래를 만들어 보라고 설득했다. 백성현은 내가 새로 시작한 일을 가장 반긴 사람이다.

깻잎전을 더 가져오겠다며 일어서는 그녀를 도로 앉혔다. 접시에 전을 담아 오는 날 보던 안 피디가 흐뭇한 표정을 지었다.

"성현 씨, 그냥 서재유 데리고 살면 안 돼?"

사레 걸린 것처럼 기침을 한 건 박지형 감독이었다. 안 피디가 그의 등을 툭툭 두드려 주었다.

"놀라긴. 뭐 그리 대단한 발언이라고."

이 말은 오 작가 입에서 나왔다. 웬일인지 우진 형도 조용했다. 나로선 대뜸 긍정도 부정도 할 수 없는 상황이었다. 내 여자 친구는 시치미 뚝 떼고 뼈다귀에 붙은 살을 발라 먹었다.

설거지는 나와 박 감독이 같이 하기로 했다. 상극의 파트너라고 해 두자. 백성현에게 무조건 잘해 주라느니, 죽을 때까지 내 목숨처럼 아끼겠다느니 하는 말은 전혀 오가지 않았다. 대신 이런 대화를 나누었다. 이제부터 프로듀싱만 할 거냐? 배우, 가수는 정말 접는 거야? 책 쓸 때 자료 조사는 어떻게 해요? 새 드라마는 언제 들어가나요?

긴 저녁 식사가 끝나고 거실로 자리를 옮겼다. 여럿이 움직이니 금세 술상이 차려졌다. 와인과 치즈, 카나페, 곱게 자른 삼색 과일. 이 집의 여주인이 다섯 손님에게 적당한 크기로 자른 케이크를 개인 접시에 담아 주었다.

성현이 안 피디 옆에 가서 앉으니 여자 셋이 소파 앞에 나란히 앉아 있는 모양새가 됐다. 박우진 형이 "자, 이제부터 미팅을 시작할까요?" 하더니 그녀 옆에 나를 밀어붙이며 투덜거렸다.

"하, 이 짓도 이젠 못 하겠다! 모르는 척하기가 더 힘드네."

그날 모임에서 제이원 프로젝트의 이름이 언급된 순간이 딱 한 번 있었다. 오정혜 작가의 입을 통해서였다.

"방금 이런 생각을 했어. 들어 봐. 우리가 뭉치면 괜찮은 기획사나 제작사 하나 만들 수 있지 않을까? 나는 대본이나 시나리오 담당, 박 피디하고 안 피디는 드라마 연출, 우리 남편은 영화 연출하면 되고, 성현이, 우진이, 재유는 연기나 MC, 노래다 가능하잖아. 각자 인맥이 있으니까 배우나 가수야 더 끌어

모으면 될 테고. 아, 음악! 그건 천재 작곡가 제이원 프로젝트 한테 맡기면 되겠네. 앨범 들어 보니까 드라마나 영화 쪽도 맞겠던데. 내 생각 어때? 황당해?"

"오! 네버! 네버! 대박! 오 작가 언니 역시! 난 그 기획사 생기면 1순위로 지원할래. 월급 줄어도 옮길 수 있어!"

안 피디의 대답을 시작으로 각자의 생각을 풀어 놓았다. 나도 머릿속으로 상상해 보았다. 꿈같은 소리 같으면서도 전혀 불가능한 일은 아닌 것처럼 느껴진다. 안 피디가 주위를 빙 둘러보며 다시 말했다.

"근데 대표는 누가 해? 대표 하고 싶은 사람?"

아무도 손을 들지 않았다. 갑자기 오 작가가 날 가리켰다.

"여기 서재유 씨는 어때? 재유가 말하면 웬만하면 오케이 하게 돼 있거든. 미남계도 가능하고 말이야."

자정을 30분 앞두고 박지형 감독을 시작으로 다들 일어섰다. 어수선한 거실을 둘러보던 오정혜 작가가 나를 콕 집더니 같이 치워 주고 나중에 가라고 말했다. 안 피디가 옆에서 맞장구쳤다.

"그럼. 그래야지. 그렇고말고. 재유 씨, 우린 집에서 늘 하는 거니까 그냥 갈게. 미안."

박 감독이 오 작가를 힐끗 보더니 아예 뚜쟁이로 나서라고 비꼬았다. 오 작가가 그를 보며 담담하게 대꾸했다.

"이건 돈이 안 돼."

두 기혼녀가 고맙긴 했다. 그러나 이런 식은 아닌 것 같다. 나는 차를 얻어 타고 온 우진 형을 조르며 치워 주고 같이 가자고 꼬드겼다. 형은 무조건 싫다며 먼저 가고 싶다고 우겼다. 백성현은 다 필요 없다며 손님들을 한꺼번에 내쫓았다. 돌아오는 차에서 형에게 물어보았다.

"언제부터 알았어요?"

"세상에 숨길 수 없는 세 가지가 있대. 가난, 재채기, 그리고 사랑……. 이렇게 말할 줄 알았냐? 너야 뭐, 오래전부터? 니가 그렇게 누나한테 이모저모 신경을 써 왔는데 모르면 바보지. 결정적인 건 스캔들 터지고 양승호 대표님 연락처 물어볼 때. 누나야 좀 긴가민가했지만. 나는 니가 성현 누나를 어떤 눈으로 보는지 좀 봤으면 좋겠어."

형은 나를 지하 주차장에 내려 주고 바로 떠났다. 집으로 들어가면서 전화했다. 전화번호는 바뀌었지만 컬러링은 똑같다. 당신은 참 내게는 참 그런 사람. 바보인 날 조금씩 날 바꾸는 신기한 사람. 언제 들어도 나를 위한 컬러링이군. 받지 않아서 끄려는데 숨 가쁜 그녀의 목소리가 들렸다.

"쪼그려 뛰기라도 했어?"

— 막 씻고 나오느라.

"그런 말 좀 하지 마. 벌써 다 치운 거야?"

— 치울 것도 얼마 없었는데 뭘. 어디야?

"엘리베이터 안. 같이 치워 주고 싶었는데 혼자 남기가 좀 그래서. 집도 제대로 못 봤네. 필요한 거 사 주고 싶었는데."

— ……지금, 보러 올래?

"어? 성찬인 아직 안 들어왔어? 교수님 만나러 갔다고 했잖아."

— 교수님이 좀 먼 데 계셔.

"어디?"

— 대만.

"30분! 늦어도 40분 안으로 갈게!"

현관문을 열기 직전이었다. 바로 갈까 하다가 생각난 게 있어서 집 안으로 들어갔다. 정확히 37분 뒤 나는 성현의 현관문을 노크했다. 38평형 오피스텔을 구경하는 데 시간이 오래 걸릴 리 없었다. 드레스 룸은 종류별로 계절별로 잘 정리돼 깔끔했다. 백성찬 방은 딱히 궁금하지 않았다.

그녀는 내게 침실은 혼자 보라고 하고선 부엌으로 갔다. 무슨 재미로 침실을 혼자……. 방 안은 클래식한 입본장과 책과 대본을 쌓아 둔 원목 책상, 연둣빛 커버가 씌워진 더블침대, 작은 테이블이 아기자기하게 차지하고 있었다.

방 문을 닫고 주방으로 갔다. 이 집에서 탐나는 건 백성현뿐이다. 커피 향이 공기 사이로 서서히 퍼졌다.

"늦가을이니까 국화차는 어때? 국화차는 찻물 안에서 피어나는 모습이 진짜 예뻐. 그거 보고 싶어서 마실 때도 있어."

그런 이유로 차를 마실 수도 있구나. 다섯 송이의 국화가 따뜻한 찻물 안에서 활짝 피어났다.

"예쁘지?"

나는 왜 이런 걸 모르고 살았을까.

"예쁘다."

우리는 야경을 바라보며 차를 마시기로 했다. 커피 잔을 들고 서 있는 그녀의 모습은 그 자체로 낭만파 화가의 그림 같았다.

"가끔 여기서 밖을 바라보면 세상에 집이 이렇게 많구나. 다들 저 집 안에서 행복할까? 그런 생각이 들어."

세상 모든 사람이 행복할 수는 없겠지. 그게 인생이니까. 그러나 그녀만큼은 행복하게 해 주고 싶다. 지금보다 더. 오늘보다 더. 그녀의 입술에 찻잔을 대 주었다. 한 번. 또 한 번. 입에 머금은 찻물을 천천히 삼킨 성현이 내게 미소 지었다.

"준유야, 준유 씨, 커피 마셔 볼래?"

"아니."

"커피 마시면 잠 안 와?"

"그건 아닌데 쓰잖아. 그걸 무슨 맛으로 마셔?"

"그렇구나. 커피 마시면 키스해 주려고 했는데."

"다시 생각해 볼게."

그녀는 내 입에 커피 잔을 대 주지 않았다. 커피는 입에서 입으로 바로 전해졌다. '커피는 인생'이라는 비유가 아주 틀린 말은 아닌 것 같다. 때론 쓰디쓴 커피가 달달한 맛의 커피로 바뀌기도 한다. 커피는 그대로지만, 커피를 대하는 자세가 달라졌기 때문에.

자정은 이미 지났다. 그러나 날이 밝으려면 아직 멀었다. 우린 너무 젊고, 오래전부터 서로를 가지고 싶었다. 오늘 그 임계점에 다다른 것 같다. 긴말은 필요치 않았다. 나는 내 여자를 안고 그녀의 방으로 들어갔다.

눈을 떴을 땐 늦은 아침이었다. 품 안의 여자가 미동도 없어서 따뜻한 체온만 아니라면 불안할 뻔했다. 오후에 나가야 한다고 했는데. 그녀의 머리카락을 손으로 빗어 내리며 귓가에 속삭였다.

"아가씨, 일어나야지."

내 말이 들리기는 한 것 같다. 응. 응. 그러면서도 다시 내 품을 파고들었다. 도드라진 그녀의 젖가슴이 맨살에 자꾸 부딪혀 왔다. 내 몸은 자동으로 기립했다. 나는 아랫도리를 무시하고 여자의 온몸을 쓸어내리며 깊은 잠에서 건져 내기 시작했다.

"자기야, 물."

탁자 위의 물을 가져다 입에 대 주었다. 내 여자는 눈도 못 뜨고 물을 받아 마셨다. 컵에서 흘러나온 물이 목선을 타고 내려가 아무것도 걸치지 않은 젖가슴을 적셨다. 나는 그녀의 가슴 사이로 흐르는 물을 핥아 먹었다. 지난밤 내내 시달린 그녀의 젖무덤엔 짙은 흔적이 남아 있었다. 자제하려고 노력하는데도 정신을 차려 보면 이 모양이다. 도저히 참을 수 없는 순간이 있다.

"이거 봐. 피곤할 거라고 했지? 가만 보면 되게 밝혀."

"치! 남 얘기하네. 준유 씨, 나 10분만 더 잘래."

새해 들어 첫눈이 내린다고, 눈 보러 가자고 한밤중에 불러 낸 건 나였다. 자하문 쪽으로 드라이브 갔다가 결국 집까지 들어오게 됐다. 우리 집으로 데려가고 싶지만, 그 집에 발을 딛는 순간 바로 지저분한 열애설이 터질지도 모른다. 돈이 있어도 그녀의 손을 잡고 호텔에 들어갈 수는 없다. 이 오피스텔도 안전한 건 아니다. 조심, 또 조심하고 있다. 요샌 만날 때마다 결혼하자고 꼬드긴다. 내 여자를 편히 만날 방법은 그것밖에 없다.

더 잔다고 하더니 성현이 갑자기 눈을 떴다. 긴 속눈썹 아래로 잠에 취한 검은 눈동자가 아른거렸다.

"그런데 자기야, 밝히는 게 나쁜 거야? 그런 여자 싫어해?"

"아니. 어떻게 백성현을 싫어해? 그게 가능해? 조금 더 자. 깨워 줄게."

겨울밤은 길었고 우린 뭐든 빨리 배웠다. 둘 다 노력파인데다 그녀에겐 포용력이 있었고, 내겐 인내심이 있었다. 우리는 드라마에서나 침대 안에서나 궁합이 잘 맞는 파트너.

간혹 엉뚱한 호기심과 솔직함으로 당황스러울 때도 있지만, 나는 그런 백성현도 좋았다. 나를 배려하면서도 자기가 가지고 싶은 건 속이지 않는 점이. 받는 것만 좋아하는 게 아니라 베풀 줄도 아는 여자라서.

배우란 타이틀을 달고 사는 우리지만, 침대 안에서만큼은 연기 따위 하지 않는다. 어젯밤 드디어 그녀가 내 귓가에 듣고 싶었던 말을 속살거렸다.

"오늘은 하나도 안 아팠어. 좋기만 했어. 진짜 너무 좋아! 너 왜 이렇게 잘해?"

이때만 해도 기분 좋았다. 방금까지 흘린 땀에 대한 보상 같아서.

"점점 잘하는 것 같아. 혹시, 집에서 연습하고 와?"

이 말도 칭찬의 일종이려니 생각하면 그런대로 받아들일 수 있다. 그런데!

"이렇게 좋을 줄 알았으면 10년 전부터 할 걸 그랬어! 나 진짜 너무 억울하다. 지나간 세월이."

진짜 못 말리겠다. 나는 내 여자의 엉덩이를 톡톡 때리며 장난스럽게 다그쳤다.

"10년 전이면 난 미성년이거든. 어떤 놈하고 하려고?"

내가 이 여자를 좋아하는 이유 중 하나는 적당한 때 꼬리를 내릴 줄 알아서다.

"그렇구나. 나보다 오빠 줄 알았네. 내가 춘향이처럼 조신하게 기다리다가 자기 딱 스무 살 되면 작업 걸게. 그래서 말인데 지금 꼬드겨도 돼? 서준유는 준비가 다 된 것 같은데?"

"안 돼."

"왜? 왜? 그럼 가르쳐 주지나 말든가!"

"몸매 망가져. 여배우가 몸을 아껴야지."

내 여자가 토라진 것처럼 엎드렸다. 엉덩이가 톡 튀어 올라온 게 너무 귀여워서 이불 위로 토실토실한 부분을 깨물었다. 나는 나 때문에 잔뜩 흐트러졌던 여자의 몸을 도자기 빚듯 다시 만져 주었다. 어깨, 등, 허리, 골반, 엉덩이, 다리까지.

그새 풀어졌는지 성현이 내 허리를 껴안고 품으로 파고들었다. 내 여자의 나긋나긋한 몸은 사랑을 나눌 때나 나누지 않을 때나 착착 감겨 온다. 그 느낌은 겪어 보지 않으면 알 수가 없다.

그녀는 아직 내가 하고 싶어 하는 모든 걸 허락하지 않는다. 불만은 없다. 불만이라니. 감히 그런 단어를 떠올릴 만큼 나는 뻔뻔한 남자가 아니다. 우리는 침대 안에서나 밖에서나 서로에게 잘 길들여지고 있다.

보통의 커플처럼 자주 만나기 어려운 우리는 만나는 날이면 밤을 꼬박 새우다시피 한다. 젊은 남녀가 밤에 할 수 있는 일은 한 가지만 있는 게 아니다. 우리는 만나서 헤어지는 순간까지 샴쌍둥이처럼 떨어질 줄 모른다. 한 잔의 와인을 나눠 마시며 한 권의 책을 같이 읽는 날도 있다(끝까지 읽기가 정말 어렵다). 드라마나 영화를 보며 공부하는 자세로 시간을 보낼 때도 있다(끝까지 보기가 정말 어렵다). 밑도 끝도 없는 대화를 쉼 없이 나누기도 한다(이건 어렵지 않다).

허기가 몰려오면 나물을 잔뜩 넣은 비빔밥이나 김치를 쫑쫑 썰어 넣은 비빔국수, 국물이 자작한 떡볶이 같은 걸 같이 만들어 사이좋게 먹는다. 그 시간만큼은 보통 사람들처럼 사는 것 같아 마음까지 느긋해진다.

사랑에 빠진 남자답게 수시로 그녀의 입술을 훔치고, 여자의 몸을 달싹 들어 허벅지 위에 앉힐 때도 있다. 키스가 조금만 깊어지면 여지없이 여자를 소유하고 싶어진다. 나도 내가 그런 남자인 줄 몰랐다.

백성현은 늘 아름답지만 침대 안에서만큼은 경쟁자가 없다. 내 두 팔에 갇혀 내 이름을 간절히 부르는 내 여자를 보며 생각한다. 평생 다른 남자 이름 따윈 이런 식으로 부르지 않게 하겠다고. 이제 피가 섞이지 않은 사람 중 나를 준유라고 불러 주는 사람은 백성현이 유일하다.

더 재우고 싶지만 시간이 다 됐다. 그녀가 아직 내게 허락하지 않는 건 이거다.

"안 일어나면 이대로 들고 가서 샤워시킬 거야. 구석구석."

여자의 기분 좋은 웃음소리가 들렸다. 진짜 일어날 모양이다. 왠지 아쉽다.

"자기 품이 좋아서 그래. 서준유, 자기야, 사랑한다고 해 줘. 그럼 발딱 일어날게."

"됐어. 샤워도 싫다, 결혼도 싫다는 여자한테 그런 말을 왜 해 주나?"

"그럼 나 혼자 사랑하지 뭐."

그녀도 알고 나도 안다. 사랑한다고 말하는 여자보다 그 말을 참는 남자의 사랑이 클 수도 있다는 걸.

나의 착한 작은 새. 내 여자의 머리카락에 얼굴을 묻고 생각했다. 백성현은 하늘이 나를 어여삐 여겨 보내 준 선물이라고.

나의 노인과 바다. 나를 살게 하고, 사는 건 죽는 것보다 행복하다고 느끼게 하는 유일한 존재. 스물여덟의 내가 스물여섯의 나보다 몇 배나 더 행복한 이유. 이렇게 가만히 안고만 있어도 가끔 눈물이 핑 도는, 내가 만든 튼튼한 둥지로 초대하고픈 세상 하나뿐인 여자.

나는, 백성현을 사랑한다.

OUTRO

서른세 번째 생일 저녁은 두 남자와 함께 보냈다. 장소는 작곡가 제이원 프로젝트의 집. 셋이 편히 모일 만한 장소가 그만큼 없었다. 경기도 외곽에 자리한 조용한 타운하우스. 2층엔 작업실이, 1층엔 큰 방과 넓은 거실, 역시 널찍한 주방이 있다.

이사했다는 말은 진작 들었지만 와 보긴 처음이다. 집이 예쁘다고 감탄하는 내게 재유는 이젠 남의 집에 사는 처지가 됐다고 우스갯소리를 했다. 잠시 난 팔아 버렸다는 강북의 작은 아파트를 떠올렸다.

재유가 아래층으로 내려가자마자 준유는 결혼하면 이런 집에서 살고 싶은지 물어 왔다. 나는 생각해 본 적 없다며 고개를 저었다. 서준유는 나와 동침한 첫날부터 내가 자신과 결혼할 것임을 굳게 믿고 있다. 그 믿음이 너무 견고해서 진짜 그래야 하나 하는 생각이 들 정도다.

두 남자가 종일 생일상을 준비했다. 집주인이 조촐한 생일상이라고 제법 겸손하게 말했지만, 식탁 위엔 내가 좋아하는 음식이 많았다. 집에서 가져온 김치 5종 세트를 같이 차려 놓으니 널찍하게 맞춘 식탁이 그득하게 들어찼다. 식탁은 집들이 선물로 재유에게 보낸 것인데 나도 실제론 처음 본다. 나뭇결이 고스란히 살아 있는 게, 주문할 때 사진으로 본 것보다 훨씬 마음에 들었다.

준유가 의자를 빼 주고 내 옆에 앉았다. 내 남자 친구의 동생은 식탁을 가운데 두고 혼자 앉아 있다. 한 남자는 머리가 짧고, 한 남자는 머리가 길다. 이젠 재유가 더 연예인 같다. 머리에 빨간 리본을 꽂은 앵두가 주방 주위를 빙빙 돌았다. '여자 사람'은 나뿐이다. 다음 달에 발매 예정인 앨범의 보컬리스트와는 여전히 사이가 안 좋다고 한다.

"도대체 악마의 잼하고 날 갖다 붙이는 근거가 뭔데? 걔랑 나랑 서로 싫어한다니까? 걔는 잼도 아니고 그냥 악마야."

"니가 그런 식이니까 루텔라도 그러지. 소송에, 사기에, 하도 데고 치어서 일부러 까칠하게 행동하는 것뿐이라고. 너도 외국에서 혼자 오래 살아 봤잖아. 그게 어떤 건지 누구보다 잘 알 거 아냐? 니 가수야. 니가 챙겨야 할 사람이라고."

"형이 루텔라 대변인이야? 다이어트나 좀 시켜. 앨범 발매 한 달도 안 남았는데 뭘 믿고. 아휴, 진짜."

"아무래도 건강에 문제가 좀 있는 것 같아. 스트레스성 폭식

증 같은 건가."

뭔가 한마디 더 하려던 재유가 얼굴을 찡그리며 말을 멈췄다. 준유에게 루텔라라는 보컬리스트 얘기를 들은 적이 있다. 안쓰럽기도 하고 만나고 싶다는 생각도 들었다. 사진 이미지를 찾아보니 몇 년 전만 해도 꽤 날씬한 모습이라 놀랐다. 살을 빼고 꾸미면 얼마든지 예뻐질 얼굴인데.

"제이원, 그런 말 들어 봤어? 너무 싫어해도 내 것이 된대."

재유가 밥을 뜨려다 말고 나를 쳐다보았다. 잔뜩 구겨진 얼굴이다.

"헉이다, 진짜. 이젠 싫어하지도 못하겠네."

준유가 나를 도와주려는지 슬며시 나섰다.

"둘이 싸우는 모습이 그렇게 어울릴 수가 없다는데?"

"내가 형한테 성현 누나랑 싸우는 게 좋아 보인다면 좋겠어?"

"살벌해 보이는 것보단 낫지. 괜찮은 애야. 표현을 잘 안 해서 그렇지 착하고, 속도 깊고."

"착해? 형 앞에선 착한가 보네? 고집은 또 얼마나 센지. 제일 잘났어요."

"말이 잘 안 통할 땐 영어로 대화해. 영어로 하니까 의사소통 잘되던데."

"한국 왔으면 한국말 배울 생각을 해야지. 사람들이 자기한테 맞춰 주고 살아야 해? 지금부터 갈 때까지 그 여자 얘긴 하지 마."

1년에 한 번뿐인 생일을 망칠 순 없지. 내가 화제를 돌렸다.

"잡채 맛있다! 이거 누가 한 거야?"

"누구겠어? 당연히 나지."

재유는 남자치고 제법 솜씨가 있다. 잘난 척할 만하다. 내 옆의 남자가 질세라 덧붙였다.

"나도 같이 했어. 시금치 다듬고, 당근 채 썰고. 당근 얇게 잘 썰었지?"

"곱게 채 써는 거 아줌마들도 어려워하는데, 잘하네?"

내 칭찬에 재유가 다시 툴툴댔다.

"당근 두 개 채 써는 데 15분이나 걸린 얘긴 왜 빼?"

"너 같으면 하겠냐? 아! 달걀지단도 내가 부쳤어. 노른자, 흰자 나눠서."

"그 세 가지만 있으면 잡채가 돼? 그건 그냥 김밥 재료거든. 그것만으론 김밥 맛도 제대로 못 낸다고."

"시장은 내가 다 봐 왔잖아."

"밭에서 배추 뽑아 오면 배추김치지? 양계장에서 닭 잡아 오면 삼계탕이고?"

또 시작이다. 서씨 형제의 은근한 신경전. 나는 남자 친구의 허벅지에 슬쩍 손을 올리고 재유를 보며 맛있다고, 진심으로 고맙다고 한 번 더 말했다. 내 손길에 풀어진 준유가 매운 갈비찜 그릇을 내 앞으로 옮겨 주었다. 그것도 모자라 밥그릇 위에 '아담하고 예쁘장한' 갈비 한 대를 올려놓기까지 했다.

"매우니까 물 마셔 가면서 먹어."

속없는 여자처럼 실없이 웃을 수 있다면 좋았겠지만 재유 눈치가 보였다. 까딱하다간 체하게 생겼다.

"오늘은 누나 생일이니까 봐준다. 나의 형제님이 무슨 짓거리를 해도."

프랑스 정찬 먹듯 긴 저녁 식사를 마치고 거실 소파에 앉아 음악을 들었다. 우리 셋에겐 바람직한 공통점이 하나 있다. 음악을 좋아한다는 점에서.

밤이 깊어 간다. 사사로운 고민, 복잡한 인생사 따윈 잠시 내려놓고 스피커에서 흘러나오는 선율을 즐겼다. 무알코올 샴페인을 홀짝이면서 생각했다. 살면서 일상의 모든 걱정을 내려 놓을 수 있는 시간이 얼마나 될까. 완벽한 행복의 표본이 필요하다면 지금 이 순간. 나에게 평생 잊지 못할 생일을 선물한 두 사람에게 고마움을 표현하고 싶었다.

"생각해 보니까 나는 운이 좋은 사람 같아. 너희 형제를 알게 돼서……."

말하다 보니 괜히 울컥해서 잠시 숨을 골랐다. 재유는 그저 씩 웃어 주었다. 준유는 내 한쪽 어깨를 감싸 안으며 슬쩍 다독였다. 1년 전만 해도 두 남자와 이토록 평화로운 저녁을 보낸다는 건 상상도 못 할 일이었다.

한 사람이 희생해서 두 사람이 행복해졌다. 나와 준유는 재유에게 빚을 졌다. 이 생각이 점점 옅어질 수는 있겠지만, 완벽히 잊고 살지는 못할 것이다. 우리가 새로운 가족으로 다시 맺어진다 해도.

반대쪽 윙체어에 앉아 있던 재유가 느리게 입을 뗐다.

"내년 누나 생일에도 같이 모였으면 좋겠네. 누구 집에서든."

옆의 남자가 내 손을 잡으며 담담히 대답했다.

"우리 집으로 초대할게. 잡채도 내가 다 만들고."

서른네 살을 맞이하는 기분은 한 해 전과는 사뭇 달랐다. 그 1년 사이 나는 하루에 한 번쯤 얼굴 주름을 확인하는 버릇이 들었고, 오직 나만을 사랑한다는 남자도 생겼고, 재기에 완벽히 성공했다. 가끔은 평생의 운을 한꺼번에 써 버린 게 아닐까 걱정할 만큼.

MO아티스트 정문용 대표에게 연락이 온 건 새해를 며칠 남긴 12월의 어느 날이었다. 그는 내게 몇몇 장소를 말하며 가장 편한 곳을 고르라고 했다. 어딘들 그와 함께하는 자리가 편할 리 없겠지만 나는 집으로 가겠다고 대답했다.

한남동에 자리 잡은 고급 빌라의 펜트하우스. 직접 문을 열어 준 정 대표의 얼굴엔 옅은 미소가 감돌았다. 탁 트인 거실은 배구를 해도 될 정도로 넓었다. 서준유가 이 비싼 집을 사는데 몇 할의 도움이 됐을까. 그의 머리에서 자라는 이른 새치처럼 내가 미처 모르는 시절의 준유가 안쓰럽게 다가왔다.

"이렇게 만나자고 해서 미안합니다."

"아니에요. 더 일찍 연락하실 줄 알았어요."

"나야 진작 만나고 싶었죠. 아무래도 밖엔 보는 눈이 많으니 집으로 부른 점 양해 바랍니다."

정문용 대표의 아내는 인상 좋은 미인이었다. 서재로 차를 가져온 그녀는 뜻밖의 말을 건넸다.

"저도 〈온리 원〉 광팬이었어요."

"아, 갑자기 이런 말을 들으면 말문이 막혀서요."

"집으로 와 줘서 정말 고마워요. 눈이 너무너무 아름답네요."

이 상황을 어떻게 해석해야 할지 난감했다. 기죽지 마. 온 우주가 우릴 도와줄 거야. 서준유라면 기름기를 쪽 뺀 말투로 이렇게 다독였을 테지. 그는 오늘 내가 여길 온 걸 모른다. 그건 정문용 대표의 부탁이었다. 그의 아내는 편히 이야기 나누라는 말을 남기고 서재 문을 슬쩍 닫았다.

"불편한 거 압니다. 오래 붙잡지 않을게요. 커피 마셔요."

신맛이 살짝 감도는 원두커피는 아직 뜨거웠다. 나는 제비꽃이 그려진 커피 잔을 내려놓으며 어떤 말이 나올지 가늠해 보았다. 내 짐작 안에 최악의 추측은 없었다. 정문용 대표가 그 정도로 어리석지는 않을 테니까.

"제 아내가 준유를 워낙에 예뻐했어요. 준유 처음 본 날부터 회사 키우고 싶으면 절대 놓치지 말라고 할 정도였으니까요. 물론 우리 와이프의 일방적인 관심이에요. 둘이 서로 말도 안 놓는 사이니."

"준유 씨가 여자들에게 인기가 많죠. 기저귀 겨우 뗀 꼬마들도 좋아하더라고요."

그는 내 말에 빙그레 웃어 보였다. 나는 한쪽 벽을 가득 채운 책장을 훑어보다가 그의 얼굴로 시선을 돌렸다. 이 사람이 나를 부른 이유 중 하나는 확실히 알 수 있었다.

"이번 연말은 작년하고 너무 달라서 적응이 안 되더군요. 준유 데뷔하고 이렇게 썰렁한 연말은 처음이에요. 물론 지금 시유 솔로 앨범 준비는 아주 잘해 내고 있어요. 걱정한 게 무색할 정도로."

준유와는 달리 나는 이번 해에도 시상식에 오른다. 시상도 하고 수상할 가능성도 있다.

"정 대표님이 제게 바라는 게 뭔지 정확히는 모르지만 전 준유 씨의 선택을 믿고 지지해 줄 뿐이에요. 서준유의 인생을 가장 걱정하고 신경 쓰는 건, 나나 정 대표님, 다른 어떤 사람도 아닌 본인이라고 생각해요."

"준유가 보기보다 아주 똑똑합니다. 처세도 잘하고. 바르고. 그런 건 명문대를 다녔다고 터득되는 게 아니죠."

"그래서 제가 좋아해요."

이번엔 그가 호탕하게 웃었다. 경계심이 엿보이던 그의 눈동자에 옅은 온기가 스며들었다.

"내가 아는 준유는 다른 여자 연예인하고 비즈니스 이상을 한 적이 없어요. 그래서 처음엔 더 당황스러웠고 뜯어말렸죠. 난 성현 씨를 잘 모르고, 무엇보다 준유가 가장 우선인 사람이니까요."

고개를 슬쩍 끄덕이며 그의 눈을 응시했다. 그것과 상관없이 이 남자가 서준유를 어떻게 생각하는지, 얼마나 아끼는지 바닥까지 캐내고 싶었다.

"성현 씨가 변치 않는다면 재……, 준유는 결혼까지 바랄 거예요. 내기해도 좋습니다."

"저도 대표님과 같은 쪽에 돈을 걸게요."

내 대답이 불만스러웠는지 그는 대꾸 없이 커피를 마셨다. 이 사람이 뭐라고 허락을 하니 마니 하는 걸까. '가족 같다'고 주장하는 것과 '진짜 가족' 사이엔 어마어마한 거리가 있다.

"난 준유가 저렇게 나이 들어 가는 게 아까워 미치겠어요. 볼 때마다 점점 잘생겨지는데 그 얼굴로 후배 앨범이나 만들고 있으니. 준유 마지막 활동이 작년 우리 회사 가수 뮤직비디오예요. 거액의 CF 역시 거절한 게 한두 건이 아니고요. 돈, 좋죠. 그대로 쭉 활동해 줬다면 강남의 빌딩 한 채 값은 벌었을 텐데. 오늘 내가 성현 씨에게 이런 구차한 부탁을 하는 건, 준유가 단지 돈을 못 벌어 줘서가 아닙니다."

정문용 대표와 나는 30분쯤 더 대화를 나눴다. 그가 하고 싶은 말은 짐작대로 활동을 다시 하도록 독려해 달라는 거였다. 준유는 지금 이대로 행복하다지만 나 역시 그의 젊음을 혼자 누리는 것 같아 미안할 때가 많았다.

당장은 어떤 확답도 줄 수 없었지만 정문용 대표의 바람이 헛되거나 지나치다고 생각하지는 않는다. 배우 겸 가수인 '서재유'를 좋아하는 사람은 나 말고도 숱하게 많을 테니.

"굳이 내가 말하지 않아도 준유 씨 스스로 길을 찾을 거라고 믿어요. 만약 그게 예상보다 더 늦어질 것 같으면 옆에서 도움이 되도록 노력할 거예요. MO아티스트나 정 대표님 때문이 아니에요. 저 역시 서준유가 잘되길 누구보다 바라니까요."

일어서는 내게 그는 오늘의 만남을 아무도 모르게 해 달라고 넌지시 부탁했다.

"전 그런 식의 비밀은 만들고 싶지 않아요. 하지만 굳이 말할 필요가 없을 때까진 입 다물고 있을 생각이에요. 저도 서준유의 앞길에 걸림돌이 되지 않도록 할 거고요. 지금 당장 할 수 있는 약속은 이것뿐입니다."

내 남자 친구는 사랑에 빠진 남자의 전형적인 모습을 보여주지 않는다. 반지 같은 걸 사다 바치며 무릎을 꿇는 행동 같은 건 하지 않는다는 말이다. 해가 바뀌었는데도 내 손가락엔 반지가 없다. 그는 내가 반지 받을 자격이 없다고 한다.

"늦어도 올여름까진 결혼한다고 약속해."

"자기랑 한다니까? 뭐가 급해서 그래."

"약속만이라도 하라고. 그럼 반지 줄게."

"됐어. 내가 사서 낄 거야. 너 완전 치사해."

"반지는 결혼할 여자 한 사람한테만 줄 거야."

"그건 또 무슨 고집이야? 여태껏 다른 여자한테 반지 준 적 한 번도 없었다고?"

"안 믿어도 그만인데, 그런 소신도 없이 내가 이 바닥에서 어떻게 버텼을 것 같아?"

"리얼리? 하! 나는 무슨 복에 이런 남자를 만난 걸까?"

"지금 반지 주문할까? 같이 고를래?"

대답 대신 그의 턱에 쪽 소리 나게 입을 맞췄다. 나는 커플

반지 하나로 남자의 사랑을 판단하지는 않는다. 반지는 나도 많다. 수십 개도 더 있다. 그깟 반지 안 받아도 그만…… 아, 이건 아닌 것 같다.

나는 장난스러운 목소리로 내 남자를 살살 녹이기 시작했다. 내게도 이런 끼가 있을 줄 정말 몰랐다. 멀쩡하던 혀가 이 남자 앞에선 자꾸만 꼬이고 짧아진다. 서준유 덕분에 미처 몰랐던 나를 자꾸 발견하게 된다.

"선생님, 반지는 됐고, 공부나 더 가르쳐 주세요. 6단원이요."

얄짤 없는 대답이 돌아왔다.

"학교 끝났거든? 받으라는 반지는 안 받고."

"배움에 밤낮이 어디 있어요?"

"선생님 퇴근했다니까?"

"그럼 다른 선생님 찾아봐야겠다. 그래도 돼요?"

그는 질투심이 많은 남자다. 1퍼센트의 상상만으로도 잔뜩 화가 난 서준유가 잽싸게 날 올라타고 압박해 왔다. 하체에 힘이 왜 이리 세지? 도대체 무슨 운동을 하는 거야?

"오늘 공부의 끝을 보여 줘야겠군."

"저기, 준유 씨. 적당히 하면 안 될까?"

"난 듣고 싶은 말만 들어."

그는 협상의 달인이었다. 끝없이 나를 심신미약 상태로 몰아넣고 원하는 대답을 유도했다. 자기하고만 번지점프 하러 갈게. 진짜야, 다른 남자는 절대 안 만나. 죽어도 서준유 하고만 결혼할 거야.

내가, 졌다. 도저히 그의 젊음을 이길 수가 없다. 나는 땀으로 범벅된 그의 넓은 가슴팍에 안겨 내 손가락에 토끼풀 반지든 열쇠고리든 아무거나 끼워 달라고 애원했다. 구구절절 말하긴 곤란하지만 그땐 그럴 수밖에 없었다. 그는 전국 1등 학생을 10년 내리 배출한 선생처럼 의기양양해했다.

어떤 날은 그에게 최선을 다한다. 우리가 헤어지는 날이 오더라도 그날의 나를 잊지 말라고. 최선을 다하지 않을 때도 있다. 그러다 헤어지면 조금은 억울할 테니까.

분명한 건 내가 그를 사랑한다는 사실이다. 서준유도 백성현을 사랑한다고 믿는다. 그렇다고 해서 내게 한 치의 두려움도 없는 건 아니다. 이 남자가 내 마지막 남자가 될 건지, 내가 이 남자에게 마지막 여자가 될 건지 누가 장담할 수 있을까. 다만 나는 그와 나 사이에 일어난 화학작용이 단지 육체적인 것에만 머물지 않기를 바란다. 아직 열기가 식지 않은 내 등을 어루만지며 내 남자가 말했다.

"백성현, 누가 섹시하다고 해도 곧이곧대로 믿으면 안 된다?"

"알았어. 나 하나도 안 섹시해."

"누가 나처럼 자길 바라본다고 해서 좋아하는 거라고 착각하면 안 된다?"

"나 좋아하는 남자는 서준유밖에 없지 뭐."

"아, 이런 말은 하면 안 되는데. ……나 버리고 다른 남자 좋아하면 안 된다?"

"언제까지?"

내가 이 남자를 좋아하는 이유는 이런 대답에 '오래오래, 천년만년' 같은 식의 대꾸를 하지 않아서다. 대신 그는 날 꼭 안아 주고 이마에 입을 맞춘다. 나는 입에 발린 소리보다 이런 몸짓에 더 위안을 받는 여자다.

얼마 전 엄마는 내게 이런 말씀을 하셨다.

'남들은 엄마, 아빠보고 금실 좋은 부부라고 부러워하지. 살면서 그런 말 자주 들었다. 아빠도 그러셨겠지만, 엄마라고 늘 아빠가 좋기만 했겠어? 아무리 사랑으로 맺어진 부부라도 늘 행복하게 산다는 게 말처럼 쉬운 일이 아니더라. 우리처럼 평범한 사람들도 그런데 하물며 세상에 파다하게 알려진 사람은 오죽하겠니. 엄만 우리 딸이 마음 편히 살았으면 좋겠는데 그게 사람 맘대로 돼야 말이지. 사는 게 된장찌개 간 맞추는 것처럼 쉬운 일이라면 얼마나 좋을까. 그렇지, 성현아?'

새벽부터 눈이 내렸다. 3월에 내리는 눈이라. 눈발이 그치길 기다리며 창밖을 내다보았다. 지난해 보던 그 골목이 아니라 조금 아쉽지만, 이곳의 전망도 나쁘지 않다.

서른둘과 서른넷 사이. 일일이 헤아리기 어려운 여러 일이 내게 일어났다. 짐작했던 일들과 짐작할 수 없었던 일들. 그 갈피갈피에 자리를 못 잡고 힘들어하던 감정의 잔해들. 어떤 논리로도 해석할 수 없는 일들을 우리는 함께 겪어 냈다.

내 인생 계획은 대폭 수정됐다. 그는 내가 걱정하는 미래의 모든 일을 차근차근 손보고 있다. 얼마 전 놀라워하는 양가 부모님께 허락을 받았다. 그는 내게 〈온리 원〉의 선우진이 김재현의 서슬 퍼런 부모 앞에서 아프게 눈물을 참아야 했던 것 같은 굴욕은 겪게 하지 않았다. 어떻게 부모님을 설득했는지 몰라도 그의 부모님은 아들이 선택한 연상의 여자를 기꺼이 안아 주셨다.

나 역시 그에게 외면하는 외할머니 앞에서 무릎을 꿇고 눈물을 뚝뚝 흘렸던 아버지와 같은 아픔을 겪게 하고 싶지 않았다. 부모님께 나는 서준유라는 스물여덟의 젊은 남자가 찾아오면 웃으며 반겨 주시고, 따뜻한 밥상을 차려 달라고 간곡히 부탁드렸다.

군대 계획도 세워 두었다. 헤어짐은 언제나 슬프지만 돌아올 사람인 걸 알기에 감내할 수 있다. 그는 내가 고무신을 거꾸로 신지 않을 것임을 굳게 믿고, 나는 그가 우리의 사랑이 타인의 시선으로 왜곡되고 더럽혀지지 않도록 할 것임을 믿는다.

부지런한 내 남자가 전화를 걸었다. 아침 운동 하러 가는 길이라고.

— 눈이 너무 많이 오네. 촬영 조심해.

"응. 촬영만 아니면 눈 오는 거 좋은데."

— 길 미끄러울 텐데 걱정되네. 오늘은 내가 일일 매니저 해 주면 안 되나?

"하하, 서준유 씨."

— 그러고 싶다고. 비밀 연애 싫다.

"재밌잖아. 나름 스릴 있고."

— 그런 건 놀이동산에서나 찾고. 이번 영화만 끝나면 바로 기자 회견 할 거야. 더는 못 기다려.

잠시 상상만으로도 아찔한 서재유와 성현의 결혼 기자 회견이 떠올랐다. 나는 금방 마음을 바꾸었다. 잘되겠지 뭐. 혼자가 아니니까. 내가 말하려고 했는데 그가 선수를 쳤다.

　― 밤에 거기나 갈까?

　지난해 겨울에도 왔던 곳이다. 그때 우리는 각자의 생각에 빠져 그리워하던 이가 곁을 스쳐 지나가는 것도 몰랐다. 어쩌면 그 사실을 영영 모르고 살 수도 있었다.

　‘인연’이란 얼마나 대단한 말인가. 한 사람의 인생을 송두리째 바꿀 수도 있는 단어. 지금 내 손을 꼭 잡고 있는 남자가 서준유가 아니라면, 내 인생은 전혀 다른 식으로 전개될 것이다. 한 치 앞도 가늠할 수 없는 인생. 나는 그 말이 무섭다.

　인공 강의 둘레길은 여전했다. 내 옆의 남자도 그대로다. 영화 같은 우리의 사랑은 언제까지 유효할까.

　“우리가 서로를 평생 절절하게 기억할 방법이 하나 있는데 그게 뭔지 알아?”

　“뭔데?”

　“오늘 헤어져서 다시는 안 만나는 거.”

　걸음을 멈춘 남자가 어이없는 표정으로 나를 바라보았다. 도대체 난 무엇이 두려워서 이러는 걸까.

　“우리가 결혼해서 살다가 사네 마네 싸우고 실망하는 것보단 이렇게 좋게 만나다 헤어지는 것도 괜찮지 않을까?”

　“더 해 봐. 무슨 말 하나 들어나 보자.”

　“저 인간 꼴도 보기 싫어, 그런 날이 오면 어떡하지? 나는 우리가 헤어지는 것보다 자길 미워하게 되는 날이 오는 게 더 두려워."

"이건 또 무슨 멍멍이 소리야? 그런 걱정을 왜 미리 해?"

"그치? 나도 내가 좀 이상한 거 같긴 해."

"나보다 먼저 죽지나 마."

"한날한시에 같이 죽자고?"

"정 원하면 그렇게 하고."

이 남자의 사랑을 믿지 못하는 건 아니다. 아무래도 사랑에 실패한 여자들하고 너무 가까이 지낸 것 같아. 보고 들은 얘기가 너무 많아. 당분간 그녀들을 만나지 말아야겠어. 작은 눈송이가 하늘하늘 내려앉는 강물을 바라보며 이렇게 쓰잘머리 없는 생각을 하고 있을 때 내 남자가 내 볼을 톡톡 두드렸다.

"업어 줄까?"

"무거울 거야. 나 살 좀 붙었어."

"알아. 난 그게 더 좋던데?"

미소 띤 얼굴로 눈을 흘기는 나를 바라보던 준유가 등을 보이며 앉았다. 나는 그의 목을 끌어안고 넓은 등에 기댔다. 언제 맡아도 질리지 않는 그의 냄새가 날 편안하게 했다.

"힘 빼고 편히 기대."

"더 무거워질 텐데."

"밤새도록 걸으래도 걷겠다."

준유의 등에 업힌 채 어린애처럼 손을 뻗어 내리는 눈을 잡았다. 힘을 잃은 눈발은 내 손에 닿자마자 사라졌다. 눈발이 점점 약해진다. 아직 이른 봄밤은 차가운 공기를 내뿜으며 내 몸을 공격했다. 하지만 춥지 않다. 이 젊은 남자의 애정이 두툼한 외투처럼 나를 감싸며 온기를 보충해 주니까.

가끔 〈온리 원〉 재현의 마지막 내레이션을 떠올릴 때가 있다.

우리 앞에 남아 있는 많은 날들이 늘 화창하지만은 않을 것이다.
우리가 원할 때만 비가 오고 눈이 오는 게 아닌 것처럼.
그러나 아무리 이 생이 힘들어도 내가 먼저 그녀의 손을 놓는 일은 없을 것이다.
놓을 수가 없다. 그건 날 버리는 것과 마찬가지이므로.

오 작가의 말이 맞을 것이다. 내 필요에 맞춰 비가 오고 눈이 오는 인생은 없다. 안타깝지만 꽃 피는 봄날 같기만 한 인생도 없다. 그건 당신도 알고 나도 안다. 그래도, 서준유는 김재현만큼이나 좋은 남자. 남은 인생을 같이 걷기에 부족함 없는 남자. 지금은 그것으로 만족해야 한다. 기분이 좋아진 나는 그의 머리카락에 코를 박고 속삭였다.

"자기야, 준유야, 준유 씨. 난 너만 사랑해."

"노자라고 알지? 공자, 맹자 그 부류의 할아버지 있잖아."

"후후, 응."

"내가 열아홉 살에 다시 한국으로 돌아왔을 때 또래보다 어휘력이 떨어졌어. 다른 나라 언어를 7년이나 쓰다 왔으니까. 신인 때 얼굴 알리려고 이 프로 저 프로 섭외 들어오는 대로 나

갔었는데 아주 쉬운 고사성어도 몰라서 망신당하고 그랬어. 사람들이 그러더라고. 쟤는 얼굴만 반반하지 노래도 못하고 무식하다고. 사실이긴 한데 그래도 듣기 싫잖아. 그때부터 닥치는 대로 책을 읽었어. 혹시 노자의 《도덕경》 읽어 봤어?"

"아니. 그런 책도 읽었어?"

"쉽게 풀어 놓은 책이 있더라. 사실, 만화책으로 봤어."

나는 이럴 때의 서준유가 진짜 좋다. 허풍으로 똘똘 뭉친 남자는 내 취향이 아니다.

"노자가 한 말 중에 이런 게 있어. 믿을 수 있는 말은 아름답지 않고, 아름다운 말은 믿을 수 없다."

"아, 그게 노자 말이었어?"

응, 하며 내 남자가 내 몸을 추슬렀다. 나는 익숙해진 어둠 속에서 손을 뻗어 그의 얼굴을 가만히 어루만졌다. 그는 내 손길을 귀찮아하지 않았다.

"백성현은 여자다. 딱히 아름다운 말은 아니지? 믿을 수 있는 말이지만. 자기가 여자라는 건 내가 전적으로 보증해."

"진짜 은근 유들유들하다니까."

"서준유는 죽을 때까지 백성현만을 여자로 느끼고 사랑할 것이다. 이 말은 어때? 아름답나?"

"어. 눈물 나게."

"그럼 노자 할아버지가 잘못했네."

나는 눈물을 글썽이며 웃었다. 내 남자가 나를 나무 벤치 앞에 내려 주고 그대로 끌어안았다. 눈송이처럼 살짝, 이마에 입을 맞춘 준유가 두 손으로 내 얼굴을 감쌌다. 짙은 갈색 눈동자가 뚫어질 듯 나를 응시했다.

"아름다운 말이 믿을 수 없다는 건…… 아름다운 말 잘못이 아니야. 그 말을 믿을 수 없게 쓰는 사람이 잘못이지. 적어도 나는, 그런 사람은 되지 않을 거야."

나는 방금 이 아름다운 남자가 한 말이 진심임을 믿는다. 믿지 않으면 어떡할 것인가. 이렇게 행복한데. 기분이 좋아진 나는 그의 허리를 끌어안고 입술을 내밀었다.

결혼 발표는 계획보다 훨씬 앞당겨졌다. 원래는 결혼식을 며칠 앞두고 발표하기로 했던 거지만 늦은 밤 나를 만나러 오다가 내내 따라붙는 차가 있는 걸 알게 된 준유가 더는 이렇게 살 수 없다며 기자 회견을 자청한 것이다.

그날 준유는 내 그림자도 못 보고 엉뚱한 곳을 갔다 와야 했다. 당연히 그날부터 아예 만나지도 않았다. 온갖 매체를 통해 멋대로 써 재낀 열애설이 터지는 건 정말이지 참을 수 없었다.

두어 달 전에도 〈떴다! 8남매!〉의 미션 때문에 한바탕 떠들썩한 일이 있었다. 1박 2일의 여행을 떠난 밤, 우리를 한방에 몰아넣은 강기윤 피디는 느닷없이 진실게임을 시켰다. 언젠가 내게도 지난 루머와 스캔들을 해명할 기회가 왔으면 좋겠다고 생각한 적은 있다. 하지만 그런 식으로 이루어질 줄을 몰랐다.

수위 약한 질문이 한 바퀴 돌고 다시 내 차례가 왔다. 무슨 질문이든 진실만을 말해야 한다. 그게 미션의 조건이었다. 고개를 삐딱하게 기울인 정성욱이 나를 가리키며 질문했다.

"성현 씨, 한때 스캔들이나 루머 때문에 고생 많았잖아요. 그중 한 사람이라도 사귄 적 있나요?"

질문이 끝나기도 전에 눈시울이 붉어졌다. 목이 메는 걸 꾹 참고 눈을 깜빡였다. 이제 와서 나의 결백을 믿어 줄 사람이 세상에 몇이나 될까.

"단 한 명도 없어요. 저도 그분들에게 묻고 싶어요. 나하고 반나절이라도 사귄 사람이 있다면 지금이라도 나타나라고."

"그럼 우리가 들었던 모든 루머는 말 그대로 근거 없는 뜬소문이란 뜻인가요?"

누구에게 어떤 말을 듣는다 해도 나를 믿어 주는 남자가 있다. 그를 생각하니 간당간당 차오르던 눈물이 서서히 잦아들었다.

"네. 순도 100퍼센트의 뜬소문 맞아요. 스캔들 역시."

카메라를 향해 눈을 돌린 나는 경고하듯 말했다.

"당신들은 남자도 아니야. 입이 있으면 변명이라도 해 봐요."

담당 피디는 그 장면을 여과 없이 방송했고, 나의 과거는 순식간에 지각 변동하듯 재탄생했다. 하도 떠들썩하게 기사화돼서 상대 남자들이 모를 수가 없을 텐데 그들은 끝까지 침묵했다.

그즈음의 어느 날 밤 준유는 내게 간절히 죽이고 싶은 상대가 있으면 언제라도 얘기하라고 농담인 듯 진담 같은 말을 건넸다. 하도 부드러운 어조라 밀어를 속삭이는 것처럼 들렸다.

그 난리가 난 지 두 달도 안 돼서 결혼 기자 회견을 하게 됐으니 쑥스럽기도 하고 무섭기도 하다. 결혼 상대가 평범한 직업인이라면 소속사 이름으로 준비한 보도 자료 정도면 모를까, 절대 기자 회견 따위 하지 않았을 터다.

배려심 많은 나의 약혼자가 홀로 총대를 메고 기자 회견을 하러 간 시간, 나는 양승호 대표와 함께 〈떴다! 8남매!〉 강기윤 피디를 만났다. 우선은 결혼 얘긴 빼고 하차하겠다는 말부터 했다. 내 말을 들은 강 피디는 기가 막히는지 입을 떡 벌리며 인상을 썼다.

"이 시점에서요? 다들 왜 이러는데? 시유 하차한 지 얼마나 됐다고! 그냥 나한테 죽으라고 해요."

"어차피 처음엔 6개월 계약이었잖아요. 작년에 하차 얘기 나왔을 때도 몇 개월만 더 한다고 했었고. 올봄에도 그렇고. 벌써 2년이 다 돼 가요. 길면 1년이라고 생각하고 시작한 건데."

"그거야 그땐 그만큼이라도 더 하게 하려고 그런 거고. 성현 씨 보려고 8남매 보는 시청자들이 얼마나 많은데 이렇게 무책임하게 그만두면 안 되죠. 국민 언니가."

'국민 언니'는 나의 새로운 애칭이다. '국민 여동생'이나 '국민 첫사랑'은 못 해 봤지만 국민 언니란 별칭도 좋았다.

"전 이젠 고인 물이에요. 새 물로 갈아 치우세요. 어차피 기혼은 못 나오잖아요. 결혼하면 하차하는 게 여기 전통 아니에요? 송지환 선배도 그만뒀잖아요."

"네? 누가요? 성현 씨? 양 대표님, 이게 무슨 말이에요?"

"우리 성현이 결혼해요. 9월에."

"하, 미치겠네!"

"진짜 너무하신다. 그래도 결혼인데 축하부터 해 줘야 하는 거 아니에요?"

"알잖아요. 난 속에 없는 말 못 하는 거. 도대체 상대가 누구예요?"

"강 피디님도 알 만한 사람인데."

"설마 정성욱? 성욱이도 얼마 전에 그만둬야 할 것 같다고 하던데. 아니라고 해요, 빨리!"

빨던 사탕을 뺏긴 애처럼 짜증 내는 강 피디를 보자니 서준유 걱정에 입이 바짝바짝 마르는데도 웃음이 나왔다. 어차피 다 말하려고 왔다. 나는 약지에 낀 반지를 만지며 그의 이름을 꺼냈다.

"혹시 서재유라고 아세요?"

"서재유 모르는 사람이 어디 있습…… 서재유예요? 신랑이! 아니죠? 아닐 거야. 설마."

"어떡하나. 맞는데."

"허허허허허. 진짜 미치겠다! 허허허. 아우, 하아……. 그럼 기혼자도 쓰는 거로 갑시다."

"죄송한데 결혼 안 해도 그만두려고 했어요."

그때 강 피디의 휴대폰이 울렸다. 전화 속 남자의 목소리가 얼마나 큰지 맞은편의 나한테까지 목소리가 울렸다. 서재유와 성현이 어쩌고저쩌고.

"작게 좀 말해. 다 들리니까. 나도 막 들었어. ……누구한테는. 당사자한테 들었지. 나중에 얘기해."

그나 나나 서로 양보하거나 물러설 마음이 없었다. 강기윤 피디는 성현의 하차 조건으로 서재유를 〈떴다! 8남매!〉에 출연 시켜 달라고 요구했다. 최소한 2주 분량으로. 아니면 이 하차 없던 일로 하겠다고. 숫제 떼를 쓰는 수준이었다. 보다 못한 양 승호 대표가 나섰다.

"그건 우리끼리 결정할 문제가 아니잖아요. 재유나 그쪽 소 속사하고 얘기해 봐야지. 강 피디, 기대는 하지 말아요. 안 그 래도 지금 밖은 난리일 텐데……."

양 대표님을 먼저 보내고 내 차에 탔다. 운전석에 앉아 휴대 폰으로 접속해 보니 포털 사이트마다 난리였다. 기자 회견 직 전 공식 홈페이지에 올린 준유의 편지까지 그대로 기사화됐다.

너무나 힘들었던 지난해 봄의 기자 회견이 떠올랐다. 그때 보다 더 힘들진 않겠지. 나는 그가 직접 써서 올린 편지를 몇 번이나 되읽었다. 그의 팬들에게 우리의 사랑이 돌이킬 수 없 는 상처가 된 것이 아니길 바라며.

또 하나의 기사가 동시에 터졌다. 배우 서재유는 성인우 감 독의 새 영화로 컴백을 알렸다. 작가주의 감독 영화에 출연하 는 아이돌 출신의 배우. 오늘 같은 날 동시에 두 개의 기삿거리 를 던져 준 것도, 성인우 감독의 영화에 출연하는 것도 모두 그 의 생각이었다. 준유는 오정혜 작가에 대한 고마움을 그런 식 으로 보답했다. 1년 6개월 넘게 활동을 멈췄던 서재유의 컴백 은 성인우 감독의 새 영화에 돈줄이 돼 주었다. 덕분에 나는 성

감독에게 김치말이 국수 비법을 가르쳐 주지 않아도 됐다.

오늘부터 우리는 숨어 다니지 않기로 했다. 첫 만남 장소는 그의 친구들이 운영한다는 카페 '리허설'. 그곳에서 놀다가 이른 저녁을 먹고 강남 거리를 걷는다는 야무진 계획이 나를 기다리고 있다. 모두 서준유의 머릿속에서 나온 생각이다. 처음부터 너무 센 거 아니냐고 걱정하는 내게 그는 강도 높게 시작하는 게 더 낫다는 주장을 펼쳤다. 난 이 문제만큼은 그의 의견을 따르기로 했다.

'리허설' 쪽으로 운전하며 그와 통화했다. 먼저 고생한 그에게 꿀 같은 속삭임 몇 마디를 흘렸다.

"기자들이 무슨 질문 해?"

— 뭐, 뻔한 거. 예를 들면 혼전 임신해서 서두르는 거 아니냐고.

"그럴 줄 알았어. 뭐라 그랬어?"

— 나는 그랬으면 좋겠는데 그건 아니라고 했지. 아니니까.

"야! 서준유!"

— 와, 성질 나오는 거 봐라. 한마디만 했어. 절대 아니라고.

"미안. 안 그래도 자기 팬들한테 달걀이라도 맞을까 봐 불안한데 그런 말까지 하면……."

— 누가 누구한테 뭘 던져? 그럴 일 없을 거니까 걱정하지 마. 결혼 반대니 뭐니 그런 말 안 나오게 하고 왔으니까.

"뭐라고 했는데?"

— 수틀리면 스웨덴으로 이민 간다고. 새 영화고 뭐고 다 때

려치울 테니 알아서들 하라고 했지. 농담이야. 내가 알아서 잘 할게. 너무 신경 쓰지 마.

"알았어. 또 무슨 질문 해?"

— 주로 어디서 데이트했냐고 묻고, 군대 문제, 활동 문제, 자녀 계획, 언제부터 만났느냐, 프러포즈는 누가 언제 어떻게 했느냐, 결혼하면 어디서 살 거냐 그런 거지 뭐. 예상 질문에서 비껴 나가는 게 거의 없었어. 고마워서 절이라도 하고 싶더라니까.

"재유 얘긴 안 나왔어?"

우리로선 가장 듣고 싶지 않은 질문이었다.

— 다행히도. 성현하고 결혼하는 건 제이원이 아니라 나잖아. 웃긴 게, 작년에 쌍둥이인 거 밝힌 후에 정식으로 만나기 시작했다니까 다들 안 믿는 눈치더라. 사실인데.

"나라도 안 믿을 것 같다. 사실이지만."

— 아, 누가 그 질문을 하더라. 그동안 성현이 언제가 제일 고마웠냐고. 내가 대답하니까 기자들이 막 웃던데?

"뭐라고 했길래?"

— 당시 장래도 불안하고 백수나 다름없던 나와 만나 줘서 진심으로 고맙다고 했지. 왜 웃어? 이것도 사실이잖아.

'리허설'엔 처음 와 본다. 늘 나를 보고 싶어 한다던 그의 두 친구도 드디어 만나게 됐다. 근처 주차장에 차를 세우고 초조한 마음을 애써 누르며 남자 친구를 기다렸다. 그는 금방 나타났다. 차에서 내린 내게 준유가 손을 내밀었다.

"친구들이 기다려. 얼른 가자."

"준유 씨, 나 기절할 것 같아. 다리 떨려."

"업어 줄까?"

"날 길거리에서 죽일 참이야?"

"하하하, 엄살은. 상엽이 자식이 커피를 끝내주게 뽑거든. 아포가토라고 알아?"

"아이스크림에 에스프레소 끼얹어 먹는 거?"

"응. 그거 먹자. 차갑고 달달한 거."

"자긴 커피 안 마시잖아."

"누가 주는 건 먹지. 입으로 주면 더 잘 먹고."

'리허설'이란 핸드메이드 간판이 보였다. 주차장에서 너무 가까웠다. 지나가는 사람들이 손을 꼭 잡고 걷는 우리를 보고 깜짝 놀라는 표정을 지었다. 놀란 마음을 가감 없이 표현하는 행인들도 있었다.

"아, 이건 아닌 것 같아. 나 그냥 돌아갈래."

"에? 그런 게 어디 있어? 그 정도 용기도 없이 나하고 결혼할 생각 한 거야?"

"우리 리허설 한 번만 더 하고 실전으로 들어가자. 다음에 오자. 응?"

"인생에 리허설이 어디 있어? 미루면 더 힘들어져."

"준유 씨가 나 돼 봐. 그게 말처럼 쉬운 일인가. 간이 10분의 1로 쪼그라든 느낌이야."

"더 힘든 일도 많이 겪었잖아. 고작 이 정도에 약한 모습 보이고 그래."

"난 자기 팬들 앞에 나서는 게 제일 무서워. 지금 내가 얼마나 싫겠어."

"우리가 사고 안 치고 행복하게 잘 살면 돼."

"그런 교과서적인 얘기 하지 말고."

"백성현, 이 길바닥에서 키스할래? 저 문 열고 들어갈래? 택일."

선택의 여지가 없었다. 그의 따뜻한 손이 내 팔을 감싸 안았다. 우리는 그 문을 향해 같은 속도로 발걸음을 옮겼다. 문을 열기 직전 그의 부드러운 목소리가 내 귓가를 어루만졌다.

"나는 당신만 사랑해. 그걸 잊지 마."

사랑이란 뿌리치기 힘든 외로움이고, 끊기 어려운 정일지도 모른다고. 사랑이란 한 편의 드라마 같고 영화 같은 판타지에 대한 동질감인지도 모른다고. 내가 지금 누군가를 사랑하고 있다는 것도, 내가 지금 누군가에게 사랑받고 있다는 것도 어쩌면 일시적인 착각이나 긴 최면일지 모른다고. 이 모든 비관적이고 아릿한 사랑의 정의를 부정할 수만은 없다. 나는 그런 사람이다.

나는 누군가를 사랑한 적은 있으나, 그 사랑에 '운명'이라는 거창한 이름을 붙이는 사람은 아니었다. 서른넷의 나는 '평생에 한 번 정도는 누구나 운명의 사람을 만난다'는 말에 어쩌면 그럴지도 모르겠다고 수긍하게 됐다. 그가 스물여섯에 하기 싫었던 드라마에 출연한 것도, 우리가 자석처럼 서로에게 끌렸던 것도, 스스로 만든 감옥 안에서 누더기 같은 상처를 달래야만 했던 시간도 이 긴 운명의 고리에서 필연적으로 일어날 수밖에 없던 일이었다고.

나는 다시 한 번 내 남자가 한 말을 되뇌었다.

'아름다운 말이 믿을 수 없다는 건…… 아름다운 말 잘못이 아니야. 그 말을 믿을 수 없게 쓰는 사람이 잘못이지. 적어도 나는, 그런 사람은 되지 않을 거야.'

이제 나는 바란다. 오늘, 이 환상 같고 마술 같은 순간들이 내일 아침 조간신문에서도 확인할 수 있는 현실이길. 또 나는 바란다. 때론 싸우고 지치고 힘든 날들이 우리에게도 오겠지만, 지금 내 어깨를 감싸고 있는 이 남자가 내 생에 존재하는 마지막 사랑이길.

문이 열리자 사람들의 시선이 우리에게로 쏟아졌다. 그의 손이 내 어깨를 안심하라는 듯 다독였다. 지금은 이 남자를 믿어야 한다. 서준유의 입술이 부드러운 포물선을 그리며 내게 미소 지었다. 앞으로도 이 남자를 믿어야 한다.

나는, 세상에 남자라곤 하나밖에 없는 것처럼 그를 향해 웃어 주었다.

〈더 원〉 마침

더 원 The One

그들에게 남은 이야기

준유

그 여자는 내 마음의 친구야.

조각난 나를 한데 모아 주지.

나라는 조각들을 모아서, 제자리를 찾아 내게 돌려준다고.

토니 모리슨Toni Morrison — 《빌러비드Beloved》 중에서

"미쳤어, 미쳤어. 제정신이 아니야."

처음 내가 제 누나와 사귄다는 걸 알게 됐을 때도 성찬의 반응은 이랬다고 한다. 짐작건대 이보다 열 배는 더 심했을 수 있다. 그 다음 날, 날 찾아온 성찬이 다짜고짜 했던 첫 마디는 이거였다.

"결혼까지 할 거예요?"

"당연히 해야지."

"형처럼 인기 많은 스타가 20대에 결혼하는 걸 내 생전에 본 적이 없어요."

얼마나 살았다고 이래? 묻고 싶었지만 우리 사이를 선뜻 반기지 못하는 성찬을 충분히 이해했다.

"군대도 가야 하잖아요. 우리 누나가 20대처럼 보여도 벌써 30대 중반이라고요. 제대하고 다시 자리 잡고 어쩌고……. 설마 그때까지 기다리라는 거예요?"

"미안한데, 내가 못 기다려."

뭐지, 이 인간? 성찬이 딱 그런 표정으로 날 바라보았다. 몇 년 후의 미래까지 단언할 자신은 없다. 내가 사랑하는 여자는 애정이 식으면 매달릴 성격도 아닐뿐더러 허튼짓을 했다가는 뒤로 돌아보지 않을 타입이니. 장담할 수 있는 건 그녀를 놓치면 평생 후회할 거라는 예감 하나였다.

"솔직히 터놓고 말하자고요. 우리 누나가 형 딸이면 형 같은 남자하고 결혼시킬 수 있어요?"

나의 대답은 싱거울 정도로 짧았다.

"그럴 수 있어."

"그걸 어떻게 믿어요? 뭘 근거로 믿어요? 난 형이 싫진 않아요. 하지만 이건 경우가 다른 문제라고요."

그날 우리는 밤새 소주를 마셨고, 아침 해가 뜰 무렵 집 근처 사우나를 찾았다. 도대체 뭘 확인하고 싶은 건지 성찬은 내키지 않아 하는 날 꾸역꾸역 끌고 대중탕으로 데려갔다. 얼굴이 팔린 직업이라 웬만하면 찾지 않는 곳이지만, 어차피 간 거

망설임 없이 훌훌 옷을 벗었다.

들어갈 때의 호기는 어디로 가고 당황한 건 오히려 성찬이었다. 알몸의 남자들 사이에 있기는 마찬가지인데도.

"길바닥에서 혼자 홀딱 벗고 있는 것 같네. 형만 보면 되지 왜 나까지 흘끔거리는 거야. 뭐가 궁금해서?"

너도 그 무엇인가가 궁금해서 온 거 아니야? 물으려다 말았다. 중요한 건 내 여자가 내 몸에 만족한다는 사실이니까. 반쯤은 빈말인 칭찬일지라도 그즈음 내 육체의 자긍심이 정점을 찍은 상태였다.

땀을 쭉 빼고 나와 나른해진 몸으로 해장국을 떠먹던 성찬은 덩치는 자기가 더 큰데 술은 왜 내가 더 세냐며 따졌다.

"벗으니까 근육이 구석구석 쫀쫀하던데."

조미 안 된 살코기, 단백질 셰이크, 드레싱 없는 샐러드, 종합영양제, 생수 따위를 주식처럼 먹어 온 사람은 내 근육을 보며 마냥 감탄만 하지 않는다. 미각을 잃은 사람처럼, 운동 중독자처럼 살다 보니 부수적으로 따라온 근육이 아니라, 금전으로 치환되는 근육을 얻기 위해 그렇게 살았다는 게 정확한 표현일 터다. 미모도 돈이고, 근육도 돈이고, 하다못해 평균치 이상의 키, 다리 길이, 어깨의 너비까지도 돈이 되는 20대를 살아왔다. 이 일을 그만두기 전까진 결코 그것에서 자유로울 수 없을 것이다.

"술 센 거 자랑 아니야. 그런 건 져도 돼."

"우리 누나, 예뻐서 좋아하는 거예요?"

곤란한 질문이었다. 사람마다 미의 기준이 다르다 해도 내 경험상 예쁜 여자를 싫어하는 남자는 본 적이 없으니. 백성현은…… 금 가고 빛바랜 내 영혼을 다독여 주는 존재. 그런 생각을 한 적은 있지만, 공학도인 성찬에겐 씨알도 안 먹힐 소리였다. 나 역시 처남이 될 남자를 앉혀 놓고 그런 멘트를 주절거리고 싶진 않았다.

"이런 말 재수 없게 들리겠지만, 다들 내가 눈이 높고 까다롭다고 해."

"아, 아무나 간택하는 거 아니니 고맙게 생각해라?"

"아니. 사실은 누나가 거절할까 봐 무지 떨었어. 내가 어딜 가서 그런 여자를 만나겠어. 간택은 내가 당한 건지도 몰라. 여배우 성현을 좋아하는 남자가 엄청 많거든."

남은 국물을 쭉 들이켠 성찬이 입매를 길게 늘이며 고개를 끄덕였다. 핏발이 채 가시지 않은 눈을 보던 난 헤어지기 전에 용돈을 두둑이 줘야겠다고 생각했었다.

"돌은 거지. 세상에 재미있는 게 얼마나 많은데 하고 많은 것 중에 하필 번지점프를. 아무리 돈이 많아도 그렇지, 돈 써 가면서 그런 짓을 왜 해요? 형은 정말 번지점프가 하고 싶어요?"

약간의 고소 공포증이 있다는 성찬에게 제 누나의 계획은 미친 짓과 다름없을 터였다. 목소리를 슬쩍 낮춘 나는 솔직히 대답했다.

"높은 데서 떨어지는 거 나도 별로 안 좋아해."

사실은 얼마 전 겨우 시간을 내서 다녀왔다. 커플 번지점프의 경우 남자가 유경험자여야만 할 수 있다는 조건이었다. 그곳이 설사 지옥이라도 한 번은 미리 다녀와야 했다.

"형, 차라리 내가 종일 집을 비워 줄게. 여기서 놀아요. 얼마 전에도 번지점프 하다가 사고 난 기사 못 봤어요?"

"다 찾아봤어. 제일 낮고 안전하다는 데로 가는 거야."

"이불 속이 제일 안전하죠. 겁도 없이 번지점프가 웬 말이냐고. 자기가 스무 살이야, 뭐야."

"누나가 하고 싶어 하잖아. 딱 한 번만 하기로 했어."

"맛 들여서 또 하자고 하면요? 우리 누나가 얼마나 집요한데."

그건 나도 잘 알지.

"벌써부터 끌려 다닐 거예요? 애교라도 부려 봐요. 미남계를 쓰든가."

처남, 내가 자네 누나를 이길 수 있는 시공간은 극히 한정적이야. 그조차도 늘 우세한 건 아니라고. 일부러 이기기도 하고, 장난삼아 지기도 하지만, 절대 질 수 없는 순간이 있긴 하다. 함께 있는 것 자체로 만족하므로 어쩌면 의미 없는 데이터였다.

"너무 걱정하지 마. 생각보다 할 만하니까. 조심해서 다녀올게."

아침 8시가 살짝 넘은 시간. 한 시간 전쯤 도착해서 이른 아침밥을 얻어먹고 설거지를 마친 뒤 성찬과 노닥거리는 중이다. 작은 헛기침이 들리더니 외출복으로 갈아입은 성현이 배낭을 들고 나타났다. 립스틱만 바른 얼굴엔 옅은 홍조가 감돌았다.

"더워?"

"조금. 백성찬, 설마 용돈 준다고 넙죽 받은 건 아니겠지?"

"돈 많은 매형 둔 보람을 내가 어디서 찾겠어? 농담이야, 농담. 이젠 나도 1인 생활비 정도는 번다고."

"어, 그럼 이젠 2인 생활비 벌 차례네?"

"주면 어때서 그래. 처남이라곤 하나밖에 없는데."

나보다 족히 15킬로는 더 나가 보이는 성찬이 히죽 웃었다. 9개월 차이밖에 안 나지만, 누나의 입김 때문인지 대화의 7할은 존칭을 한다. 미안하게도.

"매형하고 비교하지 말라고. 그거야말로 불공평한 거니까."

"비교하는 게 아니고 걱정하는 거야. 여자 친구한테 이런 말 듣는 것보단 낫지 않아?"

"윤주가 날 얼마나 좋아하는데! 내가 말을 안 해서 그렇지 피곤할 정도로 날 좋아……."

닮은 듯 다른 남매의 승강이를 느긋하게 지켜보며 복숭아 조각을 입에 넣었다. 백성현과 복숭아의 공통점. 베어 물자마자 향기로운 즙이 입안에 훅 스며든다.

"자기 복숭아 잘 먹네? 맛있어?"

"응. 되게 맛있네."

"몇 개 싸 줄까?"

"아니, 괜찮아."

그녀는 내 대답을 듣고도 종이 가방에 복숭아를 챙겨 넣었다. 정작 내가 맛보고 싶은 건 다른 거지만. 이 귀한 하루를 같이 지낼 수 있다는 생각에 헤실헤실 미소가 비어져 나왔다.

"누나, 형 좀 쉬게 해 줘. 어젯밤까지 영화 촬영하고 온 사람을 아침부터 불러서 뭐 하자는 거야. 매형 살 빠진 거 안 보여?"

"운전도 내가 할 거고, 너무 무서우면 그냥 내려오기로 했어. 오늘은 내가 뭐든 다 할 거야. 됐지?"

"알았는데, 이 더운 날 번지점프를 꼭 해야겠냐고. 결혼식 올리고 선선할 때 하지."

"그래서 아침 일찍 출발하잖아."

"오후엔 비 온다더라."

그녀가 내 말에 빙긋이 웃어 주었다. 동생을 바라보던 눈길과 온도 차가 너무 커 성찬에게 미안할 정도였다.

"누나가 거길 올라가 보지 않아서 그래. 그게 자이로드롭보다 몇 배나 더 무서운 거라니까? 그 유원지는 평일에도 사람이 많다고요."

"괜찮아. 우리 결혼하는 거 전 국민이 다 알게 됐는데 뭘."

"솔직히 말해서, 이런 식으로 남성성을 확인하고 강요하는 건 폭력이라고 생각하지 않아? 남자라고 해서 겁이 없다고 쉽게 판단하는 건, 정말 대단히 무서운 사회적 편견이야."

"오늘따라 왜 이리 오버하니. 너보고 하래? 자기, 번지점프 하기 싫어?"

빈 접시를 챙겨 싱크대에 넣던 나는 재빨리 고개를 흔들며 대답했다.

"아니! 얼른 하고 싶어."

성찬이 황당한 눈으로 나를 쳐다보았다. 그 순간 내가 할 수 있는 건 멋쩍은 웃음뿐이었다.

"어휴, 난 모르겠다. 형, 무사히 돌아와요."

걱정했던 게 무색할 정도로 우리의 결혼을 축하해 주는 사람이 많았다. 성현 말대로 10년 사이 세상이 바뀐 건지도 모르겠다. 얼마 전엔 벼르던 혼인 신고까지 마쳤다. 기자들이 멋대로 추측하고 자극적으로 떠드는 행태를 더는 방관할 수 없었다.

"늦을지도 모르니까 기다리지 말고 자."

"안 들어와도 되니까 기절이나 하지 마."

결혼을 한 달 앞둔 시점. 우리는 요란하지 않고 거창하지 않은 결혼식을 하기로 약속했다. 빗발치는 협찬을 모두 거절한 뒤 할 수 있는 모든 걸 직접 준비하고 있다. 지난달에야 겨우 마음에 드는 집을 계약했고, 지난주엔 나 혼자 신혼집에 입주했다. 웨딩 사진은 아직 못 찍었지만 공연장이나 길거리, 식당 등에서 몰래 찍힌 우리 커플의 사진은 인터넷 세상을 유유히 떠돈다.

"피곤하면 눈 좀 붙여. 한 시간은 걸릴 텐데."

"괜찮아. 립스틱 색 처음 본 거다?"

보조석의 나는 아직은 실감 나지 않는 법적 아내를 운전기사처럼 부리며 느긋하게 앉아 있다. 숱 많은 속눈썹이 깜박일 때마다 검은 눈동자가 언뜻언뜻 비친다. 이 눈동자가 좋아서 사랑을 나눌 때 눈을 못 감게 할 때도 있다.

"이번 시즌 립스틱으로 미는 색이래. 어때?"

지난봄 성현은 키스하고 싶은 여자 연예인 1위에 뽑힌 뒤로 쭉 이 립스틱 브랜드의 모델을 해 왔다. 웬만하면 그녀가 하는 일에 태클 걸지 말자는 주의지만, 가을 시즌의 광고 역시 못마 땅하긴 마찬가지. 공공의 입술이 된 내 여자의 입술, 생각할수록 별로다.

"뭐, 그다지."

나의 그녀가 호탕하게 웃어 준다. 무슨 말을 해도 잘 삐치지 않으니 가끔은 놀리는 재미가 떨어진다. 출근 시간을 간신히 비켜난 도로는 차츰 뚫리고 있었다.

"모델이 이 모양이라 어쩌지. 잘 팔려야 할 텐데."

"그러니까 그 립스틱은 나 만날 때만 바르라고. 혹시 우리의 마지막 키스가 언제인지 기억해?"

정확히 4일 전 새벽, 촬영을 마치고 돌아오는 길에 잠시 들렀었다. 주차장에 로드 매니저를 대기시켜 놓은 채. 주어진 환경에선 최선을 다했으나 시간으로 보나 밀도로 보나 성에 찰 턱이 없었다.

"그럼요. 이따가 많이 하자."

"뭘 많이 할 건데?"

"뭐든."

"그럼 나 완전 기대한다?"

몸을 반쯤 튼 채 그녀의 맨 팔을 주무르던 나는 슬그머니 손을 내려 아랫배를 어루만졌다. 성현은 혼전 임신 루머를 극도로 싫어하지만, 아이가 생겼대도 괜찮을 것 같다. 내 아이니까.

"내가 백성현 임신해서 배 잔뜩 부른 모습 상상해 봤거든?"

"하다 하다 그런 것까지 상상하는 거야? 어땠어?"

대뜸 윗도리 안으로 손을 집어넣은 난 납작한 그녀의 아랫배를 톡톡 두드렸다. 부드럽고, 따뜻하고, 매끄럽다.

"빤하지 뭐. 포동포동 살도 오르고 피부도 까칠해지고 배가 천마총만큼 솟았는데도 예쁘더라. 생각해 봤는데 난 셋도 좋을 것 같아."

"하하하. 누구 마음대로?"

절대 둘 이상은 낳을 마음이 없다고 했지. 하나는 적고 둘은 많지만 통계수치처럼 1.5명을 낳을 수 없으니 딱 둘. 언제부터 자식 욕심이 많았다고, 이러는 나 자신이 우습다.

"그냥 그렇다고. 가슴, 만져도 돼? 딱 1분만. 시간 재면서 만질게."

"서준유 씨, 여기는 길바닥이고, 당신은 얼굴이 널리 알려진 사람이고, 당신의 약혼녀는 운전 중이거든요? 배도 그만 만져. 숨을 못 쉬겠네."

어쭙잖게 건드리지 말아야지. 나는 300년 전 한양에 살았던 기생처럼 내 여자의 팔에 입을 맞추고 볼을 비비며 애교를 부렸다. 우리는 둘만의 공간에선 연기 따윈 하지 않는다. 그녀는 열 살의 나도, 스무 살의 나도 기꺼이 받아 주니까.

"지금이 오후 3시면 좋겠다. 시간이 왜 이렇게 정상적으로 가는 거야?"

성현이 너그러운 양반집 도련님처럼 웃음기 어린 목소리로 물어 왔다.

"그 시간 되면 뭐 하시려고요?"

"점심 먹은 거 얼추 소화가 됐을 시간이니 우선은 밀린 공부부터 하고, 잠깐 눈 좀 붙였다가 예습…….."

결정적인 한마디를 덧붙이려는 순간, 휴대폰이 울렸다. 공민규. 성현에게 액정을 보여 준 나는 휴대폰에 대고 시큰둥하게 대답했다.

"왜?"

— 말 짧은 거 보소. 누나하고 같이 있지?

"형수다, 인마. 몇 번을 말해."

— 아무튼 바꿔 줘 봐.

문득 처음 '리허설'에 성현을 데리고 갔던 날이 떠올랐다. 얼굴이 벌게져서 말까지 더듬던 김상엽과 평소보다 말수가 확 줄었던 공민규. 상엽인 그 뒤로 세 번 정도를 더 보고 나서야 원래의 모습으로 돌아왔다. 이젠 둘 다 반쯤 말도 트고 1년은 알고 지낸 사이처럼 군다. 가끔은 너무 친한 척을 해서 가소로울 정도다.

"지금 운전 중이시다. 나한테 말해."

— 오늘 쉰다고 했지? 카페로 밥 먹으러 와라. 새 메뉴 두 가지 더 개발했어.

어차피 점심을 먹긴 해야겠지만, '리허설'에 가면 최소 세 시간은 잡아먹는다. 세 시간이면 할 수 있는 일이…….. 게다가 오늘 백성현의 의상은 반바지. 더불어 '리허설'엔 평일에도 내게만 극성인 팬들이 많이 온다. 가지 말아야 할 이유가 훨씬 더 많다.

"너흰 무슨 메뉴를 허구한 날 개발하냐. 계절별 메뉴 두 가지씩만 바꾸라니까? 메뉴 많다고 장사 잘되는 거 아니야."

— 그럼 넌 집에서 쉬고 누나만 보내.

"왜 내 와이프가 나 없이 너희를 보러 가야 하지?"

— 왜 이래. 우리도 전화번호 튼 사이야. 누나한테 다이렉트로 전화하려다가 그래도 친구라고 먼저 연락한 거라고.

"너무 친한 척하네. 정 해 주고 싶으면 쉬는 날 우리 집에 와서 해 줘."

— 카페에서 팔 건데 집에서 해 먹으면 그 맛이 안 나지. 재료야 그렇다 치고, 조리도구가 달라지는데. 불 세기하고 도구가 다르면 맛도 달라진다고. '리허설' 분위기와 맞는지도 봐 줘야……

그쯤에서 포기한 나는 스피커폰으로 전화를 연결해 주었다.

"민규 씨, 안녕."

— 하하, 누나 잘 지내죠? 운전 중이니까 본론만 말할게요. 어차피 먹을 점심 여기 와서 새 메뉴 품평 좀 해 줘요.

"먹고 대답하는 거야 어렵진 않은데 내 미각이 그리 대중적이질 못해서. 까다롭기도 하고."

— 지금 우리한테 필요한 게 딱 그런 입맛이거든요. 객관적이고 냉정한 평가가 필요해요. 준유 팬들은 좋은 말만 해 준다고요. 그 말 믿고 메뉴 바꿨다가 피 본 게 한두 번이 아니에요. 누나 안 오면 밤새도록 기다릴 거예요. 진짜로.

오늘 같은 날은 20년 지기 친구도 귀찮다. 스피커폰을 끈 나는 애써 담담하게 말했다.

"그래, 밤새 기다려 봐. 결혼식 날 보자."

— 야! 야! 준유야! 서준유!

"자기야, 점심 먹으러 간다고 해. 어려운 일 아니잖아."

"점심땐 손님들 많아. 불편할 거야."

"그럼 브레이크 타임에 가면 되겠네. 그건 괜찮지?"

성현이 손을 뻗어 내 턱을 달래듯 어루만졌다. 리트리버처럼 순해진 난 애타게 부르는 민규에게 3시쯤 가겠다고 대답하고 전화를 끊었다.

날이 흐려서 돌아다니기에 더 적당한 날이다. 공원에 도착한 뒤부터 성현은 말수가 확 줄었다. 사람이라면 겁이 나는 게 당연했다.

"정말 괜찮겠어?"

"뭐, 200미터 높이에서도 뛰어내린다는데 저 정도야…… 아우, 높긴 높다."

"조금 더 산책하고 접수할까?"

"아니, 그냥 할래. 마감되면 한참 기다려야 하잖아. 할 수 있겠지?"

"그럼. 내가 논개처럼 꼭 껴안고 뛰어내릴게."

가까이서 본 호수는 녹조가 끼어 있어 지저분했지만, 물에 비친 산 그림자는 제법 아름다웠다. 최악의 경우 떨어진다 해도 호수가 우리를 보호해 주겠지. 성현이 무서워하면 할수록

난 겁이 사라졌다.

역시나. 번호표를 받고, 방명록을 쓰고, 바디 점프 도구를 착용한 뒤 체중을 재는 사이사이 우리를 알아보는 사람들과 눈인사까지 나눠야 했다. 부디 오늘 자로 혼전 임신 루머가 싹 사라지길 바랄 뿐이다. 그 와중에도 성현은 나와 몸무게 차이가 줄었다며 울상을 지었다.

"난 자기가 80킬로는 나갔으면 좋겠어. 아니, 그래도 연예인인데 75킬로. 좋다, 75킬로."

"기다려. 조만간 몸 불릴 테니까."

지금 촬영 중인 영화가 끝나면 다음 영화를 위해 다시 근육량과 몸무게를 늘려야 한다. 기념 촬영까지 마친 우리는 한쪽 구석에 서서 차례를 기다렸다. 성현이 어린아이처럼 내 팔에 매달려 왔다. 공공장소에선 거의 하지 않던 행동이라 피식 웃음이 났다.

"밤에 한잔할까? 밖에서 마시고 들어갈래?"

"아니, 집에서 편히 마시자."

"그럼 내가 안주 만들어 줄게. 소주에 낙지볶음 어때?"

"만들 줄은 알아? 그거 은근 어려운 메뉴인데?"

"성 감독님께 기똥찬 레시피 배워 뒀어."

"감독님이 그런 것도 가르쳐 줘?"

"감독님 말로는 음식 솜씨는 오 작가님보다 나을 거래. 지방 촬영 가면 직접 만들어 드시기도 해. 국숫집 차린다는 소리가 괜히 나온 게 아닌가 봐."

"낙지는 있어?"

"장 봐서 들어가면 되지. 후식으론 아포가토 만들어 먹을까?"

"결혼식 앞두고 하루 세끼 꼬박 다 먹고 후식까지 챙겨 먹으면 벌받아."

"마른 여자 별로라니까? 나보다 더 나가지만 마."

"아기 가지면 내가 너 이길지도 몰라."

"그땐 두 사람이잖아."

촬영 스케줄이 빡빡해서 좀처럼 시간을 내기 어려웠던 터라 명색이 법적 부부인 우리는 수시로 금욕의 시간을 보내야 했다. 내일 촬영 전까진 20시간이나 남아 있다. 흐뭇해진 난 성현의 귀에 대고 나지막이 속삭였다.

"오늘 자고 가. 줄 게 있어. 분명 아주 좋아할 거야."

"지금 그게 문제가 아니야."

이제 우리 차례였다.

"다리에 힘 좀 돌아와?"

"괜찮아졌어."

그러면서도 성현은 등받이를 뒤로 젖혔다. 번지점프를 끝내고 산책하려던 계획은 이미 물 건너갔다.

"생각보다 잘 참던데? 난 바지에 실수라도 할 줄 알았지."

감았던 눈을 반짝 뜬 성현이 눈을 흘겼다. 한마디 토 달 줄 알았더니 다시 늘어진다. 장부터 보려던 계획도 접어야겠다.

"자. 도착하면 깨울게."

"미안. 오늘은 내가 종일 운전하려고 했는데."

"나는요, 내 와이프하고 우리 아이들하고 오래오래 행복하게 살아야 하거든요."

"자긴 결혼 한 번만 할 거야?"

내가 사랑하는 여잔 개소리도 참신하게 한다.

"그 어려운 걸 내가 두 번이나 해야겠어?"

몸을 잔뜩 기울인 나는 그녀에게 키스했다. 사실은 번지점프 할 때부터 입 맞추고 싶었지만, 쫓기는 꿩처럼 내 가슴팍으로 얼굴을 들이미는 바람에 도무지 기회를 잡을 수가 없었다.

"시간 많으니까 집에서 쉬다가 느긋이 나가자."

주차장에 도착한 시간은 오전 11시가 막 넘어갈 즈음이었다. 문제가 있다면 10분 전쯤 연인이 잠들었다는 것. 사실 나의 소박한 기대는 이런 식이었다.

'간도 크지. 이젠 대낮부터 남자 집에 드나드네.'

백성현이 요렇게 앙탈을 부리면,

'남자 집이 아니라 우리 집이야. 부부가 같이 집에 들어가는 게 이상해?'

보란 듯이 그녀의 어깨를 끌어안고 엘리베이터를 타는 거다. 그리고 현관문을 열자마자……. 그러면 이 여잔 손으로 입을 가리며 말하겠지.

'10분만! 딱 10분만 줘. 얼른 씻고 올게.'

'안 돼! 그냥 하면 어때서.'

만약 이 장면에서 머리까지 감는다고 하면 싸우자는 거지.

그러니 콕 집어 말해 줘야 한다.

'5분 줄게. 머리는 절대 감지 마.'

입술을 살짝 벌리고 잠든 성현을 물끄러미 지켜보다 차 안을 휘휘 둘러봤다. 넓은 뒷좌석, 튼튼한 앞좌석, 짙은 썬팅. 이 좋은 차를 운전할 때만 쓰는 게 조금은 아깝다.

"맹꽁아, 집에 다 왔어."

"……벌써?"

얼마나 졸린지 눈도 못 뜬다. 난 속으로 한숨을 삼켰다.

"들어가서 자."

"업어 줘."

"그래."

집으로 올라가는 짧은 시간 안에 잠이 깨길 바랐지만, 오늘 따라 빌라는 버려진 성처럼 고요하다. 온 건물이 한마음으로 자장가를 부르는구나. 집 안에 들어서자 업혀 있던 성현이 팔을 힘없이 내밀며 소파를 가리켰다.

"저기서 한 시간만 잘래."

"침대에서 편히 자."

"옷에 먼지 많이 묻었을 거야."

결벽증이 있는 게 분명하다. 다행히도 내겐 많은 것을 허락하니 선택적 결벽증이라고 해야 할까.

"시트 빨면 되지."

"그럼 씻고 올게."

"그냥 누워 있어. 눈 감고."

물수건을 만들어 온 나는 성현의 손과 다리부터 꼼꼼히 닦아 냈다. 니트 상의 등 쪽으로 손을 넣어 브래지어를 벗겨 낸 뒤 반바지 버클에 손을 댔다. 별걸 다 한다 싶으면서도 진짜 유부남이 된 것 같아 기분이 묘하다.

"옷은 왜 자꾸 벗겨?"

잠이 잔뜩 묻은 목소리다.

"편히 자라고. 엉덩이 좀 들어 봐."

"나 바로 안 재울 거지?"

"재울 거야."

반바지를 벗겨 내자 이걸 어떻게 입나 싶을 정도로 앙증맞은 팬티가 보였다. 내친김에 거추장스러운 윗도리까지 마저 벗겨 냈다.

"더는 벗기지 마."

"응. ……키스만 하고."

옷을 벗어 던진 나는 그녀의 가슴 언저리에 볼을 비볐다. 성현의 손가락이 내 머리카락을 가만가만 빗어 내렸다.

"아가야, 젖 줄게. 이대로 자자."

나는 성현의 한쪽 손을 이끌어 내 다리 사이로 가져갔다. 서운하게도 그녀는 그것을 두어 번 토닥이더니 미련 없이 손을 떼어 냈다. 심술이 난 나는 발그레하게 달아오른 유두를 번갈아 깨물었다.

"아파."

"성현아, 응?"

"이대로 날 안으면 자기가 하고 싶은 것에 반도 못 할 거야. 장담해."

그건 안 되지. 욕망의 농도가 다르니 자존심이 상한다. 난 당신을 이렇게 원하는데 당신은 낮잠이 더 좋아? 이게 말이 돼?

"누나, 응? 응?"

마지막 카드까지 다 썼다. 이 정도면 들어줄 때도 됐잖아.

"오늘은 내가 다 할 거라고 했잖아. 지금 하면 대충 한 번, 이따가 하면 화끈하게 두 번."

"누가 하면 어때서. 내가 더 잘하잖아."

그녀가 내 정수리에 입술을 묻고 쿡쿡 웃었다. 토실한 엉덩이를 움켜쥔 나는 고개를 들어 땀이 밴 목덜미를 부드럽게 빨아들였다. 입술이 닿은 자리마다 흔적을 남기고 싶지만, 허락하지 않겠지. 집을 나서면 나만의 여자가 아니니까.

"맞는 말인데…… 난 여배우라서 몸을 아껴야 하거든. 어떤 남자가 그러더라고."

"어떤 놈이 그렇게 허세를 떨었어? 그것도 침대 안에서?"

"그래서 더 좋았어. 그런 말을 해 줘서."

언젠가 성현이 내게 물었다.

'비 오는 수요일엔 뭐 했어?'

'음…… 노래 연습했어. 비 오는 날 부르면 더 잘 부르는 것 같거든.'

한 번만 더 물어 줘. 비가 올 것 같은 수요일엔 뭘 하고 싶은지.

"준유야, 사랑해."

내 눈높이에 맞춰 내려온 성현이 도톰한 입술을 열어 다시 속삭였다. 서준유, 너만 사랑해. 피부처럼 감기는 시트 위에서 그녀의 까만 눈을 핥듯이 응시했다. 6일만 만나 준대도 더 바랄 게 없던 때가 있었는데. 배가 너무 불렀다.

"지금 원하는 걸 말해 봐. 뭐든 다 들어줄게."

얌전히 자라고 하면 군말 없이 잘 것이고, 재워 달라면 잠에서 깰 때까지 도닥여 줄 것이고, 안아 달라면 온몸을 흠씬 바쳐 충성할 것이다. 누군가를 죽여 달라고 부탁한다 해도 기꺼이 들어줄 수 있다. 뭐든. 내 여자가 원하면 뭐든.

그녀는 내가 할 수 있는 가장 쉬운 일을 주문했다.

"잠 깼어. 샤워시켜 줄 거지?"

요 며칠 성실한 회사원처럼 지냈다. 특별한 행사가 있지 않은 다음에야 동선은 뻔하다. 소속사 건물, 늘 다니던 피트니스 센터, 자주 다니는 식당 정도. 다분히 계산된 행동이었다.

오전 9시쯤 느긋이 집을 나와 피트니스 센터에 들른 뒤, 종일 회사 안에서 머물다 정문용 대표와 이른 저녁 식사를 하는 중이다. 가끔 회식 장소로 이용하던 소속사 근처의 중국 요릿집이었다.

"순한 술로 한잔 안 할래?"

"사장님 드세요. 따라 드릴게요."

"혼자 무슨 재미로. 내가 너 서른 살쯤 되면 술고래가 돼 있을까 봐 걱정했던 건 아냐?"

"압니다."

"그래서 좋긴 한데, 어색한 건 어쩔 거야?"

"줄이니까 줄더라고요."

"오늘도 니 결혼식이 언제인지 묻는 전화 엄청 왔어. 광화문 한복판에 핵폭탄을 날리겠다는 것도 아니고 징그럽다, 진짜."

어쩌면 정 대표는 결혼식을 하루 앞둔 오늘까지도 내 결혼을 물리고 싶을지 모르겠다. 비밀스럽게 만나다가 서로에게 질려 헤어지거나, 이 바닥의 여자들은 역시 빤하고 뻔하다는 데 방점을 찍고 원래의 자리로 돌아와 주길 기대했을 수도 있겠다.

"내일 조심해서 오세요. 사모님도 같이요."

"너나 조심해. 난 네가 서른도 안 돼서 장가갈 줄은 정말 몰랐다. 재유가 한다면 모를까. 마흔쯤 돼서 열두 살쯤 어린 미모의 일반인하고 할 줄 알았지."

〈온리 원〉을 찍을 때까지만 해도 아내도, 아이도 관심 밖의 문제였다. 그런 내가 이젠 태어나지도 않은 아이 생각을 종종 한다. 긴 시간 나는 탄탄대로를 달리는 정문용 대표의 인생에 착실한 동반자가 돼 주었고, 이젠 작지 않은 걸림돌이 되고 있다. 하지만 언제까지 그의 사업 스케줄에 맞춰 살 수는 없었다.

"결혼 축하선물은 준비하셨어요?"

꿔바로우를 접시에 덜던 정 대표가 빙긋이 웃으며 고개를 들었다. 나는 울면 국물을 떠먹으며 그의 대답을 기다렸다.

"이렇게 순순히 장가보내 주는 기획사 사장이 세상 어디에 있냐? 네 얼굴만 뜯어 먹어도 10년은 배가 부를 텐데. 갑자기

히딩크가 생각나네."

얼마나 더 배가 불러야 정문용 대표가 만족할까. 연예인도 아니면서 늘 체중 조절을 하는 사람인데 오늘은 다 먹지도 못할 양을 시켜 놓고 이것저것 집적댄다. 난 면발을 들어 후루룩 삼켰다. 내가 울면을 좋아하는 걸 어떻게 알았는지 이 중식당 주방장이 메뉴에도 없는 걸 만들어 줘서 가끔 들른다.

"저도 이젠 가장인데 언제까지 대표님 그늘에서만 살 수는 없잖아요."

"넌 스무 살 때도 가장 같았어. 그게 참 대견하고, 안쓰럽고 그랬는데."

늘 그렇듯 혼자 배를 채울 생각은 없다. 사람한테 지칠 때도 많았지만 그렇게 사는 게 마음 편했다. 성공이 실패보다 좋은 이유는 더 많은 사람과 나눌 수 있어서가 아닐까. 명예든, 인기든, 금전적 혜택이든.

"다른 사람이 아닌 정 대표님을 만나서 다행이라고 생각했어요."

"미안하게 또 이러네. 너야 뭐 어딜 데려다 놔도 이만큼 못 나갔겠냐."

입대 전 스케줄이 꽤 쫀쫀하다. 11월 초 크랭크인 하는 대작 영화에 출연하는 것을 시작으로 내년 상반기를 목표로 한 앨범 준비도 쭉 해야 한다. 액션 신이 많은 역할이라 얼마 전부터 액션스쿨에 다니며 무술을 익히고 있다. 3년 만의 컴백 앨범은 입대 전 마지막 앨범이므로 최상의 모습을 보여 주고 싶었다.

그것 말고도 크고 작은 행사들이 날 기다리고 있다.

"가족계획 같은 것도 세웠어?"

"원래 그러는 거 아니에요?"

그는 내 대답에 당황한 것 같았다.

"미리 세워서 나쁠 건 없지. 아이는…… 군대 다녀와서 가질 거지?"

제대하고 낳으란 말이다. 애 없는 기혼남인 게 그나마 인기 유지에 나으니까.

"사장님 와이프라면 어차피 낳을 아이 마흔이 다 돼서 낳게 할 건가요?"

"너도 입대해야 하는데 혼자 키우게 할 순 없잖아. 성현 씨도 물 들어왔을 때 노 저어야지. 지금 한창 잘나가는데."

"저희가 훨씬 많이, 오래 고민하고 내린 결론이에요."

"아예 팬들 다 버리고 갈 거야?"

"여자 마음보다 더 변덕스러운 게 팬들 마음이라면서요. 제가 결혼하고, 애 아빠가 된다고 해서 싫어진다면 거기까지인 거죠. 그걸 어떻게 말려요?"

"너 결혼 발표하고 나서 공식 회원 탈퇴 수가 얼마나 되는 줄 알아?"

"그게 무서웠으면 애초에 연애도, 결혼 발표도 안 했어요. 저 말고도 대안이 많은데 다른 남자 찾아 떠날 수도 있는 거잖아요."

"아직 실감이 안 나겠지만, 사람 마음이 그게 아니야."

"대표님도 팬들하고 다르지 않아요."

"난 왜 걸고넘어져?"

"아무것도 안 해도 좋으니 옆에만 있으라고 했던 거 벌써 잊으셨어요? 그분들하고 뭐가 달라요?"

"그랬지. 그러니까 다 좋은데……."

정 대표가 목소리를 확 낮춰 덧붙였다.

"임신 아닌 건 맞지? 나만 알고 있을게."

"아니에요. 아니라고요. 이 얘기 더 해야 합니까?"

"그래, 니가 아니라면 아닌 거지. 마저 먹어. 식겠다."

입맛이 뚝 떨어졌지만, 만들어 준 사람을 생각해서 반쯤 남은 울면을 꾸역꾸역 삼켰다. 많은 이들이 내 나이가 결혼하기에 너무 이르다고 말한다. 처음엔 부모님도 그랬고, 가까운 친구들도 그랬고, 날 위한답시고 한 마디씩 거드는 사람 대부분이 그런 식의 걱정을 내비쳤다. 내가 정말 안타까운 건 나의 때 이른 결혼으로 누구보다 축하받아야 할 사람이 가장 상처받는 거다.

"다 드셨으면 일어날게요."

"니가 웬만해선 서운한 거 내색하지 않는 앤데. 그렇게 좋으냐?"

단순히 좋기만 했다면 이렇게 서두르진 않았을 것이다. 순수한 애정, 순백의 감정이라는 포장지를 덧씌우고 싶지만, 결혼은 지극히 이기적인 충족인지도 모른다. 나를 가장 깊이 이해할 사람, 내가 가장 오래 사랑할 수 있는 여자. 그녀에게도 솔직히 말했다. 우리의 결혼은 나의 이기심이 빚어낸 결과라고.

"저 말고도 좋다고 매달리는 남자 많았을 거예요. 나 같은 인간하곤 결혼 못 하겠다고 할까 봐 혼인 신고까지 서둘렀다고요."

"야, 너무 겸손한 것도 트렌드를 거스르는 거야."

"대표님이 아무리 과대평가하고 띄워 줘도 주제 파악 정도는 하고 살아요. 겁나게 운이 따랐다는 걸."

"운도 실력이라고 내가 최하 백 번은 말한 것 같은데? 성현 씨가 보통내기가 아닌 건 나도 알고 있어. 인정하긴 싫은데 너희 두 사람 잘 어울려."

"저도 그렇게 생각해요."

정 대표가 갑자기 웃음을 터트리는 바람에 주위가 조용해졌다. 오늘 같은 날은 더더욱 관심을 끌고 싶지 않다. 계산하기 위해 뒷주머니에서 지갑을 꺼내는 순간 정 대표가 말을 걸어왔다.

"주식으로 받을래? 현금으로 받을래?"

"무슨 뜻이에요?"

"결혼 선물이야. 현금이 10이면 주식은 두 배 줄게. 원하는 거로 골라."

"얼마나 주실 건데요?"

"니가 미안해서 마흔까지는 MO아티스트를 박차고 나가지 않을 정도로."

물티슈로 손을 닦아 낸 정 대표가 내 눈을 가만히 바라보았다. 단지 나만의 문제가 아니었다. 제이원 프로젝트가 이 회사에 있는 한 별개의 문제로 취급할 순 없을 테지.

"나가도 죄송하지 않을 만큼만 주세요. 그게 뭐든."

"……나도 집사람하고 의논 좀 해 봐야겠다."

"대표님, 전 진심으로 축하한다는 인사면 충분합니다."

"잘 살아. 영리하게 싸우고. 와이프 말을 잘 들으면 자다가도 떡이 생기는 법이지."

그의 중의적인 농담을 못 알아들은 척, 나는 컵 안의 물을 쭉 들이켰다. 지금쯤 동생이 집에 와 있을 시간이라고 생각하며.

"어디야?"

— 한류 스타 서재유의 신혼집. 얼른 와라. 어색해 죽겠다.

"가는 중이야. 저녁은 먹었어?"

— 대충 때웠어.

"초밥이라도 사 갈까?"

— 그게 속 편하면 그러든가.

정오쯤 동생과 통화하고 집으로 불렀다. 재유에게 너무 잔인한 부탁이라는 걸 알지만 더 좋은 방법을 찾지 못했다. 요 며칠 기자가 따라붙은 것 같은 느낌이 자꾸 들어 영 꺼림칙했던 까닭이다. 우리는 결혼식에 기자들을 초대할 마음이 전혀 없었고, 우리가 원할 때 알려지길 바랐다.

집에 들어갔을 때, 재유는 소파에 기대앉아서 텔레비전을 보고 있었다. 지난해 히트한 오정혜 작가의 미니시리즈였다. 테이블 위에 넉넉히 주문한 장국과 초밥을 차려 놓은 뒤 옷을 갈아입고 나왔다.

"왜 안 먹어? 난 사장님하고 같이 먹고 왔어."

"정문용 대표가 진심으로 축하해 주디?"

"그런 것 같았어. 아니어도 할 수 없고. 나한텐 제이원이라는 든든한 백이 있으니까."

"결혼식 전날 불러서 되게 미안한가 보네?"

나무젓가락을 뜯어 동생에게 내밀었다. 어려서도 엄마가 집에 없으면 동생의 밥을 챙겨 주곤 했다. 달걀프라이는 꼭 두 개이상 먹어야 하고, 김치는 꺼내 놓기 전엔 귀찮아서 찾지 않던아이. 키도 덩치도 더 작았지만 내가 형이니까 돌봐 줘야 한다고 생각했다.

"어서 먹어. 살이 좀 빠진 것 같다?"

"쪘다 빠졌다 하는 거지 뭐. 현관 비밀번호는 무슨 뜻이야? 규칙을 찾을 수가 없더라."

"이 집 우편주소 거꾸로 한 건데?"

한 상자를 먼저 비운 재유가 장국을 통째 들이마셨다. 남은초밥을 같이 먹어 치우는 동안 엄마에게서 연락이 왔다. 며느리와 먼저 통화하셨다니 대단한 발전이다. 여섯 살 연상의 루머범벅인 여배우를 며느릿감으로 탐탁지 않아 했던 엄마를 설득하는 건 짐작처럼 쉬운 일이 아니었다. 가장 손쉬운 방법이 있긴 했지만, 그건 우리만의 추억이니 건드리고 싶지 않았다. 다만 당신의 아들이 택한 여자니 믿어 달라고 거듭 부탁드렸다.

"아버진 누나 되게 예뻐하시더라? 입만 열면 우리 성현이, 우리 며느리. 누가 보면 숨겨 놓은 딸인 줄 알겠어."

"우리 집 남자들은 다들 백성현한테 맥을 못 추잖아."

허, 짧은 탄식을 뱉어 낸 재유의 한쪽 입매가 삐뚜름하게 휘었다.

"난 빼 주라."

"그럼 고맙고."

"내가 도와줄 게 뭐야? 내일 대타라도 뛰라는 거야?"

"비슷해. 수트는 챙겨 왔지?"

"내 결혼식도 아닌데 꼭 입어야 해? 어차피 야외에서 하는 거 편하게 있자."

"안 갖고 왔으면 내 거라도 입어."

"적당한 거로 한 벌 챙겨 왔어. 어떻게 할 건지나 말해. 기자들이 집 근처에서 어슬렁대?"

"거의 따라다니는 수준이지. 요새 사고 치는 연예인이 별로 없어서 그런가. 난 내일 새벽 6시 전에 집에서 나갈 거야. 니 차 타고. 니 옷도 내가 챙겨 갈게. 머리 손질은 펜션에 와서 해. 넌 9시쯤 내 차를 타고 우선 회사로 가. 아, 나갈 때 내 모자 꼭 쓰고. 회사 주차장에 차 세워 두고 상황 봐서 택시 타고 상엽이 집으로 가면 돼. 놀러 가는 것처럼. 중간에 민규랑 합류해서 늦지 않게만 와. 전화해 둘게."

"이 자식들은 도대체 누구 친구야?"

"우리 친구지. 얼마 전에도 너희 집에 놀러 갔었다던데? 걔들 말로는 여자들한테 전화가 그렇게 자주 온다고……."

"완벽한 과장이야. 루텔라하고 작사가, 도우미 아주머니한테 전화 온 거밖에 없었어. 자식들, 진짜!"

"루텔라 신곡 악보 봤는데 좋더라."

"내일 라이브로 들어 봐. 루 가수님이 축가로 불러 주시겠대요. 걔는 참, 이상한 애야."

"니가 생각하는 것보다 훨씬 좋은 사람이지. 그걸 니가 언제 깨달을지 모르겠지만."

"그렇다 치고, 유부남 되는 기분이 어때?"

"아직 실감 안 나."

"일찍 자라. 새신랑이 비실대면 안 되지."

"어디서 잘래? 같이 잘까?"

"징그럽게 왜 이래."

"너 어려서 말이야."

"또 무슨 소리를 하려고?"

"초등학교 저학년 때까지 무섭다고 내 손 잡고 자던 거 기억나?"

"어떻게 그런 건 잊어버리지도 않냐?"

"나도 사실 무서웠거든. 니가 내 손을 잡기 전까진 늘 조마조마했던 거 같아. 형 노릇 하는 게 가끔은 버거웠어."

"차라리 나가서 총각파티를 해. 고해성사 그만하고."

문득 동생을 한번 껴안아 보고 싶다는 생각이 들었다. 마지막으로 손을 잡고 잔 게 언제였는지 기억나지 않는다. 미안하다는 말은 이제 그만해야 할 것 같다. 사랑한다는 말은 쑥스러워 할 수 없었다.

"그냥, 혼자가 아니어서 좋았다고."

"……다음 세상에선 내 동생으로 태어나. 쌍둥이는 말고."

"그것도 나쁘지 않겠네. 사고 치면 니가 해결해 주라?"

"반쯤 죽여 놔야지."

"그러든가. 현관 쪽 손님방에서 편히 자. 내일 아침에 전화로 깨워 줄게. 냉장고에 죽 사 온 거 넣어 놨으니까 빈속으로 나오지 말고 데워 먹어."

"누나하고 통화 안 해? 전화 기다릴 것 같은데."

"오면서 했어. 자기 전에 또 해야지. 너도 푹 자라."

다음 날 새벽, 해가 뜨기도 전에 집을 나왔다. 어둠이 걷히고 안개가 잔뜩 낀 도로를 느릿느릿 운전했다. 이 길이 끝나고 안개가 걷히면 다른 세상이 펼쳐지려나. 식을 올리는 오늘까지도 여전히 실감 나지 않는다.

우리의 결혼식 사진은 팬들에게 가장 먼저 공개될 예정이다. 난 그들을 여전히 나만의 방식으로 사랑하고 고마워한다. 나의 진심을 알아주지 않아도 오래 서운해하지 않을 것이다.

펜션이 보이는 좁은 시골길로 접어들었을 때, 저만치서 호리호리한 사람이 서성이는 게 보였다. 얼굴이 보이지 않아도 누군지 알 수 있었다. 통화 기록을 찾아 누른 나는 운전 속도를 늦췄다.

— 오는 중이야? 안개가 너무 많이 끼었던데.

"천천히 가고 있어. 뭐 해?"

— 신랑 기다리지. 안개가 많은 날은 하늘이 맑대.

"결혼하기 딱 좋은 날이네."

— 그러게. 하늘도 우릴 도와주는 건가?

"내가 격하게 아부 좀 했어."

그녀의 웃음소리에 난 단숨에 행복해졌다. 우리의 앞날도 가을 하늘처럼 티 없이 맑았으면 좋겠다. 저 여자가 날 미워하는 날이 영영 오지 않았으면 좋겠다. 눈이 먼 사람처럼 평생 한 여자만 사랑하는 남자로 살았으면 좋겠다.

— 준유야, 우리 잘 살 수 있겠지?

"그럼. 내가 잘할게. 나만 잘하면 되지 뭐."

당신은 이 넓은 세상에 인연이 있다는 말을 믿는가. 당신은 가장 소중한 것을 볼 때 어떤 눈길로 바라보는가. 그녀를 알게 된 후 나는, 한꺼번에 10년 치의 인생을 산 것만 같다.

"백성현, 옆으로 돌아봐. 아니, 그쪽 말고 반대쪽으로. 어, 그렇게. 옷이 얇아 보이네. 시골 날씨는 더 서늘하던데."

— 저 앞에 오는 차, 자기야? 차 색이 다른데…….

저기 내 사람이 다가온다. 두려움이 깃든 목소리로 고개를 갸웃하며 내 얼굴을 찾는다. 내 눈에서 아직도 찾지 못한 정답이 있다면 부디 안심하라고 말해 주고 싶다. 나, 서준유는 늘 당신 옆에, 당신 편이 되어 머물 거라고.

"응, 나야."

차에서 내린 나는 그녀가 조금이라도 덜 불안하도록 두 팔 가득 안아 주러 발걸음을 서둘렀다.

제이원

가끔 혼자가 된다는 것이
우리에게 정말 필요한 것 같았어.
당신은 이 시간들이 상처가 될 거라고 했지만
난 그걸 몰랐어.

루더 밴드로스Luther Vandross ― 〈I'd Rather〉 가사 중에서

"살 좀 빠졌다?"

벼룩의 등짝만큼 예뻐진 것 같기도 하다. 웃으면 바로 드러
나던 턱살도 사라지고 치수도 한 단계쯤 줄어 보인다.

"너도 빠졌네."

"설마, 연애하냐?"

"아니, 짝사랑 비슷한 거."

"어디 할 게 없어서 그 나이에 짝사랑이야."

"그치? 내가 생각해도 너무 한심해."

식탁 위에 천 보자기를 올린 루텔라가 안의 것들을 하나하나 꺼냈다. 보따리를 들고 다니는 발라드 가수라. 미국 동부의 대도시에서 자랐다는 애가 평생 두메산골에서 산 할머니처럼 군다.

"뭐가 이렇게 많아?"

영자신문으로 둘둘 싼 것을 펼치자 피식 웃음이 나왔다. 이토록 아날로그 한 선물을 받아 본 게 얼마 만이지? 요즘 내 주변엔 자신이 얼마나 세련된 인간인지 티 내지 못해 안달 난 여자들이 수두룩하다.

"저번에 지방 행사 갔다가 산 된장하고 간장인데 깜장콩으로 만든 거래. 서, 서리…… 뭐랬더라."

거무튀튀한 된장을 보니 해 먹기 귀찮아 냉동실에 던져 둔 삼겹살 덩어리가 떠올랐다. 저녁엔 된장찌개에 삼겹살이나 구워 먹어야겠다.

"검은콩. 서리태."

"아, 그래. 그거. 선물하려고 몇 통 사 왔어. 장아찌는 작곡가님 고기 구워 드실 때 같이 먹으라고. 병은 끓는 물에 소독한 거니까 걱정하지 말고요."

네가 날 좀 아는구나. 파스타 소스 병을 재활용한 통엔 세 가지 장아찌가 들어 있었다. 뚜껑을 열어 하나하나 맛보았다. 청양고추, 마늘종…… 이건 버섯 같은데?

"버섯으로도 장아찌를 만들어?"

"마음만 먹으면 돼지로도 담글 수 있어."

"에이, 진짜!"

"왜 짜증을 내?"

"돼지가 통째로 간장에 담긴 모습이 떠오르는데 짜증이 나? 안 나?"

"그러니까 내 말은 작곡가님이 상상해 놓고 왜 나한테 화를 내냐고요."

"……그러게. 이건 무슨 떡이야?"

세 가지 색깔의 떡이 상자 안에 반지르르하게 드러누워 있다. 동글동글한 쑥색의 떡을 골라 입에 집어넣고 우물거렸다.

"막걸리 효모로 발효시킨 떡이래. 술 좋아하니까 이것도 좋아할 것 같아서."

떡은 아직 말랑말랑했다. 하루 이틀 숙성시켜서 먹으면 더 맛있다. 보통 떡처럼 금방 굳지 않는다. 2, 3일 지나면 냉동실에 넣어 두고 먹을 만큼만 꺼내 데우든가 기름에 지지든가 해서 먹어라. 지진 떡은 식혀 먹으면 더 좋다. 떡과 장아찌를 번갈아 먹으며 루텔라의 설명을 들었다. 존칭을 어색하게 써서 그렇지 이젠 제법 들어 줄 만하게 한국어를 구사한다.

"근데, 스캔들 나면 어떡하려고 집으로 불러? 연달아 터지면 좀 그렇지 않아?"

"너하곤 7박 8일을 같이 지내도 스캔들 안 나니까 걱정하지 마."

지난달 나는 바에서 술을 마시다가 동행인의 친한 동생이라는 데뷔 4년 차 탤런트와 합석하게 됐고, 그때 찍힌 사진이 인터넷 가십난에 올라 '서재유'의 평판에 먹칠을 했다. 결혼 발표의 여운이 식기도 전이었다.

다행히 그 시간 형은 오정혜 작가의 작업실에서 성인우 감독과 미팅을 하고 있었다. 그 일로 나는 모친에게 한 달 가까이 잔소리를 들어야 했다. 내 죄는 일생일대의 중대사를 앞둔 형을 도와주진 못할망정 아무 여자나 만나고 싸돌아다닌 데 있었다.

"결혼이 코앞인 서재유 씨를 걱정하는 거야."

"오해 풀린 게 언젠데. 나의 형제님이 그 정도로 꽁한 인간은 아니거든."

"그렇긴 하지. 근데 보통의 일란성 쌍둥이는 성격도 비슷하지 않나?"

"니가 잘 몰라서 그러는데 우리 형제는 공통점이 더 많아."

"얼굴, 키, 목소리 그런 거 말고 여자를 대하는 마음가짐 같은 거."

갑자기 아버지가 즐겨 부르던 노래 가사가 떠올랐다. 사랑해선 안 될 사람을 사랑하는 죄이라서. 말 못 하는 내 가슴은……. 루텔라, 서준유는 꿈속의 사랑이니 어서 깨라.

"넌 다른 여자들이 나를 어떻게 대하는지 눈여겨볼 필요가 있어."

그날 만났던 4년 차 탤런트는 애교도 많고 웃음도 많았다. 본인이 치아교정만 한 자연 미인이라는 걸 은근 강조하기에 이런 식의 맞장구도 쳐 주었다.

'너의 눈, 코, 입이 원래부터 네 거라는 거지?'

그따위 말에도 깔깔 웃어 줄 만큼 긍정적인 성격이었다. 이참에 그 애랑 시한부 연애나 해? 이름까지 예쁘던데.

"너, 순정이 뭔지 알아?"

"우리 이모 이름."

"명문대 생물학과 출신이라는 거 혹시 허위 학력 아니야?"

"Pure love. 서재유가 성현 언니를 대하는 태도, 마음 같은 거. 그런 게 순정이지?"

열아홉의 나는 왜 이름을 바꿔 말했을까. 도대체 무슨 생각으로. 다시 기회가 왔을 때 왜 쉽게 포기했을까. 그깟 한 글자가 너무나 많은 것을 꼬아 놓았다.

"남녀 사이에 순수하기만 한 사랑이 어디 있어? 그런 건 엄마가 아기한테나 주는 거야."

물끄러미 날 응시하던 루텔라의 눈빛이 순간 차가워졌다. 정말이지 이 여자를 이해할 수 없다.

"난 왜 불렀어?"

"천 년 묵은 고목도 너보단 부드럽겠다. 내가 존경까지는 바라지도 않는데……."

"보들보들 아양 떠는 여자들 천지인데 나 하나 더 보태 봐야 태평양 한가운데 오줌 누기잖아요."

"비유를 해도 꼭 추접스럽게."

확 구겨지는 내 얼굴을 무심히 스친 루텔라의 눈동자가 창밖을 응시했다. 거실 창으로 보이는 바깥 풍경이 제법 근사해지는 계절이다. 이런 애가 뭐가 예쁘다고 곡을 주나. 내 곡을 하나라도 받으려고, 나와 말이라도 한 번 섞고 싶어서 영혼까지 바칠 기세인 여자 가수들이 줄을 섰는데.

"작곡가님, 스웨덴의 가을은 어때?"

"하나만 해라. 존대를 쭉 하든가, 아예 말을 놓든가."

"나이는 같은데 나한텐 작곡가님이 갑이니까 애매하네. 여기하곤 다르지? 궁금해."

"한국보다 한 달 정도 빠르다고 생각하면 돼. 사과랑 자두랑 한창 따 먹겠네."

"자두? 한국 자두랑 비슷해?"

"아니. 신맛은 거의 없고 단맛이 강해. 모양도 약간 다르고."

"아, 맛있겠다. 진짜 맛있겠다."

"그래도 과일은 우리나라 게 제일이야."

"그건 맞는 것 같아. 자두 엄청 좋아하는데 올여름엔 다이어트 한다고 많이 못 먹었어."

"나 같으면 운동을 더 하고 먹고 싶은 거 실컷 먹겠다."

"운동도 하지. 작곡가님처럼 축복받은 체질이 아니라서 문제지. 스웨덴 친구들은 또 안 와?"

"겨울에 온다더라. 초대도 안 했는데."

"여자 친구들도? 카리나, 또 누구더라."

"마야. 걔넨 그냥 친구야. 뭐 마실래?"

"저번에 갖다 준 우엉차 남았어?"

루텔라와 창가에 나란히 서서 우엉차를 마셨다. 그림에 소질이 있다면 한 번쯤 그려 보고 싶은 9월의 풍경이다. 곧 단풍이 들겠지. 바람이 점점 사나워지고 가끔은 눈보라도 치겠지. 사시사철 꽃이 피고 단풍만 드는 나라에서 태어날걸.

"바깥 텃밭은 왜 방치해?"

"어이구, 이젠 방치란 단어도 쓸 줄 아네."

"그래 봐야 오십보백보지 뭐. 상추나 치커리 같은 거라도 심지."

"내 몸뚱이 하나 거두는 것도 힘들다. 얼마나 먹는다고 그 짓을 하냐."

"그렇다고 비싼 땅을 놀려? 아깝게."

"그럼 루꼴라나 키워 볼까? 피자에도 얹어 먹고, 샐러드도 해 먹고. 루텔라, 루꼴라 어때?"

"내 입맛엔 별로지만, 키운다면 응원할게."

에이, 재미없다.

"한 달 안으로 싱글 앨범 내자. 곡 두 개 들려 줄 테니 하나만 골라."

"한 달 안에 가능해?"

"못 할 건 또 뭐야. 곡 있겠다, 가사야 얼른 붙이면 되는데. 음원으로 먼저 나올 수도 있어."

"드라마에 들어갈 거야?"

"아니. 니가 불러야 더 잘 팔릴 것 같아서. 그 구질구질한 오피스텔에서 이사 좀 하고. 내가 돈을 그렇게 벌게 해 줬는데 아직도 월셋집에 사냐? 하고 다니는 거 보면 사치도 안 부리는구면. 차가 저게 뭐냐? 등에 업고 달리는 게 빠르겠다."

집 앞 주차장에 루텔라가 타고 온 소형 자동차가 보였다. 거저 준대도 싫을, 연식이 오래된 구형 모델이다.

"내년에 좀 넓은 집으로 이사하려고. 평소엔 회사 차 주로 타고 다니니까 불편한 거 별로 없는데?"

"니가 저런 차를 끌고 다니면 내 곡 받아서 돈도 못 번 것 같잖아."

"작곡가님 얼굴 세워 주려고 차까지 바꿔야 하나."

"응, 바꿔. 최하 2,500CC급으로."

"그럴게요. 올해만 지나면 빚은 다 갚을 거 같아."

"그 개자식은 잘 먹고 잘산다더라."

"그런가 봐. ……어릴 땐 나쁜 짓을 하면 무조건 벌을 받는 줄 알았어."

구구절절한 사연은 모르지만 견디다 못해 전 소속사 대표에게 위약금을 물어 주고 나왔다고 들었다. 루텔라는 솔직한 편이지만 본인 얘기엔 인색했다. 언젠가 형이 말했던 '이 바닥에서 받은 숱한 상처'도, 건널목 한가운데에서 오지도 가지도 못하고 갇힌 것처럼 정체됐던 시간도 띄엄띄엄 건너 들은 것뿐.

"더 살아 봐야 아는 거지. 아직 인생 다 끝난 거 아니니까 그 인간도 대차게 망할 날이 올 거야. 내가 어쩌다 생각날 때마다 독하게 빌거든."

"뭐라고 비는데?"

"들으면 무서울 텐데? 잠깐 기다려. 악보 가져올게."

"은혜는 잊지 않을게요, 작곡가님."

잠시 악보를 들여다보던 루텔라가 피아노 앞에 앉더니 바로 치기 시작했다. 행사용으로 부르기에 맞춤인 멜로디. 가사만 쌈박하게 받쳐 준다면 더 바랄 나위 없이 대중성 있는 곡이 될 것 같다.

"이거 터지면 몇 년은 행사만 다녀도 먹고 살 수 있을 거야."

"나한테도 좋은 날이 오는 거야?"

"장담해. 이건 크게 터진다."

"내가 받아도 되나? 다른 가수가 더 어울릴 것 같은데."

"돈 못 버는 이유가 있다니까. 니가 그 걱정을 왜 해?"

"힘들게 만든 곡인데 제일 잘 어울리는 가수한테 가는 게 맞지."

"그 곡 한 시간 만에 만들었어. 오래 붙잡고 있다고 히트곡 나오는 거 아니야. 내친김에 댄스곡도 해 볼래? 이미지 변신 좀 해 봐. 춤 못 춘다고 구박했던 거 취소할게."

"가수인 나보다 배우인 성현 언니가 훨씬 잘 추더라. 나도 날 알아."

딱 한 번 이 집에 네 사람이 모인 적이 있다. 나를 제외하고 몇 차례 더 만났다는 소릴 들었다. 지난해 누나의 생일에도 같이 오라는 초대를 받았고, 올해 생일에도 초대한다지만 혼자서든 둘이서든 가지 않을 생각이다. 생각할수록 루텔라를 이해할 수 없다.

"빡세게 연습하면 되지."

"댄스 트레이너 오빠가 난 도저히 안 되겠대. 그냥 마이크 붙잡고 부르래."

오빠?

"내가 가르쳐 줄게. 그 트레이너보다 내가 더 잘 춰. 조금 느린 템포의 댄스곡으로 하면 되잖…… 됐다. 5킬로만 더 빼고 다시 말하자."

두 번째 보여 준 곡은 미디엄 템포의 발라드였다. 가사도 없는 곡을 허밍을 넣어 가며 연주하는데도 노랫말이 들리는 것만 같다. 가이드 보컬이 필요 없을 정도로 내가 상상한 것 이상을 보여 주니 가수로서 편애를 안 할 수가 없다. 그러니 이런 보컬을 놓친 전 소속사 사장 놈은 얼마나 한심한 인간인가.

"어때?"

"울고 싶을 때 뺨 때리는 곡이네. 좋은데, 정말 좋은데 왜 슬프지?"

가사는 쓰다 말았고, 제목은 몇 번이나 지웠다 썼다 했던 곡. 벌써 1년 전에 만들어 둔 곡이다. 그때의 마음도 그랬다. 다른 여자를 보고, 다른 여자를 만나고, 다른 여자를 사랑할 거라고.

"이 노래 재유 씨랑, 성현 언니 결혼식에 축가로 부르면 좋겠다. 가사 예쁘게 잘 붙여서. 내가 불러도 돼?"

"……진심으로 그러고 싶어?"

가슴에 손을 얹고 다시 말해 보라고 하고 싶다. 네가 좋아했던 남자의 결혼식에 가서 기쁜 마음으로 축가를 불러 줄 수 있는지.

"두 사람한테 어울릴 것 같아."

이런 순정파를 봤나. 너도 나만큼이나 딱하구나.

"작곡가님, 제목 아직 없으면 내가 지어도 돼?"

"뭐라고 하고 싶은데?"

"Blessing(축복)."

얘, 뭐지? 내가 생각한 제목과 똑같았다.

전화를 받은 건 충청북도 경계선에서 막 벗어났을 때였다. 동해안 7번 국도를 타고 남해로 흘러 들어갔다 다시 내륙으로 들어서 돌아오는 길이었다. 그렇게 대한민국을 반쯤 훑는 데 열흘 남짓 걸렸다.

사실은 지구 반대편 쪽에 가 있고 싶었지만, 그건 너무 어린 행동이었다. 형의 결혼식에 참석하지 않을 만한 이유는 내가 불의의 사고로 입원을 하든가, 유부녀와 사랑의 도피라도 해야 가능한 일이었다.

— 점심은 먹었어?

"먹어야지."

— 어디야? 아직도 집 아니야?

"집에 가는 중."

— 내일 결혼식엔 올 거지?

"안 가면 우리 모친이 날 살려 두겠어? 친척도 없어서 휑할 텐데. 그 얘기 하려고 전화했냐?"

때로 형과의 통화는 마주 보고 앉아 이야기하는 것보다 편하다.

— 미안한데 오후에 우리 집에 좀 가 있을래? 저녁 전에 가 있으면 더 좋고.

"무슨 소리야? 왜?"

— 요 며칠 기자들이 너무 심하게 따라붙어서. 니가 아니면 도울 수 없는 일이야. 자세한 건 이따 밤에 말할게. 비밀번호 문자로 보내 줄 테니 네 차로 조용히 들어가. 사람들 눈에 띄지 않으면 더 좋고. 참, 도우미 아주머니 오시는 날이니까 마주치기 싫으면 3시 이후에 가. 슈트도 따로 챙겨 오고. 내일은 집에 들를 시간 없을 거야.

"마지막까지 똥을 투척하는구만."

— 미안해. 나도 너한테 도움이 될 때가 있을 거야.

"무슨 그런 무서운 예언을 하고 그래."

— 늦어도 9시까진 들어갈게. 냉장고 뒤져서 뭐라도 챙겨 먹어. 주문해 먹든지.

근처 아무 밥집이라도 들를 생각이었던 나는 바로 집으로 가 다시 짐을 꾸렸다. 샤워를 마치고 라면을 하나 끓여 후루룩 먹은 뒤 다시 운전대를 잡았다. 길이 막히지 않으면 한 시간 거리였다.

형의 신혼집엔 3주 전쯤 와 본 적이 있다. 그때만 해도 형이 가져온 살림만 있어서 휑했는데 여자 하나가 추가됐다고 딴 집 같았다. 집 안 곳곳에 그녀의 흔적이 제법 있었다. 빨간색 이케아 그릇장은 버리고 왔는지 어디에도 보이지 않았다. 어이없게도 난 내가 버려진 것처럼 서운했다.

침실이 가장 궁금했지만 참았다. 두 사람의 잠옷이 나란히 걸려 있으려나. 침실 맞은편은 서재였다. 언제부터 그렇게 책을 봤다고 서재씩이나. 아, 책 좋아하는 여자와 법적 부부가 됐지.

손님방과 드레스 룸을 지나니 피아노가 놓인 작업실이 보였다. 방 문은 모두 열려 있었지만 선뜻 들어갈 수 없었다. 냉장고에서 생수 한 통을 꺼낸 나는 거실 소파에 드러누워 천장 샹들리에를 멍하니 바라보았다. 현관의 비밀번호 숫자는 무슨 의미일까.

눈을 떠도, 눈을 감아도 부엌 냉장고에 잔뜩 붙어 있던 폴라로이드 사진이 떠오른다. 이 집의 안주인은 환장하게 아름답다. 토라진 얼굴도, 째려보는 눈길도, 잠에서 막 깬 모습도, 입 안 가득 음식을 물고 찍힌 사진도. 카메라를 든 사람 눈에도 그렇게 보였겠지. 사진 속의 그녀는 내일 당장 생을 마감한대도 아쉽지 않을 만큼 행복해 보였다.

다행이다. 좋은 여자가, 좋은 남자를 만나서.

"날씨가 끝내주네. 온 천하가 서준유 결혼식을 돕는구만. 에고, 좁은 주방에서 지지고 볶고 사는 나만 불쌍하지."

운도 좋지. 날씨로 길흉화복을 점칠 수 있다면 평생 부부싸움 따위 하지 않을 만큼 화창한 날이다.

"상엽아, 볼륨 좀 줄여. 그 노래 너무 시끄럽다."

"어, 그래. 아직 30분은 더 가야 해."

안개가 싹 걷힌 시골길은 수수한 아름다움을 겉치레 없이 드러냈다. 서울에서 고작 한 시간 거리인데 이렇게 다르다.

"괜히 사회 본다고 했나. 떨려 죽겠네. 사랑하는 공민규야, 니가 혼자 하면 안 될까?"

"응, 안 돼. 그래도 20년 지기 친구라고 부탁했는데 욕은 먹이지 말아야지."

쑥스럽다며 서로 미루던 두 녀석은 배우 겸 MC인 박우진 씨에게 사회를 맡기겠다는 형 말에 결국 공동 사회를 보기로 약속했다. 창문을 내리고 시골 바람을 쐬던 난 잊어버리기 전에 그 말을 꼭 하고 싶었다.

"혹시나 해서 하는 말인데, 그 질문은 절대 하지 마라. 오늘 밤이 진짜 첫날밤인지 아닌지 묻는 거. 이 땅의 신혼부부들은 프라이버시도 없나."

"안 그래도 준유가 그런 식의 저질 멘트나 대답 요구하면 연 끊는댔어. 죽일지도 몰라."

"걔가 한다면 하잖아. 난 작년 초까지만 해도 준유가 서른도 안 돼서 유부남이 될 거라곤 1초도 생각해 본 적이 없거든. 뭔가 배신감 느껴지지 않냐? 상엽이 너도 그렇지?"

"말해 뭐 해. 그 인물 썩히며 총각으로 늙을까 봐 지레 걱정까지 했다니까? 연예인 걱정이 세상에서 제일 쓸데없는 걱정이라더니. 허구한 날 커피나 볶고 사는 내가 더 딱하지."

그로부터 5분 동안 둘은 시시콜콜한 이유를 들먹이며 본인이 더 불쌍하다고 우겨댔다. 민규는 몇 달 전 애인과 헤어졌고,

상엽인 2년째 솔로다. 주말이 없는 직업이라 연애 또한 자주 쉼표를 찍는다. 갑자기 보조석의 민규가 고개를 돌려 가며 물어 왔다.

"재유 넌 너 좋다는 여자 중에 마음에 드는 사람 없어?"

"여자는 많은데, 여자가 없다."

"음, 산은 산이고 물은 셀프지."

상엽의 대답에 피식 웃음이 흘러나왔다.

"서준유 보내니까 이젠 서재유가 저래요. 복잡한 세상 쉽게 말하자, 쉽게."

"뭐가 어렵냐. 산 좋고, 물 좋고, 정자 좋고, 미세먼지까지 없는 곳이 그만큼 드물다는 거지."

"언젠가 내 첫사랑 주은이가 그러더라. 완벽한 여자 찾아 헤매지 말고 좋은 남자가 될 생각부터 하라고."

완벽한 남자와 좋은 남자 중 난 어느 쪽일까. 둘 다 아닌 걸까. 죽기 전에 둘 중 하나는 될 수 있을까.

"주은이가 옳은 말 했네. 민규 넌 주은이하고 헤어지지 말았어야 했어."

"내가 차인 거다, 인마! 그래서 재유 넌 눈여겨보는 여자가 없다는 거야, 있다는 거야?"

얼굴 몇 개가 눈앞을 휙휙 스쳐 가지만, 이내 잔상조차 희미해진다. 얼마 전 내게 했던 형의 조언이 떠올랐다.

'네 아이를 임신해도 괜찮을 여자가 아니면 시작도 하지 마.'

그것도 조언이라고. 인생을 너무 진지하게만 사는 거 아닌가.

'억울해도 할 수 없어. 널 목표로 덤비는 여자가 한둘이 아닐 테니. 오는 대로 다 받아 줄래?'

"여자 생기면 '리허설'에 데리고 갈게. 됐지?"

괜히 말했다. 식이 열리는 펜션에 도착할 때까지 서준유와 성현 커플의 '리허설' 방문기를 끝없이 들어야 했다. 하도 자세히 떠들어서 그 자리에 같이 있었던 것처럼 느껴질 정도다.

"무슨 짓을 하면 애가 그렇게 푹 빠져? 누나한테서 아주 눈을 못 떼. 가시는 걸음걸음 강력접착제가 촘촘히 붙어 있다니까."

"예쁘잖아."

민규의 짧은 대답에 상엽이 되물었다.

"준유가 일하면서 만나는 여자 중 안 예쁜 여자가 몇이나 돼? 더 예쁘고, 덜 예쁘고 차이지."

"더 예쁜 여자가 몇이나 되겠어. 그 큰 눈으로 말갛게 쳐다보면서 말하는데 아주 정신을 쏙 빼놓드만. 준유가 그렇게 자주 웃는 거 처음 봤잖아. 애도 바로 낳을 거라던데 뭘. 돈이 많아서 그런 거야? 더 벌 마음이 없는 거야? 팬들이 알면 뭐라고 할지 내가 더 무섭다."

"애도 없이 달랑 입대하면 불안하지 않겠어? 누나도 배우인데 주변에 끼 부리는 놈들이 한둘이겠냐고. 근데 둘이 애기 낳으면 진짜 예쁠 것 같지 않아? 난 왜 갑자기 서준유의 2세가 격하게 보고 싶냐."

식은 아직 시작도 하지 않았는데 벌써 지친다. 휴대폰 문자로 파이6 멤버들이 보낸 메시지가 연달아 왔다. 벌써 도착해

무대를 세팅하고 있다는 내용이었다. 시키지도 않은 짓을 하면서 내심 뿌듯한지 야외식장 사진까지 첨부해 보냈다.

"아직 멀었어?"

"5킬로만 더 가면 돼."

상엽이 백미러로 눈을 맞춰 왔다.

"둘이 잘 살 거야. 재유야, 기분 좋게 축하해 주자."

난 상엽의 뒤통수를 보며 씩 웃었다. 뭘 알고 하는 말인지, 무심코 던진 말인지는 모르겠지만 이 결혼에 찬물을 끼얹을 생각은 없다. 그녀를 행복하게 해 줄 사람이 서준유라면 이 결합은 무조건 옳다.

"둘 다 고생 많이 했는데 이젠 비단길만 걸어야지……."

펜션에 도착한 지 20분이 지나서야 신부를 볼 수 있었다. 문틀에 기대선 나는 대기실로 꾸민 방 안을 조용히 지켜보았다. 안영하 피디, 박지형 감독, 오정혜 작가, 배우 박우진이 그녀를 둘러싸고 한두 마디씩 성격대로 덕담을 던졌다.

"이 커플은 집에 들어앉아 애만 낳아도 애국하는 거지 뭐. 2세가 얼마나 예쁘겠어. 셋 낳아라, 셋!"

"안 피디, 그게 여배우한테 할 덕담이야? 여배우한테 애가 하나라도 딸려 있으면 할 수 있는 역할이 반으로 줄어든다고."

"이 커플이 아기를 얼마나 좋아하는데? 박 감독, 솔직히 난 다음 배역보다 두 사람 2세가 더 궁금하다."

"어휴, 진짜. 피디가 돼서 하는 말 하곤. 성현 씨, 약속해요. 연기도 쭉 하는 겁니다?"

다들 반가운 얼굴이지만, 내가 누구라고 밝히며 알은체할 수가 없었다. 오정혜 작가를 실물로 보는 건 오늘이 처음이다.

"메릴 스트립은 애가 넷이나 돼도 멜로 영화 잘만 찍더라. 우리나라 여배우들은 언제까지 완벽하게 몸매 관리하고 예뻐야 해? 안 늙는 사람이 어디 있다고. 그런 의미에서 성현아, 내 작품 하나 더 해야지? 다음엔 스릴러로 가자."

10월의 신부가 된 성현이 오 작가를 향해 환히 웃었다. 아이보리색 웨딩드레스를 입은 그녀는 단지 외모 때문에 서준유가 푹 빠졌대도 믿을 정도로 아름다웠다. 새신랑은 어디 간 걸까. 이렇게 고운 신부를 두고.

"세상엔 말이야, 건드리면 안 되는 게 몇 가지 있거든. 리암 니슨의 딸, 키아누 리브스의 애완견, 마지막으로 서재유의 와이프."

우진 형의 너스레에 미소 짓던 성현이 고개를 갸웃하며 나와 눈을 마주쳤다. 그녀의 검은 눈동자가 내 얼굴에 머문다. 아무렇지도 않게 이 문턱을 넘어야겠지. 들고 있는 부케보다 천 배쯤 예쁜 저 여자는 하나밖에 없는 형의 아내니까.

"우리 도련님 왔네."

사람들의 시선이 동시에 내게로 이동했다. 그녀에게 나는 내가 아는 가장 평범한 축하 인사에, 내가 줄 수 있는 가장 큰 진심을 담아 건넸다.

"형수, 결혼 축하해요."

성현

영혼도 연료가 필요하다. 그것도 마를 수 있기 때문이다.

아인 랜드Ayn Rand ―《파운틴헤드The Fountainhead》서론 중에서

"재유가 깜짝 놀라겠네."

오정혜 작가는 그의 본명을 알지만 늘 재유라고 부른다. 원래의 재유를 제이원이라고 부르는 것처럼.

"괜히 부담 주는 거면 어떡하죠? 어제 통화할 때도 아무 말 안 했는데."

"좋아할걸? 당황하면 구석으로 데리고 가서 찐하게 키스 한 번 해 줘."

그녀의 남편과 나의 남편이 될 남자가 일하는 촬영장으로 가는 중이다. 뒷좌석과 트렁크는 인천에서 퀵 서비스로 받은

닭강정과 아침 일찍 일어나 손질하고 포장한 색색의 과일, 지난밤부터 준비한 두 종류의 샌드위치로 가득 차 있다. 동생에게 뒷정리를 부탁하고 서둘러 집을 나선 게 두 시간 전쯤. 중간에 오 작가를 픽업한 뒤 내내 도로 위다.

"저희는 타인 앞에서 애정 표현을 하지 않는 편이라."

"얼씨구. 혹시 첫눈에 반했다는 말 안 해?"

"안 그래도 물어본 적 있는데, 자긴 그렇게 쉬운 남자 아니래요."

오 작가의 호쾌한 웃음이 노랫소리에 감겨든다. 요샌 준유가 추천한 음악을 주로 듣는다. 세상에 얼마나 아름다운 음악이 많은지 그를 통해 새삼 깨닫고 있다.

"길이 꽤 막히네? 근데 의상이 그게 뭐야. 잘나가는 여배우 맞니?"

"나름 화사하고 샬랄라 하지 않아요?"

"몸매가 확 드러나게 입고 오지 그랬어. 있는 것도 못 써먹니?"

"짧거나 딱 붙게 입고 가면 안 좋아할걸요."

"진지하게 충고하는데, 둘이 있을 때도 싫어하면 지금이라도 헤어져. 그런 남자 아무짝에도 쓸모없다?"

얼마 전 함께 지냈던 1박 2일이 떠올라 웃음이 나왔다. 그는 내가 천으로 된 무언가를 입거나 걸치는 걸 몹시 못마땅해했다. 심지어 침대 밖에서조차.

"작가님은 성 감독님하고 작업하는 여배우들 신경 안 쓰이세요? 요새 여배우들은 배우보다 감독을 더 좋아하는 것 같던데."

"우리 부부는 그 정도로 사랑하는 사이가 아니라니깐?"

"하하, 꼭 이러신다."

"왜 믿질 않니. 그 질문은 내가 해야 하는 거 아니야?"

헤아릴 수 없을 정도 많았던 내 남자의 숱한 파트너들. 심지어 상대는 기억해도 준유 쪽에선 기억 못 하는 경우도 있다. 얼마 전에도 레스토랑 입구에서 마주친 여자를 그는 알아보지 못했다. 여자가 자신을 몇 년 전 같이 찍었던 캐주얼 브랜드 화보의 파트너였다고 소개하자 그제야 미안하다며 공손히 인사를 건넸다. 모델치곤 키가 작은 편인 여자가 떠나자 준유는 얼굴이 너무 변해 알아보는 게 더 이상했을 거라고 부연 설명을 했다.

내게도 질투의 감정은 있다. 다만 일일이 의식하지 않으려고 노력할 뿐.

"그래서 웬만하면 활동 쭉 하려고요. 저 혼자만 신경 쓰면 억울하잖아요. 준유도 계속 신경 쓰게 하고 싶어요."

"부부 사이도 균형이 맞아야 오래가는 법이지. 부럽네. 난 이 나이 되도록 아쉬운 건 별로 없는데 화끈한 연애를 못 해 본 건 두고두고 후회되더라. 화끈하게 싸우고는 살았지. 부질없다, 부질없어."

한숨을 흘리며 뱃살을 툭툭 두드리던 오 작가가 선글라스를 꺼내 썼다. 한낮의 햇살과 뒤늦은 피곤함이 온몸을 나른하게 휘감았다. 길이 서서히 뚫려 간다. 길고 긴 여름도 저물어 간다. 결혼 발표 뒤의 두 달은 결혼 자체를 물리고 싶을 정도로 다사다난했다. 지금은 그저 잘 버텼다고 말하고 싶다.

"오늘 가면 다들 제 배만 처다볼 것 같아요."

"이 배가 어딜 봐서 4개월이야. 하여간 요새 기자들은 맞춤법도 틀리는 것들 천지라."

얼마 전 나의 임신 기사가 났다. 산부인과 병원 앞으로 데리러 온 그를 보고 누가 사진까지 찍어 신문사에 제보한 모양이었다. 3중 4중으로 겹친 스트레스 때문인지 생리가 미뤄진 터라 겸사겸사 산전 검사를 받았을 뿐인데.

뜬금없는 임신 기사에 한술 더 떠 원치 않는 임신으로 결혼하게 됐다는 식의 추측성 기사까지 터졌다. 기사가 뜬 다음 날 준유는 나의 손을 잡고 구청에 가서 보란 듯이 혼인 신고를 하고 왔다. 혼전 임신으로 연하의 스타를 코 꿰었다는 소문이 너무 억울했지만 굳이 행복한 척도, 발끈하며 일일이 상대하는 짓도 하지 않기로 했다. 그리고 우리는 고민 끝에 결혼식을 미뤘다. 네티즌들의 의견이 분분히 갈리는 것도 이해는 간다.

"지난주엔 일부러 번지점프까지 하고 왔는데 그날따라 매너 있는 분들만 놀러 오셨는지 몰래 사진 찍는 분도 안 계시고, 우리 편하게 놀라고 다들 대놓고 알은체도 안 하시고……. 이상하게 그런 건 기사가 안 뜨는 거예요. 배 안 불러 오면 사그라지겠죠, 뭐."

"유산됐다고 소문 돌 수도 있어."

"아, 그 생각까진 못 했네."

"그러게 결혼식은 왜 미뤄. 괜히 기삿거리만 던져 줬잖아. 나한테도 얼마나 연락이 오는지 몰라. 〈온리 원〉 찍을 때 얘기까지 캐물어 본다니까."

"저희 때문에 사방팔방 민폐네요. 아예 영화 끝내고 한가해질 때 하려고요. 누가 흘렸는지 식장이 알려져서 그것도 취소했어요."

"그랬어?"

"결혼 날짜까지 알려져서 겸사겸사. 일부러 협찬도 안 받았는데 그렇게 새 나가요. 초대장은 없으니 전화 드리면 국수 먹으러 오세요."

"웨딩 사진은 안 찍어? 화보 찍자고 난리지?"

"한 군데만 해 줄 수가 없어서 다 거절했어요. 웨딩 사진도 식 올리고 한가해지면 찍을 생각이에요. 지금은 준유가 저보다 더 예쁘게 나올지도 몰라요. 그건 진짜 용납이 안 돼요."

"하하, 말이 되는 소릴 해라."

"이따 가서 보시라니까요. 괜히 하는 말이 아니에요."

"처음 내 작업실에서 두 사람 만났을 때만 해도 이런 결말은 상상도 못 했는데. 하긴 하느님이 동석했대도 모르셨을 거다."

그날의 '서재유'는 아무리 호의를 갖고 봐도 평범하지 않았다. 말도, 표정도 없던 그와 지금의 그는 같은 얼굴을 한 다른 사람처럼 느껴질 정도다.

"애는 또 언제 낳아 키워. 군대도 보내야 하잖아. 첩첩산중이네."

"아이는 바로 가질 생각이에요. 조금이라도 같이 키워 놓고 입대한대요."

"한국전쟁 때도 아니고 혼자서 키운다고? 좀 늦어도 제대하면 갖지 그래."

"저희도 고민해 봤는데, 시어머니가 임신이 안 돼서 오래 고생하셨대요. 아무래도 제가 나이가 있으니 더 걱정하시는 것 같아서 그렇게 말씀드렸어요. 하나만 낳을 거면 모르겠는데 둘 다 아이 욕심이 있어서요."

"애는 혼자 크는 것보단 형제가 있는 게 낫지. 나야 더 안 생겨서 겸사겸사 외동으로 키웠지만."

"이상하게 얼마 전부터 내 아이를 너무 갖고 싶은 거예요."

"나도 어려선 아이 생각이 없었는데 서른 넘으니까 내 애가 그렇게 낳고 싶더라."

우리의 첫 아이에 대한 기대는 나보다 그가 더 크다. 생기지도 않은 아이 이야기를 나누며 즐거워할 때도 있다. 결혼을 서두른 것도, 아이를 바로 갖자고 하는 것도 어쩌면 그 나름의 배려일지 모르겠다.

가끔은 너무 일찍 철이 든 준유가 안쓰럽다. 내가 그의 어리광을 기꺼이 받아 주는 이유 중 하나다.

"저 때문에 너무 일찍 애 아빠로 만드는 거 같아서 미안해요."

"한류 스타 서재유가 서른도 안 돼서 유부남에 아빠가 된다고 생각하니 내 기분이 다 이상하네."

"그러니 전 어떻겠어요?"

"하하, 자기 신랑이 그러대. 〈온리 원〉이 인생의 터닝 포인트가 됐다고."

내게도 해당하는 말이다. 그때 오정혜 작가의 드라마에 출연하지 않았더라면, 그를 만나지 않았더라면 내 인생은 어디로 흘러갔을까. 내가 상상할 수 있는 건 지금처럼 행복하진 않을 거라는 것뿐이다.

"저야말로 그렇죠. 작가님 덕분이에요."

"그렇게 생각해 줘서 고맙긴 한데, 나야말로 두 사람 덕을 크게 봤지. 시작은 나일지 모르지만 마무리는 자기 둘이 잘해 줬잖아."

지난겨울이 끝나 갈 즈음 서준유는 오정혜 작가를 찾아갔다. 그저 인사를 드리러 왔다고 했지만 그의 목적은 다른 데 있었다. 그날 두 사람은 긴 대화를 나눴고, 며칠 뒤 성인우 감독이 합류한 자리에서 또 하나의 터닝 포인트를 맞이한다.

작가주의 감독이 연출하는 저예산 상업 영화. 결혼 발표와 동시에 첫 영화 출연을 알린 서재유의 컴백작. 이름이 곧 브랜드가 된 오정혜 작가의 첫 현대 판타지. 그 세 가지 이유만으로도 충분히 이슈가 될 만했다.

그의 상대역은 20대 중반의 나이에 벌써 연기파 배우로 자리매김한 홍희윤이 맡았다. 솔직히 말하면 준유의 원톱 주연이 아니어서 안도했다. 아직은 오 작가나 성 감독도 그에게 전적으로 작품을 맡기긴 힘들 것이다. 150억을 투자한 블록버스터 영화에도 10분 남짓한 분량으로 출연한다. 오디션을 통과해 받은 배역이다. 세상 혼자 사는 것처럼 멋지고 전지전능한 역할은 아니지만 난 그의 선택이 마음에 들었다.

이제 그는 매니저, 메이크업 아티스트, 코디네이터로 꾸린 갤러리 군단을 끌고 다니지 않는다. 그의 머리를 만져 주는 것도, 얼굴에 분장을 해 주는 것도 모두 현장 스태프다. 스타의 삶을 내려놓은 만큼 현장에서도 자연스럽게 일하고 싶어 한다. 의상도 코디의 도움을 받아 준유가 직접 고르고 있다. 굳이 꾸미지 않아도 그는 그 어느 때보다 편안하고 좋아 보인다.

"요새도 누나라고 부를 때 있어? 갑자기 그게 궁금하네."

"아주 가끔 본인이 급할 때만요. 평소엔 절대 안 해요."

"귀엽네. 난 남편이 마지막으로 귀여웠던 게 언제인지 기억도 안 나는데."

"그래도 이렇게 도와주시잖아요."

"티끌만큼 남은 전우애 같은 거지. 못 나갈 때 버릴 순 없잖아. 자기넨 영원히 예쁜 동화처럼 살아 주라."

온갖 고난과 가시밭길을 헤쳐 온 그들은 마침내 아들, 딸 낳고 오래오래 행복하게 살았습니다. 어릴 적 흡족하게 읽었던 동화의 마지막 구절이 우리의 것이 되길 간절히 바라지만, 아직도 가끔 두렵다. 마주 앉아 있어도 더는 할 말이 없으면 어떡하나. 매일 뜨거울 수 없고, 매일 간절할 순 없겠지만 그게 당연한 일상이 되면 어떡하나. 서로가 인생의 가장 큰 걸림돌이라는 생각을 하게 되면 어떡하나. 나란히 누워 있어도 지독히 춥고 끝없이 외로우면 어떡하나.

"오 작가님, 평생 그렇게 사는 사람들이 있을까요?"

"응. 있어. 내가 못 했다고 아예 없는 게 아니잖아. 가끔 비가 오고 우박이 떨어진대도 금방 그치면 괜찮은 인생이지."

변덕스럽게도 내 마음은 스르르 가라앉았다.

"자기 신랑이 촬영장에서 그렇게 자기 얘길 한단다."

"정말요?"

"성 감독이 몇 번이나 그러던데? 서재유가 성현을 이토록 좋아할 줄은 몰랐지. 비결이 뭐니?"

쑥스러워진 나는 그냥 웃고 말았다. 까칠하고 시니컬하던 젊은 남자가 애교스럽고 충성스러운 개처럼 변했다. 나는 사람들이 아는 '서재유'도, 오직 나만이 아는 '서준유'도 사랑한다. 둘 다 그의 모습이니까.

촬영장 주위는 몇 대의 영화사 차량 외엔 한산했다. 경기도 광주에 위치한 아담한 단층 구조의 주택. 커다란 거실 통창으로 실내가 얼핏 비쳤다. 조심스럽게 오가는 사람들 사이로 준유의 뒷모습이 보였다.

"은발로 염색했구나?"

"어제 했대요. 저도 사진으로만 봤어요."

머리도 제법 길어서 하나로 묶을 수 있을 정도다. 한국 남자치고 은발 머리가 놀랄 만큼 어울렸다.

마침 밖으로 나온 스태프들에게 준비한 음식을 옮겨 달라고 부탁한 뒤 열린 현관문 안으로 슬쩍 들어갔다. 홍희윤과 성인우 감독, 준유가 마주 보고 이야기 나누고 있었다. 배우들과 끝없이 대화를 나누며 촬영하는 건 성 감독의 특징이다.

"영국에서 온 배우 같네. 자기 말대로 웨딩 사진은 나중에 찍어야겠다."

"살도 좀 찌우고요. 최하 5킬로 정도."

"머리도 자르라고 할 거지?"

"영화 끝나면 바로 자를 거래요. 긴 머린 답답해서 싫다고. 묶은 머리도 어울리던데."

"신랑 불러 봐."

"작가님이 남편을 부르는 게 낫지 않을까요? 찬물도 순서가 있는데."

오 작가와 눈을 맞추며 소리 없는 웃는 사이 현장 스태프가 옆을 지나가며 외쳤다.

"감독님, 작가님 오셨어요! 재유 형, 누가 왔는지 봐요. 여러분! 간식 먹읍시다! 국민 언니가 직접 만들어 온 거예요!"

세 사람의 상체가 거의 동시에 비스듬히 틀어졌다. 난 그의 눈동자에 짧은 시간차를 두고 번지는 감정을 즐겁게 바라보았다. 성 감독은 입가에 미소를 띤 채 손을 흔들어 보였고, 홍희윤은 고개를 푹 숙여 인사했고, 준유는 성큼성큼 걸어와 씩 웃으며 나를 포옹했다. 이러지 마. 여기가 어디라고 이러는 거야?

고개를 비스듬히 기울인 준유가 내 눈을 가만히 들여다보았다.

"언제 왔어?"

"좀 전에."

금방이라도 입맞춤을 할 것 같은 눈빛에 고개를 슬쩍 저었다. 누군가의 경쾌한 휘파람 소리가 들려오자 당황한 난 달아

오른 볼을 두 손으로 가렸다. 오랜 짝사랑을 들킨 것처럼 쑥스럽고 민망했다.

준유와 인사를 나눈 오 작가가 내 등을 툭 두드리곤 멀어져 갔다.

"그대들은 타인 앞에서 애정 표현을 하지 않는 편이구나?"

이렇게 놀리며.

"언니, 세상 빠순이들이 쿨 해진 걸 감사하라고. 예전 같았으면…… 예전까지 갈 것도 없다. 팬들 때문에 깨진 커플이 몇인데. 내가 아는 것만 해도 최하 열 커플이야."

"그래서 이 결혼 반대한다고? 혼인 신고까지 했는데?"

"난 솔직히 둘이 정말 결혼까지 갈까 진심 걱정했었어."

"설마 내가 서재유 데리고 놀다가 버릴까 봐?"

"아이고, 이 여유 봐라. 상하이 프로모션 때 의상에 어울리지도 않는 그 스카프 하고 나간다고 우길 때 알아봤어야 했는데!"

허풍 한번 떨어 봤다. 지금 내게 가장 필요한 건 허세. 나 정도면 신붓감으로 어딜 내놔도 아깝지 않지. 그런 말을 듣고 싶었다.

"내일 결혼 소식 알려지면 날 싫어하는 여자들이 더 늘어나겠지?"

"서재유하고 결혼하는 여자는 그게 누구라도 욕을 먹게 돼 있어. 운명이야."

"아, 내가 얼마나 싫을까? 그들에겐 그저 늙어 가는 여배우

일 뿐일 텐데."

"서재유 씨는 안 늙어? 그분이 언니한테 얼마나 목을 맸는데!"

"그걸 니가 어떻게 알아?"

"그걸 꼭 말로 해야 아나. 언니야, 언제 처음 잤어?"

"넌 어떻게 걸러 말하는 법이 없니?"

"언제부터인가 그녀의 피부가 최상급 대리석처럼 반짝이더라고. 그게 언제더라? 작년인가? 결정적으로 그분이 결혼식 축의금 보냈을 때 딱 눈치챘지. 그날 축의금 제일 많이 낸 사람이 그녀의 신랑이었잖아. 내가 뭐 그리 예쁘다고 거금을 냈겠어?"

"넌 내 남편이 얼마나 속이 깊은지 짐작도 못 할 거다."

"왜 몰라. 축의금만 보내고 결혼식장엔 안 와 줘서, 우리 남편 오징어 될 뻔한 걸 면하게 해 줬는데. 그날 서재유 씨가 왔다면 내가 우리 신랑을 청양고추 썰어 넣은 마요네즈에 찍어 먹었겠지."

"하여간 저 입은."

"언니야, 여행 가방에서 빼낸 건 없지? 빠짐없이 다 가져가라."

신혼여행 의상을 준비해 주겠다며 설레발치던 시은은 파격적인 디자인의 속옷 세트와, 비키니를 가져와 날 황당하게 했다. 그것도 결혼식 바로 전날.

"신혼여행은 내가 가는데 왜 니가 입고 싶은 옷을 사 와?"

"내가 입고 싶은 옷이 아니고요, 새신랑들이 좋아하는 의상들이에요. 언니의 젊은 남편도 좋아 미칠 거라는 데 태어나지도 않은 나의 2세를 건다."

"그 기묘한 속옷을 걸치고, 구멍 숭숭 뚫린 비키니를 입고 돌아다니라고? 도대체 그런 건 어디서 사는 거니?"

"굳이 돌아다닐 필요는 없고, 누워만 있어도 돼."

원래도 까진 애가 유부녀가 되더니 아예 허물 벗은 수준이 됐다.

"뭔가 착각하는 모양인데 우리가 가는 여행지는 남태평양, 동남아시아 그런 데가 아니에요. 산꼭대기엔 아직 눈이 쌓인 곳이라고."

준유가 언제나 나를 데리고 가고 싶어 했던 곳, 스웨덴의 최북단에 위치한 라플란드Lapland. 스웨덴 사람들이 휴양지로 자주 가는 외딴섬이다. 노르웨이와 핀란드를 슬쩍 거친 뒤 신혼여행의 마지막 코스는 그가 청소년 시절을 보낸 소도시로 잡았다.

"호텔 안엔 수영장 있을 거 아니야."

"작은 호텔들이라 수영장은 없을 거래."

"어이구, 한류 스타 스케일 하고는. 설마, 밤에 잠을 아예 안 자진 않겠지? 그때 입어."

"비키니를?"

"아니, 속옷 세트. 이 시점에서 살짝 생색 좀 내야겠는데, 그것들 사느라 진짜 고생했어. 짧은 영어로 직구까지 했다고. 라이브 챗 하는데 미치는 줄 알았네."

"그런 걸 전문 용어로 헛고생이라고 하지."

시은이 가소롭다는 듯 나를 꼬아보았다.

"입어 보지도 않고 이런다. 착용하면 효과가 극대화되는 디자인이래. 설마 그분이 아무것도 안 걸치고 자는 걸 선호하나?"

"난 자련다. 넌 니 방 가라."

"오호! 그런 거였어? 그런 거였군!"

"저렴한 상상력 발휘하지 마. 우리가 파카를 입고 자든, 홀딱 벗고 자든."

짓궂게 웃던 시은의 눈빛이 한결 야릇해졌다.

"언니야, 내가 진짜 너무 궁금해서 그러는데 솔직하게 말해 주라. 언니의 그이 말이야…… 잘해? 잘하냐고. 그거 있잖아."

"정확히 말해."

"에이, 알면서! 결혼이야말로 인륜지대사인데 설마 속궁합도 안 맞춰 보고 결정한 건 아니지?"

누가 그랬던가. 결혼하면 철이 든다고. 조용히 휴대폰 단축번호를 누른 나는 스피커폰을 켜고 준유를 찾았다.

"지금 바빠?"

— 아니, 집에 들어가는 길이야. 안 그래도 전화하려고 했는데.

"시은이가 궁금한 게 있대서. 솔직하게 대답해 달래."

— 바꿔 줘.

울상이 된 시은이 두 팔을 허우적대며 엑스 표시를 연거푸 했다. 그러든가 말든가 나는 발칙한 코디에게 휴대폰을 건넸다.

"아, 하하하. 잘 지내, 지내시겠죠?"

— 네, 잘 지냅니다. 궁금한 게 뭔데요?

"어, 그게…… 우리 성현 언니를 얼마나 좋아하고 사랑하는지 알고 싶어서."

그 순간, 정말이지 내 코디가 너무 창피했다.

— 그걸 묻기엔 시기가 좀 늦은 거 아닌가요? 물론 대답은 할 수 있지만.

"그렇긴 하네요. 새삼스럽게. 아무튼 저 결혼할 때 축의금 많이 보내 줘서 감사하고, 고맙고, 에 또⋯⋯."

— 아니에요. 언제 적 일을. 구시은 코디님, 앞으로도 우리 와이프 예쁘게 꾸며 주세요.

"어우, 당연하죠. 모쪼록 우리 성현 언니와 행복한 결혼 생활 쭈욱 영위하시길 바라면서 전 이만. 언니 바꿔 줄게요."

스피커폰을 끈 나는 내일이면 정식으로 남편이 될 남자와 몇 마디 더 나누고 전화를 끊었다. 통화가 끝날 때까지 시은인 나를 째려보았다. 겁을 상실한 코디에게 나 역시 할 말이 있었다.

"왜 안 물어봤어? 얼마나 잘하는지 궁금하다며?"

"내가 변태도 아니고, 언제 그분 목소리로 직접 듣고 싶댔어?"

"니가 변태가 아니라고 누가 그래?"

"난 지극히 정상에 가깝거든?"

"글쎄다."

"언니가 나라면 안 궁금하겠어?"

"어. 난 남의 남자가 뭘 얼마나 어떻게 잘하는지 전혀 안 궁금해. 알려 준대도 듣고 싶지 않아."

"언니는 영원한 사랑을 믿어?"

애가 갈수록 왜 이럴까.

"질문이 너무 철학적이라 당황스럽네."

"그분의 사랑이 식으면 우짤래?"

"같이 사는 동안 행복하면 그만이지. 넌 영원한 사랑을 믿어서 결혼했냐?"

우리는 우리의 결혼을 쇼로 만들고 싶지 않았다. 화려하게 꾸민 예식장, 번쩍거리는 고가의 예물, 인맥을 자랑하듯 불러들인 수많은 초대 손님, 완벽한 구도로 찍힌 보도용 결혼 사진 같은 것. 그런 건 모두 관심 너머의 것들이다.

"난 그저 조용히, 평화롭게 살고 싶을 뿐이야."

"그건 나도 바라는 바인데, 그래도 만에 하나 그분의 사랑이 식으면?"

"왜 다들 내가 먼저 사랑이 식는다는 가정은 안 하는데? 난 뭐 한 남자만 사랑하는 유전자를 타고난 사람이야? 빈정 상해서 정말!"

"헐, 이게 결혼식 전날 신부가 할 말이야?"

"참 내, 니가 먼저 질문했잖아? 우린 만약 한쪽이 잘못해서 헤어지게 됐을 경우 유럽식으로 이혼하기로 했어. 난 딱 두 가지만 요구할 거야. 양육권, 재산의 8할."

"거의 전부잖아! 그렇게 하겠대?"

"황당해하지. 자긴 유책배우자가 될 마음이 전혀 없다고."

"그래서 어떻게 하기로 했어?"

"원하면 나도 그렇게 해 준다고 했어. 물론 내가 유책배우자가 될 경우에만."

"공증은 받았어?"

"알아봤는데, 그거 법적 효력 없대."

"혼전 계약서는 어때? 할리우드식으로."

"이 얘길 더 해야겠니? 너님 말대로 결혼식 전날?"

"아, 몰라, 몰라! 언니 신랑이 너무 젊고 잘나서 내가 쓸데없이 걱정이 많아진다고."

서준유가 나의 부족함을 메꿔 주는 존재라고 생각하지 않는다. 그를 통해 내가 더 완벽해지길 바라지도 않는다. 당연하게 주어지는 보상처럼 영원한 사랑을 기대하지도 않으려 한다. 다만 우리는 서로에게 늘 노력하기로 약속했다. 손가락에 낀 결혼반지의 서약보다 조건 없이 건 약속을 더 보물처럼 생각할 것이다.

"나도 서준유보다 못난 거 없어. 20대엔 갖추지 못한 완숙함이란 걸 장착했다고. 뭘 걱정하는지 아는데, 니가 상상하는 최악의 경우는 오지 않을 거니까 가서 푹 자. 신랑 기다리겠다."

"약속해. 언니하고, 언니의 연하 남편하고 부러움을 넘어서 재수 없을 정도로 행복하게 살 거라고."

시은의 두 눈동자가 촉촉해지자 당황한 나는 얼른 대답했다.

"그래. 그렇게."

여기는 서울에서 한 시간 거리에 위치한 펜션. 내일 이곳에서 주례도, 초대장도 없는 평일 낮의 결혼식을 치른다. 하객들에겐 일일이 초대 전화를 걸었다. 먼 길을 찾아온 친지와 손님들을 위해 세 채의 독채 펜션을 전부 빌리고, 피로연 음식도 전문가의 도움을 받아 넉넉히 준비했다. 내일 하루는 동네잔치처럼 종일 먹고 마시고 놀 예정이다.

시은이 방을 나간 뒤 침대에 누워 벽에 걸린 턱시도와 웨딩 드레스를 바라보았다. 데뷔 때부터 준유의 시상식 의상을 만들어 온 디자이너가 직접 만든 결혼 예복이다. 클래식한 디자인이라 딸에게 물려줄 수도 있겠다. 나란히 걸어 놓은 피로연 드레스는 분위기가 사뭇 다르다. 조금이라도 어려 보이라고 분홍빛 미니 드레스를 선물했을까. 키가 상당히 컸던 디자이너의 배려가 고마우면서도 웃음이 났다. 이제 우리의 나이 차는 남들이 더 신경 쓰는 것 같다.

한 시간이라도 더 자 둬야 신부 화장이 잘 받을 텐데, 잠이 오지 않는다. 양평 이모 집에 올라와 계신 부모님과 통화를 하고 스탠드 조도를 낮췄을 때 벨 소리가 울렸다. 나란히 걸려 있는 드레스를 응시하며 그의 전화를 받았다.

— 목소리 듣고 싶어서. 자는 거 깨운 건 아니지?

"잠이 안 와서 그냥 누워 있었어. 집에 들어왔어?"

— 어. 막 씻고 나왔어. 늦더라도 거기로 갈 걸 그랬다. 무섭진 않아?

"옆방에 성찬이도 있고, 아래층엔 시은이 부부도 있는데 뭘. 내일 기자들한테 들키지 말고 조심해서 와."

초대하지 않은 이들이 우르르 찾아와 우리의 결혼을 반짝 상품으로 바꾸길 바라지 않는다. 결혼식에 참석하는 하객들에겐 내일 하루만 비밀을 지켜 달라고 거듭 부탁했다. 야외 결혼식이라 신경 쓸 것이 꽤 많았다.

— 일찍 갈게. 웨딩드레스 입어 봤어?

"아까 저녁 먹고. 혹시 실밥 터질까 싶어서."

— 하하, 지금도 말랐어. 드레스 입은 모습 보고 싶다.

그는 드레스를 입은 내 모습을 아직 보지 못했다. 드라마 〈온리 원〉 안에서도 결혼식을 올리지 못했으니 궁금한 게 당연했다. 굳이 오래전 웨딩 화보 사진을 찾아보고선 가슴 노출이 심한 드레스는 무조건 제외라고 한 적은 있지만.

"내일 봐. 너무 기대하지는 말고."

— 보나 마나 예쁘겠지만 실물로 보면 더 예쁘겠지 뭐.

무심을 가장한 그의 대꾸에 깔깔 소리 내 웃었다. 그는 내 웃음이 끝나길 기다려 또 보고 싶다고 말했다. 난 그의 가슴에 안겨 잠들고 싶었다.

— 늦어도 8시 전엔 도착할 거야.

"방 문 안 잠글 테니까 2층으로 살짝 올라와."

— 안 돼. 문 꼭 닫고 자. 창문도 잘 확인했지?

"어. 그럴게. 어서 자. 피곤하겠다."

— 끊기 전에 부탁이 있어. 어렵진 않아.

"뭔데?"

— 여보라고 불러 봐. 한 번만.

"아우, 어렵다."

— 내가 전용 비행기를 사 달래, 슈퍼 요트를 사 달래. 무슨 와이프가 이렇게 비싸.

결혼을 앞두고 그는 내게 시키지도 않은 건강 검진서를 내밀었고, 처음 만든 곡이라며 나를 위한 노래를 선물했고, 그 밖에 많은 것을 서슴없이 안겨 주었다. 여보라고 천 번을 부른들 그가 준 것들에 비하면 한없이 약소했지만, 난 그 말이 그렇게 쑥스러웠다.

"서준유 씨, 내가 얼른 돈 벌어서 중고 슈퍼 요트라도 사 줄게. 그게 비행기보단 좀 싼가?"

— 와, 결혼식 전날인데도 까이는구나. 누가 내가 인기 많다고 그래? 전화 끊고 한 시간만 울어야겠다.

전화기 너머로 훌쩍이는 소리가 들렸다. 처음 오 작가의 작업실에서 봤을 때보다 연기가 정말 많이 늘었다.

'내 앞에선 어른스럽게 행동하려고 애쓸 필요 없어. 난 나를 아끼고 사랑하는 남자가 필요한 거지 어른이 필요한 게 아니니까.'

얼마 전 내가 그에게 했던 말이다.

"흠, 흠. 여보, 잘 자."

그의 웃음소리를 들으며 얼른 전화를 끊어 버렸다. 그날 밤 자정이 막 지나자마자 음원이 하나 풀렸다. 작사, 작곡 JYOU. 제목은 〈완벽한 위로〉. 세상 사람들이 서준유가 백성현을 위해 만든 첫 노래를 듣고 있을 때 나는 아무것도 모른 채 깊은 잠에 빠져들었다.

신혼여행의 마지막 날, 소년 서준유가 살았던 스웨덴 남부의 소도시에서 뮤즐리와 스뫼가스로 이른 아침을 해결했다.

'스뫼가스'라는 이름의 오픈 샌드위치는 스웨덴 사람들이 즐겨 먹는 아침 메뉴다.

미트볼, 달지 않은 요구르트, 소금에 절인 생선, 브리 치즈와 햄, 과자처럼 딱딱한 빵에 과일 주스. 어딜 가나 비슷한 조식 메뉴에 질려 아침이면 유독 한국이 그리웠다. 안 그래도 추운 나라인데 차가운 메뉴가 대부분이라 손이 가는 음식이 빤했다.

"따뜻한 국물에 밥 말아 먹고 싶어. 된장국, 설렁탕, 육개장 같은 거."

"그럼 점심 땐 냉초밥 먹을까?"

준유의 농담에 나는 눈을 흘겼다. 스웨덴 대도시엔 한 블록마다 초밥집이 있을 정도로 일본식 초밥이 유행이었다. 시골에 가도 스시 바가 있을 정도였다.

"한국 가면 한 달 내내 냉국만 해 줄게. 오이 냉국, 가지 냉국, 미역 냉국, 콩나물 냉국."

"난 넷 다 좋아. 다른 냉국은 없어?"

"많지. 미역에 오이채 넣은 냉국, 오이채에 미역 넣은 냉국. 가지에 콩나물도 넣어 주고, 콩나물에 가지도 넣어 줄게. 1년 내내 냉국만 먹어 봐."

준유는 내가 눈을 흘겨도, 짜증을 내도 미소부터 짓는다. 신혼여행 내내 심각한 말다툼이 없었던 건 그의 장난기 덕분일 수도 있다. 한국어로 이야기 나누다 의견이 엇갈리면 그는 일본어와 영어, 스웨덴어를 써 가며 장난을 쳤다. 서준유의 성대를 거치면 낯선 스웨덴어도 노래처럼 들렸다. 나는 그나마 익숙한 중국어로 따지다가 가장 편한 모국어로 금세 돌아오곤 했다.

며칠 전엔 스톡홀름 도서관에 들러 짧은 데이트를 했다. 놀랍게도 스톡홀름 시민은 물론 우리 같은 여행객들도 간단히 신분 확인만 하면 자유롭게 책을 빌릴 수 있었다. 세계에서 가장 아름다운 도서관이라는 수식어가 따라다니는 그곳에서 나의 남편은 '뭐니 뭐니 해도 도서관 데이트가 결혼의 백미'라며 짓궂은 미소를 지어 보였다. 난 내가 한 말을 잊지 않고 그곳을 데려가 준 준유가 말도 못 하게 좋았다.

낮이면 우리를 알아보지 못하는 사람들 사이로 자유롭게 걸어 다니고, 밤이면 지쳐 아이처럼 껴안고 잠들었다. 이른 아침이면 그는 나를 원시의 모습으로 만들어 놓고 싱싱한 애정을 퍼부어 댔다. 우리는 아이스크림을 먹으며 길을 걷다가도 키스를 나누고, 수시로 사랑을 고백했다. 커다란 배낭을 짊어지고 거지꼴로 다닐 때도 있었지만, 모든 것이 완벽했다.

"다음엔 남유럽 쪽으로 여행 가자. 포르투갈이 그렇게 좋대."

"그래. 신랑, 스위스 가 봤어?"

"예전에 딱 한 번. 스웨덴에 살 때 가족 여행으로 갔었어."

"그 나라 좋더라. 혹시 말이야, 스위스 비밀계좌에 거액의 비자금 같은 건 안 묻어 놨나?"

신혼의 남편답게 그의 눈동자는 설탕에 흠뻑 절인 젤리 같았다.

"없는데? 내가 저번에 보여 준 게 전부야. 실망했어?"

"아니. 정직하게 일해서 돈 버는 사람이 제일 좋아."

"유념할게."

"궁금한 게 있는데, 이 나라에도 욕은 있지?"

"사내새끼들이 사는 곳에 욕은 필수지."

"욕 아닌 것처럼 해 봐. 어차피 못 알아들으니까 괜찮아."

으하하하, 그는 욕 대신 실컷 웃어 주었다. 맛없는 밥상머리 앞이지만 연하의 남편을 즐겁게 해 준 것 같아 뿌듯했다.

"와플이라도 구워 올까?"

"그만 먹을래. 배는 불러."

"점심땐 근사한 데 가자. 프렌치 식당은 어때?"

"글쎄."

어딜 가나 물가가 비싼데다 교통비도 만만치 않아 머릿속이 숫자로 팽팽 돌았다. 그는 내 모습에 어이없어하면서도 알뜰한 아내를 맞이했으니 길거리에 나앉을 일은 없겠다며 고마워했다.

"그래도 신혼여행인데 돈을 너무 안 쓴 것 같아. 내가 만수르나 워런 버핏에 비하면 빈자 수준이지만, 와이프가 먹고 싶어 하는 것 정도는 얼마든지 사 줄 수 있어."

"그래, 가자. 뭐 하나만 물어봐도 돼?"

"그냥 물어. 이러면 더 무섭잖아."

"자기 첫사랑은 스웨덴 여자였어?"

그는 이 나라에서 보낸 7년의 세월을 틈나는 대로 들려주었고, 나는 그게 내내 궁금했었다. 어쩔 수 없이 여자라고 평가절하해도 할 수 없다. 많은 여자를 만나 본 것 같진 않지만, 누군가를 사랑해 본 적은 있겠지.

"하아, 기억이…… 안 났으면 좋겠네."

커피를 마시던 나는 짐짓 심각한 표정으로 그의 눈동자를 응시했다. 서준유, 속일 생각 하지 마라.

"괜찮아. 과거 없는 사람이 어디 있어. 눈동자는 어떤 색이었어? 머리카락은? 키는 나보다 컸지? 이 나라 여자들은 키가 정말 크더라. 가슴도 컸……겠지? 워낙에 발육 좋은 애들이 많으니까."

뭐 이런 여자가 다 있지? 하는 눈길로 준유가 날 한심하게 꼬아보았다. 대답할 기색이 없어 보여 난 바로 포기했다.

"그래도 한국 여자가 제일이지?"

"두말하면 잔소리지."

"궁금한 게 하나 더 있는데 곤란하면 대답 안 해도 돼. 평생 다시는 안 물을게."

"뭔데 그래?"

"저기, 문득문득 그런 생각이 들어서. 내가…… 처음이었어?"

"어떤 처음?"

"음, 그거. 오늘 아침에도 우리가 같이 한 거."

여전히 그는 날 한심한 눈길로 바라보았다. 고개를 30도 각도로 틀고 팔짱까지 낀 채. 괜히 물었다 싶었을 때, 남편의 입을 열렸다.

"왜 그렇게 생각하는데?"

"처음 할 땐 나도 경황이 없어서 잘 몰랐는데 나중에 생각하니까 그땐 잘한 게 아니더라고. 아니, 못했다는 게 아니라 굉장히 열심히 하긴 했는데 서툴렀던 것 같아서. 지금과 비교하면. 아니면 말고."

말이 끝나기도 전에 후회했다. 준유는 목이 타는지 유리컵 안의 물을 벌컥벌컥 마셨다. 꼰대처럼 이게 뭐야. 이제 와서 별 걸 다 물어. 자책하고 있을 때, 다시 그의 목소리가 들렸다.

"어쩌다 보니…… 나도 그날이 처음이었어."

온기 가득한 그의 눈이 잔뜩 커진 내 눈을 부드럽게 응시했다. 어디에도 내색 못 하고 안으로 삼켰던 질투의 순간들이 무작위로 떠올랐다. 뭐야? 그동안 실체도 없는 여자를 부러워했던 거야?

"왜, 그땐 말 안 했어?"

"그 전에 처음이 아닌 것처럼 행동했으니까. 번복하기도 그래서. 근데, 그게 그렇게 중요해?"

'그 전'이라면 내가 '남자와 처음'이라고 한 그 시점을 말하는 건가.

'내가 최선을 다하긴 할 건데, 만족스럽지 못해도 이해해 줘. 금방 따라잡을 수 있어.' 하던 그의 목소리가 선명하게 재생되었다. 그날 준유가 그렇게 말했던 이유를 나는 바로 이해했다.

"그렇다고 왜 거짓말을 해."

"거짓말 아니야. 전생에는 해 봤겠지. 아주 오래전에, 아주 많은 여자들과 지겹도록 했을지도……."

그와 함께한 모든 시간이 행복했다. 떠나야 한다는 생각에 아쉬웠지만, 신혼집으로 어서 돌아가고 싶기도 했다. 2주의 여행은 우리를 더욱 가깝게 해 주었고, 나는 그 추억만으로도 20년은 행복할 거라 여겼다.

외레쥰드Oresund bridge 다리만 건너면 덴마크에 갈 수 있었으나 다음을 기약했다. 살아갈 날이 많으니 다시 올 기회가 생길 거라 믿는다. 처음 찾은 나라에서 난 엄마와 시장에 간 어린아이처럼 그의 손을 잡고 졸졸 따라다녔다. 세상에 믿을 사람이라곤 서준유 하나뿐인 것 같았다.

"서준유, 그 여자들보다 내가 더, 더, 더 사랑해 줄게."

테이블 위의 내 손을 어루만지며 씩 웃던 그는 나도 알아듣게 된 스웨덴어를 나직이 속삭였다.

"성현, 여 앨스까르 데이Jag älskar dig(사랑해)."

그날 오후 공항에서 한국행 비행기를 기다리는데 동생에게서 포토 메일이 날아왔다. 메일 제목이 꽤 살벌했다.

누나, 들켰다!

길거리에서 젤라토를 들고 입맞춤 나누는 사진이 포털 사이트마다 대문짝만 하게 실려 있었다. 한국인들과 마주치지 않았다고 생각한 건 우리의 착각이었나? 스쳐 지나가던 동양인들은 중국인이나 일본인이 아니라 한국인이었나? 우린 아주 단순한 사실을 무시하고 지냈다. 카메라가 없는 나라는 세상 어디에도 없다는 걸.

준비 땅! 하는 신호를 들은 것처럼 휴대폰으로 짓궂은 안부를 묻는 지인들의 연락이 속속 도착했다. 촌스럽게 왜들 이래요. 부부가 키스하는 모습 처음 보시나요? 한국으로 돌아가는 게 그렇게 실감 날 수가 없었다.

"이 사진도 평생 따라다니겠네. 도대체 누가 찍어 보낸 거야?"

준유는 기사에 올라온 사진들이 마음에 든다면서도 아쉬워했다.

"더 진하게 할 걸 그랬다. 북유럽 식으로."

말뫼 공항의 폭신한 2인용 소파에 나란히 앉아 있던 우리는 마주 보며 웃음을 터트렸다. 신혼여행은 아직 끝나지 않았다. 카드 한도는 충분했고, 얼른 오라고 다그치는 양가 가족도, 귀국이 며칠 더 미뤄진다고 해서 해고할 상사도 없었다. 게다가 북유럽 미남들에게도 꿀리지 않는 미모의 젊은 남편까지 옆에 있으니.

벌떡 일어난 준유가 내 손을 잡아 일으켰다.

"덴마크로 우유 마시러 가자."

망설일 이유가 하나도 없었다.

"좋아!"

이보다 더 완벽히 행복할 수 있을까. 오로라의 기운을 잔뜩받아 대담해진 나는 남편의 볼을 감싸고 기습 키스를 했다.

제이원

마치 당신 이전에 아무도 사랑하지 않았던 것처럼.

M2M — 〈pretty boy〉 가사 중에서

크리스마스가 도대체 뭐라고, 다들 이렇게 모여 복닥거리는지 모르겠다. 게다가 국경을 넘어서까지 쳐들어와서.

"로케, 얼른 와!"

카리나가 긴 팔을 들어 손짓하자 풍만한 가슴이 출렁였다. 유심히 보지 않아도 속옷은 생략한 걸 알겠다. 한때는 자유분방한 서양 여자들의 습관이 꽤나 흐뭇했는데 이젠 눈살부터 찌푸려진다.

"제이원, 도와줘?"

앵두를 안고 있던 루텔라가 어정쩡하게 일어나 내 쪽을 바라보았다. 얼른 손을 들어 앉으란 시늉을 한 나는 오징어를 마저 구웠다. 카리나 옆에 있으니 한국 여자치고 키가 큰 편인 루텔라가 호리호리하게 느껴진다. 다이어트에 성공한 루텔라는 처음 만났을 때보다 다섯 살은 어려 보였다.

마른안주와 과일을 담은 접시 두 개를 테이블 위에 올려놓은 난 여자 친구 옆에 주저앉았다. 루텔라 품에 나른하게 안겨 있던 앵두는 주인이 와도 꿈쩍도 하지 않았다. 일 때문에 길게 집을 비울 때 몇 번 맡겼더니 제 주인이 누군지도 헷갈리는 건가.

그새 잠이 든 앵두를 집으로 데려다 눕히고 오자 카리나와 마야가 거의 동시에 내게 질문을 던졌다. 내일은 민속촌과 근처 놀이공원을 가기로 했다. 아침은 가는 길에 식당을 찾아 소머리 국밥을 먹일 예정이다. 주재료가 뭔지 알면 날 죽이려 들겠지.

가뜩이나 정신 사나운데, 루카스가 경외감이 깃든 눈길로 루텔라를 바라보며 수작을 걸었다. 저녁 식사 전 루텔라가 피아노 연주를 하며 캐럴과 팝송, 가요를 연달아 부른 뒤부터 내내 저 상태다.

"루텔라, 나한테 궁금한 거 더 없어?"

"아까 말해 줬잖아?"

"에이, 그건 내 영혼의 한 조각일 뿐이지."

한국 여자한테 이런 멘트가 먹힐 거라고 생각하다니. 루카스를 향해 미소 짓던 루텔라가 나긋이 대답했다. 물론 한국어로.

"어설픈 바람둥이네."

"What?"

체중을 무려 25킬로나 빼서 나타난 루카스는 북유럽 패션 잡지에서 오려 낸 B급 모델 같다. '환골탈태'란 사자성어를 이 녀석에게 쓸 줄이야. 나는 여자 친구에게 반건조 오징어를 찢어 건네며 루카스와 카리나가 아직 동침하지 않은 사이라는 데 다시 의문을 품었다. 바람둥이가 바람둥이를 밀어내다니.

"왜 안 먹어? 먹어 봐. 내 인생의 반건조 오징어야."

"오징어 먹고 자두 먹으면 맛이 이상하잖아."

"그럼 거꾸로 먹으면 되겠네."

"근데 작곡가님, 한겨울에 자두를 파는 데가 있어? 아무리 찾아봐도 없던데? 오다가 주운 건 아니지?"

어이가 없어서 너털웃음이 나왔다. 루텔라 네가 왜 연애를 못 하는지 알겠다.

"그런 남자가 이상형이야?"

"뭐, 싫진 않지."

"세상에 공짜가 어디 있냐? 백화점 상품권 쓰려고 갔는데 산처럼 쌓아 놓고 팔더라. 냉장실에 자두 있으니까 가져가."

하필 자두가 내 눈에 띈 이유는 모르겠다. 마침 상품권이 넉넉했고, 그날따라 백화점에 갈 틈이 생겼고, 겨울이면 자두를 살 수 없어서 아쉽던 루텔라가 불현듯 떠올랐고, 자두 더미 앞에서 멍하니 있을 때 지나가던 판매원이 마지막 물량이라며 얼른 사라고 했을 뿐이다.

'혹시, 성현 씨 임신하셨나요? 임산부들이 겨울이면 자두를 자주 찾거든요.'

중년의 여성 판매원이 건넨 말이 하도 황당해서 아니라는 대답밖에 하지 못했다. 판매대의 자두를 싹 쓸어 오긴 했는데 집에 와서 생각하니 괜한 짓을 한 것 같았다.

"설마 성탄 선물이야?"

"자두는 그냥 과일이야."

"이 자두 품종이 추희래. 여자 이름 같지?"

"돌아가신 우리 할머니 이름하고 비슷하네."

큼직한 자두 두 개를 순식간에 먹어 치우고 주방으로 달려 갔다 온 루텔라가 날 보며 고개를 갸웃했다. 얇은 쌍꺼풀 아래로 짙은 갈색 눈동자가 반짝였다. 설마 자두와 사랑에 빠지기라도 한 거냐?

"제이원, 쟤네들한텐 더 주지 마. 내가 다 가져갈래."

이럴 때 보면 은근 귀엽다.

"그러든가."

"난 선물 준비 못 했는데 어떡해?"

"선물 아니라니까 그러네? 눈에 안 띄었으면 살 일도 없었어."

"아까부터 둘이 뭐 해? 다투는 거야?"

마야였다. 나는 카리나가 봐 주길 바라며 루텔라가 앉은 소파 등받이에 팔을 슬쩍 얹었다.

"그럴 리가 있나. 우리 사이가 얼마나 좋은데."

이번엔 루텔라가 스웨덴 친구들을 향해 물었다. 늘 생각하지만, 한국어보다 영어로 말할 때가 훨씬 똑똑해 보인다.

"로케하고는 어떻게 친구가 됐어?"

"학교에서 축제를 했는데 춤도 잘 추고, 노래도 잘하더라고. 이렇게 예쁜 동양 남자는 처음 봤거든."

예쁘다는 말에 발끈한 난 루카스의 가슴팍을 향해 포크를 집어 던졌다. 삼지창에 찔린 것처럼 엄살을 떠는 녀석에게 잘생긴 거라고 정정을 해 주었다. 준비한 맥주를 다 바닥내고, 와인을 새로 땄다. 얼마나 시끄러운지 앵두가 다시 깨서 낑낑댈 정도였다. 루텔라도 서양인들에게 지쳤는지 쿠션을 끌어안고 멍하니 창밖을 바라보았다. 연말이라 행사가 많아 겨우 시간을 낸 걸 나도 잘 알고 있다.

"로케, 제이원, 서준유. 이름이 왜 이렇게 많아. 정신이 하나도 없네."

"너도 이름 여러 개잖아. 꼭대기에 조각구름이 걸려 있는 채미루. 개량종 머루 포도 이름 같다? 그치? 그게 무슨 대단한 비밀이라고 말을 안 해."

"이래서 말 안 한 거야. 놀릴 게 뻔하니까."

"루텔라, 정말 로케하고 연인 사이 맞아? 얼마 전까지 아무 말 없었는데?"

소파에 늘어지게 기대 있던 나는 연인의 잔에 얼른 와인을 따랐다. 믿어라, 자식아. 와인을 찔끔 들이켠 루텔라가 발갛게 달아오른 얼굴로 나긋이 대답했다.

"사귀게 된 지 얼마 안 됐어. 알고 지낸 지는 꽤 됐지만."

"왜 둘이 같이 안 살아?"

이번엔 카리나가 도전적인 눈길로 물어 왔다. 이건 도대체 무슨 자신감일까. 끝내 제 장난감이 되어 주지 않는 동양 남자에 대한 오기인가. 번번이 놓치는 피식자에 대한 아쉬움인가. 인종이 다른 두 여자의 눈길이 공중에서 사납게 부딪쳤다. 성탄 특집 영화를 틀어 놓은 것 같아 흥미진진하다. 장르는 호러.

"우리나라에선 동거를 안 좋게 보거든. 같이 살고 안 살고는 그리 중요하지 않아."

크리스마스를 이틀 앞두고 스웨덴 국적의 3인이 쳐들어왔다. 그사이 몇 남자를 갈아치운 카리나는 다시 솔로가 되어 나타났고, 당황한 난 엉겁결에 애인이 있다는 거짓말을 하게 됐다. 임시 애인 역을 해 달라면 기꺼이 해 줄 여자야 적지 않지만, 입이 무거운 루텔라가 적임자였다. 루텔라는 내 부탁에 어이없어하면서도 보은 차원에서 한 번만 도와주겠다며 찾아왔다.

"로케 넌 스웨덴에서 오래 살았고, 루텔라는 미국에서 자랐다며? 동거가 어때서? 이 나라에선 그래야 하는 거야?"

"모든 한국인이 그런 건 아니고, 우린 그렇다고. 아까도 말했지만, 내 애인은 남들하고 있을 땐 애정 표현을 잘 안 해. 수줍어하는 성격이라서."

여전히 미심쩍어하는 이국의 친구들에게 보란 듯이 어깨를 끌어안았다. 순간 루텔라가 몸을 움찔했다. 자존심에 금이 간 나는 그 애의 귀에 대고 어금니를 지그시 물었다.

"싫어도 오늘만 참아라. 몇 시간 안 남았다."

갑자기 루텔라가 한 손으로 내 머리를 감싸더니 귓가에 속삭였다. 간질거리는 느낌이 낯설어 당황스러웠다.

"작곡가님, 카리나한테 잘못한 거 있어? 왜 날 자꾸 애인 뺏어 간 여자처럼 보는 거야? 쟤 너무 무서워."

아주 오래전 떨떠름한 일이 있었지. 굳이 밝히고 싶진 않지만.

"연기 좀 제대로 해 봐. 내가 너 잡아먹냐?"

"둘이 영어로 해, 영어로! 우린 못 알아듣잖아!"

스웨덴 인들이 단체로 불만을 터트렸다. 거실을 시골 장바닥처럼 늘어놓은데다 카리나, 루카스, 루텔라, 이름까지 비슷하니 더 정신없다. 얼른 이 밤이 지나갔으면. 난 루텔라의 볼을 톡톡 두드리며 씩 웃었다.

"오늘 자고 가라고 했어. 허니, 자고 갈 거지?"

달콤한 나의 영어에 루텔라가 웃음을 터트렸다.

"하하하, 당황스럽네. 잠옷도 안 챙겨 왔어."

그새 연기력이 늘었다. 한국어를 알아듣지 못하니 이제 막 시작한 연인들의 밀당 정도로 비쳤으면 좋겠다.

"내 옷 입으면 되지. 깨끗한 거 줄게."

"내일 낮에 스케줄 있다고. 푹 자야 해."

"푹 자고 아침 일찍 출발하면 되잖아."

"난 침대 아니면 못 자."

"내 방에 침대가 없을까 봐?"

"내가 왜 작곡가님 방에서 자야 해?"

"그럼 니가 자야지, 쟤가 내 침대에서 자야겠냐?"

"저 여자한테 싫으면 싫다고 해. 왜 말을 못 해?"

"했지. 안 했겠어? 쟤 얼굴 좀 봐, 남의 말 들어 먹게 생겼나."

"괜히 왔어. 나도 친구들이나 만날걸."

"하하하. 루텔라, 웃어. 웃으라고."

파티가 끝난 건 자정이 막 지나서였다. 술안주를 더 만들기도 귀찮고 연인 연기도 지쳐 다음 날 일정을 핑계로 자리를 접었다. 각각 잠자리를 마련해 준 뒤, 루텔라에겐 반팔 티셔츠와 고무줄 반바지를 꺼내 주었다. 뭘 더 챙겨 줘야 할 것 같은데 줄 게 마땅치 않았다.

"새로 사다 놓은 속옷이 있긴 한데 남성용이라 화낼까 봐 안 가져왔어. 찜찜해도 하룻밤만 참아."

"미리 잘 준비를 하고 오라고 하면 좀 좋아."

"그럼 니가 과연 왔을까?"

"우이 씨, 그거라도 줘."

웃음을 참느라 턱에 힘을 잔뜩 줘야 했다.

"할아버지들이 입는 트렁크 스타일은 아니니까 금방 적응할 거야."

다들 제자리로 들여보내고 샤워를 했다. 몇 주째 수면 부족에다 종일 소음에 시달린 탓인지 약을 먹어도 편두통이 멈추지 않는다. 낯빛도 시들시들한 게 한창 바쁠 때의 서준유를 보는 것 같다.

머리를 말리고 욕실 문을 열자, 간이 소파에 앉아 있던 카리나가 일어섰다. 1층 손님방에 있어야 할 여자가 왜 여기에. 게다가 머리까지 길게 풀고. 호러 영화는 아직 끝나지 않은 모양이다. 루텔라는 잠들었을까. 이 시점에서 '달링, 어서 들어와' 하며 불러 주면 좀 좋아.

"안 자고 뭐 해?"

"너 기다렸어."

무섭게 왜 이러냐.

"날 왜 기다려?"

"마지막으로 키스 한 번만 하고 싶은데 안 되겠지?"

"당연히 안 되지. 루텔라가 저 방에 있는데."

"왜 이렇게 미련이 남을까 고민해 봤는데, 너하고 했던 키스를 못 잊었던 것 같아. 난 그게 동양 남자의 특징인가 보다 했어. 오늘 갑자기 아닐지도 모른다는 생각이 들더라. 넌 날 진심으로 사랑한 적이 없어. 그렇지?"

그러는 넌 날 사랑했냐? 내게 원한 건 사랑보다는 섹스였잖아.

"그런 얘길 지금 해야겠어? 끝난 게 언제인데."

"갑자기 심술이 나서. 루텔라 사랑하는 거 맞아?"

"어, 맞아. 내가 지금 두통이 몹시 심하거든? 내려가 자라."

"그녀는 널 정말 사랑하는 것 같더라. 눈을 보면 알거든."

이게 무슨 희대의 쌈 싸 먹는 소리인가. 난 형의 대타가 될 마음이 없었다. 그건 한 번으로 충분했다. 무조건 내가 전부여야 하고, 내가 첫 번째인 사람이 필요했다.

"그렇게 보였다면 다행이네. 먼저 들어간다."

적당히 밝고, 적당히 어두운 방 안은 고요했다. 루텔라는 침대 헤드에 기대앉아 턱까지 이불을 끌어올리고 있었다.

"옷은 안 불편해?"

"자세히 묻지 마."

남성용 브리프를 입은 모습을 떠올리지 않기 위해 딴소리를 질러야 했다.

"아, 술 냄새! 오늘은 다이어트 생각 안 하고 아주 들이붓더라?"

"작곡가님 주량에 비하면 참새 자리끼 수준이죠."

"한 번을 안 지려고 하네. 루카스 어때? 너한테 관심 많아 보이던데."

"착하긴 한데, 지조는 없어 보여. 내 타입은 아니야."

원하는 대답을 들은 건가. 여태 사귀었던 여자 중 한국 여자는 하나도 없었다. 요즘 들어 그게 유독 억울했다.

"어서 자."

"잠이 안 와."

"애착 이불이나 인형 같은 게 없으면 못 자는 건 아니지?"

"그건 아닌데 옷도 어색하고, 커다란 쿠션에 다리 올리고 자버릇해서 몸이 막 꼬이는 것 같아. 그냥 집에 갈걸."

집 안의 이불이란 이불은 모조리 스웨덴 사람들이 차지하고 있었다. 베개도 마찬가지.

"소파 쿠션이라도 갖다 줘?"

"그건 너무 작잖아."

도대체 뭘 어쩌란 건지. 로션을 대충 바르고 바닥에 침낭을 깔고 누웠다. 겨울바람이 한 번씩 창문을 두드리고 지나갔다. 누워도 불편하긴 마찬가지. 머릿속에 작은 북이라도 든 것처럼 간헐적으로 두통이 왔다.

"제이원, 밤에 혼자 있으면 안 무서워? 집이 외졌잖아."

"그래서 밤엔 무서운 영화를 안 봐."

루텔라의 낮은 웃음소리가 방 안에 기분 좋게 퍼졌다. 다음 앨범엔 이 웃음소리를 따서 넣어야지. 프로라면 자신의 목소리를 오래오래 지킬 의무가 있다.

"너 나 몰래 담배 안 피우지?"

"대학 다닐 때 호기심에 몇 번 피워 보고 말았어. 나하곤 안 맞더라."

"앞으로도 피우지 마라. 쭉 노래하고 싶으면."

"네, 네."

"담배 말고도 피워선 안 되는 게 몇 가지 있어. 말 안 해도 알지?"

"바람?"

"허허허, 애가 진짜."

"알아요. 무슨 말인지."

"입으론 물하고 욕하고 음식만 삼키는 거야."

"누가 형제 아니랄까 봐 하는 말도 비슷하네."

"형도 그런 말 해?"

"더 정확히 말하지. 대놓고. 그럴 땐 되게 무서워. 열 살쯤 오빠 같아."

오빠? 이 시점에서 이 빤한 말을 한 번 써야겠다. 세상 오빠가 다 얼어 죽었냐?

"뭐가 무서워? 와이프한텐 꼼짝을 못 하는데."

"그거야 사랑하니까 귀엽게 봐주는 거지."

"사랑이 뭔지 아는 것처럼 말하네."

"……내일 춥다는데 민속촌을 꼭 가야 해?"

"난들 가고 싶겠냐고. 쟤네들한테 이 정도는 추위도 아니야. 모레는 일본으로 떠난다니 내일까진 봉사해야지."

"실내 박물관 같은 덴 어때? 중앙박물관이나 민속박물관 가면 좋을 것 같은데."

"그럴까? 저것들이 말을 들어 먹을까?"

"아침에 내가 말할게. 작곡가님은 가만히 있어. 바닥 안 불편해?"

"그건 괜찮은데 머리 아파 죽겠다."

"두통이야?"

"요새 잠을 잘 못 자서. 오늘 유난히 심하네."

"이리 올라와 봐. 머리 마사지해 줄게. ……참 내. 안 잡아먹어요."

"끝없이 까부는구만."

"노동이라도 해야 잠이 올 것 같아서. 겁먹지 말고 와서 누워. 이래 봬도 내가 두피 마사지 전문이야. 우리 엄마가 두통을 달고 사셨거든."

왕소금에 9박 10일 절인 자반처럼 축 처져 눕자 머리 위쪽으로 루텔라가 자리 잡았다. 거의 동시에 그녀의 손가락이 부릅뜬 내 눈을 부드럽게 닫았다. 그것만으로도 편해진 것 같아 한

숨이 흘러나왔다. 이대로 푹 잠들었으면.

"머리숱이 되게 많네. 대머리는 안 되겠다. 좀 아플 거야."

보기보다 악력이 세다. 관자놀이와 이마, 미간, 정수리와 옆
통수, 심지어 턱까지 골고루 압력이 가해진다. 머릿속이 시원
해지면서 두통이 한결 가라앉았다. 앞쪽을 끝낸 루텔라가 나를
엎드리게 한 뒤 목덜미를 진찰하듯 눌러 보았다.

"목덜미가 잔뜩 굳었어. 작곡할 때 한 자세로만 있지 말고
스트레칭이라도 자주 해."

뒷덜미를 따라 차근차근 올라온 손가락이 정수리를 감싸 안
듯 눌렀다. 다시 반복. 귓바퀴와 어깨, 팔뚝까지 꾹꾹 눌러 주
니 온몸이 이완되면서 말초신경까지 드러눕는 느낌이다.

"귓바퀴도 딱딱하네. 아프지?"

"안 아픈 데가 없다. 수고비 줄 테니까 5분만 더 해 주라."

"카드는 안 받아요."

"후후, 그래. 현금 줄게."

"아니, 성탄 선물이야."

옆으로 자리를 옮긴 루텔라가 이번엔 목덜미에서 등 쪽으로
두드리며 내려오기 시작했다. 그녀의 손은 허리가 마지노선인
것처럼 멈췄다 다시 강약을 조절해 가며 등줄기를 거슬러 올라
갔다. 한동안 너무 대충 살았다. 운동을 다시 시작해야지. 춤도
추고.

"힘들면 그만해."

"조금만 더 할게. 지금부턴 아무 생각도 하지 마. 그냥 죽었

다고 생각해."

푸른 하늘 은하수 하얀 쪽배엔 계수나무 한 나무 토끼 한 마리……

나지막한 노랫소리가 이불처럼 내려앉는다.

옛날에 금잔디 동산에 메기 같이 앉아서 놀던 곳……

〈메기의 추억〉. 어릴 적 가끔 들었던 노래다. 처음 들었을 땐 물고기가 금잔디 동산에 어떻게 올라갔을까 신기했었는데. 노래에 깃든 슬픈 사연을 알게 된 건 한참이나 지나서였다.

When I first said I loved only you, Maggie
And you said you loved only me.
당신만을 사랑한다고 처음 고백했을 때, 메기 당신도 나만을 사랑한다고 말했죠.

"……우리 엄마가 좋아했던 노래야. 난 이 노랠 자장가처럼 듣고 자랐어."

채미루, 이 애는 사실 마녀일지도 몰라. 마녀일지도……
눈을 떴을 때 밖은 아직 캄캄했다. 침낭은 버려진 채 혼자 바닥을 지키고 있었다. 침대 위에 모로 누워 눈을 끔뻑였다. 그러니까 여긴 내 침대고, 내 등에 딱 붙어 내 다리 위에 떡하니 제 다리를 걸치고 쌕쌕 잠든 건, 미루나무.

온몸이 개운한 걸 보니 오랜만에 푹 잔 모양인데. 조용히 상체를 일으켜 옆을 돌아보았다. 루텔라의 두 손은 기도하는 것처럼 가슴 앞으로 모여 있었다. 치수 큰 남자 옷을 입어서인지 남의 집에 얹혀사는 고아 소녀 같다.

이 난해한 감정은 도대체 뭘까.

지난밤 네가, 아무 생각도 하지 말라고 했었지. 마지막으로 들은 자장가가 뭐였더라. 엄마가 섬 그늘에 굴 따러 가면 아기가 혼자 남아 집을 보다가……. 그다음부턴 뚝 잘린 것처럼 기억나지 않는다.

어쩌다가 이런 일이.

추를 매단 것처럼 아랫도리가 묵직했다. 난 새벽 기운에 불룩해진 앞섶을 들킬세라 얼른 침대를 벗어났다.

오전부터 슬금슬금 눈이 내리더니 길이 점점 막혔다. 아무래도 늦을 것 같아 루텔라에게 연락하려는 순간 전화가 왔다. 미루나무였다. 그날 아침 난 침낭에서 자고 일어난 것처럼 연출했고, 그 애 역시 별다른 기색 없이 스웨덴 친구들에게 작별 인사를 한 뒤 자두를 챙겨 떠났다.

남녀 사이에는 오묘한 메커니즘이 숨어 있다. 그것도 하룻밤 같이 잔 거라고 그 전과는 다른 감정이 생겨 버린다. 며칠

새 두통이 오거나 잠이 안 올 때면 두피를 마사지하던 손길이 생각나 머리가 더 아플 지경이었다.

"어, 가고 있어. 왜?"

— 천천히 와도 된다고. 이사님도 한 시간쯤 늦으신대. 바퀴에 체인 감았어?

"응. 걱정하지 마. 아무도 도착 안 했어?"

— 좀 전에 재유 씨 도착했어. 형이 전화하라고 해서 하는 거야.

자발적으로 연락한 게 아니고? 이건 또 무슨 심술인가.

"그럼 그렇지. 미국엔 안 가?"

— 안 가려고.

"엄마 안 보고 싶어?"

— 보고 싶지. 하루에도 몇 번씩.

"설마 비행기 티켓 값이 아까워서 못 가는 건가? 너도 최하 비즈니스석 아니면 안 타냐?"

— 이코노미석 타고 왕복 100시간이라도 볼 수만 있다면 가지 왜 안 가.

"네 부모님 미국에 산다고 들었는데?"

— 그 여자 내 엄마 아니야. 친엄마는 나 대학 3학년 때 돌아가셨어.

"아, 미안. 몰랐어."

— 나에 대해 모르는 거 많잖아.

"니 목소린 누구보다 내가 잘 알거든? 그럼 된 거 아니야?"

— 그래요, 작곡가님.

그놈의 작곡가님 소리 지겨워 죽겠다.

"아버진 친아버지잖아."

— 우리 아버지가 유독 그런지 모르겠는데, 새 아내가 생긴 아빠는 예전의 아빠가 아니더라. 새엄마가 데리고 온 동생들도 둘이나 있는데 뭘. 나 없어도 안 외로우셔. 나중에 돈 떨어지면 외로워지겠지.

미루나무에 대해 몇 가지 더 알게 됐다. 주변 사람들은 루텔라와 나를 최적의 파트너라고 말하지만, 그건 일에 관해서였다. 사적인 부분엔 일부러라도 관심을 두지 않았다.

"그럼 새해 연휴엔 뭐 해?"

— 고창에 간장게장 정식 먹으러 가려고.

"그거 먹으러 전라남도 고창까지 간다고?"

— 친구들하고 여행 삼아 가는 거야.

"아, 산도끼, 튀긴 토마토, 주입식 멜로디 그런 애들? 간장게장 먹을 때 가수 예명을 그렇게 짓는 이유 좀 물어봐 줘라."

루텔라가 리메이크 미니 앨범을 낸다. 늦어도 내년 4월까지 완성해 공개하는 게 목표다. 오후 3시에 소속사 회의실에서 두 번째 앨범 기획 회의를 하기로 했다. 정문용 대표는 톱스타급만 취급하니 결과만 보고받을 테고, 루텔라와 이홍윤 이사, A&R팀 담당자, 홍보 마케팅 담당과 우리 형제가 참석한다. 이홍윤 이사가 이 앨범의 총괄 프로듀서고, 프로듀싱과 비주얼 디렉터는 형이 맡았다. 선곡은 나와 형, 루텔라 모두 참여하기로 했다.

곡이 결정되면 원 작곡가와 일일이 상의해야 한다. 대가수가 부른 노래는 가창자의 허락까지 받아야 한다. 편곡은 내가 거의 맡아 할 것 같다. 이것 말고도 뮤직비디오, 의상, 무대 안무, 트랙리스트와 타이틀곡 공개 등등 갈 길이 멀다. 앨범 발표와 함께 소극장 콘서트도 계획하고 있다.

앨범의 시작은 형 부부의 집들이에서였다. 그날 루텔라는 피아노를 치며 80년대 강변가요제 대상 수상곡을 불렀고, 연주가 끝나자마자 형과 나는 동시에 앨범을 내자고 소리쳤다.

가수는 가도 노래는 남는다. 결국 가수는 목소리로 기억되는 사람이다. 우리 셋은 아날로그 시절의 명곡을 감성 충만한 21세기형 목소리로 재해석해 보기로 의기투합했고, 형수는 와인을 새로 땄다.

처음 정문용 대표는 뜨뜻미지근한 반응이었으나 우리 형제는 오랜만에 한마음으로 밀어붙였다. 강변가요제 수상 곡으로만 만들자는 말도 잠시 나왔지만, 형이 반대했다. 허구한 날 노래만 듣고 살았는지 서준유는 나보다 아는 곡이 훨씬 많았다. 트랙 리스트는 7, 80년대의 히트곡을 포함해 채워질 예정이다. 만약 이 앨범이 실패한다면 편곡을 잘못한 내 탓이리라.

회사 건물이 보이는 데서만 10분째 거북이걸음이다. 문득 떠오른 게 있어서 루텔라에게 전화를 걸었다.

"뭐 하냐?"

— 성현 언니가 재유 씨 편으로 유자차와 모과차를 보내 줘

서 그거 마셔.

"형 옆에 있어?"

— 좀 전에 대표님 방에 들어갔어. 아직 못 온 사람이 더 많아.

"그날 누나 집에서 니가 부른 노래들 있잖아. 집들이할 때."

— 말해.

"엄마가 좋아하던 노래들이었어?"

— 어. 우리 엄마가 노래를 아주 잘하셨거든.

"너, 얼굴도 엄마 닮았어?"

— 아니. 우리 엄만 날씬하고 예뻤어. 내가 가진 장점은 전부 엄마가 물려준 거야. 나머진 아버지한테.

"누가 너보고 못났대?"

— 제이원 작곡가님이 그랬잖아요. 살 좀 빼라고. 그래도 안 되면 성형이라도 하라고.

"딱 한 번 그랬다, 딱 한 번. 술김에."

— 그러니까 그게 본심이지.

대꾸할 말이 없었다. 처음엔 연예인치고 못난데다 자기 관리를 못 한다고 생각한 게 사실이니. 살을 빼서인가. 그새 익숙해져서일까. 지금은 가수 외모가 손 안 대고 그만하면 됐지 뭐, 하고 만다.

"너 못나지 않았어. 키도 보기 좋게 크고."

— 예쁘진 않고? 사람들이 나보고 은근 글래머 스타일이라고 하던데.

"야, 야. 한꺼번에 바라는 게 왜 이리 많아. 하도 살살 운전을 했더니 두통이 다시 온다."

― 두통약 사 먹어. 그날은 내가 술김에 마사지해 준 거야.

"화 풀어. 다 너 잘되라고 한 말이었어."

― 뻥치시네.

"감히 작곡가한테 속어를 남발해?"

― 남발이라니! 그래요, 다시 할게요. 작곡가님, 부디 거짓을 고하지 마시옵소서.

"편곡 잘해 줄게. 끝내주게 뽑아 줄게."

― 우리 회사 오른쪽 병원 빌딩 안에 약국 있어요. 이름은 '스타 약국'.

드디어 소속사 입구다. 성탄절 전에 본 게 마지막인데 살이 더 쪘는지 빠졌는지 궁금했다.

"5분 안으로 지하 주차장으로 내려와 봐."

― 왜요?

"확인할 게 있어서 그래. 줄 것도 있고."

뒷좌석에 던져 놓은 물건 중 미루나무에게 줄 만한 게 뭐가 있는지 훑었다. 차 안에선 건질 만한 게 없었다. 쓰다 만 것, 먹다 만 것, 마시다 만 것, 루텔라에게도 있음직한 CD 앨범이 고작이었다. 말은 이미 질러 놨는데 팬들에게 받은 선물을 줄 수는 없으니 어떡하나.

다행히 루텔라가 도착하기 직전 트렁크에서 원 플러스 원으로 샀던 대용량 두루마리 휴지와 드럼세탁용 세제를 찾아냈다. '너무 많아서 나눠 쓰려고.' 이 정도 설명이면 되겠지. 안도감 때문인지 기분 좋게 가슴이 두근거렸다.

　이쯤에서 나의 첫 조카 해나에 대한 이야기를 하려 한다. 해
가 바뀌어 설을 하루 앞둔 날이었다. 아침부터 서준유는 아내
찾아 3만 리를 하고 있었다.

　"여보! 여보, 어디 있어?"

　일어나자마자 물을 한 컵 들이켜고 세수를 하던 나는 거울
을 보며 얼굴을 찌푸렸다. 과장 조금 섞어서 어제부터 저 '여보'
소리를 백 번은 들은 것 같다. 일부러 들으라고 더 그러는 건
가. 여보, 이리 와. 여보, 이거 먹어 봐. 여보, 이거 어때? 우리
도 하나 살까? 결혼이 연애의 무덤이라고 누가 그랬나.

　"성현아! 백성현!"

　버르장머리 없게 누나한테 성현아? 아버지한테 한 소리 들
은 게 얼마 전인데 또 저런다. 욕실 문을 여는 순간, 형의 얼굴
과 딱 마주쳤다.

　"누나는 왜 찾아다녀?"

　"넌 언제 형수라고 부를래?"

　"조카 생기면."

　"그럼 형수라고 불러."

　지난주 제주도에서 올라온 먹거리를 가지러 형 집에 들렀
다. 신선한 회를 거하게 얻어먹고 배를 두드리며 앉은 자리에
서 천혜향을 열 개나 까먹는 형을 의아하게 본 적이 있다. 그
모습을 안주인은 흐뭇하게 지켜보았고. 어젯밤도 사돈댁에서

보낸 한라봉과 레드향을 바구니째 들고 와서 내내 먹었지. 설마, 서준유 네가 임신했냐?

"산책하러 나갔어. 10분 전쯤."

"휴대폰도 안 갖고 갔던데. 동네도 낯설면서."

"애도 아니고 길을 잃겠냐. 어른 셋이 같이 나갔는데."

지난달 부모님은 형이 사 드렸던 아파트를 팔고 널찍한 신축 빌라로 이사했다. 집 근처의 양재천이 이 집을 선택한 이유 중 하나였다.

"아버지 폰으로 전화해 봐. 양재천 쪽으로 갔을 거야."

"코트 입고 나갔지?"

"그럼 한겨울에 티 쪼가리만 입고 나갔을까? 그렇게 보고 싶어? 밤새 같이 있었으면서."

"축하한다."

"뭘?"

"삼촌 되는 거."

"……진짜야?"

"지난주에 병원에 갔었어. 아기집이 너무 작다고 일주일 뒤에 다시 와 보라더라. 어제 또 다녀왔고. 너한테 처음 말해 주는 거니까 모르는 척하고 있어. 양가엔 적당한 때 말씀드릴 테니까."

그해 가을, 첫 조카가 태어났다. 해나를 처음 만난 건 그 아이가 태어난 지 일주일쯤 지나서였다. 영국 출장길에서 조카의 탄생 소식을 들은 난 남은 일정을 서둘러 마무리하고 바로 귀국했다. 예정일보다 보름이나 이른 출산. 가장 보고 싶은 건 아기 얼굴이었고, 가장 걱정스러운 건 형수의 건강이었다.

공항에 내린 나는 택시를 잡아 바로 형 집으로 갔다. 현관문이 열리자 낯선 중년의 여인이 귀신이라도 본 것처럼 주춤 뒷걸음질 쳤다.

"에구머니!"

"아, 죄송해요. 놀라셨어요? 형수가 아기를 낳았다고 해서요."

"아고, 미안해라. 동생 분이 온다고 들었는데도 너무 닮아서. 지금 아기 아빠가 아기 재우고 있어요. 조용히 들어오세요."

심장 소리를 베이스로 깐 자장가가 날 먼저 반겼다. 집 안은 은은한 분 향기가 감돌았다. 잠시 거실 소파에 앉아 있자 형이 포대기에 폭 싸인 아기를 안고 나왔다. 벌떡 일어나 다가간 내게 서준유의 첫마디는 냉정했다.

"손은 닦았어?"

"박박 닦았지. 누나는 괜찮아? 엄마가 순산했다고 하던데."

"그건 엄마 생각이고. 형수는 막 잠들었어."

"아기 얼굴 잠깐 보여 주면 안 돼?"

"너 지금 어디서 오는 길인데?"

"공항."

"우리 해나 며칠만 더 일찍 태어났으면 조산이야. 이제 겨우 3킬로 넘는다고. 한 달 뒤에 다시 올래, 욕실에서 샤워하고 올래?"

샤워를 마치고 오면 바로 아기를 안게 해 줄 줄 알았다. 형은 딸을 보물단지처럼 품고 얼굴만 슬쩍 보여 주었다. 아버지가 된 형의 얼굴은 고작 일주일 만에 어딘지 달라 보였다.

그렇게 작은 아기는 처음 봤다. 너무나 원시적인 모습으로 태어났다지만, 그새 인간다운 모습으로 변해 있었다. 주먹만한 얼굴에 앙증맞은 코, 자로 잰 것처럼 조붓이 자리 잡은 진분홍빛 입술.

"다들 태어난 지 일주일 만에 이렇게 예쁜 아기는 처음 본다고 하더라."

"형수 닮았으면 예쁘겠지. 언제 깨?"

"잠든 지 얼마 안 돼."

"한 번만 안아 보자."

"위험해. 나중에 목이나 가누면."

"조심해서 안으면 되잖아."

"난 임산부 교실까지 따라다니면서 교육받았어."

국보를 넘기라는 것도 아닌데 너무하는 거 아닌가. 1초라도 안아 보고 싶어서 조바심이 났다.

"언제쯤 목 가눠?"

"2, 3개월쯤 지나야 안전해져."

"그걸 언제 기다려. 와, 미니어처 같네."

손녀를 본 아버지의 첫마디는 이랬다고 한다. "인형이 인형을 낳았구나!" 평소에도 형수가 집 안을 돌아다니면 인형이 걸어 돌아다니는 것 같다며 좋아하셨으니 근 30년 만에 아기가 태어난 기쁨이 다들 말도 못 하게 컸으리라.

"다행히 키는 평균치래. 원래 예정일에 태어났으면 몸무게도 표준치였을 텐데."

"눈은 누구 닮았어?"

"엄마를 빼닮았어."

"우리 엄마?"

"바보냐? 형수랑 눈동자가 똑같아. 까맣고, 크고. 태어나자마자 나랑 눈이 따악 마주쳤다니까."

"거짓말 좀 하지 마."

"진짜야."

해나가 기분 나쁜 꿈이라는 꾸는지 이맛살을 찡그리며 낑낑 댔다. 형은 그런 딸이 귀여운지 알아듣지도 못할 말로 나지막이 어르고 달랬다. 아빠 목소리에 다시 펴지는 작은 이마가 경이로웠다.

"산후조리원엔 왜 안 가고 집이야. 요샌 시설 좋은 데 많다며? 말만 한류 스타지 지지리 궁상처럼 이게 뭐냐."

"나도 그러려고 했는데, 집이 제일 편하다는 걸 어떡해."

아기와 산모만 돌보는 전문가와 예전부터 형 집의 청소를 도맡아 하던 아주머니가 당분간 상주할 거라고 한다. 집 안의 사람들은 조용했지만 분주하게 움직였다.

나는 제 엄마를 빼닮았다는 해나의 눈이 보고 싶었다. 내 아이가 태어났어도 이렇게 생겼겠지. 아기치고 까맣고 숱 많은 머리카락에 발그레한 피부, 하얀 천에 돌돌 말린 채 작은 애벌레처럼 잠든 꼬마에게 나는 푹 빠져 버렸다. 마치 내 아이를 먼

미래에서 데리고 온 것만 같았다.

"예쁘다. 어, 웃네?"

"배냇짓하는 거야."

"손가락 좀 보여 줘 봐. 딱 한 번만."

"이따가 깨면."

힘들지도 않은지 형은 아기가 깰 때까지 내내 품에 안고 있었다. 드디어 울음을 터트리며 존재를 과시하는 해나를 산후도우미가 데리고 가 기저귀를 갈아 주었다. 방에 들어가 엄마 젖을 먹고 나온 해나는 기분이 꽤 좋아 보였다.

거실을 리드미컬하게 걸으며 트림시킨 형이 작은 이불 위에 조심스럽게 아기를 눕혔다. 그러고선 더 조심스럽게 배냇저고리 소매를 걷어 손을 보여 주었다. 세상에! 그 작은 손가락 끝에 앙증맞은 손톱이 조르르 매달려 있는 걸 보니 가슴이 저릿저릿했다.

"우리 해나는 엄마 닮아서 안 예쁜 데가 없지? 아고, 아고, 예뻐라."

크고 까만 눈동자가 제 아빠를 가만히 바라본다. 둘 사이에 어떤 교류가 일어나는지 나는 알 수 없었다. 한 줌의 상실감이 내 마음속 어딘가를 거칠게 훑고 지나갔다.

아기의 손을 조심스럽게 건드리자 부러질 것처럼 가는 손가락이 내 검지를 꽉 쥐었다. 감동한 나는 그 모습을 잽싸게 가리키며 바보처럼 입을 벌렸다.

"놀랄 거 없어. 그냥 반사작용이니까."

세상의 오만가지 법칙을 다 들이밀어도 그 순간을 온전히 설명할 수 없다. 그토록 짧은 시간에 누군가에게 빠진 건 그때가 처음이었다. 집으로 돌아온 나는 나를 사로잡은 꼬맹이를 떠올리며 컴퓨터를 켜고 30분 만에 악보를 완성했다.

"이젠 목도 잘 가누네? 해나 입술에 뽀뽀 한 번만 하면 안 돼?"

"나도 아직 못 해 봤거든? 충치균 옮겨."

"충치 없어. 이래 봬도 건치 작곡가라고."

"우리 딸 탐내지 말고 얼른 결혼해서 아기 낳아."

"여자가 있어야 하지."

"있잖아. 루텔라."

"어디서 무슨 말을 듣고 이래?"

"듣긴 뭘 들어. 보면 알지. 너희 사이 수상한 게 하루 이틀이야?"

루텔라의 리메이크 앨범은 성공했다. 그 전보다 두 배쯤 유명해진 그녀는 찾는 곳이 많아졌고, 쉼 없이 일에 몰두했다. 이젠 다른 작곡가들과 일할 때도 많다.

우린 친구도 연인도 아닌 어정쩡한 모습으로 만나고 있다. 미루나무가 한 달에 두세 번쯤 내 집에 들러 두피 마사지를 해주면 나는 수고비 대신 밥상을 차려 내고 작곡을 가르쳐준다. 침대에 누워 마사지를 받는 호사 따윈 지레 포기했다. 내 아랫도리가 멋대로 설칠 게 뻔했으므로.

몇 년 새 한국어가 꽤 는 미루는 지루하지 않은 말 상대가 돼 주었다. 어떤 날은 고사성어 책을 가져와 끝없이 질문하고, 어떤 날은 보지도 듣지도 못한 속담을 퀴즈처럼 묻는다. 세 번에 한 번 정도는 직접 요리를 하기도 하는데 놀랍게도 열에 일곱은 맛있다. 우리는 돌아서면 잊어버릴 수다를 떨며 한나절쯤 시간을 보내고, 그날 밤이 지나기 전에 헤어진다.

그사이 나는 말도 안 되는 스캔들이 두 번이나 터졌다. 둘 다 다른 여자였고, 상대는 동석한 여자 중 가장 미인이었다. 루텔라는 스캔들이 날 때마다 늘 같이 있었지만, 아무도 그 애와 날 연관 지어 생각하지 않았다.

손에 닿을 듯 말 듯한 장막 같은 것이 그 애와 나 사이를 가로막고 있었다. 분명한 건 채미루가 없었다면 난 더 망가졌거나 가십난에 오르내리며 집안 망신을 시키고 있었을 거라는 거다.

"수상한 게 아니라 이상한 거야. 나도 이상하지만, 걔도 참 이상해."

"시간 낭비 그만해. 나한테까지 루텔라 소개해 달라는 사람이 한둘이 아니야."

"나한텐 안 그러겠어? 내 가수나 마찬가지인데?"

"다른 남자가 채 가면 어떡할래?"

"할 수 없지 뭐. 걔 인생인데."

"허세가 아주 만렙이구만. 차라리 사랑하니까 놓아준다고 해라. 그럼 믿어 줄게."

"누굴 신파의 주인공으로 만들고 있어!"

"우리 딸 놀라잖아. 아구구, 아빠가 해나한테 화낸 거 아니에요. 까꿍! 뭘 믿고 그러는지 모르겠는데, 아무리 돌고 돌아도 네 자린 루텔라 옆일 거다. 삼촌은 바보야. 그렇지, 해나야? 까꿍!"

부모님의 메신저 프로필은 늘 해나의 사진으로 도배됐고, 온 가족이 공유하는 채팅방은 형 부부가 올리는 해나의 사진과 영상으로 북적였다. 그 어린 것에게도 스케줄과 취향과 고집이 있다는 게 신기했다. 7킬로도 안 되는 작은 존재에게 서씨 집안 사람들은 푹 빠져 버렸다.

"다들 와서 식사해. 해나야, 엄마한테 와."

엄마를 발견한 해나가 두 팔을 버둥거리며 까르르 웃었다. 형수의 얼굴에 행복한 엄마의 미소가 번진다. 형은 누가 보든 말든 아내와 딸의 볼에 입을 맞췄다. 그 안엔 내가 끼어들 여지가 바늘구멍만큼도 없었다.

해나는 볼 때마다 살이 오르고, 키가 자라고, 얼굴이 바뀌었다. 백일 즈음엔 배냇머리가 거의 다 빠졌는데도 그렇게 예쁠 수가 없었다. 아기의 웃음소리는 무엇과도 비교할 수 없는 힐링 음악이다. 해나의 웃음소리에 비하면 내가 만든 곡들은 꾸밈이 너무나 많아 보였다.

낯을 가려 할머니와 할아버지까지 거부하던 시기에도 해나는 내게 잘 안겨 왔다. 아마도 제 아빠와 나를 구분하지 못하는 것이리라. 신기하게도 생후 6개월이 지난 뒤부터는 나와 형을 완벽하게 구분했다. 누구도 해나가 우리 형제를 구분하는 방식을 알지 못했다.

입대를 앞둔 형은 그 사실이 기쁘기보다 가슴 아프다고 했다. 아빠를 금방 잊지 않을까. 말은 못 해도 떨어져 지낸 시간이 아이에게 악영향을 주진 않을까. 서준유는 나 같은 인간은 흉내도 못 낼 애정을 아내와 아이에게 퍼부었다. 형수를 보는 눈길은 너무 복잡해서 한때나마 그녀에게 마음을 주었던 것이 미안할 정도였다. 두 사람은 바깥일을 할 때 빼고는 늘 붙어 다녔다.

입대를 앞둔 마지막 일요일, 양가 가족이 형 집에 모여 시간을 보냈다. 낯을 가리기 시작한 해나는 그날따라 아빠 품에서 떨어지려 하지 않았다. 그날 우는 여자와 울지 않는 여자가 몇 있었다. 첫 아이를 낳고 한결 아름다워진 형수는 끝까지 눈물을 보이지 않았다.

사치를 부려도 남을 만큼의 생활비와 가족처럼 보이는 여자 경호원, 사시사철 보안이 철저한 집. 안타깝게도 형이 당장 두고 갈 수 있는 건 그런 것뿐이었다.

며칠 뒤 형은 어린 딸과 속 깊은 아내를 남겨 두고 병역의 의무를 하러 떠났다.

오늘은 한 달에 두세 번인 그날이다. 미루나무가 텃밭에 심어 놓은 두 종류의 상추와 쑥갓, 고추를 따 와서 찬물에 푹 담갔다. 심어만 놓고 관리를 안 하니 내가 그것들을 돌봐야 했다.

1시까지 온다기에 늦은 아침밥을 포기하고 쌀부터 씻어 안쳤다. 시간 맞춰 된장찌개를 끓이고, 씻은 묵은지와 파무침까지 준비해 놓았는데 전화조차 없다. 앵두를 안고 바깥을 바라보던 나는 휴대폰을 찾아 열었다. 시간을 잘 지키는 애라서 괜히 더 걱정스러웠다.

신호는 가는데 전화를 받지 않으니 걱정에 화가 섞인다. 바깥을 나갔다가, 다시 집 안으로 들어와서 반찬 한 가지를 더 만들었다. 두 번째 전화는 통화 중. 연락이 온 건 20분이나 지나서였다.

— 제이원, 미안. 친구한테서 급한 전화가 와서 통화가 좀 길어졌어.

"너 얼른 와. 당장 와."

— 화났구나. 누구라고 말은 못 하는데 애인이 바람피웠다고 울고불고 난리잖아.

"그게 길게 조언할 거리나 돼? 버리라고 해! 그런 놈은."

— 나도 그랬지. 근데 바람난 사람이 놈이 아니라 년이야.

"아이고, 진짜."

얘는 허물없이 지내는 남자가 왜 이리 많은지 모르겠다.

— 근데 그 여자한테 돈까지 빌려줬다는 거야. 액수도 커.

"그럼 고소를 해야지."

— 안 그래도 아는 변호사한테 전화로 대충 설명하고 둘이 연결해 주고 오느라 늦은 거야. 그래도 삼겹살은 안 빼먹고 잘 챙겼어.

"배고파 죽겠어. 지금 어디야?"

— 10분 안에 갈 수는 있는데 일단 먹고 화내. 그럴 거지?

"오기나 하라고."

그로부터 30분 뒤 내 화는 확 누그러져 있었다. 위장을 차곡 차곡 채운 삼겹살과 흰쌀밥과 된장찌개 덕분에. 반 정도는 루텔라가 내 입에 직접 넣어 주었다. 잘못을 했으면 그 정도 희생은 해도 된다.

"왜 더 안 먹어?"

"요새 살이 좀 붙었어."

"다이어트 좀 그만해. 살도 안 쪄 보이는구만."

"잘 가리고 다녀서 그래."

"얼굴 없는 가수로 살 걸 그랬다. 그치?"

"응. 그만 구워. 나머지는 돼지 김치두루치기 해 먹자."

"저녁도 먹고 갈 거지?"

"그럴까? 일 안 해도 돼?"

"놀지 뭐. 돈도 많은데."

루텔라가 얼굴을 살짝 틀며 쌩긋 웃었다. 웃는 연습이라도 하나. 갈수록 예쁘게 웃는다.

"텃밭에 상추 잘 자라더라. 쑥갓이랑 고추도."

"내가 너 때문에 팔자에도 없는 농사를 짓는다. 아예 이 동네로 이사 와서 농사를 도맡아 짓든가."

"상추 스무 포기가 무슨 농사라고. 우리 엄마가 상추 모종 스무 개면 먹다 지친댔는데."

"먹다 지치라고 스무 포기나 심은 거구만. 내가 이러다 토끼 되겠어."

루텔라, 무슨 말인지나 알고 웃냐? 하도 안 써 먹어서 토끼 수준이 될까 봐 무섭다고.

"고기를 너무 많이 먹으니까 채소라도 같이 먹으라고."

"고기 요리가 제일 편하잖아. 간단하고."

"성격이 점점 나빠지니까 그렇지. 회사 애들한테 성질 좀 적당히 내. 너만 보면 무서워 죽겠대."

"그럼 노래를 잘 부르든가. 춤이라도 제대로 추든가. 하늘이 감동할 정도로 노력이라도 하든가."

"애들이 뒤에서 뭐라는 줄 알아? 제이원 작곡가 프리 멘스트럴 신드롬*이 너무 길다고……."

"이것들이 진짜!"

"그러니까 유기농 채소라도 많이 드시라고. 근데 동네에 렌트 나온 집이 있어?"

"있으면 오게?"

"아니. 경비원 없는 단독 주택에선 무서워서 혼자 못 자."

"치우고 영화나 한 편 보자. 무서운 거로."

양치를 하고 편한 실내복으로 갈아입은 루텔라가 소파에 기대앉았다. 내 옷은 입기 싫은지 언제부터인가 따로 옷을 챙겨 온다. 난 그녀 앞에 만화책 세트를 던져 주고 식기세척기를 작동시켰다. 욕실에서 나왔을 때 루텔라는 만화책을 쥔 채 카펫에 모로 누워 잠들어 있었다. 여기가 어디라고 태평하게 잠이 올까.

얇은 이불을 가져와 덮어 준 나는 그 옆에 엎드려 만화책을

---

* Premenstrual Syndrome. 생리 전 증후군.

넘겨 보았다. 이미 대사까지 줄줄 외우는 거라 재미없다. 깨우자니 미안하고, 멍하니 있자니 시간이 아까웠다. 지난번 루텔라가 선물한 책들이 생각나 슬쩍 갖고 나왔다. 한 권은 영국 작가가 쓴 고전이고, 한 권은 미국 작가가 쓴 추리 소설이었다. 지루하고 고고해 보이는 고전을 펼치고 느릿느릿 첫 장을 넘겼다. 내겐 미루나무 옆에서 잠들 그럴듯한 핑계가 필요했다.

어릴 땐 낮잠을 자고 일어나면 늘 기분이 나빴다. 집 안은 고요하고, 머리는 아프고, 오늘인지 다음 날인지도 헷갈리면 가끔은 소리 높여 울고 싶어졌다.

얼마나 잔 걸까. 눈을 뜨자 미루의 얼굴이 바로 보였다. 그녀의 다리는 여지없이 내 다리 위에 올라와 있었다. 다시 눈을 감고 미루가 깨길 기다렸다. 속으로 628까지 셋을 때 작은 감탄사가 들렸다.

"어머!"

한낮의 해가 물러간 자리에 어둠이 슬그머니 내려앉는다. 길을 잃은 두 쌍의 눈동자가 간발의 차이로 부딪쳤다. 이런 땐 어떤 말을 건네야 하나. 네 옆에선 잠이 잘 온다고? 여자가 겁도 없이 아무 데서나 잔다고? 문득 묻고 싶어졌다. 너한테 난 뭐냐고.

"깊은 잠을 못 잔 지 좀 됐어. 잠들려던 건 아닌데."

"푹 잤어?"

"그런 것 같아. 다리 올려서, 미안."

"편하면 그냥 놔둬. 생각보다 안 무겁네."

"······몇 시나 됐어?"

"6시는 넘었을 것 같은데."

"전화 소리도 못 듣고 잤네."

"내가 니 휴대폰 꺼 놨어. 깰까 봐."

"아······. 다리 내려도······ 내릴게."

나한테 넌, 어떤 의미가 된 것 같아. 읽지도 않은 까뮈의 《이방인》을 떠올리게 노래하는 네게, 자장가도 슬프게 부르는 네게, 우리 엄마보다 내가 아픈 걸 먼저 알아차리는 네게, 아무리 화가 났을 때도 얼굴만 보면 스르르 풀리게 하는 네게.

"그대로 둬."

"나가서 산책이라도 할까. 정신 차리게."

"정신 차려서 뭐 하게? 가려고?"

"가긴 가야지."

"지금이 아예 밤이었으면 좋겠다. 폭우라도 쏟아지면 금상첨화고. 니 생각은 어때?"

"······저녁밥 얼른 차릴게. 난 안 먹어도 될 것 같아."

"너, 따로 만나는 남자 있어? 애인 있냐고 묻잖아."

"조만간 만들어 보려고. 내가 요새 인기가 좀 많아졌어. 통장이 두둑해져서 그런가."

넌 널 너무 과소평가해. 그게 너의 매력이자 문제야.

"솔직히 말해 봐. 지난 6개월 안에 키스하고 싶었던 남자 있었어?"

"······어."

"잘생겼어? 대충 잘생긴 거 말고 누가 봐도 미남이냐고."

"……어."

"유부남은…… 아니지?"

"미쳤어? 나한텐 결혼한 남잔 아무리 젊어도 무조건 아저씨야."

"그 남자, 나도 아는 사람이야?"

"대답하기 싫은데."

그 여잔 널 사랑하는 눈으로 봐. 카리나가 했던 말이 맞는 건가. 돌고 돌아 네 자린 루텔라 옆일 거다. 형이 했던 말은 일종의 예언일까. 형수가 날 늘 미루나무 옆에 앉히는 것도 그래서인가. 이 순간의 모든 게 내게 주어진 운명인가.

채미루, 네가 키스하고 싶었던 남자가 혹시…… 나란 인간이야?

"내가 지금 너한테 키스를 할 거야. 적선한다 치고 5분 뒤에도 싫으면 다리 내려. 바로 보내 줄게."

루텔라의 손이 입을 가리는 것보다 내가 약간 더 빨랐다. 5초, 50초, 5분. 순식간에 5분이 흘렀다. 사실 그게 정확히 5분인지도 모르지만, 더는 참지 못할 것 같은 시점에 입을 뗐다. 힘에 겨운지 루텔라가 숨을 몰아쉬었다. 그녀의 다리는 여전히 내 다리 위에 걸쳐 있었다. 다시 한 번 입 맞추고 싶었으나 이젠 키스만으로 끝낼 자신이 없었다.

"저녁 먹고, 영화 한 편 보고, 자고 가."

"나한테 왜 이래."

"아예 지금부터 잘래? 안 미쳤으니까 그렇게 보지 말고."

"내 표정이 보여?"

"보이겠냐. 이렇게 컴컴한데?"

"작곡가님 전화 한 통이면 바로 올 여자들 수두룩하잖아."

"틀린 말은 아닌데, 난 그 여자들한테 전화를 안 하거든."

"작곡가님 좋다고 고백하고 들러붙는 여자들도 많잖아. 내가 왜 그녀들하고 싸워야 해?"

"누가 너보고 싸우래? 넌 지금처럼 살면 돼."

"그게 말이 안 되잖아. 난, 제이원하고 오래오래 일하고 싶어. 오늘만 보고 말 거야?"

"왜 못 봐? 내가 널 보겠다는데."

미루나무 네가 오랫동안 알아보지 못한 나의 파랑새였으면 좋겠다. 같이 노래 부르고, 둥지도 짓고, 귀여운 알도 여럿 낳아 가며 살았으면 좋겠다.

"다리 내릴래."

지난 몇 년 사이 너무나 많은 것을 소유하게 됐지만, 외롭긴 마찬가지였다. 내 밑으로 깔린 것들이 돈이나 명예가 아닌 손가락 사이로 술술 빠져나가는 모래알 같았다. 두 손에 만져지는 따끈한 존재가 그 어느 때보다 간절히 필요했다.

"내가 너한테 사다 바친 자두만 해도 얼만데. 자두만 보면 니 생각이 나서 죽겠거든? 자두 맛 사탕, 자두 맛 주스, 자두 맛 껌. 심지어 '안녕 자두야' 만화 제목만 봐도 떠올라. 이거 어떡할래?"

"그걸 나보고 어떡하라고. 살구 먹을까?"

"그러니까 이번엔 니가 키스해 봐."

"……화장실 가고 싶다고."

"왜 그런지 알아? 흥분해서 그래."

"진짜 돌았어."

"니 문제가 뭔지 알려 줄게."

"내가 또 뭘 잘못했는데?"

"넌 말이야, 미국에서 자란 애가 오버가 없어. 비행기 한 번 못 타 본 토종 한국인보다 더 심해."

오 마이 갓! 날 죽여 줘! 정도는 기본적으로 장착하고 있어야지. 루텔라의 다리가 내 다리 위에서 살그머니 내려왔다. 여자의 두 다리를 아예 내 몸에 묶어 놓고 싶었다.

"그냥…… 좀 전에 그건 술 진탕 먹고 사고 쳤다고 생각할게."

"좀 전에 키스, 사고 아니거든? 니가 안 하면 내가 또 하지 뭐. 대신 이번엔 가슴까지 만질 거야. 니 입으로 분명 글래머라고 말했지? 아니면 너 오늘 진짜 집에 못 간다?"

"내가 언제 글래머라고 했어? 남들이 글래머라고 한다 했지."

손을 내밀어 루텔라의 볼을 어루만졌다. 이렇게 부드러운 걸 곁에 두고 삭막하게 살았네. 뭔가 낭만적이고 진취적인 사고를 하고 싶었지만 당장은 이 생각밖에 들지 않았다.

서준유가 던져 주고 간 열 개들이 CD를 어디에 뒀더라. 필요할 때가 있을 거라고 했는데.

"호빵이나, 찐빵이나. 난 둘 다 좋아."

어둠이 완전히 내려앉았다. 사랑하기 좋은 시간이다. 여름은 벌써 지났지만, 나는 한 마리 매미처럼 미루나무에 매달려 애정을 갈구했다. 루텔라, 채미루, 미루야……

— 제이원, 미안한데 오늘 못 갈 것 같아.

보고 싶었다, 종일 기다렸다, 그렇게 말해도 될 텐데 나란 인간은 짜증부터 난다.

"왜?"

— 몸이 좀 안 좋아.

"언제부터 어디가 아픈데? 병원은 갔다 왔어?"

— 좀 전에 다녀오는 길이야.

"어디가 얼마나 아프냐고."

— 그냥 좀.

"넌 아플 때 나한테 먼저 말해 주면 안 되냐?"

— 그럼 같이 병원에 가 줄래?

"왜 못 가. 가면 되지. 말을 안 하잖아, 넌."

— 산부인과 갔었어. 같이 가 줄 수 없잖아.

"혹시 임신했어?"

— ……

"혼전 임신도 괜찮다고 내가 스무 번은 말한 것 같은데. 우리 집에선 당연하게 여길 거야. 애 안 낳아 온 것만 해도 다행으로 여길 거라고. ……왜 반응이 없어?"

— 임신 절대 아니야. 다시 전화할게.

"그럼 어디가 문제인데?"

— 나중에. 나중에 말할게.

"내가 갈까?"

— 아니.

"앵두가 너 보고 싶대."

— 우리 앵두는 보고 싶다는 말도 할 줄 아는구나. 주인보다 낫네.

"집이지? 꼼짝 말고 그 자리에 있어라."

정확히 한 시간 27분 뒤 미루 집 현관에 들어섰다. 오는 길에 본가와 마트에 들르느라 시간이 더 지체됐다. 거실 커튼은 모두 내려져 있었지만 실내는 모든 등을 켜 놓은 것처럼 환했다. 오며 가며 가구에 부딪힐 일이 없어서 좋다더니 제법 널찍한 집 안은 최소한의 가구만 있었다.

손바닥만 한 집에서 살던 채미루는 전 소속사 때문에 진 빚을 다 갚고 나서야 이 집을 샀다. 형이 처음 루텔라를 데리고 왔고, 내가 만든 곡으로 유명세를 얻었고, 형수가 같이 돌아다니며 집을 구해 줬으니 채미루의 인생에 나도 조금은 보탬이 된 걸까.

누가 보면 애 엄마인 줄 알겠다. 냉장고, 식탁 한쪽, 장식장 위에 내 조카들의 사진이 많았다. 미루가 해나와 하진이를 얼마나 예뻐하는지 나도 잘 알고 있었다. 그녀가 처음부터 좋아했던 건 형이 아니라 나인 것도 알게 됐다. 이제는 연인이 된 미루나무가 죽을 때까지 몰랐으면 하는 게 있지만, 어쩌면 이미 오래전 눈치챘을지도 모르겠다.

침실 문은 닫혀 있었다. 집에서 챙겨 온 먹거리를 냉장고에 정리해 넣은 뒤 방 안으로 들어갔다. 미루는 표정이 어두운 것 말고는 딱히 아파 보이지 않았다. 침대 헤드에 기댄 그녀는 쿠션을 끌어안고 지난봄 개봉했던 영화를 보고 있었다.

"앵두는?"

"엄마한테 맡기고 왔어. 애인을 바람맞히고 영화가 눈에 들어와? 아픈 거 맞아?"

"꾀병이었나 봐. 이리 와. 같이 보자."

"손 좀 씻고."

평균적으로 우리는 일주일에 한두 번 만난다. 더 자주 볼 때도 있고, 아예 한 번도 못 만날 때도 있다. 해외 공연 때문에 열흘 만에 만난 미루는 조금 여위어 보였다. 어쩐 일인지 나와 연인이 된 뒤로 계속 살이 빠진다. 속도 모르는 사람들은 갈수록 예뻐진다고 칭찬하지만, 나로선 반갑지만은 않은 일이다.

미루나무는 나를 사랑한다. 그러나 날 전적으로 믿지는 못한다. 그 점에 대해 미안해하는 건 나보다 오히려 그녀다.

방에 딸린 욕실에서 아예 샤워를 하고 나왔다. 미루는 벌거벗은 내 몸에서 바로 시선을 거두고 다시 TV 화면을 응시했다. 내가 음악 감독으로 참여했던 영화였다. 영화는 손익 분기점을 넘지 못했다.

"다 큰 남자가 홀딱 벗고 나왔는데도 심경에 변화가 안 생긴다는 말이지?"

"빈약한 스토리와 어색한 연기를 배경 음악이 다 살리네. 내가 지금 영화가 재미있어서 보는 게 아니야."

"아부도 할 줄 알고. 제법이야."

"서 있는 김에 물 좀 갖다 줘."

횅하게 비어 있던 냉장고는 내가 가져온 것들로 그나마 반쯤 채워졌다. 쟁반에 주스와 생수, 자두 몇 개를 챙겨 방 안으로 들어간 나는 티슈 상자를 그녀 옆으로 밀어놓았다.

"자두는 오면서 산 거야. 아직 파는 데가 있더라."

"가만 보면 꽤 다정해."

"그걸 가만히 봐야만 아냐? 저녁은 먹었어?"

"아직."

"왜 끼니를 굶어? 솔직히 말할게. 난 가슴 작은 여자보다 큰 여자가 훨씬 좋아."

너, 점점 작아지고 있다는 뜻이야.

"카리나처럼?"

"얘가 진짜!"

"조금 찔리지?"

많이 찔린다. 다시는 두 여자가 마주치는 일이 없었으면 좋겠다.

"살 그만 빼. 더 빼면 진짜 화낸다?"

"일부러 빼는 거 아닌데."

"근데 왜…… 나한테 서운한 거 있어?"

"아니."

"열흘 만에 봤는데 이 미적지근한 반응은 뭐야? 누가 또 너한테 제이원 소개해 달라고 조르디?"

"그거야 늘 있는 일인데 뭘. 직접 대시하지 나한테 왜 그러는지 모르겠네."

"나랑 사귄다고 말하라니까?"

"안 돼. 우리 사이가 어떻게 될 줄 알고. 난 평생 전 여친 꼬리표 붙은 여자로 살기 싫어."

"누가 너하고 헤어진대?"

"사람 앞날을 어떻게 장담해. 보기 좀 그러니까 옷을 입든지, 침대로 들어오든지 할래?"

당연히 침대로 들어가야지. 루텔라가 자두를 세 개쯤 먹어 치웠을 때 입을 맞추고, 가슴을 더듬으며 옷을 벗겼다. 영화보다 먼저 끝내진 말아야지. 그게 그 순간의 목표였다. 그녀는 성급하게 덤비는 나를 너그럽게 받아 주었다.

"저녁밥 못 먹었지?"

"같이 먹으려고 기다렸는데 니가 안 왔잖아. 먹을 틈이 없었지."

"볶음밥이라도 해 줄게. 고생했는데 쉬고 있어."

"하하, 너 요새 자주 귀엽다?"

"난 별로 한 게 없으니 밥이나 차려야지."

"이따가. 덥다. 에어컨 틀까?"

"마음대로."

미루의 몸엔 지난날의 흔적이 남아 있다. 조금 처진 듯한 젖

가슴과 여기저기 분포된 실금 같은 흰 줄. 지금의 몸무게에서 20킬로쯤 더 나갔을 때 생긴 유적 같은 것. 처음엔 그걸 너무 부끄러워하고 보여 주기 싫어했다. 그것 때문에 사랑이 더 깊어지진 않았지만, 큰 문제가 되지도 않았다. 어차피 나이 들고 아이를 낳으면 변할 몸이니까. 난 동양 여자의 부드러운 속살과 향긋한 살 냄새에 금세 빠져들었다.

"미루나무, 사랑한다는 말 듣고 싶어?"

"괜찮아. 나도 그 말 못 하잖아. 똑같은 사람들이지 뭐."

특별한 이유도 없이 사랑을 불신했던 것 같다. 그럴 만한 이유가 있는 루텔라는 나보다 심했다. 결혼 얘기를 꺼내는 내게 2년 뒤에도 탈 없이 만나면 그때 결정하자고 했고, 약속한 시기가 다가왔다. 아직 말은 하지 않았지만, 다음 루텔라의 앨범엔 나도 듀엣으로 한 곡 부를 생각이다. 그건 내 방식의 청혼가.

늦어도 새봄이 오기 전에 결혼하고 아이도 주렁주렁 낳아야지. 서준유도 부러워할 만큼 행복하게 살아야지. 미루의 따뜻한 아랫배를 가만가만 어루만지며 생각했다. 그런데 산부인과는 왜 간 거지? 그걸 안 물어봤네.

"다음 앨범 활동 끝나면 바로 결혼하자. 집도 새로 짓고, 아이는 맥시멈 셋쯤 낳자. 공부는 너 닮으면 잘할 테니 걱정 안 해. 성격은, 우리의 좋은 점만 닮았으면 좋겠네. 생긴 건 누굴 닮아도 상관없고……."

"외모는 아빨 닮아야지. 딸이든 아들이든 그쪽이 더 나을 거야."

"너 예쁘다니까? 팔다리도 길쭉길쭉, 키도 크잖아."

"결혼은…… 다른 여자하고 해. 똑똑하고 예쁘고 건강하고 성격 좋은 여자 찾아서."

스탠드를 켠 나는 미루의 얼굴을 내 쪽으로 돌렸다. 갈색 빛이 도는 두 개의 눈동자가 느리게 끔뻑였다. 슬퍼 보이는 건 나의 착각인가.

"너 사랑하지도 않는 남자하고 방금처럼 뒹굴 수 있는 여자 아니잖아. 나도 너 좋아하고. 뭐야, 이거. 새삼스럽게 튕기는 거야? 아니면 아직도 내가 부족해? 뭐냐고, 그 말의 의미가?"

"……화내지 마."

"난 누구처럼 인내심이 많지 않아서 화가 나. 우리 이제 20대 아니야. 더 좋은 남자가 올 것 같아서 그래?"

"아니야, 그런 거. 난, 결혼 안 하고 혼자 살 거야."

"사랑을 믿지 못하고, 남자도 믿지 못하고. 그딴 소린 이제 집어치워. 섹스 파트너나 하자고 여태 널 만났는지 알아?"

"저녁 먹고 다시 얘기해."

"지금 해. 배 채워져도 화 안 풀리니까."

미루가 아픈 강아지처럼 내 겨드랑이 아래로 파고들었다. 난 그녀의 등을 끌어안았다. 이렇게 좋은데 이별을 말하는 이유를 도저히 알 수 없었다.

"오늘 병원 갔다 왔는데…… 나한테 문제가 있대. 사실은 처음 간 게 아니라 두 번째인데 상태가 더 안 좋아졌어."

"산부인과 말하는 거야?"

"어."

"난 여자가 아니라 잘 모르니까 뭐든 솔직히 말해."

"울 엄마는 아이를 많이 낳고 싶어 했는데 아빠가 하나만 낳자고 고집했대. 돌아가시기 전에 그걸 가장 후회하셨어. 자라는 내내 언니나 오빠, 동생이 있는 애들이 정말 부러웠어. 어른이 돼서 결혼하면 셋은 낳아야지 그런 생각도 자주 했고. 그래서 꼭 나처럼 아기를 좋아하는 남자를 만나고 싶었어. 운 좋게 그런 남자를 만났는데…… 그 사람의 소원을 들어 주기 힘들 것 같아. 미안해. 자기한테 말하지 않은 게 또 있어."

잘났든 못났든 누구나 몇 번쯤은 인생 계획을 설계한다. 당연히 지우고 허물고 고칠 때도 있다. 지난 몇 달은 아예 피임을 하지 않았다. 가장 안전한 시술을 받았다는 말을 곧이곧대로 믿은 난 지겨운 콘돔을 휴지통에 던져 버렸다.

혹시나 했지만 아이는 생기지 않았다는 말인가. 그래서 쑨풍쑨풍 아이를 잘 낳을 여자에게 날 양보하겠다는 소린가.

"우리 사이에 영영 아이가 없을지도 몰라. 적당한 시기에 좋게, 좋게 헤어지자. 다시는 내게 곡을 주지 않는다고 해도 서운해하지 않을게."

미루는 한참을 소리 죽여 울었다. 나도 조금은 위로받고 싶었다. 하지만 우린 아직 젊었고 일어나지 않은 일을 미리 슬퍼하는 건 바보 같은 짓이었다. 한 번도 예상하지 않은 일이지만 그런 이유로 루텔라와 헤어질 순 없었다. 그녀의 자궁에 문제가 생겼든, 난소를 하나 떼어 내든 그건 의도한 잘못이 아니니까.

미루는 최악의 경우를 예감했고, 난 최상의 경우를 상상했다. 내 인생에 우리의 유전자를 물려받은 아이가 하나쯤은 생길 거라는 근거 없는 자신감도 있었다.

"넌 내가 콩팥에 병이 생겨 하나 떼어 내면 버릴 거냐?"

"콩팥하곤 경우가 달라."

엄마는 영영 볼 수 없는 곳으로 떠났고, 아버지는 새 아내에 빠져 하나밖에 없는 친딸을 전처 자식 취급하고, 한때 내가 좋아했던 여자를 친언니처럼 믿고 따르는 채미루. 돈 욕심도 없고, 유명세도 바라지 않으나 노래만큼은 내 마음에 제일 차게 부르는 가수. 설사 평생 아이를 못 갖는다고 해도 이런 식의 이별은 할 수 없었다.

"나한텐 똑같아. 니가 아니라 나한테 문제가 있으면 어떡할래? 그럴 수도 있는 거잖아."

"그럴 리가 없어. 성현 언니도 결혼하자마자 금방 아이 가졌잖아."

"무슨 말도 안 되는 소릴 하고 있어? 쌍둥이라고 생식 능력도 똑같냐? 니가 의사야?"

"2년을 사귀었는데 아이가 한 번도 안 생겼어. 의사가 확률이 확 낮아진다고……."

"원래 의사들은 최악의 경우부터 말해. 이제 와서 헤어지자고 하면 꽃뱀 취급할 거야. 날 철저히 이용한 거로 알 테니 다신 그런 말 입에도 올리지 마. 생각도 하지 마. 다음부턴 산부인과에 같이 다닐 테니까 그렇게 알아. 혹시나 해서 하는 말인데, 니 몸 문제는 나만 알면 돼. 아무한테도 말하지 마. 결혼은 늦어도 내년 2월 안엔 하게 될 거야. 이건 소문내도 돼."

막 낮잠에서 깨어난 하진이 큰 눈을 껌뻑이며 나를 바라본다. 마치 당신이 내 아빠가 맞느냐고 묻는 것처럼.

"아빠? 아빠다!"

언제 들어도 가슴을 울리는 단어다.

"아니, 삼촌이야."

두 팔을 벌려 손짓하니 하진이 덥석 안겨 왔다. 지난주 형이 보름 일정으로 해외 로케이션을 떠났다. 영화 촬영은 이제 겨우 반쯤 진행됐을 뿐인데 형수는 벌써 지쳤고, 오늘은 오전 일찍 예능 프로 게스트로 영월까지 가야 했다. 게다가 1박 2일 코스. 형수에게 '국민 언니'라는 애칭을 안겨 준 강기윤 피디의 부탁이었으니 거절하긴 힘들었을 터였다.

오늘따라 사이좋은 이 집 며느리들은 유독 바쁘다. 요새 미루는 인디밴드와 합동 공연을 앞두고 거의 날마다 연습실로 출근한다. 낮에 본가에서 하룻밤 지낸 두 조카를 데리러 왔다. 오늘 밤은 우리 집에서 재울 생각이다. 엄마가 잠시 집을 비운 사이 아버지가 유치원에서 해나를 데리고 오셨다. 저녁밥을 먹은 뒤 두 아이를 데리고 아내를 픽업하러 가는 게 오늘의 가장 중요한 일정이었다.

부모님이 결혼 1주년을 넘긴 우리 부부에게 가장 궁금해하는 문제는 뻔했다. 자손은 많을수록 좋을 테니. 미루가 비관한 것만큼 몸 상태가 최악은 아니었다. 살아남은 난소가 하나 있으니까.

아내의 비밀스러운 문제를 알고 있는 사람이 더 있다. 친정 엄마가 없는 미루에게 그녀는 친언니와 비슷한 존재다. 사람 좋은 나의 형수는 아내의 건강을 자기 몸처럼 세심하게 신경 써 준다. 남자인 내가 미처 생각하지 못한 부분까지.

우리는 남들이 걱정하는 것보다 잘 지내고 있다. 보기 좋게 살이 오른 아내는 행복하다는 말도 자주 하고 심지어 사랑한다는 말도 가끔 해 준다.

"곧 생기겠죠."

"엄마가 요새 들어 걱정을 많이 해서."

"우리도 결혼 6년 만에 낳았다면서요? 6년 채우려면 아직 멀었네."

"엄마, 아버지야 너희보다 이른 나이에 결혼을 했잖아. 혹시 모르니 병원이라도 미리미리 다녀 봐."

이미 지겹게 다녔다고 할 수가 없어서 알았다고만 대답했다. 엄마의 전화를 받은 아버지가 주차장으로 내려간 사이 갑자기 해나가 코를 킁킁댔다.

"삼촌, 하진이 응가했나 봐. 기저귀 갈아 줘야 하는데."

"내가?"

"그럼 내가 해? 다섯 살밖에 안 됐는데?"

"할머니 금방 오실 거야. 조금만 기다리자."

"엉덩이 짓물러서 얼른 닦아 줘야 해. 금방 빨개진다구."

"알았다, 알았어."

그새 하진이는 엉덩이가 불쾌한지 기저귀를 떼어 내려 했다. 원목 마루가 깔린 거실에서 참사를 벌일 수는 없었다. 재빨리 조카를 안아 든 나는 가장 가까운 욕실로 들어가 급한 대로 욕조 안에 아이를 집어넣었다. 뒤따라온 해나가 작은 목소리로 귓가에 속삭였다.

"삼촌, 얼굴 찡그리면 안 돼요. 그럼 하진이 기분 나쁘잖아. 어려도 다 안대요."

잔소리를 마친 해나가 콧등에 주름을 살짝 잡으며 웃어 주었다. 처음 봤던 날부터 생각했다. 천사가 실제로 있다면 이런 모습일 거라고.

"알았어요. 꼬마 아가씨."

기저귀를 벗겨 낸 나는 내용물을 외면하고 얼른 접어 한쪽으로 던졌다. 뭘 이렇게 많이 먹었냐. 물티슈를 챙겨 온 해나 덕분에 그다음은 그럭저럭 처리할 수 있었다.

"우리 아빠는 예쁘게 잘 쌌다고 칭찬하면서 갈아 주는데."

똥을 예쁘게 싸는 게 가능한 건가? 하지만 이 문제만큼은 나보다 해나가 한 수 위였다. 시키는 대로 말도 안 되는 칭찬을 하며 샤워기로 아랫도리를 씻겼다. 떡 본 김에 제사 지낸다고 하진은 아예 물놀이를 하고 싶어 했다.

"요 녀석, 어린 게 진짜 실하네. 삼촌 닮았구나."

"우리 하진이가 왜 삼촌을 닮아?"

"너희 아빠랑 삼촌하고 똑같이 생겼잖아."

"그래도 내 동생은 우리 아빠를 닮았어."

언젠가 남의 아이를 예뻐하면 샘이 나서 아기가 생긴다는 말을 들은 적이 있다. 엄마가 즐겨 보던 드라마에서 나온 대사 같다. 그걸 이젠 내가 믿는다. 미신이라고 비웃어도 할 수 없다. 그럭저럭 좋은 남편은 되어 봤으니 좋은 아빠 노릇도 한 번은 해 보고 싶었다.

아내를 데리러 가는 사이 두 아이가 아무 말 대잔치를 벌인다. 나는 반도 못 알아듣겠는데 해나는 두 살배기 동생의 토막난 말을 정확히 알아듣고 일일이 대꾸해 준다. 별말도 아닌데 두 아이가 주고받는 이야기가 얼마나 귀여운지 자꾸 웃음이 나왔다. 도토리처럼 굴러다니는 조카들의 목소리를 듣느라 음악도 틀지 않았다.

"오늘 밤엔 누나가 우리 하진이 손 꼭 잡고 잘게. 자장가도 불러 주고."

"나, 누나 좋아. 진짜 좋아."

"나도 니가 내 동생으로 태어나서 정말 좋아. 여자애로 태어났으면 더 좋았을 텐데."

"난 남자야!"

형과 형수가 번갈아 전화를 걸어왔다. 영혼이라도 공유하는지 하는 말까지 너무 비슷해 소름이 돋을 정도다. 제 엄마와 의젓하게 통화를 마친 하진이 갑자기 울기 시작했다. 지난밤은 엄마와 같이 잠들었는데 오늘은 누나와 자야 한다는 걸 뒤늦게 깨달은 것처럼. 당황한 난 카시트에 앉은 채 동생을 달래는 해나를 속수무책으로 바라보다가 아내에게 전화를 걸었다.

— 왔어? 조금만 기다려.

이젠 해나까지 울음을 터트렸다. 백미러로 보니 그 와중에도 동생을 어르며 연신 눈물을 훔쳐 냈다. 아, 우리 해나를 울리다니.

"미루야, 어떡하냐. 하진이 우는 거 보고 해나도 울어."

— 졸린 거 아니야?

"그런가? 방금 형수하고 통화했거든. 전화할 땐 멀쩡했는데."

— 어디쯤인데?

"거의 다 왔어."

아내와 만난 건 그로부터 5분쯤 뒤였다. 난 내리 다섯 시간 독박 육아에 시달린 것처럼 지쳐 버린 상태였다. 내가 깨달은 진리는 웃는 아이들과 놀아 주는 건 누구나 할 수 있다는 것이었다. 콧물까지 흘려 가며 우는 하진을 안고 건물 앞을 서성이는데 아내가 손을 흔들며 해나의 이름을 불렀다. 구세주가 있다면 분명 채미루의 얼굴을 닮았으리라.

사태는 5분 만에 진정 국면에 접어들었다. 휴지를 꺼내 하진의 콧물을 닦아 내고, 동생을 달래느라 고생한 해나를 칭찬하고, 두 아이를 근처 편의점에 데리고 가서 달지 않은 음료수도 몇 병 사 왔다. 보리 음료수를 마신 하진은 지쳤는지 아내의 품에 폭 기댔다. 저 혼자 카시트에 앉아 야무지게 안전벨트를 잠그는 해나를 보고 나서야 난 겨우 웃을 수 있었다. 미루가 등장한 지 10분 만에 생긴 기적이다.

"운전할 수 있겠어?"

"밤새도록이라도 하지. 애들이 울지만 않으면."

아내의 나지막한 웃음소리가 봄밤의 공기를 가르고 은은히 퍼졌다. 하진이 억지로 잠을 참는 것처럼 눈을 끔뻑였다. 이 상태에서 카시트에 앉혔다간 10분의 공포를 다시 체험할지도 모른다.

"아예 이 근처에서 산책하다가 애들 잠들면 집에 갈까? 건물 뒤쪽에 공원 있어."

"그래, 그게 낫겠다. 해나 데리고 와. 하진인 내가 안고 재울게. 팔 아프겠네."

갑작스러운 산책에 신이 난 해나가 얼른 아내의 손을 잡고 차에서 내렸다. 우리는 두 아이를 키우는 평범한 부부처럼 공원을 향해 천천히 걸었다. 바람은 기분 좋게 불고, 하진인 내 품에 폭 안겨 가물가물 졸고, 해나는 할머니 댁에서 있었던 일들을 귀엽게 고자질했다.

"해나야, 작은 엄마하고 노래 부를까?"

"하진이 깨면 어떡해요?"

"자장가처럼 조용히 부르면 되지."

두 여자가 잠시 속닥대더니 노래를 시작했다. 품에 안긴 아이는 봄바람을 부채 삼아 금세 잠들었다. 꽃비가 흩날리지 않아도 아름다운 밤이다.

"슬슬 차에 돌아가도 될 것 같아."

"신기해. 데리고 다니면 누가 봐도 자기 아들인 줄 알겠다."

"내 아들은 니가 낳아 줘야지. 우리 둘이 지금처럼 살아도 좋고."

미루가 아이 문제로 울적해하지 않았으면 좋겠다. 노력해도 안 되면 할 수 없는 거니까.

"난 딸부터 낳고 싶은데."

"그럼 더 좋지."

어쩌면 오늘 밤 좋은 일이 생길지 모르겠다. 마음이 급해진 나는 두 여자를 재촉해 차로 데리고 갔다.

"해나야, 차에서 잠들면 안 돼."

"왜 안 돼요?"

차에서 내리면 바로 깰지도 모르니까. 그럼 너 금방 안 잘 거잖아.

"삼촌하고 작은 엄마도 집에 가자마자 바로 자야 하거든."

"나도 졸려요."

"작은 엄마가 재미있는 얘기 해 준대. 그렇지, 미루야?"

아내의 고개가 내 쪽으로 확 틀어졌다. 난 어이없어하는 그녀의 눈길을 당당히 마주 보며 씨익 웃었다. 어쩔 건데? 해야지.

"진짜요? 재미있는 얘기 얼른 듣고 싶어요."

"그래. 일단 차에 타자."

하진을 카시트에 눕히는 사이 해나도 제자리에 가서 앉았다. 조심스럽게 운전을 시작했다. 형이 신신당부한 대로 내일 아침 집에 도착한다 해도 천천히, 천천히 가야 한다. 앞좌석에 앉은 아내가 내 허벅지를 슬쩍 꼬집으며 말문을 열었다.

"옛날에 쌍둥이 형제가 살았대."

"히히, 우리 아빠랑 삼촌 같네."

"아, 그 집은 서씨가 아니라 석씨였어."

"석씨도 있어요?"

"응. 드물긴 하지만 있어. 둘이 일란성 쌍둥이라서 얼굴은 똑같은데 성격이 꽤 달랐대. 형은 의젓하고 침착한데 동생은 장난도 심하고 심술도 많아서 형이나 친구들을 괴롭히고 그랬나 봐."

"쌍둥이 사이에 형, 동생이 어디 있어? 시작부터 리얼리티가 떨어지는구만."

미루는 내 말에 아랑곳하지 않고 이야기를 이어 갔다. 모국어도 제대로 못 하던 여자가 이젠 드라마 작가 뺨치는 내레이터가 됐다.

"심지어 좋아하는 여자애한테도 자꾸 심술을 부리고, 괜히 미운 말만 골라 하고 그랬대."

"진짜 못됐다!"

여기서도 난 악역이군. 하지만 언젠가는 개과천선하겠지.

"그러게. 얼굴만 보면 세상에 그렇게 착한 애가 없는데 말이야."

"석씨 동생한테 다시 물어봐. 그건 아닐 수도 있어."

미루가 내 허벅지를 아까보다 세게 꼬집었다.

"작은 엄마, 그래서요?"

"어느 날 동생이 혼자서 피아노를 치고 있었는데……."

살다 보면 최선이 아니라고 생각한 것이 최상일 될 때도 있다. 내 옆의 여자처럼. 해나의 귀여운 목소리가 등 뒤에서 들려왔다.

"생각해 봤는데요, 동생도 나쁜 애는 아닌 것 같아요. 근데 그 오빠 그 언니한테 왜 그랬을까?"

오늘보다 행복한 날이 우리 인생에 숱하게 올 것이라 믿는다. 그래도, 이 밤이 아주 길었으면 좋겠다.

루텔라

모든 것이 분명해진 순간이 있었죠.

물어볼 필요도, 왜인지 궁금할 필요도 없었어요.

당신이 가까이 있는 것으로 질문의 대답이 되었거든요.

에릭 베넷Eric Benet ─ 〈The Last Time〉 가사 중에서

이 말을 하면 남편은 아직도 황당해하지만, 나는 그를 만나기도 전에 깊은 애정을 느꼈다.

"채미루 성격에? 기분 좋아지라고 괜히 하는 말이지?"

약간의 과장을 보탰으나 사실이었다. 서재유가 부른 〈하얀밤〉을 들으며, 〈이름 없는 사랑〉과 〈내 꿈에 들어와〉의 악보를 보며, 심지어 작곡가에 관한 어떤 정보도 없이 제이원 프로젝트란 사람에게 특별한 관심을 가졌었다.

어떤 사람이기에 이런 곡을 만든 걸까. 얼마나 운이 좋기에 이런 재능이 주어진 걸까. 심지어 이런 남자의 사랑을 받으면 어떨까? 하는 망상까지 해 봤다.

"내가 그땐 너무 외로웠나 봐."

"니가 그럼 그렇지."

"그럼 이건 믿을 수 있어? 자기를 처음 본 날 엄청 실망했다는 거. 상상할 때가 훨씬 낫더라."

"허, 어이가 없어서. 다들 날 보면 없던 정도 생긴다던데? 사진발이 너무 안 받아서 안타깝다는 말까지 듣는다고, 내가."

"외모 말고 성격. 얼마나 까칠하던지 같이 있으면 사포로 맨몸을 문지르는 것 같았다고."

"사포는 너무 심한 거 아니야? 수세미 정도로 정정해 주라."

"믿기지 않는 얘기 하나 더 할까? 사실 자기 얼굴도 내 타입은 아니었어. 지금은 취향을 바꿨지만."

미국에서 태어나 자란 내 기준에 그의 외모는 잘생겼다기보다는 곱상한 쪽에 가까웠다. 미남이라는 것에 이의를 달 수는 없지만, 적어도 얼굴에 반한 건 아니었다.

젖을 떼느라 잠투정이 부쩍 심해진 아들을 겨우 재우고 나란히 뻗어 버렸다. 아이가 생기고 우리 부부는 더 가까워졌다. 너무나 힘들게 온 아이라 애지중지 키우면서도 가끔은 응석받이로 자랄까 봐 걱정이 앞선다. 아이가 깰까 봐 토닥이던 남편이 작게 툴툴거렸다.

"대단한 사랑이네. 취향까지 바꾸고."

"나도 자기 취향 아니었잖아? 머리끝부터 발끝까지."

"이렇게 또 누명을 쓰는구만. 가슴하고 다리, 머릿결, 손톱, 발톱, 입술 색, 살 냄새는 딱 내 취향이거든?"

MO아티스트에서 처음 연락이 왔던 그즈음 난 불면증에 시달리고 있었다. 밤낮이 바뀐데다 그나마도 깊은 잠을 자지 못해 술을 마셔야만 몇 시간이라도 내리 잘 수 있었다.

지금도 또렷이 기억난다. 편의점에서 컵라면을 먹다가 전화를 받았던 시각은 저녁 7시 53분. MO아티스트의 연락처와 함께 꼭 받으라는 문자 메시지가 온 직후였다.

자신을 A&R팀 직원이라고 소개한 남자는 바로 용건으로 넘어갔다. 내게 곡을 맡기고 싶다고. 나는 그 목소리가 귀에 익다고 생각하며 불어 가는 라면을 휘휘 저었다. 한 시간 뒤면 친구의 사촌 누나가 하는 카페에서 피아노 연주를 해야 했고, 하룻밤 뒤면 월세를 내는 날이었다.

"어떤 식으로 한다는 거죠?"

거예요? 건가요? 아예 '어떤 식으로 일하고 싶은지 여쭤 봐도 될까요?'라고 공손히 대답해야 했을까. 미국에선 한 번도 듣지 않던 말을 이 나라에 와선 종종 들었다. 건방지다. 위아래를 모른다. 이 말이 그렇게 어려워? 왜 그리 눈치가 없어?

— 일단은 기획 앨범에 들어갈 노래 한 곡을 부탁할 생각이에요. 미팅부터 해야겠지만, 한 곡 더 맡길 수도 있어요.

일개 A&R팀 직원이 하는 제안이라기엔 다소 앞서가는 말이었다. 늘 불발로 끝나 버리는 계약. 그나마도 연락 오는 곳이 점점 줄고 있었다. 미국으로 돌아가서 대학원에 진학해야 하나. 가서 열여덟 살이나 어린 새 아내에게 잡혀 사는 아버지에게 손을 내밀어야 하나. 피 한 방울 안 섞인 아이들의 착한 언니, 누나 노릇을 해야 하나.

처음 한국에 왔을 때보다 15킬로그램 넘게 살이 찐 내가 편의점 유리창에 비쳤다. 탁해진 피부 위로 여드름이 자라고 살이 붙은 상체는 거대해 보였다.

한국은 내게 너무나 어려운 나라였다. 23년 만에 첫사랑을 다시 만나러 온 것처럼 한국을 찾았고, 엄마의 조국은 내게 달콤한 속삭임 몇 마디를 건넨 뒤 소름 끼치는 배신을 선물했다. 온갖 청사진을 그려 주던 소속사의 사탕발림에 넘어간 내게도 잘못은 있었다.

"제가 어떻게 하면 되나요?"

— 늦어도 이번 주 안에는 만나서 애길 끝냈으면 좋겠어요. 루텔라 씨 음색과 맞춤인 곡이 있는데, 다른 가수한테 주긴 아까워서요.

문득 전 소속사 대표가 자주 하던 말이 떠올랐다. 네 목소린 세상에 하나밖에 없는 악기야.

"저기, 제가 아는 목소리 같아서 그러는데요. 그 사람은 직원이 아니라 거기 아티스트거든요."

잠시 뒤, 웃음기 없이 담백한 대답이 들려왔다.

— 서재유라고 합니다. 그쪽하고 나, 안면 있죠?

기억한다. 일주일에 한 번 방영하던 음악 프로의 리허설 무대에서, 방송국이나 행사장 대기실을 오가면서, 홍보차 나갔던 프로그램에서 가끔 마주쳤던 그를. 내가 본 사석의 서재유는 말이 없는 편이었고, 관심 끄는 것 자체를 즐기지 않았다.

데뷔 2년 차의 어느 날, 서재유와 한자리에 앉을 기회가 있었다. 그날 그는 옆에 앉은 내게 음색과 감성이 정말 좋다는 짧은 칭찬을 건넸다. 그리고 지금은 너무나도 잘 이해가 되는 말을 나직이 덧붙였다.

"기회가 되면 얼른 거기서 벗어나요. 그냥 하는 말 아니에요."

30대 후반이었던 소속사 대표는 나를 소유물처럼 대했다. 가수인 내게 노래가 아닌 것을 교묘하게 요구하는가 하면 미국에 있는 남자 친구를 만나러 가는 것까지 허락을 받도록 했다. 일도 사랑도 사생활도 뜻대로 되는 게 없었다.

남자 친구와 난 장거리 연애하는 수많은 연인이 걸어간 길을 고스란히 밟았다. 그에게 다른 여자가 생긴 것조차 모두 내 탓으로 돌아왔다. 가수 데뷔와 대학원을 두고 망설이던 내게 사람은 하고 싶은 일을 해야 한다고 응원한 건 그였는데도.

"날 두고 떠난 건 너야. 네가 날 외롭게 만들었잖아. 넌 네 자신이 가장 중요한 사람이잖아."

내가 날 소중히 여기는 게 나쁜 건가. 단지 사랑을 위해 하고픈 일을 포기했어야 했나. 그의 곁에 머물었다면 사랑이 쭉 유지됐을까.

엄마의 투병이 길어지자 아버지의 사랑은 눈에 띄게 식어 갔다. 늘 자식보다 아내가 먼저라던 분이었기에 우리 모녀가 느낀 충격은 남달랐다. 엄마는 갈수록 뜸해지는 남편을 기다리는 대신에 변호사를 불러 내 앞으로 유산을 돌리고, 혼자 남겨질 나를 걱정했다. 지금도 궁금하다. 아빠의 새로운 사랑이 엄마의 죽음 이전인지, 이후인지.

그 와중에 소속사 대표가 술에 취해 나에게 애정을 고백하는 일이 벌어졌다. 미친놈. 또라이. 머저리. 내가 아는 모든 욕을 퍼붓고 싶었다. 그는 내게 이상한 방식으로 집착했다. 나하고 평생 같이 가자. 나만 믿어. 네 목소리를 브랜드로 만들어 줄게. 내게 일과 사생활은 별개의 문제였지만, 그는 둘 다 자기 식으로 통제하고 싶어 했다. 능력도, 실력도 없으면서. 난 소속사에 거액의 위약금을 물어 주고서야 겨우 그에게서 벗어날 수 있었다.

엄마가 내 몫으로 준 유산과 벌어 둔 돈을 싹싹 긁어모으고 타던 차를 팔았어도 위약금을 갚기엔 모자랐다. 나머지는 고스란히 빚으로 남았다. 월세로 옮긴 집은 어릴 적 살던 방 크기만 했다. 매니저도 없이 밤무대에 선다는 건 깡패 소굴에 혼자 들어가는 것이나 마찬가지였다.

전 소속사에서 퍼트린 악의적인 루머와 꼬박꼬박 돌아오는 월셋날, 줄어들지 않는 빚은 나를 숨 막히게 했지만, 미국으로 가고 싶지 않았다. 죽어서라도 돌아가고 싶어 했던 엄마의 고향으로 내려갈까. 심지어 그 생각마저 할 때였다.

스물둘의 나를 두고 영영 떠나 버린 엄마. 날 라이벌쯤으로 여기는 새어머니. 먼 친척처럼 어색해진 아빠. 소속사와의 불화로 빚만 진 채 버려진 고집 세고 골치 아픈 여가수. 그게 내 현실이었지만 스물일곱은 인생에 실패했다고 결론짓기엔 이른 나이였다. 무엇보다 나는 무대에서 노래를 하고 싶었다.

"기억해요. 그때 해 준 말. 서재유 씨 믿고 가도 될까요?"

몇 년 사이 그는 모르는 사람이 없을 정도로 유명해졌다. '서재유'를 상징하는 단어도 몇 가지 추가됐다. 배우, 온리 원, 일란성 쌍둥이, 은퇴.

— 아직도 사람을 믿어요? 나 말고 루텔라 씨 재능을 믿어야죠. 언제 볼까요?

나는 휴대폰에 대고 다음 날 오후에 찾아가겠다고 약속했다.

제이원 프로젝트의 첫인상은 모든 게 마이너스였다. 〈하얀 밤〉의 작곡가라는 것이 믿기지 않을 정도로. 그건 제이원이 서재유의 쌍둥이 동생이란 사실만큼 놀라웠다. 이미지와 인격이 다른 사람은 숱하게 봤지만, 그것과는 사뭇 달랐다.

2년 만에 만난 서재유가 훌쩍 어른이 된 것처럼 느껴졌다면 제이원은 막 탈피를 끝낸 갑각류처럼 예민하고 까탈스러웠다. 달리 말하면 너무 솔직해서 피곤하고 신경 거슬렸다. 서재유와 짧은 시간에 친해진 것과는 달리 제이원과는 자주 부딪쳤다. 오죽하면 누군지도 모르고 일할 때가 훨씬 나았다고 말할 정도였다.

차라리 연애를 하지. 백 명의 여자에게 동시에 버림받은 남자처럼 굴지 말고.

자세히 보지 않으면 구분할 수 없을 정도로 빼닮은 얼굴인지라 어쩔 수 없이 형제가 비교되곤 했다. 참다 참다 지치면 서재유를 붙잡고 애처럼 투덜댔다.

"내가 진짜 열심히 할게. 살도 빼고, 춤도 배울게. 댄스곡도 도전해 볼게. 그러니까 다른 작곡가 소개해 주면 안 돼? 아니면 제이원한테 다른 가수를 붙여 주든가."

"걔가 원랜 나보다 성격이 좋았어. 기분 나쁘겠지만, 그것도 관심이라고 생각해 줘. 인생에 투자한다 치고 딱 6개월만 참아 봐."

쌍둥이 중 형은 내 장점을 찾아 칭찬하고 부족한 부분은 기분 상하지 않게 신경을 써 줬다. 쌍둥이 중 동생은 툭툭 던지는 말과 눈빛으로 내게 상처를 줬다. 우리는 다시는 안 봐도 그만인 사람들처럼 날을 세우다가 후회하고, 사과하고, 또다시 툭탁거리는 과정을 반복했다.

그럼에도 불구하고 그에게서 관심을 거둘 수가 없었다. 제이원 프로젝트는 늪에 빠진 내 인생에 튼튼한 밧줄을 던져 주었고, 다시 가수로 살 수 있게 해 주었다. 그를 만나는 날이면 '제이원은 내 인생의 구원자'라고 스스로를 세뇌했다. 그의 날카로운 말투와 한심해하는 눈빛에 더는 상처받지 않기로 했다.

유명세는 겪어 보기 전엔 실감 나지 않는다. 연락이 거의 없던 아버지가 종종 전화를 걸어오고, 새어머니는 기분 상할 정도로 친절해졌다. 얼굴도 가물가물한 의붓동생들에게 인기 아이돌의 사인을 받아 보내 주면서 성공이 내 인생을 어떻게 변화시켰는지 곰곰이 되뇌는 날도 있다.

한 번은 아버지에게 늘 궁금했던 걸 물어보았다. 이미 오래 전부터 그에게 어리광을 부리거나 아빠라고 편히 부를 수가 없었다. 그건 너무나 슬픈 일이었다.

"솔직히 말해 주세요. 새어머니를 엄마가 돌아가시기 전부터 알았어요?"

그는 선뜻 대답하지 못했다.

— 그런 걸 왜 물어?

"그럼 새어머니한테 직접 물어볼까요? 아니면 그녀의 아이들에게?"

— 나도 네 엄마가 정말 그립다. 엄마가 건강했다면 좋았을 텐데.

"아픈 아내는 아내 자격이 없어지는 건가요? 25년을 같이 살았는데 그게 최선이었어요? 엄마가 왜 아버지 집안 가족묘지에 묻히는 걸 거부했는지 한 번쯤 깊이 생각해 보세요."

어이없게도 전 남자 친구에게서 연락 온 적이 있다. 술이나 대마초에 취한 목소리도 아니었고, 그쪽 시간으로 한밤중이나 새벽도 아니었다.

— 미루, I miss you so much.

"바뀐 번호는 어떻게 알았어?"

5분 안으로 제이원의 집에 도착할 터였다. 목적지는 점점 가까워져 가는데 그는 눈치 없이 주절거렸다. 마음이 변한다는 게 이런 건가. 하프코리언인 그의 검갈색 눈동자와 짙은 눈썹이 떠올랐지만, 어떤 그리움도 찾을 수 없었다.

— 네가 원하면 한국 지사에서 일할 수도 있어. 와 달라고 해 줘. 너한테 돌아가고 싶어.

새 애인은 어쩌고? 따위의 질문조차 하기 귀찮았다. 세상에 남자는 많았고, 날 좋아하는 남자 역시 드물지 않았다. 성질 고약한 구원자의 집이 보이는 지점에서 마지막 대화를 건넸다.

"난 당신이 눈곱만큼도 그립지 않아. 다시는 전화하지 마. 수신 거부 해놓을 거야."

제이원의 집은 타운하우스 맨 끝쪽에 있었다. 2층 발코니에서 이불을 털어 말리는 그의 옆모습에 마음이 편해졌다. 배도 고프고, 목도 말랐다. 늦게 일어나는 편이니 아직 점심은 안 먹었겠지.

— 너 거기서 뭐 해? 안 올라오고?

휴대폰에 찍힌 그의 이름은 '조각구름'. 제이원은 이 뜻이 뭔지 알까.

"생각 좀 하느라. 나 온 거 어떻게 알았어?"

— 이 동네에 저런 똥차는 없거든. 방문객들도 저런 꼬마 똥차는 안 가져오거든.

차 뒷좌석엔 그에게 주려고 가져온 음식들이 얌전히 놓여 있었다. 아무리 별스러운 남자라도 맛있는 음식엔 약했다. 그건 서재유의 '온리 원'이 된 성현 언니의 조언이기도 했다.

— 밥부터 먹고 생각해. 배고파 죽겠어.

"작곡가님이 좋아할 만한 거 가져왔는데."

— 횡성 한우라도 한 마리 잡아 왔냐?

"찰밥에 산나물 다섯 가지, 김부각하고 콩고기, 메밀전병도 있어."

— 사찰 음식점 메뉴를 털어 왔구만. 누가 그래? 내가 그런 거 좋아한다고?

잊고 지내던 옛 남자 친구에게서 온 전화보다 더 황당한 건, 내가 제이원을 좋아하게 됐다는 사실이다. 손만 까닥여도 따라올 여자들이 수두룩한 저 남자를 나는 좋아하지 않으려고 긴 시간 기를 썼다. 짝사랑을 한 것도 처음이었고, 한 사람을 그토록 다양한 감정을 갖고 대한 것도 처음이었다.

"오늘부터 좋아하게 될 거야."

— 맛없으면 저녁 설거지까지 시킨다?

저녁밥도 먹고 가란 소린가? 나는 좁아터진 내 집보다 널찍한 그의 집이 좋았다.

"나 설거지 진짜 잘하는데."

— 가수가 노래를 잘해야지. 통차 위로 아령 던지기 전에 빨리 들어와.

엄마는 가끔 날 가리켜 '도토리묵 같은 아이'라고 불렀다.

"마미, 혹시 날 흉보는 거야?"

도토리묵 특유의 물컹한 식감과 떫고 쌉싸름한 맛을 좋아하지 않았던 난 그 말이 도무지 칭찬 같지 않았다. 젓가락질도 서툴러 간신히 잡은 걸 놓치기 일쑤여서 아예 숟가락으로 퍼 먹어야 했다.

"어머? 미루, 이게 얼마나 대단한 칭찬인데? 보드랍고 매끄럽고 탱글탱글하고 모양도 예쁘잖아. 어떤 재료하고도 잘 어울리고."

"엄마는 뭐든 좋게 생각하잖아."

"한 덩이의 묵이 만들어지는 프로세스를 보면 마치 인생 같아. 엄마가 묵 만드는 거 쭉 지켜봤지? 공을 들일수록 매끄럽고 차지게 만들어져. 결과가 너무 정직해서 하나도 수고스럽지 않아."

엄마는 열 가지도 넘는 묵 요리를 할 줄 알았지만, 하룻밤 굳힌 묵을 곱게 썰어 양념간장에 살짝 찍어 먹는 걸 가장 좋아했다. 내일은 엄마의 기일이고 오늘 난 도토리묵을 쑨다. 예쁘고 공부 잘하는 둘째 딸이었던 엄마의 기일엔 이모와 외삼촌이 모인다. 아버지는 그 자리에 한 번도 참석하지 않았다.

엄마의 유해는 미국이 아닌 한국 땅에 묻혔다. 그녀의 마지막 소원은 딱 두 개였다. 당신의 유일한 자식인 내가 건강하고 행복하게 사는 것, 주검으로나마 태어난 나라로 돌아가는 것.

뽀글뽀글 퐁퐁 작은 화산처럼 솟아오르며 묵이 끓는다. 불을 낮추고 나무 주걱으로 천천히 원을 그렸다. 얼마 전 날 가리켜 천년 묵은 고목보다 뻣뻣하다고 한 제이원을 생각하며.

— 내 꿈에 들어와. 나만 볼 수 있도록. 나만 가질 수 있도록.

난 내 노래를 컬러링으로 설정해 놓는다. 액정에 '조각구름'이란 네 글자가 떴다. 나와 7박 8일을 단둘이 지내도 절대 스캔들 나지 않을 거라던 그의 말이 생각나 받기 싫어졌다.

"제이원이 편하게 만나는 여잔 너 하나뿐이야."

이제는 한 여자의 남편이 된 서재유가 동생을 두둔한다고 해 준 말이다. 외로움은 빈곤보다 날 지치게 했다. 돈도 유명세도 그 자리를 채워 주진 못했다. 정말 해서는 안 되는 생각이지만, 제이원이 성현 언니를 좋아했을지도 모른다고 고민한 적이 있다. 제이원보다 성현 언니를 먼저 알았고, 친언니처럼 따르고 기대 왔는데. 그는 성현 언니 앞에선 서재유와 비슷해졌다.

묵이 거의 만들어져 갈 즈음 다시 전화가 왔다. 휴대폰을 한참 째려보다가 심드렁하게 받았다.

— 119에 전화할 뻔했잖아!

"왜?"

— 왜? 너 지금 3분 만에 전화 받았어. 아까도 전화 안 받고. 무슨 일 생긴 줄 알았잖아!

"묵 쑤고 있었어. 도토리묵."

아유, 진짜. 미국에서 자란 애가 별걸 다 하네. 구시렁대는 목소리가 작게 들려왔다.

— 가져와 봐. 얼마나 잘 만들었는지 보자.

"작곡가님, 제가 거기까지 갈 시간이 없네요."

— 주입식 멜로디, 튀긴 토마토, 산도끼 만나러 가냐?

"내가 누굴 만나든. 아, 용건이 뭐였어요?"

— 부탁할 게 있어서. 그 전에 하나만 묻자. 너, 번지점프 해본 적 있어?

뜬금없는 질문에 전 남친과 두 번 해 본 적이 있다고 말할 뻔했다.

"해 봤지."

― 좋아해?

"아니. 나 지금 묵 쑨 거 틀에 부어야 해. 빨리 말해. 무슨 부탁인데?"

― 성탄절 앞두고 스웨덴에서 친구들이 오는데 하루만 애인 노릇 해 주라. 어렵게 생각할 거 없어. 그냥 넌 공주처럼 앉아 있으면 돼.

"주변에 예쁜 여자들 많잖아. 그 중에서 하나 골라 부탁해."

― 예쁜 앤 있는지 몰라도 믿을 만한 앤 너밖에 없어. 그리고 너 유럽 애들한테 먹히는 스타일이니까 부담 갖지 말고 와.

"내가 왜 그런 이상한 부탁을 들어줘야 해?"

― 그냥 좀 그런가 보다 하고 오면 안 돼? 작곡하는 거 가르쳐 줄게. 한 달에 두 번씩. 돈 주고도 못 배우는 거야.

마지막 제안에 구미가 살짝 당겼다.

"나도 작곡 잘하고 싶지. 근데 그것도 소질이 있어야 하는 거잖아."

― 우리 형도 하는 작곡을 니가 왜 못 해? 성탄절 앞두고 개인스케줄 잡지 마. 묵 마저 만들고.

아직도 남편에게 털어놓지 않은 비밀이 하나 있다. 스웨덴의 시끌벅적한 친구들이 놀러 왔던 그해 겨울, 제이원과 처음으로 밤을 보냈다. 그가 준 남성용 팬티를 입고서.

방음이 허술한 그 방에서 나는 막 잠든 제이원의 얼굴을 한참 들여다보았다. 카리나와 넌 무슨 사이였어? 그 여자한테 보여 주려고 날 부른 거야?

아이큐 149의 채미루는 바보가 돼 있었다. 어떻게 이런 남자를 사랑할 수 있지? 스탠드 불빛에 비친 그의 마른 볼과 긴 속눈썹, 각질이 일어난 입술을 만지고 싶어서 난 두 손을 맞잡아야 했다.

아무리 애를 써도 잠이 오지 않아 그의 허리에 슬그머니 손을 얹었다. 그래도 잠이 오지 않아 그의 등에 얼굴을 기댔다. 돌아서서 날 안아 줬으면. 사실은 내가 좋아하는 여자는 너뿐이라고 말해 줬으면.

침낭으로 내려가서 자라고 해야 하는데 깨우고 싶지 않았다. 나는 그의 등에 코를 묻고, 그의 허벅지에 다리를 올리고서야 겨우 잠이 들었다. 잠결에 돌아누운 그가 날 끌어안을 때까지.

그 후로도 그와 나 사이엔 많은 일이 일어났다. 가끔 생각한다. 우리가 서로에게 첫눈에 반했다면 결혼까지는 못 갔을 거라고. 우리 부부에게 모든 게 쉽게 주어졌다면 지금의 행복이 얼마나 소중한지 반도 느끼지 못할 거라고.

"미루야, 오늘은 무슨 일이 있어도 꼭……. 애는 내가 재울 테니까 침대에 가서 기다려. 조만간 널 쌍둥이 공주 엄마로 만들어 줄게."

남편은 여전히 묵 같은 사람이다. 어디로 튕겨 나갈지 모르고, 담백한가 하면 쌉쌀하고, 한없이 말랑한가 하면 조금만 차갑게 방치해도 금세 테두리가 굳는다. 분명한 건 그 묵을 요리하는 사람은 나라는 거다. 제이원을 만나고 내 인생은 점점 좋아지고 있다. 나 역시 그의 인생에 보탬이 되려고 노력한다.

내게 청혼하던 날 제이원은 사랑한다는 표현을 하지 않았다. 우리는 '사랑'이란 단어에 인색한 커플이었다.

'네가 원하는 걸 다 해 주진 못할지도 몰라. 그래도 노력할게. 네 마음이 변하지 않으면 내가 먼저 변할 일은 없을 거야. 재미있게 살자. 돈 많이 벌어 줄게.'

상상과는 사뭇 다른 청혼이었지만 난 그의 현실적인 고백이 꽤 마음에 들었다.

오늘의 내 남편은 따뜻한 멸치 육수에 폭 잠긴 묵밥 같다. 아들과 똑같은 자세로 잠든 그를 잠시 내려다보다가 등 뒤로 가서 살포시 껴안았다.

내일 눈을 뜨면 사랑한다는 말을 제일 먼저 해야지…….

준유

사랑은 돌처럼 한번 놓인 자리에 그냥 있는 것이 아니다.
그것은 빵처럼 항상 다시, 또 새로 구워져야 한다.

어슐러 르 귄Ursula K. Le Guin

"푹 잤구나. 피부가 환해서 메이크업하기 편하네. 다크 서클
도 거의 안 보이고."

"집에 인간 수면제가 있잖아요. 신생아처럼 잘 자고 나왔지."

"애 아빠 됐다고 능글맞아진 거 봐. 그나저나 신기하네. 이
상할 정도로 새치가 안 는다? 난 네가 마흔 전에 반백이 될까
봐 걱정했거든? 그땐 어지간히 속을 끓였었나 보다."

"무슨 전설의 고향을 쓰고 있어."

"그냥 행복해 죽겠다고 해. 머리 스타일 괜찮지?"

임시로 세팅된 분장실 거울로 정연 누나와 시선을 맞췄다. 부드러운 컬을 넣은 머릿결이 나를 한결 지적이고 세련된 남자로 보이게 한다.

"마음에 들어요."

"어떻게 갈수록 인물이 그윽해지지? 남자의 아름다움은 30대가 절정이라더니. 잔주름까지 근사하게 접히는 거 봐. 이보다 더 완벽할 순 없다. 진짜루!"

"더 해 봐요. 어디까지 할 수 있나 들어 보자."

"성현 씨가 너 보면 화를 못 내지? 아예 안 내지? 이 얼굴에 대고 화내면 여자도 아니지."

정연 누나는 신인 때부터 늘 그랬다. 내가 최고고, 내가 제일 잘생겼고, 내가 제일 인기 많으니 아무 걱정 말라고.

"화내는데? 짜증도 부리고."

"그거야 사랑싸움이고. 밖에서 성현 씨가 네 흉 보는 걸 한 번도 들은 적이 없는데?"

"화를 잘 안 내긴 하는데 한번 터지면 무섭다니까요. 해나 엄마 화나면 떼쟁이 우리 아들도 꼼짝을 못 하잖아. 글씨도 모르면서 후다닥 동화책 펼쳐서 읽는 척하고 그래. 거꾸로 들고."

누나가 소리 내 웃었다. 거울 안의 나도 행복하게 웃는다. 어딜 가나 귀여움받는 녀석이라 늘 데리고 다니고 싶은 아들. 엄마의 장점을 고스란히 물려받은 사랑스러운 딸. 10분 전 아내가 보내온 포토메일을 다시 열어 보았다. 폴더 안에 저장해 둔 사진은 타이트한 요가복을 입고 플라잉 요가를 하는 아내의 유연한 모습이다. 메시지는 짧았지만 사진만큼이나 마음에 쏙 들었다.

여보, 촬영 잘해. 오늘 밤 듬뿍 사랑해 줄게. 풀코스로.^^

벌떡 일어선 나는 준비가 거의 끝난 세트장으로 자리를 옮겼다. 60년 전통의 주조 회사에서 출시한 프리미엄 소주. 반투명한 유백색 유리로 만든 술병을 연인인 양 어루만졌다. 둥근 모양의 병도, 흔해 빠진 초록색 용기도 아니어서 마음에 든다.

나를 이 CF에 밀어 넣은 건 권혁주 이사다. 그는 유부남에 두 아이 아빠가 된 내가 여전히 이 구역의 블루오션인 게 신기하다면서도 끝없이 새 광고를 물어 온다.

내가 못 미더웠던 걸까. 특이한 이름의 광고 제작사 담당자가 콘티에 미처 담지 못한 분위기를 차근차근 설명해 주었다.

"흔해 빠진 소주가 아니라 섹시하고 고급스러운 이미지의 소주로 보여야 합니다. 서재유 씨 이미지처럼."

이지적인 스타일의 미남인데다 목소리도 좋아서 이 CF의 출연진이라 해도 믿을 정도였다. 그도 나에 대해 샅샅이 알아봤을 테지만, 나 역시 그를 조금은 알고 있었다. 최운 씨는 아내가 즐겨 듣는 팟캐스트의 진행자기도 했다.

막내 스태프가 음료수를 한 병씩 건네주고 갔다. 내가 받은 건 350밀리의 작은 생수였다. 20대 때보다 체중이 는 터라 촬영을 앞두고선 단기 다이어트를 한다.

"이 광고 하고 싶어서 하는 거 맞죠?"

"그럼요. 드디어 올 게 왔구나 싶었죠."

그의 얼굴에 옅은 웃음이 감돌았다.

"소주 취향인 거 잘 압니다. 인터뷰 기사에서 읽었거든요."

"20대 때도 소주 광고를 하고 싶었는데, 그땐 아예 안 들어 오더라고요."

"사실은 내부 의견이 분분했는데 제가 계속 밀었어요. 광고주도 설득했고요. 모델료가 워낙에 세서 선뜻 결정 못 하더라고요. MO에서 거절할 수도 있고, 재유 씨가 꺼릴 수도 있으니까."

광고 모델료가 올라갈수록 얼마나 철저하게 뒷조사를 당하는지 최운 씨가 모를 리가 없다. 친한 동료들끼리 하는 농담으로, 즐겨 입는 팬티 브랜드까지 털렸을지도 모르겠다.

한 달 전 막을 내린 20부작 드라마가 크게 히트해 휴식도 없이 바쁘게 보냈다. 드라마 안에서 난 일어, 영어, 스웨덴어, 심지어 중국어에 욕까지 능통한 경호원 역을 맡았다. 얼마나 능청맞게 욕을 잘하는지 매회 방영될 때마다 '삐' 처리 음이 기본 5회 이상은 나온 것 같다. 촬영이 끝나기도 전에 대본과 시나리오가 숱하게 들어왔지만, 결혼 전 약속한 대로 아내에게 양보할 차례였다.

"저 소문만큼 까다롭진 않은데. 결혼하셨으면 아시겠지만, 부양가족이 많아지면 성격이 좋아지거든요."

"인내심도 많아지죠."

그와 나 사이에 유부남만이 느끼는 공감대가 흘렀다. 겨우 두 번 만났지만, 꽤 친해진 것 같아 당황스러울 정도였다. 아내에게 오늘 일을 자세히 말해 줘야지, 그 생각마저 스스럼없이 하는 걸 보면.

"와이프가 〈비 오는 날의 초대〉 팬이에요. 꼬박꼬박 챙겨 듣더라고요."

"아, 이런."

"전 주로 부엌일할 때 하나씩 들어요. 집안일 도와주시는 분이 있어도, 애들이 아직 어려서 끝없이 일감이 나오거든요. 우리 둘째가 돌아서면 사고를 쳐서요."

뜻밖이었던지 그가 한쪽 눈썹을 추어올렸다. 휴대폰 바탕화면에 깔린 아이들 사진을 보여 주고 싶어서 손이 근질거렸다. 가족은 내가 거리낌 없이 자랑할 수 있는 유일한 존재다.

"한창 귀엽겠네요. 우리 둘째도 요새 막 뛰어다니기 시작해서 다칠까 봐 눈을 뗄 수가 없어요. 와이프가 고생이 많죠."

나는 두 아이를 떠올리며 씩 웃었고, 그 역시 누군가를 떠올리며 미소 짓는 것 같았다. 아침에 침을 묻혀 가며 뽀뽀해 주던 아이들이 벌써 보고 싶었다.

"아이들은 부모에게 자신을 전부 보여 주잖아요. 그게 말도 못 하게 특별한 기분이 들어요."

잠시 나와 대화를 나누던 그는 갑자기 콘티 대사 두 줄을 수정했다. 그건 내가 10분 전쯤 말한 것이었다. 다들 바뀐 대사를 훨씬 마음에 들어 했다. 촬영 시작 전, 난 커피보다 술을 더 많이 마시게 생긴 CF 감독에게 생수 대신 진짜 소주를 넣어 달라고 부탁했다.

"자랑은 아닌데, 아무리 마셔도 얼굴은 안 붉어지니 그건 걱정 마세요."

오! 이 인간 마음에 들어! 하는 눈길로 씩 웃던 감독이 소품 담당 막내를 향해 소리 질렀다.

"진짜 술로 가져와!"

광고 연기를 만만하게 보는 사람도 꽤 많지만, 실상은 전혀 그렇지 않다. 오늘처럼 파트너 없이 찍는 CF라면 더더욱. 15초, 30초, 길어 봤자 몇 분 정도인 영상 안에서 나는 자기애가 충만한 나르시시스트가 되어야 한다.

콧수염을 정성스럽게 기른 30대 후반의 촬영 감독이 제품에 걸맞게 고품격으로 찍어 주겠다며 분위기를 잡았고, 난 술병 디자인과 어울리는 의상을 입은 채 한 번 더 콘티를 확인했다. 아침나절 집을 나서는 내게 아내는 평소처럼만 하라며 농담을 건넸다.

'자기 술 마실 때 끝내주게 섹시해. 우리가 매번 술을 남기는 데는 이유가 있다니까.'

세트는 완벽하게 준비됐다. 이제, 나만 잘하면 된다.

촬영이 끝난 건 오후 6시가 살짝 넘어서였다. 선약이 있다는 얘기를 해 놓은 터라 같이 저녁을 먹자는 말 따윈 나오지 않았다. 원래는 시유의 컴백 앨범 녹음이 있는 날이라 바로 녹음실로 갈 예정이었다. 이제는 이사가 된 백호민 형이 그 사진을 보여 주기 전까진.

"이게 무슨 사진…… 기사 났어요?"

"그렇게 됐네. 가족이 다 나온 사진은 처음이지? 어제 오후에 찍힌 것 같은데?"

어제는 생일도, 기념일도 아닌 평범한 목요일이었다. 평소보다 일찍 귀가했다는 것 외엔.

"또 신생 신문사구만. 신문사 이름이 리얼팩트스토리야. 소설을 얼마나 써 재끼려고……. 그래도 사진은 잘 나왔네. 넌 야구모자 안 썼으면 더 좋았겠다."

야구모자가 옥의 티인 건 사실이었다.

"형, 내가 지금 화가 많이 나는데…… 성질대로 해도 될까."

"흠. 흠! 아니, 애들 얼굴까지 떡하니 내보내면 어쩌라는 거야! 양심이 있으면 블러 처리라도 했어야지! 일부러 노출도 안 시키고 살았구만. 어떻게 했으면 좋겠어?"

"세 시간만 더 생각해 보고 결정할게요."

"고소까지는 안 할 거지?"

"그것도 생각해 보고."

"너희 커플이 좋은 일을 많이 하고 살아서 그런가. 탈 없이 잘 살아서 그런가. 댓글이 엄청 훈훈하네. 선플 퍼레이드야. 해나가 엄마를 진짜 많이 닮았구나. 천생 배우 얼굴이라니까. 여섯 살배기한테 벌써 아우라가 있어요."

"잘 뜯어보면 나 닮은 데도 많은데."

"그렇긴 하지. 역시 유전자는 거짓을 모르는구나. 하진인 꼭

네 얼굴을 앉혀 놓은 것 같고. 너 어릴 때 사진하곤 좀 다르던데. 볼수록 신기하네?"

"내 아들이 날 닮지 누굴 닮아요?"

"그래, 제이원은 하나도 안 닮고 딱 너만 닮았지."

"난 집으로 바로 갈게요. 시유한텐 오늘 못 간다고……. 내가 따로 연락할게요."

차 뒷좌석에 앉자마자 휴대폰으로 기사 사진을 확인했다. 유모차에 앉아 천진한 얼굴로 행인들에게 손을 흔드는 하진과 엄마 손을 잡고 쌩긋거리며 발레 하듯 걷는 해나. 딸과 같은 디자인의 원피스를 입은 아내는 유모차를 끄는 남편과 눈을 맞추며 웃고 있다.

기사 제목은 '동화 같은 가족의 꿀 떨어지는 가을 산책'. 젠장. 이런 식으로 영양가 없는 기사가 나는 건 질색이었다.

"기사 제목 하고는."

"제목이 어때서? 사진하고 딱 어울리는구먼. 넌 아직도 성현 씨가 그렇게 좋으냐?"

더할 나위 없이 행복한 모습이었지만, 문제가 하나 있었다. 사진 속의 '나'는 내가 아니었다.

현관문을 열자 해나가 조르르 달려와 나를 맞이했다. 오면서 껌도 씹고, 음료수도 두 병이나 마셨지만 술 냄새가 날까 봐 신경 쓰였다. 딸아이를 번쩍 들어 안고 거실 쪽으로 들어가며 아내와 아들을 눈으로 찾았다.

"아빠, 술 마셨어요?"

"우리 딸 개코네. 마시고 싶어서 마신 게 아니라 일하느라 마신 거야. 진짜루."

"히히, 엄마가 알면 안 좋아하겠다. 그치?"

딸아, 오늘은 네 엄마 기분 따윈 신경 안 쓸란다.

"엄만 왜 안 나와?"

하나밖에 없는 남편이 왔는데 말이지!

"아래층 요리사 이모네 갔다 온댔어. 소고기 육개장 끓였는데 나눠 먹는대요."

유명 요리 연구가에게 음식을 나눠 주는 패기라니. 이틀 전 다이어트에 지쳐 육개장 얘기를 꺼내긴 했었다. 대파를 듬뿍 넣은 육개장에 잡곡이라곤 한 톨도 안 섞인 쌀밥. 그러고 보니 주방 쪽에서 육개장 냄새가 나는 것 같다. 배도 고프고, 와이프도 보고 싶고. 나는 흔들리는 마음을 다시 다잡았다.

"너희 둘만 있는 거야?"

"응. 시터 이모도 갔어요. 하진인 아까부터 계속 저러고 있어. 간식도 안 먹고. 방해하면 안 돼요."

하진이 통통한 두 손을 건반 위에 올리고 멋대로 눌러 대고 있었다. 세 살배기가 피아노 의자 위에 무릎을 꿇고 몰두하는 게 귀여워 잠시 지켜보았다. 어설픈데도 짧은 멜로디처럼 들리는 게 신통하다. 해나가 귓가에 오동통한 입술을 대고 속삭였다.

"아빠! 내일 외숙모랑 외삼촌 놀러 온대. 윤나랑 소꿉장난할 거야."

지난해 유학을 마치고 돌아온 처남은 모교와 대학 몇 군데
에서 강의를 하고 있다. 딸 하나도 키우기 힘들다며 엄살이지
만, 우리 아이들이 제일 반기는 사람이기도 하다.

"좋겠네. 하진이도 놀이에 꼭 끼워 줘. 간식은 뭐 먹었어?"

"찐 고구마 두 개랑 우유 한 컵이랑 세 가지 색깔 방울토마
토 반 접시. 진짜 많이 먹었지?"

"아주 잘했네. 아빠도 배고프다."

"아빠 줄라고 고구마랑 토마토 남겼는데. 내가 차려 줄까요?"

네 엄만 도대체 언제 오냐. 육개장을 가져다주는 게 아니라
끓여 주고 오는 거 아니냐. 식탁을 보니 휴대폰도 놓고 간 모양
이었다. 바탕화면에 아까 기사 사진을 다운받아 놓을까?

"아가씨, 그래도 될까요?"

"그럼요. 히히. 예쁜 그릇에 담아 드릴게요."

해나가 간식을 차리는 동안 아들에게로 갔다. 피아노 앞에
시무룩하게 앉아 있던 하진이 나를 발견하곤 덥석 안겨 왔다.
입꼬리가 축 처진 게 세상 모든 시름이 이 작은 얼굴로 몰려온
것 같다.

"아빠, 난 안 돼. 누나는 잘해. 너무 속상해."

아들, 넌 기저귀도 안 뗀 세 살배기라고. 만약 네가 누나만
큼 연주를 잘했다면 호러 영화처럼 무서웠을 거야.

"하진이는 아직 어리잖아. 누나도 세 살 땐 피아노 못했어.
아빠가 더 크면 가르쳐 줄게."

아이를 무릎에 앉히고 자주 듣던 동요를 두 곡 연달아 쳐 주

자 하진이 감탄사를 내뱉으며 손뼉을 쳐 준다. 이 순간 아들에게 나란 사람은 모차르트 버금가는 음악가겠지.

"아빠, 최고! 최고야!"

순진한 아들의 칭찬에 심장이 데워지는 것 같다. 나는 아기 냄새가 물씬 나는 하진의 양 볼을 깨물고 쪽쪽 빨며 식탁으로 데려갔다. 음식을 보는 순간 배가 고픈 걸 깨달았는지 하진이 내 팔에서 벗어나려고 버둥거렸다.

아내가 돌아온 건 해나가 차려 준 간식을 반쯤 먹어 치웠을 때였다. 그사이에만 음 소거 해 놓은 휴대폰에 부재중 전화와 온갖 메시지가 수십 통 왔다. 오늘 오전 미국행 비행기를 탄 재유에겐 아무 반응도 없었다. 아직 모르는 건지, 알고도 무시하는 건지.

매너 모드로 해 놓은 아내의 폰에도 쉬지 않고 톡이 도착했다. 포털 사이트 메인의 위엄이란 이런 것이지. 리얼팩트스토리라고? 얼어 죽을!

"자기 옷도 안 갈아입었네?"

나는 아내가 기사 사진에 대해 먼저 설명하기 전에 아무 말도 꺼내지 않기로 했다. 백호민 이사가 벌써 이런저런 사족을 달아 가며 연락했을 테지. 내 기분과 함께. 등 뒤로 온 아내가 내 목을 끌어안고 헤어젤이 잔뜩 묻은 정수리에 입을 맞췄다. 이게 도대체 뭐라고 그새 화가 누그러든다. 아마도 시장기가 조금은 가셔서겠지.

"애들만 두고 집을 비우면 어떡해? 위험할 수도 있는데."

"미안. 시간이 이렇게 된 줄 몰랐어. 요샌 해나가 하진이 잘 보거든."

"해나도 아직 어리잖아."

"나 안 어린데? 아빠 간식도 내가 차렸잖아요."

딸아, 잠시만 조용히 있어 줄래? 오늘은 아빠가 쭉 기선을 잡아야 하거든?

"어머, 해나가 차린 거였어?"

"응! 아주 예쁘게 꾸몄는데 아빠하고 하진이가 엉망으로 만들었어."

먹으라고 준 게 아니라 구경하라고 준 거였니? 이대로 밀렸다간 죽도 밥도 안 될 터였다.

"여기가 미국이었으면 신고당하고 세금까지 물어야 한다고. 휴대폰도 놓고 갔더구만. 다음부턴 애들을 데리고 가든지, 올라오라고 하든지, 집에 다른 사람 있을 때 움직여. 애들끼리 있다가 다치기라도 하면 어쩌려고 그래?"

토마토를 먹던 하진이 두 눈을 동그랗게 뜨고 우리 쪽을 보았다. 아들은 점잖게 유아 의자에 앉아 있는데 아빠란 인간은 애처럼 심술을 부리는 꼴이었다. 아내가 내 옆에 바싹 붙어 앉으며 눈을 맞춰 왔다.

"알았어. 조심할게. 육개장만 주려고 갔는데 언니가 전 부친다고 온 김에 가져가래서. 10분 안에 저녁밥 차릴 거니까 둘 다 그만 먹어. 서하진, 그만."

몇 개 남은 방울토마토를 움켜 집던 아들이 얼른 손을 뗐다.

엄마 말에 꼼짝 못 하는 걸 보니 내 아들이 분명하구나.

"옳지! 우리 하진이 이제 형 다 됐네. 자기도 그만 먹어."

"고구마 다 먹을 거야."

"아빠가 아기 같다."

딸아, 제발.

해나가 쌩긋 웃더니 식탁 위의 접시를 모조리 싱크대로 옮겼다. 이 집 여자들은 애나 어른이나 보통이 아니다.

"오늘 촬영 힘들었어? 백 이사님이 잘 끝났다고 문자 보냈던데."

"그 얘기만 해?"

"씻고 먹자. 여보, 일어나."

"손 닦았어."

"그럼 옷만 갈아입어. 샤워는 저녁 먹고 하고. 이리 와요."

하진을 해나에게 부탁한 뒤 못 이기는 척 일어섰다. 드레스룸으로 따라간 나는 아내가 사진 얘기를 해 주길 애타게 기다렸다. 그녀는 내가 옷을 다 갈아입을 때까지 딴소리만 해 댔다. 새우전, 하트 모양 맛살전, 고추전 따위는 관심 밖이라고, 이 여자야.

"오후에 기사 난 것 때문에 삐쳤어?"

"그럼 내 와이프가 다른 남자를 보고 웃는데 기분이 좋아?"

"자기 동생이잖아. 조카를 그렇게 예뻐하는 시동생한테 찡그려야 되겠어?"

"그게 나인 거처럼 공개적으로 알려졌잖아."

"둘이 쌍둥이인 게 내 탓이야?"

"우리 부모님 탓이겠지, 뭐."

아내가 내 허리를 껴안으며 턱 아래로 얼굴을 바짝 들이댔다. 무슨 비밀이든 털어놓고 싶은 까만 눈동자. 도톰하게 부푼 붉은 입술. 매끈하게 빛나는 이마와 볼. 이 시점에서 키스하고 싶은 건 오랜 습관 때문이겠지.

"고작 웃은 것 가지고 왜 그래. 더한 연기도 하고 살았구만."

조만간 배우 성현은 아홉 살 연하 배우와 새 작품에 들어간다. 장르가 멜로는 아니라도 그리 유쾌하진 않다. 여섯 살 연하도 모자라 아홉 살이라니. 그 캐스팅엔 박지형 감독의 입김이 어마어마하게 들어갔다는 비하인드 스토리가 있다. CP_{Chief Producer}를 하고도 남을 경력에 현장을 고집하는 이유는 알고도 남지만, 우리 부부에 대한 감정은 알다가도 모르겠다. 요새 내 속이 내 속이 아니다.

"사람들은 사진 속 남자가 나인 줄 알 거 아니야. 평생."

"그럼 신문사에 연락해서 사실은 시동생이라고 정정 기사 내라고 할까? 양 대표님께 맡길⋯⋯. 아니다. 회사 차원에서 점잖게 처리할 문제는 아닌 것 같아. 내일 내가 해 뜨자마자 직접 신문사로 전화해서 화끈하게 따질게. 세상이 어떤 세상인데 팩트 체크도 안 하고 사진을 내보내!"

어제는 평범한 목요일이었다. 동생 재유가 조카들이 보고 싶다며 선물을 잔뜩 사 들고 집에 들른 것 외에는.

"제이원은 왜 하필 그때 집에 온 거야. 장 볼 때 빠트린 게 있어서 애들 데리고 막 마트에 가려던 참이었거든. 집에서 쉬고 있으라고 했는데, 해나가 삼촌도 같이 가자고 조르더라고. 덩달아 하진이까지. 나도 아까 포토 기사 소식 듣고 황당했어."

"……둘이 무슨 말 하다가 웃은 거야?"

"그제 오후에 하진이가 싱크대 안에 냄비 다 꺼내 놓고 들어가서 놀다가 잠든 얘기. 당신한테도 말했잖아."

그래. 그 말을 듣고도 안 웃으면 삼촌도 아니지. 말문이 막혔다. 화살은 이미 휘었고 저울도 기울었다. 내 안의 전의는 이미 맥주 거품처럼 사그라졌다.

"저녁 먹고 애들 데리고 산책하러 나갈까? 진짜 우리 식구끼리?"

"그러든가."

"자긴 모자 쓰지 마. 잘생긴 얼굴 가리잖아."

무섭게 사랑스러운 백성현. 애들만 없었다면 저녁밥은 내일 아침에나 먹었을 텐데. 두어 시간 신나게 놀아 주고 둘 다 일찍 재워야겠다. 그런 다음에 아내와 같이 반신욕도 하고, 샤워도 하고…….

"여보, 이번 작품 끝내고 화보 찍을래? 거절하기도 지치는데. 컨셉은 내가 잡을게."

"애들까지?"

"아니. 우리 둘만. 19금 분위기로."

"하하하, 미쳤나 봐."

그래. 이렇게 긴 시간 끝없이 한 여자만 사랑스러운 것도 평범한 건 아니지. 민규와 상엽인 나를 '해바라기 남자'라고 놀린다. 얼마나 할 짓이 없는지 우리 부부에게 언제쯤 권태기가 올지 내심 기다리는 눈치다. 심지어 아내가 먼저 나한테 싫증 낼 거라며 내기까지 건다.

"진지한데? 19금 싫으면 15금. 포토그래퍼는 내가 섭외할게."

"글쎄. 이혼 루머 돌기 딱 좋을 것 같은데? 안 하던 짓 하면 의심받아."

"내 사전에 이혼은 없어. 하자. 응?"

"음……. 오늘 밤 자기 하는 거 봐서."

더는 못 참고 입 맞추려던 순간, 드레스 룸 문이 확 열렸다. 손을 꼭 잡고 선 남매가 딱 달라붙어 있는 우리를 올려다보았다. 아이들에겐 익숙한 모습일 테지만, 문밖에서 10분만 기다리라고 하고 싶었다.

"엄마, 하진이 배고프대요."

아, 잠시 잊었다. 부모가 된다는 건, 현실에 욕망을 양보하는 거라는 걸.

"그래, 밥부터 먹자. 밥이 먼저지."

"아빠, 응가도 마려워."

좀 자랐다고 미안한 표정도 지을 줄 아는 우리 아들. 사람 다 됐다.

"애피타이저로 아주 제격이네."

해나는 벌써 도망갔고, 아내도 내 품을 벗어났다. 나는 배출의 욕구와 싸우는 꼬맹이를 번쩍 들어 안고 욕실로 발걸음을 옮겼다.

"여배우가 가장 초라해질 때가 언제인지 알아?"

결혼을 앞둔 내게 박지형 감독이 한 말이다. 아포가토에 에스프레소를 조심스럽게 붓던 그는 속내를 감춘 눈을 들어 나를 바라보았었다.

"남녀 불문하고 인기 많은 연예인하고 살려면 마음이 대륙만큼 넓어야 하지. 어떤 소문이 들려도 끄떡하지 않을 정도로 멘탈이 강철이어야 하고. 정치판만큼이나 더러운 게 이 바닥이잖아."

그건 내게도, 아내가 될 성현에게도 해당하는 조언이었다. 손에 물 한 방울 안 묻히고 살게 해 주겠다는 헛된 청혼 따윈 하지 않았으나 그 약속만은 꼭 지키고 싶었다. 여자로서 내가 사랑하는 여자는 평생 백성현뿐일 거라고.

"시청자들이 여배우 성현한테 동정심을 품지 않도록 해 줘. 그런 대접 받을 사람이 아니잖아."

더 보태지 않아도 무슨 말을 하고 싶은지 알 수 있었다. 여자 연예인에게 남편의 불륜이나 외도는 치명타다. 동경의 대상이어야 하는데 동정의 대상이 되기 때문에.

어찌 보면 오싹한 충고지만, 박 감독의 걱정이 주제넘다고 생각하지 않았다. 어쨌거나 나는 그녀의 인생에 오점이 될 마음이 티끌만큼도 없었고, 걱정 끼치지 않겠다는 약속을 꼭 지키고 싶었다. 누구보다 우리의 결혼이 해피엔딩으로 끝나길 바라는 사람은 나다.

그날의 박지형 감독은 판에 박힌 축하 인사마저 아꼈다.

"성현 씬 할머니가 돼도 예쁠 것 같으니까 오래오래 배우로 살 수 있게 옆에서 도와줘."

남자이기 이전에 그는 능력 있는 감독이고, 좋은 배우를 알아보는 안목도 있다. 마지막까지 그다운 대화에 나는 순순히 고개를 끄덕였다.

바쁜 하루가 될 조짐이다. 새 드라마 촬영을 앞둔 성현의 마지막 대본 리딩이 있는 날인데, 엄마를 유난히 밝히는 하진이를 울리지 않고 떼어 놓는 것으로 아침을 시작해야 한다.

"여보, 일어나야지."

"조금만 더. 눈이 안 떠져."

몸살이 오려나? 아내의 이마와 목덜미에 미열이 느껴졌다.

"감기 기운 있는 거 아니야? 다음 주부터 촬영 시작인데 어떡하나. 잠깐만. 한약 좀 데워 올게."

"응. 애들은?"

"해나는 책 보면서 딸기 먹고, 하진인 아직 자. 아침 차릴 테니까 약 먹고 뜨거운 물로 샤워부터 해."

"아주머니께 한 시간 일찍 와 달라고 부탁드렸어. 애들만 챙겨 줘."

아내에게 한약을 먹이고 엎드리게 한 뒤 목덜미부터 천천히 주물러 내려왔다. 연기할 때면 유독 자신을 괴롭히는 성격인지라 사극 출연을 앞두고 부담이 클 터였다. 세대를 아우르는 연기파 배우들과 경쟁하는 팩션 사극인데다 주연 중 하나여서 책임감이 무거울 수밖에 없다. 처음 사극에 출연할 때만 해도 10회 정도만 나오는 조연이었고, 첫아이를 품었던 시기라 정통 사극인 것을 다행으로 여겼다. 부풀어 오르는 배를 가릴 수 있으니.

"너무 부담 갖지 마. 닥치면 다 하게 돼 있어."

"아무래도 내가 연기를 제일 못할 것 같아. 중딩 때부터 연기 천재였던 윤여환에 조인영, 쟁쟁한 선배들 틈에서 나 어떡하지?"

"우리 집에 연기상 트로피가 몇 개나 되는지 세어 봐. 못하면 또 어때? 얼굴이 한몫하는데. 내가 밥차, 간식차 자주 보낼게. 기죽지 말고 하고 싶은 대로 다 해."

"캐릭터가 너무 세서 내 기가 다 눌리는 것 같다고. 진량이 진짜 못됐어."

'진량'은 성현이 처음 연기하는 악역이다. 양승호 대표와 우리 부부도 한동안 고민이 컸다. 매력적인 악역이라는 작가의 설득을 미심쩍어하던 우리는 최종 대본을 읽어 본 뒤 출연을 결정했다.

여전히 축 늘어진 아내의 종아리를 주무를 때 하진이 눈을 비비며 들어왔다.

"엄마, 아빠, 안녕히 주무셨어요?"

제 누나한테 배운 인사말인데 들을 때마다 기특하고 웃음이 난다. 발음에 신경을 쓰느라 마치 국어책을 읽는 것 같다.

"오냐. 우리 하진이도 잘 잤어?"

"아뇨. 시끄러워서 깼어요. 엄마 다리 아파요?"

기특하게도 하품을 하면서도 제 엄마의 발바닥을 안마하듯 작은 주먹으로 두드린다. 귀여운 녀석. 날도 풀렸는데 동물원에 데리고 갈까.

"하진아, 이리 와."

아들의 입이 헤벌쭉 벌어지더니 엄마 품에 잽싸게 안겨들었다. 여지없이 한 손은 엄마의 가슴으로 파고든다. 하기야 서른이 훌쩍 넘은 나도 날마다 만지는데 네 살밖에 안 된 아이가 싫어할 리 없지.

"엄마, 사랑해. 내가 엄마를 제일 많이 사랑해."

아들, 그건 아니지 싶다.

"엄마도 하진이 엄청 많이 사랑해요."

"여보, 나도 사랑해. 하늘땅우주만큼."

아들과 뽀뽀를 주고받던 아내가 날 보며 씽긋 웃었다. 세수를 안 해도 예쁜 여자가 우리 집엔 둘이나 있다.

"오늘도 나가요?"

"응. 일하러 가야 해. 대신 아빠가 잘 놀아 주실 거야."

"엄마도 같이 놀면 안 돼? 일하지 마요. 응?"

하진이 제 엄마의 가슴팍에 얼굴을 묻고 어리광을 부렸다. 아내가 아들의 동그란 머리통을 쓰다듬으며 정수리에 입을 맞춘다.

아이를 둘쯤 낳은 여배우에게 주어지는 배역엔 한계가 있을 수밖에 없다. 연기 욕심에 결혼이나 임신을 늦추는 여배우도 많고, 백일도 안 된 아이를 두고 컴백하는 경우도 있다. 아내는 연기도 꾸준히 하고 싶어 하고, 아이도 직접 키우고 싶어 했다. 그 모든 걸 완벽히 잘해 내기란 기적 같은 일이고, 욕심이란 걸 알 텐데도 가끔은 속상해한다. 며칠 전만 해도 미혼의 어린 여배우에겐 들어오지 않을 CF를 찍고 왔다.

"서하진, 아침밥 먹고 아빠랑 누나 유치원 데려다준 다음 우리 둘이 동물원 가자."

아들이 작은 머리로 엄마와 동물원을 저울질할 때 해나가 딸기 접시를 들고 들어왔다. 엄마 입에 딸기를 쏙 물려 준 해나가 내 입에도 큼직한 딸기를 넣어 주었다. 양손에 딸기를 쥔 하진이 누나에게 자랑하듯 말했다.

"아빠가 나랑 동물원 간대! 누나도 가고 싶어?"

"아니. 오늘은 종이접기 수업하는 날이라서 빠지면 안 돼."

"나도 가르쳐 줘. 종이로 피아노 접을 거야."

아들, 처음부터 포부가 너무 큰 거 아니냐. 아무리 소근육이 발달했대도 그렇지. 동물원 다녀오는 길에 서점에 들러 종이접기 책도 새로 사야겠다.

"엄마, 아빠랑 같이 유치원 가면 선생님들이랑 원장 선생님이랑 원감 선생님이 진짜 좋아하시겠다. 그치?"

"두말하면 잔소리지. 해나는 이렇게 멋진 아빠가 아빠여서 정말 좋겠다. 진짜 부럽다."

해나가 방글방글 웃으며 고개를 끄덕였다. 양 볼 가득 딸기를 우물거리던 하진은 엄마와 누나를 번갈아 보면서 긴 속눈썹을 깜빡였다. 난 두 여자의 오글거리는 대화가 얼른 마무리되길 기다렸다.

"저번에도 선생님이 나한테 유치원 졸업하지 말고 계속 다니라고 했어. 내가 안 된다고, 초등학교 들어가야 한다고 말했는데도 쭉 일곱 살이었으면 좋겠대요. 아빠랑 가는 날은 친구 엄마들하고 선생님들도 다른 때보다 많이 웃는다? 입이 이렇게 크게 벌어져."

두 개의 검지로 입에서 귀까지 포물선을 그리던 해나가 씩 웃어 보였다. 〈다크 나이트〉의 조커처럼.

사랑하는 내 딸이 영원히 일곱 살에 머물기 바라는 선생들로 가득한 유치원을 시작으로 동물원, 식당, 서점을 거쳐 다시 집으로 돌아온 때는 오후 3시경이었다. 차에서 잠이 든 하진을 침대에 눕히고 다시 거실로 나왔다.

한 시간 먼저 도착한 해나는 테이블에 기대앉아 조부모님의 얼굴을 그리고 있었다. 하얀 도화지 안에 맞잡은 두 분의 손은 보기 좋았지만, 주름이 너무 사실적이어서 몇 개 지워 주고 싶을 정도였다. 다행히 손녀의 모습이 흐뭇한 어머니는 할머니가 이렇게 예쁘냐며 칭찬을 듬뿍 얹어 주셨다. 새침데기이긴 해도 사랑이 많은 아이라 애정 표현도 남다르다.

"원래는 훨씬 근사한데요, 잘 못 그리겠어요. 대신 말풍선으로 엄청 예쁘고 멋진 할머니, 할아버지라고 길게 쓸게요. 헤헤.

할아부지, 그림 다 그릴 때까지 할머니 손 놓으면 안 돼요."

"다 좋은데 해나야, 할아버지 손에서 자꾸 땀이 나는데 어떡하지?"

"음…… 그럼 손수건 가져올게요. 우리 아빠가 제일 아끼는 엄마 손수건이요."

"그런 손수건이 있었어?"

"네. 옛날에 엄마가 아빠한테 땀 닦으라고 몰래 준 거래요."

집 안엔 나 말고도 어른이 셋이나 있었다. 베이비시터와 부모님께 두 아이를 부탁하고 집을 나선 시각은 다시 한 시간 뒤. 서두르지 않아도 대본 리딩이 끝나기 전에 도착할 것 같다. 아내를 픽업한 다음 〈온리 원〉 모임에 참석하는 게 오늘의 마지막 일정이다. 새벽에 들어갈 수도 있다고 미리 말해 둔 터라 모처럼 느긋한 기분이었다.

주차장에 차를 대고 엘리베이터를 찾아 가로지르는데 귀에 익은 목소리가 날 찾았다.

"해나 아빠!"

아내는 늘 성현이라고 부르면서 난 애가 열쯤 딸린 유부남 취급을 하는 사람이 5미터 앞에 서 있었다. 휴먼스토리액터스의 배우가 둘이나 주연을 맡은 드라마니 대표가 직접 돌아다니며 챙기기도 하는 건가.

"대본 리딩에도 따라다니세요?"

"매니저도 마다하고 직접 와이프 데리러 온 남편도 있는데 뭘."

양승호 대표와는 한 계절에 한두 번은 만난다. 그에 대한 내 감정은 아내가 생각하는 것만큼 단순 명료하지 않다. 유부녀 이미지가 박힌다는 이유로 임산부 때의 사진이 노출되는 걸 못마땅해하거나 우리가 셋째를 갖는다고 할까 봐 불안해할 땐 짜증이 났다가도, 오래전 그가 했던 말을 떠올리면 그나마 양 대표 때문에 더 험한 꼴은 안 당했지 싶어 누그러든다.

'만약 성현이가 내 여동생이나 딸이라면 배우를 하라고 했을까. 이 길로 안 들어섰다면 더러운 욕 안 먹고 평탄하게 살았을 텐데. 쟤가 왜 내 눈에 들어와서 고생인지 모르겠다.'

회의실 밖 복도엔 매니저로 보이는 사람들이 삼삼오오 모여 있었다. 반쯤 마신 커피 컵을 들고 바깥을 내려다보았다. 계절이 바뀌는 시기라 사람들 옷차림이 다채롭다. 이렇게 또 한 계절이 간다.

"갑자기 성현이 스무 살 때가 생각나네."

양승호 대표에게 부러운 것이 하나 있다면 내가 모르는 20대의 절반을 함께했다는 점이다. 갓 성년이 된 백성현, 대학생이던 백성현, 어쩌면 첫사랑을 하고 있을 백성현.

"어땠을지 궁금하지?"

"지켜보고 싶죠. 옆에서."

"하루는 알고 지내던 메이크업 아티스트가 괜찮은 애를 소개해 주겠다는 거야. 놓치기 아까운 애라면서. 백 명을 만나면 한둘이나 건질까 말까 한데 사진만 보곤 그리 와 닿지가 않더라. 실물로 처음 봤을 땐 내 기준에선 좀 통통했어. 그런데 성현이 눈이, 그런 눈은 처음 봤어. 저 눈을 배우의 눈으로 만들어야겠다, 그런 생각이 먼저 들더라."

30분쯤 기다리자 낯익은 배우들이 하나둘 나오기 시작했다. 아침나절의 기운 없던 모습은 어디 가고 아내의 볼은 발그레하게 상기돼 있었다.

"성현이 감기 기운 있다더니 멀쩡해 보이네."

한결같이 성실한 매니저 김도의 팀장의 언질이겠지.

"저녁에 오 작가님 작업실에서 〈온리 원〉 모임 있어요. 해나 엄마 또 술 마시게 생겼어요."

아이구야, 이젠 재유가 성현이 술 마시는 걸 걱정하네, 하던 양 대표가 흐뭇한 미소를 지었다. 그의 눈은 나란히 서 있는 휴먼스토리액터스의 대표 연기자 둘에게 가 있었다. 그제야 날 발견한 아내가 반갑게 손을 흔들었다. 흐뭇하고 자랑스럽다. 저 아름다운 배우가 내 아내라는 게.

"언제 적 〈온리 원〉이냐. 세월 참 빠르네."

성현이 날 데리고 다니며 인사시키는 바람에 그 짧은 시간에 명함을 열 장 넘게 받았다. 먼저 알아보고 인사하는 사람도 제법 있었다. 지지난해 오디션 프로그램의 심사 위원을 처음 맡으면서 내 인생에도 꽤 많은 변화가 생겼다.

조만간 정문용 대표와의 결별이 기사로 나갈 것이다. 그것이 흔히 말하는 아름다운 결별인지는 모르겠다. 다만 지금이 MO아티스트의 그늘에서 벗어나 나만의 그늘을 만들 적기인 건 안다.

엘리베이터에서 내린 아내가 팔짱을 끼어 오며 나와 눈을 맞췄다.

"오늘 끝까지 일일 매니저 해 주는 거야?"

"그럼요. 침대까지 완벽히 모셔다드리죠."

"그럼, 서 매니저만 믿고 마음껏 놉니다?"

오래된 광고 문구처럼 '친구 같고, 연인 같은 아내'가 내 곁에 있다. 조금은 두렵지만 혼자 걷는 밤길이 아니라서 기쁘게 발걸음을 내딛는다.

제주도엔 우리 가족이 즐겨 다니는 비밀 코스가 여럿 있다. 갈 때마다 찾는 곳이 용눈이 오름이다. 연애할 때도 올랐고, 아내가 첫아이를 가졌을 때도, 어린 해나와 하진을 캐리어에 업고서라도 찾을 만큼 우리 부부가 사랑하는 장소다.

사시사철 소와 말을 방목 중이고, 운 나쁘면 뱀과 마주칠 수도 있으며, 웃자란 갈대가 스산한 바람에 흔들리는 곳. 혼자 오르면 두 배의 깊이로 외로워지지만, 같이 오르면 사무친 슬픔도 반쯤은 덜어낼 수 있는 그곳.

5미터 앞도 보이지 않을 만큼 안개가 잔뜩 끼었던 날, 결혼 전 아내의 손을 잡고 여길 올랐다. 그날의 오름은 우리의 앞날과 비슷했지만, 맞잡은 서로의 손이 더없이 큰 위로가 되었다.

"날이 흐려서 멀리까지는 안 보이겠다. 그렇지, 여보?"

"안 보여도 알잖아. 한라산, 남거산, 손자봉, 동검은이 오름, 모구리 오름⋯⋯."

"애들한테도 보여 주고 싶어서. 하진이는 지난번에 봤던 거다 잊어버렸을 것 같아."

직업 때문에 집을 종종 비우는 데다 번갈아 스케줄을 잡는 우리 부부는 며칠의 틈이라도 생기면 여행을 떠난다. 다음 달 초 아내가 새 영화에 들어간다. 당분간 긴 휴가는 없다는 뜻이다. 주 1회 휴무, 밤샘 촬영 없음이라는 조건으로 계약했어도 현장이라는 게 계획대로만 되는 게 아니니.

아이들이 어릴 땐 해외도 따라다니곤 했는데 해나가 초등학생이 되고선 멀리 움직이는 게 쉽지 않다. 조바심이 난 아내는 어떻게든 오늘의 기억을 새겨 주고 싶을 터였다.

"그거 알아? 머리론 기억 못 해도 몸과 마음은 기억하는 거."

"그럴까?"

"기억 못 하면 어때. 날 좋을 때 또 오면 되지."

며칠 전 전국 투어 콘서트를 마치자마자 가족과 함께 제주도에 내려왔다. 배우에서 가수로, 가수에서 배우로 오가는 생활의 연속이지만 마지막은 늘 원래의 자리로 돌아온다. 한 여자의 남편이자 두 아이의 아빠로.

여행의 첫날은 풀빌라 안에서 먹고, 자고, 애들과 뒹굴며 지냈고, 둘째 날은 오전 일찍부터 수영장에서 한나절을 보냈다. 휴가의 나머지 이틀은 처가에서 묵기로 했다.

"엄마, 말 돌보는 아저씨들을 뭐라고 부른댔지?"

"말테우리. 마테우리라고도 불러."

"오늘 가면 말테우리 아저씨 만날 수 있을까?"

"글쎄. 왜?"

"여쭤보고 싶은 게 있어서요. 아빠, 거의 다 왔어요?"

이갈이하느라 앞니가 들쭉날쭉한 해나가 백미러로 눈을 맞추며 물어 왔다. 소복한 잔머리와 크고 까만 눈동자를 엄마에게 물려받아 '리틀 성현'이라 불리는 딸이다. 내겐 단 한 순간도 예쁘지 않은 적이 없던 아이다.

"노래 두 곡만 부르면 도착할 거야."

두 아이가 잠시 소곤대더니 노래를 부르기 시작했다. 동생이 조카들에게 만들어 준 노래는 아이들의 애창곡이고, 난 그 노래를 들을 때마다 내가 선물한 곡이 아닌 게 미안하고 아쉽다. 아내가 운전대를 잡은 내 팔을 다독이듯 쓰다듬었다. 여전히 내겐 완벽한 위로가 되어 주는 여자. 그래, 난 행복한 사람이지.

"우리 애들은 아빠 닮아서 노래도 잘해."

"응, 내 와이프는 빈말도 잘하고."

"20대 때보다 지금이 훨씬 잘한다니까? 알잖아. 나 평가에 냉정한 거."

"그래, 그렇다 하자."

첫 노래가 끝나자마자 두 번째 노래가 시작됐다. 아들의 이름을 딴 노래 역시 동생이 만들어 줬다. 더 어려선 나와 제 삼촌을 구분 못 해서 '똑같다!'라고 하거나 삼촌에게 아빠라고 부를 때도 많았다. 내가 집에 없을 땐 대신 아이들을 돌봐 준다며 데리고 가서 재우곤 하더니 결혼 4년 만에 첫아이가 태어난 뒤로 아빠 역할에 푹 빠져버렸다.

막 걷기 시작한 나의 첫 조카는 제 부모를 골고루 닮았으면
서도 내 아들과 같이 있으면 형제처럼 보인다. 쌍둥이로 태어
난 걸 그렇게 싫어하던 동생은 생기지도 않은 둘째는 쌍둥이
딸이었으면 좋겠다며 벌써 안달이다. 가능성이 극히 희박하다
는 걸 잘 알 텐데도.

"또 연락 오네. 도대체 몇 번째야."

"어딘데?"

"잡지사 에디터. 콘서트 때 우리 애들 무대에 오른 영상이
많이 퍼진 모양이야. 새해 특집으로 가족 화보 찍고 싶다고."

"안 한다고 해. 안 통하면 나한테 넘기고."

전국 투어 마지막 날 대기실에 찾아온 해나와 하진을 무대
위로 불러올렸다. 팬들 사이에선 이미 널리 알려진 아이들이
지만, 워낙에 공식적인 행사엔 노출을 시키지 않는 터라 반응이
대단했다. 어려서부터 연기에 소질을 보이던 해나는 수많은 관
객도, 뜨거운 조명도, 진행자의 빠른 질문에도 주눅 들지 않고
야무지게 인터뷰를 해냈다. 심지어 제 아빠까지 은근 디스 하
면서.

"우리 아빠는 제가 보통 애들처럼 자랐으면 좋겠대요. 아빠
도 스무 살에 데뷔했으니까 꼭 하고 싶으면 그때까진 꿈만 꾸
래요. 아무리 졸라도 허락을 안 해 줘요. 나도 엄마처럼 연기를
하고 싶은데."

연기해! 연기해! 부추기는 팬들의 떼창이 아직도 귓속에서
소용돌이치는 것 같다. 정신없는 와중에도 몇 년째 내 딸에게

눈독 들이는 박지형 감독이 생각나 괘씸했다. 아내도 모자라 딸까지 박지형 사단에 넣을 생각은 결단코 없다.

누나가 샘났던 걸까. 미리 준비한 것도 아닌데 갑자기 하진이 춤을 추겠다고 나서는 게 아닌가. 콘서트의 마지막 20분은 내 의도와 다르게 진행됐다. 평소에도 연습실에 데리고 가면 따라쟁이라고 불리는 아들이지만 그렇게 큰 무대에서도 떨지 않아서 내가 오히려 놀랐다.

음악이 끝나고 환호와 박수가 잦아들어도 하진은 무대를 떠날 생각이 없어 보였다. 그날따라 유독 고집을 부리는 바람에 앙코르곡까지 함께 불러야 했다. 놀랍게도 아들과의 첫 무대는 근사했다. 나와는 달리 두 아이는 재능을 타고났다. 특히나 하진은 동생 재유도 놀랄 정도로 음악 쪽에 재능을 보이고 있다.

"다 왔다! 둘 다 차 멈추고 난 다음에 천천히 내려."

용눈이 오름이 오늘의 마지막 일정이다. 주변 경치도 좋지만, 제주도의 여느 오름과는 달리 가파르지 않아 아이들과 오르기에도 만만하다. 주차장 입구 과일 매장에서 귤 한 봉지를 산 뒤 완만하게 경사진 능선을 타고 느긋이 걷기 시작했다. 하진의 양손엔 제 주먹만 한 귤이 들려 있었다.

"손 안 시려? 장갑 낄까?"

"안 추워요."

"바람이 차서 손 시릴 것 같은데? 감기 걸리면 실컷 못 놀아."

"난 아파도 잘 놀아. 밥도 잘 먹고."

하진이 격하게 고개를 흔들며 대꾸했다. 아내가 팔짱을 끼어 오며 귓가에 속삭였다.

"귤 못 까먹을까 봐 장갑 안 끼는 거야."

아파도 잘 놀고, 잘 먹는 내 아들. 요 몇 달 부쩍 식욕이 늘어 키도 쑥 크고 볼도 포동포동해졌다. 제 누나보다 말이 늦어서 걱정했는데 한순간 말문이 터지더니 지금은 왜 그런 고민을 했나 싶을 정도다.

"그래, 우리 하진인 나무처럼 튼튼하지."

"아니, 아니. 탱크처럼!"

하진이 태어나 처음 완성한 문장은 '나는, 엄마가 많이 좋아' 였고, 두 번째는 '아빠, 너무 시끄러워'였다. 그날은 시유가 파이6 멤버들을 데리고 와서 오후 내내 집 안이 떠들썩했었다. 자주 보지 못하는 삼촌들과도 잘 어울려 놀길래 그 말을 했을 땐 영상으로 찍어 놓지 못한 게 안타깝기만 했다. 그다음 날 하진은 '사람이 없어서 좋다'며 평소보다 오래 낮잠을 잤다. 하진이 소리에 예민하다는 걸 안 뒤로는 더 신경 쓰고 있다.

"누나는 귤 안 먹어?"

"아침에 먹었잖아. 아직 배 안 고파."

"갖고 있다가 나중에 나 주면 되잖아?"

착하게도 해나는 제 양쪽 주머니에 귤을 하나씩 챙겨 넣었다. 양이 차면 바로 숟가락을 놓는 아이라 다섯 살배기 동생보다 몸이 가늘다. 저 몸에 귤까지 들었으니 귤 무게도 버거울 것 같아 걱정이고. 다행히도 우리 해나는 똑똑하다.

"누나 귤 먼저 먹을래?"

"응! 지금!"

제 동생의 입에 귤 조각을 떼어 넣어 주는 걸 보니 하나 더 낳고픈 욕심이 스멀스멀 솟구친다. 한동안 '셋째 아이'는 우리 부부 사이의 화두였다. 5년만 일찍 결혼했더라면 둘은 더 낳았을 거라는 아내의 말은 과장이 아닐지도 모른다.

아내의 손을 잡고 아이들 뒤를 따르며 천천히 능선을 올랐다. 해나가 만나고 싶다던 말테우리 아저씨 보이지 않았다. 군데군데 떨어져 있는 말똥이 질색인 해나와 달리 하진은 똥 덩어리도 신기한 듯 유심히 들여다봤다. 제 덩치보다 몇 배나 큰 말을 겁내지도 않고, 힘든 내색 없이 누나를 끌고 올라가는 모습이 얼마나 든든한지 모른다.

"하진이를 10년쯤 일찍 낳았으면 헤라클레스하고 맞짱도 떴겠어. 힘이 아주 장사야."

"힘을 주체 못 해서 사고도 많이 치지. 배 속에 있을 때부터 남달랐잖아."

병장 휴가 때 생긴 아이라 놀림도 꽤 받고, 입덧하는 것도 지켜보지 못해 미안한 마음이 컸던 아들이다. 남편 노릇은 물론 해나는 해나대로, 하진은 하진대로 온전히 옆에 있어 주지 못 했다. 훈련이 힘들어서 운 적은 없지만, 두고 온 가족이 보고 싶어 운 적은 여러 번 있다. 그 시절은 나의 아킬레스건이어서 아내가 군대의 '군' 자만 꺼내도 내가 뭘 잘못했나? 그 생각부터 하게 된다. 조금 더 보태서 '임신만 시켜 놓고 부대 가 버리고!'라는 식으로 심술을 부리면 뭐든 들어줄 수밖에 없는 마법의 단어로 변한다. 아내는 둘째의 임신으로 좋은 작품을 놓쳤다.

"병치레 안 하고 크는 게 어디야."

"요새 먹어도 너무 먹잖아. 내일부턴 좀 적게 먹일까 봐."

말은 이렇게 해도 아들에 대한 아내의 애정은 막내라는 프리미엄까지 얹혀 샘날 정도로 두텁다. 둘이었던 가족이 넷으로 늘고, 나는 10년째 한 여자만 사랑하며 산다. 내 몸보다 소중해진 아내는 곱게 나이 들어 가며 내 옆을 지키고 있다. 오늘 같은 날은 그때의 선택을 한 내게도 한껏 칭찬해 주고 싶다.

"내년엔 한라산도 거뜬히 오르겠어."

"그럴 것 같지? 해나도 많이 먹고 쑥쑥 컸으면 좋겠다. 저러다 금방 동생한테 따라잡히는 거 아니야?"

"그래도 누나는 누나지. 힘 안 들어? 내가 업고 올라갈까?"

"어우, 허리 아끼세요. 내가 앞으로 50년은 더 쓸 거라고."

나는 헤실헤실 웃는 아내의 손바닥에 뱅글뱅글 원을 그렸다. 오늘 밤엔 맨입으로 못 자니 각오하란 내 나름의 신호다. 아내가 화답하듯 내 손바닥에 X자 모양을 연거푸 그렸다. 당황한 나는 아내의 앞길을 막고 고개를 갸웃했다.

"왜?"

"뭘 또 걸음을 멈추기까지 해."

왜 아직도 나만 매달려야 하는지 알 수가 없다. 결혼한 지 8년이나 됐는데도. '서준유, 바람피우다 걸리면 죽는다?'는 아내의 농담에도 설레는 내가 수치스러울 정도다.

"왜에에?"

"얼른 올라가자. 금방 진눈깨비 올 것 같아. 바람도 점점 세지네. 해나 날아가겠다."

아이들은 손을 맞잡고 잘 올라가고 있었다. 눈 좀 맞는다고 큰일 나나. 우비가 든 배낭을 툭 건드리며 다시 물었다. 내겐 몹시 중요한 문제였다.

"여행의 백미는 그건데 그냥 자라고? 어젯밤도 애들 재우다 같이 잠들었잖아."

"그제 밤은 잊었어?"

"그걸 아직도 기억해? 그건 음반으로 따지면 인트로 수준이라고."

"인트로 한번 거하네. 어제도 애들 낮잠 재우고……."

"그건 한 것도 아니고, 안 한 것도 아니야."

아내가 새치름하게 눈을 흘겼다. 이렇게 끝없이 귀여워도 되나? 우리를 스쳐 지나가는 등산객들만 아니면 머리를 끌어안고 입 맞출 뻔했다.

"생각해 봐. 내가 언제 정색하며 거절한 적 있어?"

"지금 했잖아."

아내가 곱게 눈을 접으며 웃었다.

"아무래도 오늘 잠자리하면 셋째 갖자고 조를 것 같아. 조짐이 안 좋다고."

"내가? 에이, 안 그래."

"어제부터 애들 예쁘다는 소릴 얼마나 많이 한 줄 알아? 둘

다 아기 때로 되돌리고 싶다며? 하진이 볼에서 아기 냄새 점점 사라져서 아쉽다며? 기저귀 차고 다닐 때가 그립다는 말까지 했어. 정말 너무하는 거 아니야? 하진이 기저귀 떼는 날을 얼마나 기다렸는데!"

내가, 그랬나?

"기저귀가 그리운 게 아니라 아기 냄새가 그리운 거지. 셋째 진짜 포기했어?"

"나도 잘 모르겠어. 더 늦기 전에 낳고도 싶고, 막상 낳자니 걸리는 게 많고, 일도 해야 하고……. 자기 품에 안겨 있으면 해 달라는 대로 다 해 주고 싶단 말이야."

아내는 나의 휴식, 나의 안식처. 이런 여자를 사랑하지 않기란 너무 힘든 일이다. 난 아내가 배추로 깍두기를 담갔대도 믿고, 겨울 뒤에 바로 여름이 온다고 해도 믿을 수 있다.

"당신은 몸 관리도 잘하고 건강해서 둘은 더 낳을 수 있을 거야."

"나보고 애만 낳으라는 거야?"

"아니! 그게 아니라, 신체 나이도 20대 후반으로 나왔잖아. 그래서 하는 말이지. 어제 비키니 입은 거 보니까 20대 중반 같더라."

"어차피 쓴 김에 조금 더 쓰지? 스무 살 어때?"

"그건, 일종의 사기……."

아내의 주먹이 내 옆구리에 퍽퍽 꽂혔다. 아무리 패딩 점퍼를 입었대도 하나도 아프지 않아서 근력이 떨어진 게 아닌가 걱정스럽다.

"다시 때려 봐. 왜 이렇게 기운이 없어? 보약이라도 먹어야 하는 거 아냐? 다이어트 적당히 하라고 했지!"

어쩌면 우리 부부의 인생에 아이는 더 없을지도 모르겠다. 그게 아쉬워 태어나지도 않은 셋째 이야기를 하고 또 한다. 아들일지, 딸일지, 누굴 더 닮았을지, 어떤 성향의 아이일지…….

아이들은 벌써 중턱까지 올라가 우리에게 손을 흔들고 있었다. 초겨울 시린 바람 사이로 진눈깨비가 흩뿌려졌다. 먹구름이 겹겹이 쌓이며 아래로, 아래로 느리게 내려앉는다. 나는 아내의 머리를 삐딱하게 감싼 털모자를 제대로 씌워 주고 코트를 다시 여며 주었다. 빠끔히 드러난 작은 얼굴이 새삼 애틋해 두 볼을 감싸 안았다.

"처음 만났을 땐 스물세 살 같았는데 이젠 서른 살 같네. 나보다 어려 보이면 연하 남편의 장점이 사라지잖아."

"우리 남편 정치해도 되겠다. 사업해도 대성하겠어."

"사랑한다고 해 봐. 나만 너무 하는 것 같아."

"완전 사랑하지. 그래도 나 혼자 독점하는 건 미안하니까 세상 여자들하고 적당히 공유하고 살래. 더 나이 들기 전에 하고 싶은 거 많이 해. 나는 서준유가 아저씨처럼 보이는 거 싫어."

이건 모두 진심. 말하지 않아도 아내의 마음을 읽을 수 있다. 내가 사랑하는 것만큼 아내도 날 사랑한다는 걸. 내게 우연히 주어지는 행운이 더는 없다 해도 두렵지 않다. 날 뼛속까지 이해하는 사람을 찾았으니까.

10년을 알고 8년의 결혼 생활을 했지만 정작 아내와 같이 산 날은 5년도 채 되지 않는다. 헤어짐과 기다림은 우리를 그림자처럼 따라다녔다. 우리는 그 시간을 잘 견뎌 냈고 서로를 시험에 들지 않게 했다.

이젠 두 아이가 면봉보다 작게 보였다. 부지런히 올라갔지만 정상이 가까워져서야 아이들을 만날 수 있었다. 정상은 반대 능선으로 흩어져 오르던 사람들까지 모여 제법 붐볐다. 날 발견한 하진이 두 손을 내밀며 달려왔다.

"아빠, 귤 주세요!"

필요한 걸 요구할 때 꼬박꼬박 존대하는 건 아들의 생존 방식이다. 기대감에 찬 하진의 눈빛에 웃음이 났지만, 원하는 대로 다 들어줄 순 없는 법.

"우리 하진이 손바닥이 노래졌어. 너무 많이 먹은 것 같은데?"

"할아부지가 오줌 싸면 괜찮아진댔어. 목말라요."

"따뜻한 차 마시자. 찬 거 너무 많이 먹으면 배탈 나."

하진이 입을 쑥 내밀더니 제 엄마 허리를 끌어안고 아랫배에 얼굴을 비볐다. 투정을 부리지만 엄마는 아빠보다 엄하다는 걸 이미 알고 있을 터. 아들은 아내의 뽀뽀를 받고 메밀차를 마시고 나서야 기분이 풀어졌다.

아이들에게 우비를 입히고 부지런히 따라다니며 카메라 셔터를 눌렀다. 둘에서 셋으로, 셋에서 넷으로 등장인물이 늘어

나는 가족사진. 계절이 달라지고 의상이 달라져도 영원히 변치 않는 게 몇 개쯤은 있겠지.

나란히 선 해나와 하진이 먼 산을 바라보며 두 손을 모았다. 야호, 야호. 메아리는 되돌아오지 않았다. 하지만 그게 어떤가.

두 아이를 번갈아 목말 태워서 조금이라도 더 멀리 볼 수 있게 해 주었다. 까마득하게 먼 오름 아래를 둘러보며 하진은 우와, 우와 자꾸 감탄했다. 안아 달라는 말 한 번 하지 않고 이 높은 곳을 올라온 게 제 생각에도 기특한 모양이었다.

"아빠, 영상통화 해도 돼요? 이서한테 여기 직접 보여주고 싶은데."

해나가 두 손을 내밀며 배시시 웃었다. 난 떨떠름하게 휴대폰을 건네주었다. 이서는 해나의 학교 친구고, 맞은편 단지에 사는 한 살 연하의 사내아이다. 두 아이의 인연은 지난겨울로 거슬러 올라가는데, 만난 당일부터 손깍지를 끼고 와서 친할머니를 당황하게 만든 전력이 있다.

나중에 알게 된 사실이지만, 이서 엄마는 꽤 오래전 우리 회사에서 가수로 캐스팅하려던 뮤지컬 배우였다. 공연을 보고 온 내가 정문용 대표에게 적극 추천했는데, 언더스터디라는 위치에도 거절한 건 뜻밖에도 그쪽이었다. 지금은 뮤지컬에 조금만 관심이 있다면 누구나 아는 스타가 됐지만.

휴대폰 화면으로 이서의 얼굴이 언뜻 비쳤다. 오름에 대해 설명하던 해나가 주변 경치를 보여 주려는지 휴대폰을 든 채 천천히 한 바퀴 돌았다. 참, 지극정성이다.

"꼭 저렇게까지 해야 해?"

"아빠 보고 배운 거지 뭐. 자기도 나한테 자주 그러잖아."

"설마 우리 딸이 이서를 더 좋아하는 건 아니지? 여잔 그렇게 키우면 안 돼."

"이서가 쉬는 시간마다 해나 교실 가서 잘 지내는지 살피고 온다는데? 학교에 소문이 쫙 퍼졌대."

"예쁘니까 보러 가겠지."

"이서도 엄청 잘생겼잖아. 제 아빠를 많이 닮았더라고."

아, 이서 아빠도 잘생겼다고? 하진이가 저녁밥을 먹고 가라고 조르는 바람에 저녁 늦게 아들을 데리러 온 적이 있다고 듣긴 했다.

"남자 인물이 뭐 그리 중요해? 인성이 먼저지."

"잘생긴 남자가 인성까지 좋으면 이불 위의 꽃이지. 애가 의젓한 게 성격이 보통 좋은 게 아니야. 집에 놀러 오면 해나한테 수학도 가르쳐 주고, 하진이하고도 잘 놀아 줘. 학교 끝나면 기다렸다가 집까지 데려다주고 그런다니까. 집도 반대 방향인데."

안 그래도 쉬는 날 학교 앞으로 마중을 갔다가 몇 번 마주쳤었다. 먼발치에서도 한눈에 띌 정도로 똘망똘망하게 잘생긴 아이였다.

"어린 게 벌써 스토커 기질 있는 거 아니야?"

"아유, 진짜. 딸 가진 아빠 티 좀 그만 내. 난 이서 마음에 들어. 우리 엄마처럼 나도 착하고 잘생긴 사위 맞이하고 싶다고."

사위? 기가 차다. 도대체 일곱 살밖에 안 된 꼬마가 뭘 어떻게 행동했기에 이 집 여자들이 이러는 걸까.

"이서가 한 살 어리다며? 해나한테 누나라고 불러?"

"같은 학년끼리 무슨 누나야. 이서 생일이 빨라서 몇 달 차이도 안 나던데 뭘."

"나도 당신 처음 만났을 때 한참 동안 누나라고 불렀잖아."

"난 누나 이전에 선배였잖아. 설마 그 사실을 잊은 건 아니지?"

부부 사이는 동등한 거니까.

"뭘 얼마나 봤다고 마음에 들어 해?"

"친구처럼 지내다가 커서도 좋으면 사귈 수도 있지 뭐."

"세상에 남자가 얼마나 많은데 벌써부터 한 남자만 보고 살아? 남자 친구도 여럿 사귀어 보고 그래야 사람 보는 눈도 생기는 거지. 부모가 돼서 벌써 딸 시야를 막아야 쓰겠어?"

"아, 나도 여러 남자 두루두루 사귀다가 결혼할 걸 그랬다. 우리 아빠는 나한테 왜 이런 말을 안 해 줬을까. 하, 너무 억울해. 이상한 루머만 안 퍼졌어도 질리게 연애하는 건데. 세상이 이렇게 바뀌었는데, 괜히 몸 사렸네."

여러 남자? 두루두루? 질리게? 대꾸할 말도 없고, 대꾸한들 질 게 뻔했다.

"눈 쌓이기 전에 내려가자."

"바로 녹는구만, 뭘."

하늘마저 도와주지 않는다. 그새 힘을 잃은 눈송이는 나풀나풀 흩날리다 바닥에 떨어지기 무섭게 녹아들었다. 차가운 바람이 아내와 나 사이를 스산하게 휘감았다. 이건 정말이지 오늘의 스케줄에 포함되지 않는 일이었다.

"무슨 연애를 못 해? 전 국민이 다 알게 수없이 남자를 바꾸고, 이별도 대차게 하고, 결혼도 몇 번이나 해 놓고서. 아, 이혼에 재혼까지 했었지? 본남편이 새파랗게 살아 있는데!"

"현실과 연기 정도는 구분할 줄 알았는데 실망이야."

이젠 눈길조차 안 준다. 아쉽게도 지금은 낮이고, 해가 떠 있을 때 지는 건 나의 일상이니 한 수 접고 들어갈 수밖에.

"연애도 제대로 못 해 보고 결혼한 게 억울해? 난 하나도 안 억울한데."

"노코멘트 할래."

"오랜만에 자리 깔고 울어야겠다."

엄살을 떨어 봐도 입꼬리가 살짝 틀어질 뿐이다. 이렇게 투닥이는 건 우리 부부만의 작은 유희지만, 지금 당장 아내가 웃는 걸 보고 싶었다.

"이서 말이야, 다음에 나 집에 있을 때 데리고 오라고 해 봐. 남자는 남자가 지켜봐야 정확해. 최대한 객관적으로 평가해 볼게."

"남의 집 귀한 아들을 뭘 평가해."

"나는 내 딸이 더 귀하거든?"

휴대폰을 반납한 해나가 내 손등에 답례의 뽀뽀를 해 주고 떠났다. 눈발이 다시 거세진다. 날씨가 오늘의 아내만큼이나 변덕스럽다.

"저녁은 다 같이 모시고 나가서 먹을까? 할머님 좋아하시는 거로."

"엄마가 사위 맛있는 거 해 주고 싶어서 벼르셨을 텐데?"

"그럼 아버님 새 차 뽑아 드리는 건 어때? 연식이 꽤 오래됐잖아."

"말도 꺼내지 마. 돈 함부로 쓴다고 뭐라 하실 거야. 그 차도 안 받으신다는 걸 억지로 떠안겼는걸. 앞으로 10년은 더 타신 댔어."

"우리, 제주도 땅에 별장 지을까? 너무 거창하게는 말고 튼튼하고 아담하게. 세 번째 아기 돼지 집처럼."

"음, 좀 알아보고."

"여보, 내가 뭘 하면 웃을 거야?"

"……웃고 싶은 거 억지로 참고 있어."

난 금세 흐물흐물 풀어졌다. 우리는 서로의 허리를 감싸 안고 휴대폰 카메라로 셀카를 연달아 찍었다. 마음에 드는 사진은 보란 듯이 프로필 사진으로 올려 두기도 한다.

"하진이 뭐 해?"

"바람 소리 들어요."

"바람 소리가 어떤데?"

"쪼금 화난 것 같아요. 피아노 치고 싶다."

"누나는 바람하고 춤추고 싶어!"

바람 부는 오름 꼭대기에서 두 아이가 멋대로 노래하고 춤춘다. 여기저기 흩어져 있던 사람들이 하나둘 모여들더니 그 모습을 웃으며 지켜보았다. 아내가 목도리로 얼굴을 잔뜩 가린 채 내 품에 안겨 왔다.

"자기야, 나 쪼금 창피할라 그래."

"여보, 어떻게 저런 애들을 낳았어?"

"저러다 하진이 또 다치면 어떡해? 자제 좀 시켜 봐."

"놔둬. 신나서 그러는걸."

"누나, 누나! 우리 저 끝까지 달리자!"

스물여섯의 나는 상상하지 못했던 세상. 스물여덟의 내가 간절히 꿈꾸었던 미래. 서른여섯의 나를 완성하는 풍경. 우리의 사랑이 맺어지지 않았다면 저렇게 귀여운 아이들이 세상에 존재하지 못했을 테지. 농담 삼아 내가 한 가장 창조적인 활동이라고 말하면 다들 두말없이 고개를 끄덕인다.

한참을 뛰어놀던 하진이 분홍빛 도는 혀를 길게 내밀고 눈을 받는다. 어린 시절의 내가 그랬던 것처럼.

스웨덴의 겨울은 너무 길었고, 한국이 그리울 때면 동생을 끌고 정원에 나가 눈을 맛보곤 했다. 재유는 한국에 내리는 눈이나 스웨덴의 작은 도시에 내리는 눈이나 그게 그거라고 투덜댔지만, 그 이유 때문에 나는 맛도 없는 눈을 혀가 얼얼하도록 받아먹었다.

"누나도 먹어 봐. 팥빙수 같아."

망설이던 해나가 동생 옆에 나란히 서서 작은 혀를 내밀었다. 두 아이가 눈을 꼭 감고 병아리처럼 고개를 쳐든다.

"이게 정말 맛있다고? 팥은 빼고 얼음만 갈아 놓은 것 같은데?"

"맛있다고 상상하면 되잖아."

재유가 아내에게 1년에 한 번쯤 하는 질문이 있다.

'형수, 행복해?'

다정한 시동생이라면 할 수 있는 질문이지만 나는 동생의 질문이 반갑지 않다. 하지만 내색은 하지 않는다. 아내의 대답은 해마다 조금씩 달라져 왔고, 고맙게도 모두 긍정의 답변이었다.

"생각해 봤는데, 우리도 어려서 만났으면 더 좋았을 것 같아."

"나야 좋긴 한데, 기저귀 차고 다니는 서준유를 감당할 수 있겠어?"

"아하하하. 열 살만 뒤로 미루자."

나는 아내의 어깨를 끌어안으며 돌아오지 않는 메아리를 다시 떠올렸다. 물감의 모든 색은 따로 보면 아름답지만, 한꺼번에 섞으면 탁한 검정이 된다. 나처럼 불완전한 인간에겐 더없이 위로가 되는 말이다.

오래전 술기운을 빌어 오정혜 작가에게 어리광을 부린 적이 있었다.

'작가님, 전 이대로 살아도 되는 걸까요? 사람들은 절 재유라고 부르고, 아내는 날 준유로 부르고, 부모님은 이랬다저랬다하시고, 정작 재유는 자기를 제이원으로 불러 달라네요. 나중에 제 아이가 태어나면 아빠 이름을 서재유로 알고 자라겠죠.'

'새신랑, 자기가 원해서 그 이름이 된 게 아니잖아. 이젠 서재유라고 생각하고 살아. 그게 어때서?'

어떤 대답도 선뜻 할 수 없었다. 모든 게 변명 같아서 가끔은 내게 주어진 행복조차 훔쳐 온 물건처럼 불안했다.

　'오래전 시인 이상이 이런 말을 했대. 사람이 비밀이 없다는 건 재산이 없는 것처럼 가난하고 허전한 일이라고. 누구나 타인에게 말 못 할 비밀을 몇 개쯤은 안고 살지 않나? 나도 그렇고, 성현이도 그렇고, 그대가 아는 가장 훌륭한 사람도 마찬가지일 거야. 티끌 없이 완벽한 인생이 어디 있어? 그게 가능해?'

　매일매일 행복할 수 없고, 세상 모든 감정이 우리에게 너그러울 수 없다는 걸 이젠 안다. 인생이 내게 달콤한 초콜릿만 줄 것이라고 기대하지도 않는다. 그저 이 오름처럼 적당히 가파르고, 적당히 힘들고, 적당히 높아만 준다면 늘 행복하지 않아도 괜찮다. 어제보다 불행할 수도, 내일보다 오늘이 빛날 수도 있는 게 인생이니까.

　"우리도 눈 먹어 볼래?"

　"그래! 먼저 가. 가족사진 찍자."

　긴 겨울의 시작이 제법 근사하다. 삼각대에 카메라를 올린 나는 아이들과 나란히 서서 눈을 받아먹는 아내 곁으로 달려갔다.

〈더 원-그들에게 남은 이야기〉 마침

작가의 말

제겐 오랜 짝사랑 같은 작품인 〈더 원〉을 개정판으로 선보이게 됐습니다.

성현, 준유, 재유. 그들의 뒷이야기를 기다려준 독자들께 가장 먼저 깊은 고마움을 전합니다. 새로 쓰는 이야기가 사족이 되지 않을까 걱정도 했지만, 덕분에 다시 시작할 수 있었습니다.

6년 전 〈더 원〉을 연재하던 시기엔 머리에서 나온 스토리를 멋대로 풀어쓰는 시간이 마냥 즐거웠어요. 계산 없이 글 쓰는 행위 자체가 저에겐 치유의 과정이었거든요.

개정판을 준비하면서 그때처럼 마음이 편치는 않구나 하는 생각을 종종 했습니다. 그만큼 부담도 컸고요. 그래서 더더욱 세 주인공에게 완벽한 위로와 행복을 선물하고 싶었나 봅니다.

의심하지 마세요. 그들은 죽을 때까지 서로 아끼고 사랑하며 살 테니.

책을 낼 때마다 생각합니다. 이건 나 혼자만의 결과물이 아니라고.

세 번째 작업을 함께 한 파란미디어 식구들의 고생과 수고스러움 잊지 않겠습니다. 3권이나 되는 개정판을 선뜻 내주신 박대일 대표님, 늘 고맙습니다.

이 긴 이야기에 기꺼이 동참해주신 독자들께도 다시 한번 감사의 인사를 올립니다.

어쩌다 보니 쭉 장편만 냈는데, 다음엔 꼭 한 권짜리 책으로 뵐게요. 약속드려요.

2018년 2월, 남궁현